DAS BUCH DER NAMEN

Die Autorinnen

Jill Gregory schreibt für die «New York Times» und «USA Today» und hat bereits über dreißig Bücher veröffentlicht, vor allem historische Romane und Frauenunterhaltung. Karen Tintori ist Expertin für jüdische Geschichte und hat zahlreiche renommierte Sachbücher auf diesem Gebiet verfasst. «Das Buch der Namen» ist bereits das dritte Buch des Autorinnenduos.

Jill Gregory &
Karen Tintori

Das Buch der Namen

Thriller

Aus dem Amerikanischen von
Anja Schünemann

Weltbild

Die amerikanische Originalausgabe erschien 2007 unter dem Titel
The Book of Names
bei St. Martin's Press, New York.

Besuchen Sie uns im Internet:
www.weltbild.de

Genehmigte Lizenzausgabe für Verlagsgruppe Weltbild GmbH,
Steinerne Furt, 86167 Augsburg

Übersetzung: Anja Schünemann
Umschlaggestaltung: Johannes Frick, Neusäß/Augsburg
Umschlagmotiv: Johannes Frick, Neusäß/Augsburg
Gesamtherstellung: CPI Moravia Books s.r.o., Pohorelice
Printed in the EU
ISBN 978-3-86800-736-7

2015 2014 2013 2012
Die letzte Jahreszahl gibt die aktuelle Lizenzausgabe an.

Dies ist ein fiktionaler Text. Sämtliche Namen, Charaktere, Organisationen und Ereignisse in diesem Roman sind entweder Phantasieprodukte der Autorinnen oder werden fiktional verwendet.

Für meine kostbare Familie: meinen wunderbaren Mann Larry und meine umwerfende Tochter Rachel

Und im Gedenken an meine geliebten Eltern

In ewiger Liebe
J. G.

Meinen Edelsteinen – meinem brillanten Mann Lawrence, meinen Söhnen Steven und Mitchel, unerschütterlich wie Fels, und der strahlenden Tochter, die Mitch uns beschert hat, Leslie
K. T.

Danksagung

Die Inspiration zum *Buch der Namen* reicht fünfzehn Jahre zurück. Der zündende Funke kam von Geri Levit, durch die wir zuerst von der Legende der Lamedwowniks erfuhren.

Viele weitere Menschen haben mit Informationen und Inspirationen zur Entstehung dieses Buches beigetragen. Wir nennen ihre Namen in Anerkennung und Dankbarkeit: Rosemary Ahern, Rabbi Jonathan Berkun, Rabbi Lauren Berkun, Jean Donnelly, Myrna Dosie, Ruthe Goldstein, Larry Greenberg, Rachel Greenberg, Charlotte Hughes, Lawrence Katz, Mitchel Katz, Leslie Katz, Steven Katz, Irving Koppel, Dr. Patti Nakfoor, Claudia Scroggins, Rae Ann Sharfman, Haim Sidor, Safed Foundation, Rabbi Elimelech Silberberg, Rabbi Dr. Shlomo Sowilowsky, Jennifer Weiss, Rebecca Weiss und Marianne Willman.

Wir sind zutiefst dankbar für die Unterstützung und den enthusiastischen Einsatz dreier ganz besonderer Frauen: unserer phänomenalen Lektorin Nichole Argyres und unserer höchst engagierten Agentinnen Ellen Levine und Sally Wofford-Girand.

Die Welt ist niemals ohne sechsunddreißig Gerechte, die das Antlitz der Gottheit an jedem Tage empfangen.

Rabbi Abbaji, Talmud

PROLOG

7. Januar 1986
Sakkara, Ägypten

Zwei Männer gruben im Schutz der Dunkelheit mit Schaufeln im Sand. Ihre einzige Lichtquelle in der Höhle war eine Laterne, die sie neben ihren Rucksäcken abgestellt hatten. Dieser Katakomben- und Gräberkomplex gut zwanzig Kilometer außerhalb von Kairo war eine einzige Schatztruhe, voll von Zeugnissen antiker Kunst und Architektur. Seit dreitausend Jahren diente Sakkara, die Stadt der Toten, als Grabstätte für Könige und gemeines Volk – Generationen von Archäologen hatten ihr Leben damit zugebracht, sie zu erkunden, und hatten noch immer nicht alle ihre Geheimnisse entdeckt. Dasselbe galt für Generationen von Grabräubern.

Sir Rodney Davis, in den Ritterstand erhoben für die Entdeckung des Echnaton-Tempels mit seinen atemberaubenden Schätzen, spürte den vertrauten Sog der Erregung. Sie waren dicht vor dem Ziel. Er wusste es. Er konnte die brüchigen Papyri schon regelrecht fühlen.

Das *Buch der Namen*. In Teilen oder vollständig, er wusste es nicht. Er wusste nur, dass es hier war. Es *musste* hier sein.

Ihn überlief ein erwartungsvoller Schauer, wie an jenem Abend, als er auf dem Hügel Ketef Hinnom in Israel das Zepter König Salomos ausgegraben hatte.

Es war aus Gold, mit einem aus Elfenbein geschnitzten daumenhohen Granatapfel an der Spitze, in den winzige hebräische Schriftzeichen eingeritzt waren – das erste unversehrt aufgefundene Artefakt, das die kürzlich dort freigelegten Befestigungsanlagen mit dem biblischen König aus dem zehnten Jahrhundert vor Christus in Verbindung brachte. Doch das *Buch der Namen* wäre ein Fund, der diese und alle anderen Entdeckungen in den Schatten stellen würde. Damit würde Sir Rodney zweifellos in die Geschichte eingehen.

Er vertraute seinen Instinkten. Sie waren wie eine Wünschelrute, die ihn zu unvergleichlichen Schätzen leitete. Und heute Nacht, hier in diesem Sand, über den die Könige des Altertums geschritten waren, grub der Archäologe unermüdlich, getrieben von der Entdeckerlust, dem Nervenkitzel, etwas zutage zu fördern, das seit den Zeiten der Engel und Triumphwagen keines Menschen Auge mehr erblickt hatte.

Neben ihm ließ Raoul die Schaufel fallen, griff nach seiner Feldflasche und trank in großen Zügen.

«Mach eine Pause, Raoul. Du hast schließlich schon eine Stunde vor mir angefangen.»

«Sie sind derjenige, der sich ausruhen sollte, Sir. Was seit Jahrtausenden hier verborgen liegt, wird auch noch weitere drei oder vier Stunden auf uns warten können.»

Sir Rodney hielt inne und warf einen Seitenblick auf den Mann, der seit fast einem Dutzend Jahren sein treuer Gehilfe war. Wie alt war Raoul LaDouceur gewesen, als sie sich kennenlernten? Sechzehn, siebzehn? Er war der unermüdlichste Arbeiter, den Sir Rodney je erlebt hatte. Ein reservierter, würdevoller junger Mann mit olivenfarbenem mediterranem Teint und auffallend tief liegenden Augen, von denen eines die Farbe von Saphiren hatte, das andere den dunklen Mahagoniton türkischer Kaffeebohnen.

«Ich habe mein halbes Leben lang auf diese Entdeckung

gewartet, mein Freund. Was kümmert es mich da, noch eine Stunde länger zu arbeiten?» Sir Rodney beförderte eine weitere Ladung Sand aus dem Loch im Boden der Höhle. Raoul beobachtete ihn einen Moment lang schweigend, dann verschloss er seine Feldflasche und griff seinerseits wieder zur Schaufel.

Während der nächsten Stunde wurde die Stille nur von ihren angestrengten Atemzügen und dem dumpfen Knirschen der Schaufeln im Sand durchbrochen. Dann ertönte plötzlich ein hellerer Klang, der Sir Rodney mitten in der Bewegung erstarren ließ. Augenblicklich war alle Erschöpfung vergessen. Er ließ sich auf die Knie nieder und begann den Sand mit seinen von der Anstrengung taub gewordenen Fingern beiseitezuschieben. Raoul kniete sich neben ihn; auch sein Herz schlug heftig vor gespannter Erwartung.

«Die Laterne, Raoul», sagte Sir Rodney leise, während er mit den Händen die Wölbung eines Tongefäßes im Sand freilegte. Behutsam bewegte er es hin und her, bis es sich aus dem Boden löste.

Hinter ihm hielt Raoul die Laterne tiefer – und im Lichtschein wurde eine Papyrusrolle sichtbar, die im Hals des Gefäßes steckte.

«Lieber Gott, das könnte es tatsächlich sein!» Mit zitternder Hand zog Sir Rodney die Papyri aus ihrem Versteck.

Raoul beeilte sich, die Bodenplane auszubreiten, und trat dann zurück, während sein Mentor die vergilbten Blätter darauf entrollte. Beide erkannten die Schriftzeichen, eine frühe Form des Hebräischen, und wussten sofort, was sie da gefunden hatten.

Sir Rodney beugte sich tiefer darüber, betrachtete mit wildklopfendem Herzen eingehend die winzigen Buchstaben. Vor ihm lag der größte Fund seiner Karriere.

«Bei Gott, Raoul, das hier könnte die Welt verändern.»

«Allerdings, Sir, das könnte es.»

Raoul stellte die Laterne auf dem Rand der Plane ab, dann trat er zurück und ließ eine Hand in die Tasche gleiten. Lautlos zog er den eingerollten Draht hervor, legte mit sicherem Griff die Schlinge um Sir Rodneys Hals und zog sie zu.

Es ging blitzschnell. Mit einer einzigen raschen Bewegung zerrte Raoul ihn von den kostbaren Schriftstücken weg und brach ihm das Genick.

Der alte Mann hatte wieder einmal recht gehabt, sinnierte Raoul, während er die Papyri aufsammelte: Dieser Fund würde in der Tat die Welt verändern.

In seiner Hochstimmung über diesen Triumph bemerkte Raoul nicht den Bernstein, der am Boden des Tongefäßes lag. In die kugelig geschliffene Oberfläche waren drei hebräische Schriftzeichen eingeritzt.

לוי

7. Januar 1986
Hartford Hospital, Connecticut

Dr. Harriet Gardner saß erschöpft auf der unbequemen Couch in der Krankenhauslounge und wollte gerade zum ersten Mal seit zwölf Stunden eine Kleinigkeit essen, als ihr Piepser sie zurück in die Notfallambulanz rief.

Sie hastete den Flur entlang, wobei sie im Laufen noch eilig ein paar Bissen von ihrem Apfel verschlang. Das muss ein wirklich schlimmer Notfall sein, dachte sie, sonst wäre Ramirez allein damit fertig geworden. Sie warf den halb aufgegessenen Apfel in einen Abfalleimer und fragte sich, was sie wohl diesmal erwartete. Als sie die weißen Metalltüren zur Notfallambulanz aufstieß, arbeiteten dort bereits drei Trauma-Teams auf Hochtouren. Auf Tragen lagen drei Jugendliche, von denen einer vor Schmerzen schrie. Noch vor fünf Minuten war es in diesem Trakt still gewesen bis auf das leise Summen der Monitore, das regelmäßige Rauschen der Blutdruckmanschetten und das gelegentliche Wimmern des Fünfjährigen in Kabine 6, der mit Verdacht auf Wadenbeinbruch eingeliefert worden war und auf die Röntgenuntersuchung wartete.

Jetzt drängten sich Sanitäter und Polizisten in der Ambulanz, und der chirurgische Assistenzarzt Ramirez führte gerade einem Mädchen im Teenageralter einen Tubus in die Luftröhre ein.

«Den Jungen sofort hoch zum CT», schrie er Ozzie zu, dem Krankenpfleger, der einen der Jugendlichen auf einer blutdurchtränkten Trage in Richtung Aufzug schob. Der Teenager lag reglos da, das Bein in einem unnatürlichen Winkel verdreht. Über seinem rechten Auge klaffte eine Platzwunde, und aus beiden Ohren rann Blut.

«Was ist mit ihm hier?» Harriet wandte sich dem anderen Jungen zu, auf dessen Sweatshirt der Aufdruck «18 Celtics» zu lesen war. Teresa, die medizinische Assistentin, die an der Trage stand, machte ihr Platz. Das Shirt war in der Mitte aufgeschnitten worden, sodass die blutüberströmte Brust des Jungen frei lag.

«Die drei sind von einem Dach gestürzt», erklärte ein

Sanitäter. «Drei Stockwerke tief, und da war noch ein Fenstergiebel im Weg.»

Kinder! «Hier sofort einen Astrup machen», ordnete Harriet knapp an. «Und ich brauche ein mobiles Röntgengerät für die Brust, sofort.» Auch nach drei Jahren in der Notaufnahme machte es ihr noch immer zu schaffen, wenn sie Kinder behandeln musste.

Reiß dich zusammen, ermahnte sie sich selbst, während sie einen prüfenden Blick auf den Monitor warf. Puls bei 130, Blutdruck 80 zu 60.

Es stand schlecht um den Jungen.

«Dieser hier ist der Sohn von Senator Shepherd.» Doshi schob das Sauerstoffgerät ans Kopfende der Trage. «Und der, den Ozzie gerade zum CT bringt, ist der Sohn des Schweizer Botschafters.»

«Wie heißt der Junge?»

Doshi warf einen Blick auf die Karte. «David. David Shepherd.»

Harriet untersuchte David Shepherds zerschmetterten Oberkörper. «Das sieht nach mehrfachen Rippenbrüchen aus, Schlüsselbeinbruch, Pneumothorax.»

Doshi führte geschickt einen Beatmungsschlauch in die Luftröhre ein. «Die anderen waren zwischenzeitlich immer wieder kurz bei Bewusstsein, aber der hier nicht.»

Die Manschette zischte erneut. Harriets Blick huschte zum Monitor. Der Blutdruck des Jungen ging rapide in den Keller.

Verfluchter Mist.

Vereinte Nationen, New York City

Donnernder Applaus erfüllte den Saal, als Generalsekretär Alberto Ortega seine Ansprache an die versammelten Delegierten beendet hatte. Lächelnd bahnte sich Ortega einen Weg zwischen den Diplomaten hindurch, hielt ein ums andere Mal inne, um Hände zu schütteln und sich dazu beglückwünschen zu lassen, dass der Zusatzartikel zur 1926 in Genf unterzeichneten Konvention gegen die Sklaverei verabschiedet worden war. Sein Blick schweifte durch den Saal und blieb schließlich an der vertrauten Gestalt seines Attachés hängen.

Ortegas Gesicht verriet keinerlei Regung, auch nicht, als sich Ricardo durch die Menschenmenge bis zu ihm durchschlängelte und ihm unauffällig einen zusammengefalteten Zettel in die Hand schob.

Endlich in seinem Büro angekommen, dem Lärm und Gedränge entronnen, schloss Ortega die geschnitzte Eichenholztür ab und faltete das Papier auseinander. Seine Augen wurden schmal, als er die Botschaft überflog.

LaDouceur hat ein prächtiges Exemplar erbeutet. Die Jagd geht weiter.

Hartford Hospital, Connecticut

Nichts tut mehr weh. David blickte auf seinen Körper hinab, der auf der Krankenhaustrage lag, und sah erstaunt das viele Blut auf seiner Brust. *Fünf … sechs … sieben … so viele Menschen, die sich über ihn beugten … all die Aufregung und Hektik … Warum konnten sie ihn nicht einfach in Ruhe lassen … ihn schlafen lassen?*

Jetzt kam Crispin auf ihn zu. Seltsam, er hatte keinen Boden unter den Füßen.

Als er David erreicht hatte, beobachteten sie beide von oben, wie sich in der Notfallambulanz die fieberhafte Aktivität zu einem Höhepunkt steigerte.

David hörte, dass jemand seinen Namen rief, doch im selben Moment deutete Crispin nach oben in ein strahlendes Licht.

«Ist das nicht unglaublich?»

Ja, dachte David. *Allerdings. Noch phantastischer als die Nordlichter, die ich letzten Sommer gesehen habe.*

Crispin bewegte sich auf das Licht zu, und David folgte ihm. Im nächsten Moment umfing sie gleißende Helligkeit. Sie waren in das Licht eingetaucht, gingen fast schwebend durch einen langen Tunnel. Als sie vor sich ein noch strahlenderes Licht sahen, beschleunigten sie ihre Schritte.

David fühlte sich so friedvoll, so glücklich. So sicher.

Plötzlich bemerkte er, dass sich in dem Lichtschein vor ihm etwas bewegte, und ein seltsames Raunen ging durch die gleißende Stille. Crispin blieb hinter ihm zurück, schwebte auf der Stelle, David jedoch wurde näher herangezogen. Wie von einem riesigen Magneten.

Und dann blieb ihm der Mund offen stehen.

Das Raunen steigerte sich zu einem Dröhnen, das seinen ganzen Kopf erfüllte. Vor sich sah er Gesichter. Verschwommene Gesichter mit flehentlichem Ausdruck. Hunderte. Tausende.

O Gott. Wer sind diese Gestalten?

Er hörte einen langgezogenen Schrei. Ein Jahrtausend schien zu vergehen, ehe ihm klar wurde, dass es seine eigene Stimme war.

«Kammerflimmern! Defibrillator!», schrie Harriet.

Doshi platzierte die Pads auf Davids Brust. «Bereit!», rief sie warnend. Dann schockte sie ihn.

«Nochmal!», befahl Harriet. Sie beugte sich über den dunkelhaarigen Jungen. Schweißperlen traten auf ihre Oberlippe. «David, komm zurück. David! Hörst du mich? Komm zurück!»

Doshi stand neben der Trage, die Pads in den Händen, während Harriet stirnrunzelnd die Anzeige des Monitors überprüfte. Noch immer Kammerflimmern. Haarscharf vor der Nulllinie. Verdammt.

«Doshi – nochmal!»

Drei Stunden später war Dr. Harriet Gardner mit dem Papierkram fertig. Was für ein Tag! Angefangen hatte er mit einer fünfunddreißigjährigen Herzinfarktpatientin und einem Kleinkind, in dessen Stirn die Zinken einer Gabel steckten. Und geendet hatte er mit drei Jugendlichen, die ihr Leben aufs Spiel gesetzt hatten, indem sie an einem eisigen Winternachmittag auf ein verdammtes Dach geklettert waren.

Das Mädchen war mit einer Kehlkopfquetschung und einem gebrochenen Arm davongekommen.

Einer der Jungen hatte einen Trümmerbruch am rechten Oberschenkel und lag im Koma.

Und einen hatte sie gerade noch dem Tod entrissen. Sie fragte sich, ob er wohl das Licht gesehen hatte.

Seufzend schob Dr. Harriet Gardner die Unterlagen über die Stationstheke und ging nach Hause, um ihren Hund zu füttern.

KAPITEL EINS

Athen, Griechenland
Neunzehn Jahre später

Raoul LaDouceur summte vor sich hin, während er den Kofferraum seines gemieteten Jaguar öffnete. Als er das Gewehr unter einer Wolldecke hervorzog, wurde ihm bewusst, dass sein Magen rumorte. Nun, dem konnte abgeholfen werden. Etwa fünfzehn Kilometer bevor er sein Ziel erreicht hatte, war er an einer Taverna vorbeigekommen. Plötzlich verspürte er eine unwiderstehliche Lust nach geschmorter Lammkeule und einem Glas Ouzo.

Er warf einen Blick auf die Uhr. Die Zeit würde noch reichen. Er hatte bereits die beiden Wachleute ausgeschaltet und die Leichen den Berghang hinuntergestoßen. Damit war er seinem Zeitplan voraus, und ihm blieben noch fünf Stunden, bis er den Mietwagen wieder abgeben und den Flieger zurück nach London nehmen musste, um dort seinen nächsten Auftrag abzuwarten. Zeit genug sogar für zwei Gläser Ouzo.

Während er zielstrebig den Olivenhain durchquerte, beschlich ihn ein leises Unbehagen. Trotz seiner getönten Brille störte ihn die schwächer werdende, aber noch immer heiße mediterrane Sonne. Er zog es vor, seine Arbeit bei Dunkelheit zu verrichten.

Doch er hatte in jungen Jahren bei zahlreichen Ausgrabungen unter freiem Himmel gelernt, die sengende Sonne zu ertragen, also würde er auch heute damit fertig werden. Er ignorierte den Schweiß, der ihm aus den Achselhöhlen rann, und wählte sorgfältig einen Standort, von dem aus er die gesamte Hinterfront des Hauses im Blick hatte. Dann nahm er einen Stoß aus dem Inhalator und richtete sich aufs Warten ein.

Der Geruch der Olivenbäume erzeugte ein brennendes Gefühl in seiner Kehle. Er weckte Erinnerungen an das Gut seines Großvaters in Tunesien, wo er bereits als Sechsjähriger hatte schuften müssen. Er hatte Zweige geschnitten und auf junge Olivenbäume aufgepfropft – eine stumpfsinnige Arbeit, zehn Stunden täglich unter einer erbarmungslosen Sonne, sein Hals trocken und rau wie Pfeifenasche.

Und was war sein Lohn nach getaner Arbeit gewesen? Ein Kanten Brot, ein Stückchen Käse und dazu nicht selten eine Tracht Prügel mit einer Rute aus einem der Zweige, die er selbst geschnitten hatte.

Sein Großvater war der erste Mensch gewesen, den er getötet hatte. An dem Tag, als er fünfzehn wurde, hatte er ihn erschlagen.

Auch heute scheint jemand Geburtstag zu haben, dachte Raoul, als er die Luftballons sah, die in Trauben an die Liegestühle gebunden waren, und den Tisch, auf dem ein ganzer Berg buntverpackter Geschenke lag.

Die Party konnte beginnen.

Beverly Panagoupolos hatte den ganzen Nachmittag lang gebacken. Nicht dass der Koch ihres Bruders nicht in der Lage gewesen wäre, eine Geburtstagstorte hinzubekommen, aber wenn es um *ihre* Enkelkinder ging, legte sie Wert darauf, sie selbst zu machen.

Ihre jüngste Enkelin, Alerissa, wurde heute neun. In einer

Stunde würden das Geburtstagskind und die drei älteren Brüder, Estevao, Nilo und Takis, hier auf der Pool-Terrasse versammelt sein, gemeinsam mit ihren Eltern, Cousins und Cousinen, Onkeln und Tanten. Die schüchterne Alerissa würde sicher während der gesamten Feier kaum den Mund aufmachen, aber danach würde sie tagelang von nichts anderem sprechen.

Beverly leckte sich den Zimtguss vom Daumen und ging hinaus, um sich zu vergewissern, dass die rosa- und silberfarbenen Ballons und die leuchtend bunten Geschenkpäckchen hübsch arrangiert waren.

Sie hielt einen Moment lang inne, betrachtete wohlgefällig das silbrig blaue Wasser des Pools, in dem bald all die Kinder herumplanschen würden, bis sie zum Essen gerufen wurden.

Sie hörte nichts, bis der Knall der Gewehrschüsse die Stille unter den Palmen zerriss.

Sie spürte nichts, bis sich die Kugeln in ihren Rücken bohrten.

Sie sah nicht mehr, wie sich das silbrig blaue Wasser purpurrot färbte von ihrem Blut.

Das Auto glitt aus seinem Versteck auf der Bergkuppe und raste mit dröhnendem Motor die Straße hinunter. Als Raoul im Radio nach einem Sender mit klassischer Musik suchte, schnappte er das Ende einer Nachrichtensendung auf. Terroristen hatten den internationalen Terminal des Flughafens von Melbourne gesprengt, und man befürchtete unter den Trümmern des völlig zerstörten Gebäudes Tausende von Toten.

Er lächelte vor sich hin. Er war gut. Der Beste. Das unaufhaltsam wachsende Chaos in allen Teilen der Welt war der

Beweis dafür. Bald würde man ihn als einen der größten Helden der neuen Ordnung feiern.

Die sechsunddreißig Verborgenen schwanden dahin. Beverly Panagoupolos war die Vierzehnte gewesen, die von seiner Hand starb. Niemand vor ihm hatte so viele getötet. Jetzt waren nur noch drei der sechsunddreißig übrig. Wenn sie erst aus dem Weg geschafft sind, dachte Raoul voller Stolz, dann ist Gottes elende Welt am Ende.

Sie geriet bereits zunehmend aus den Fugen. Kriege, Erdbeben, Hungersnöte, Feuersbrünste, Epidemien – nacheinander breiteten sich Katastrophen aller Arten, natürliche ebenso wie von Menschen verursachte, in einem nie da gewesenen Ausmaß über den Globus aus. Es war nur noch eine Frage von Tagen.

Wenn die letzten drei nicht mehr waren – das Licht der Verborgenen ausgelöscht –, würde die Zeit der Gnoseos anbrechen, und die Welt würde aufhören zu existieren.

Brooklyn, New York

Die Zeit lief ihnen davon.

Achttausend Kilometer entfernt, in seinem kleinen Büro an der Avenue Z, schloss Rabbi Eliezer ben Moshe die müden Augen und betete.

Während der neunundachtzig Jahre seines Lebens hatten diese Augen viel Tragisches und Böses, viel *simcha* und Gutes in der Welt gesehen. Aber in letzter Zeit schien sich das Böse zu vervielfachen. Der Rabbi wusste, dass dies kein Zufall war.

Verzweifelte Angst erfüllte sein Herz. Er hatte sein ganzes

Leben dem Studium der Kabbala gewidmet, dem Meditieren über die mystischen Geheimnisse Gottes, der Anrufung Seiner vielen Namen. Er hatte sie mit leiser Stimme endlos wiederholt, für Schutz gebetet; nicht für sich selbst, sondern für die Welt.

Denn die Welt wurde von einer Gefahr bedroht, die schrecklicher war als die Sintflut. Die dunklen Seelen eines uralten Kultes hatten das *Buch der Namen* gefunden. Davon war er überzeugt.

Und all die *Lamedwowniks,* deren Namen in dieser alten Schrift überliefert waren, wurden getötet, einer nach dem anderen. Wie viele mochten noch übrig sein? Das wussten nur Gott und die Gnoseos.

Seufzend wandte er sich den Talismanen zu, die auf seinem Schreibtisch ausgebreitet lagen. Manche von ihnen verstand er, andere nicht. Er hob sie nacheinander auf und verstaute sie wieder in dem Beutel aus brüchigem Leder, der offen auf seinem Schreibtisch lag. Seine arthritischen Finger schmerzten, als er zwei alte Kodizes aus dem Regal zog, den *Sohar* und den *Tanach*, um das Rad des Zahlenschlosses an dem verborgenen Tresor zu drehen. Nachdem das Schloss eingerastet war und der Beutel wieder sicher in dem feuerfesten Safe ruhte, nahm der Rabbi sein abgenutztes Buch der Psalmen und schlurfte zur Tür.

Sein langer silberner Bart zitterte, als er die Lippen in stummem Gebet bewegte.

Lieber Gott, gib uns die Kraft und die Weisheit, den Bösen Einhalt zu gebieten.

Das winzige Mikrofon unter seinem Schreibtisch nahm das Gebet auf und sendete es weiter.

Aber nicht zu Gott.

KAPITEL ZWEI

Georgetown University
Washington, D. C.

Als David Shepherd nach seinen vormittäglichen Lehrveranstaltungen Houligan's Bar betrat, konnte er nur an zweierlei denken: an seine hämmernden Kopfschmerzen und an das dringende Bedürfnis, etwas zu essen. Letzte Nacht, nach dem Abschluss von Tony Blairs zweitägigem Besuch auf dem Campus, den David organisiert hatte, war er zu überreizt gewesen, um zu schlafen. Blairs Rede war von den Studenten mit begeistertem Applaus gefeiert worden, und der anschließende Empfang bei Dekan Myer hatte fast bis ein Uhr früh gedauert.

Dass Blair Georgetown besucht hatte, galt allgemein als Davids Verdienst, auch wenn in Wirklichkeit eine ganze Menge Glück im Spiel gewesen war. David war dem britischen Staatsmann sieben Monate zuvor begegnet, als er einer Einladung nachkam, an der Oxford University ein Seminar zu halten. Im Anschluss an die Lehrveranstaltung hatte es ihm zu Ehren ein Dinner im Boisdale in Belgravia gegeben, und Blair, der ihm am Tisch gegenübersaß, hatte ihm zu seinem kürzlich erschienenen Buch *Stärkung der Nationen: Friedensbemühungen in einer Ära nuklearer Aufrüstung* gratuliert.

Daraus hatte sich ein E-Mail-Wechsel ergeben, und zu Davids eigener Überraschung hatte der Staatsmann später seine Einladung angenommen, an der Georgetown University eine Rede zu halten.

Blairs Besuch war ein überwältigender Erfolg gewesen – dieser Morgen jedoch war die reine Hölle. David hatte bis vier Uhr früh keinen Schlaf gefunden, dann den Wecker überhört und war zu seiner Vorlesung um acht abgehetzt und mit Verspätung erschienen. Ihm war nicht einmal die Zeit geblieben, ein oder zwei Paracetamol zu schlucken, geschweige denn, sich einen Energy-Drink aus dem Kühlschrank zu holen. Selbst aufs Rasieren hatte er verzichtet, war nur rasch unter die Dusche gesprungen und ein paarmal mit dem Kamm durch sein dichtes schwarzes Haar gefahren.

«Hi, Dave, wie geht's?» David erkannte über den Lärm hinweg die nasale Stimme von Tom McIntyre, der ihm vom übernächsten Tisch aus zuwinkte.

«Für Myers Goldjungen siehst du reichlich zerknittert aus. Hat dein Kumpel Tony dich letzte Nacht verleitet, die Lage der Welt mal wieder intensiv zu überdenken?»

Der Assistenzprofessor mit dem schütteren Haar und Davids Bürokollege im Fach Politikwissenschaft gab der Kellnerin am anderen Ende des Raumes ein Zeichen. Tom – Junggeselle und wie David Mitte dreißig – war ein glänzender Sparringpartner und zählte zu den beliebtesten Dozenten auf dem Campus. Jedes Semester machte er einen Wettbewerb daraus, wessen Seminar-Anmeldelisten zuerst voll waren. David vermutete hinter Toms herausfordernder Art noch etwas anderes als bloß freundschaftliche Konkurrenz, doch als Sohn eines US-Senators war er in einem politisch geprägten Umfeld aufgewachsen, sodass er gegen Machtkämpfe immun war.

Für gewöhnlich tat er Toms Versuche, ihn zu übertrumpfen, achselzuckend ab – außer bei ihrem alljährlichen Bergsteige-Trip in den Westen. Tom war ein feiner Kerl und ein teuflisch guter Kletterer, ein echter Könner auf dem einen

Gebiet, auf dem David den Konkurrenzkampf genoss: wenn man es mit Mensch und Natur aufnahm, sich an Steilwänden maß, die eigenen Fähigkeiten auf die Probe stellte.

Stöhnend ließ sich der hochgewachsene, muskulöse David seinem Bürokollegen gegenüber auf einem harten Stuhl nieder.

Tom hob ein Bierglas. «So eins könnte dich von deinem Leiden kurieren.»

«Und ein Vorschlaghammer könnte mich von diesen Kopfschmerzen befreien.» David grinste gequält. «Du hast nicht zufällig einen zur Hand?»

Toms Aufmerksamkeit war bereits wieder abgeschweift, sein Blick ruhte auf dem Fernseher über der Bar. «Chicken Little hatte recht, mein Freund. Das Ende naht.»

«Dem widerspreche ich nicht.» David bestellte einen Hamburger, Chili mit Zwiebeln und ein Heineken. Dann lehnte er sich auf seinem Stuhl zurück und rieb sich die Schläfen. Sein Blick folgte automatisch dem von Tom, der noch immer die Nachrichten auf CNN verfolgte. *Ein weiterer Terroranschlag in Melbourne.* David verzog das Gesicht. Katastrophen in aller Welt schienen neuerdings an der Tagesordnung zu sein.

Er lehrte seit nunmehr fast zehn Jahren Politikwissenschaft hier in Georgetown, doch das vergangene Semester hatte ihn vor die bislang größte Herausforderung seiner Karriere gestellt. Mit den Worten von Platon, Thoreau, Churchill und anderen großen politischen Denkern waren die Wirren und Verheerungen, die gegenwärtig die gesamte Welt erschütterten, nicht annähernd zu erklären. Hurrikans, Tsunamis, Kriege, Attentate, Terroranschläge – eine unheilvolle Mischung aus den Unbilden der Natur einerseits und menschlichen Gewalttaten andererseits. Seine Studenten hatten mehr Fragen, als er – oder selbst Tony Blair – beantworten konnte.

Als die Kellnerin sein Bier brachte, war David geradezu erleichtert über die Ablenkung. Tom beugte sich vor und senkte die Stimme.

«Mein Freund, dies ist dein Glückstag. Kate Wallace hat ihre blonde Schönheit soeben zwei Tische weiter platziert. Na los, geh rüber und lad sie zum Labor-Day-Barbecue des Dekans ein!»

David widerstand dem Drang, sich umzusehen. Kate Wallace war eine einunddreißigjährige Anglistikdozentin, die gerade an einem pikanten Roman über den Hof von Ferdinand und Isabella schrieb. Und sie war die erste Frau, für die er sich ernsthaft interessierte, seit Meredith die Scheidung eingereicht hatte. Sie hatten ein paarmal in der Personal-Cafeteria zusammen Kaffee getrunken, und bislang hatte sie immerhin nicht die Flucht vor ihm ergriffen.

Verdammt, warum sollte er sie eigentlich nicht einladen?

David sah Tom an, zog eine Augenbraue hoch und erhob sich schwerfällig von seinem Stuhl. Zwei Minuten später notierte er sich Kates Telefonnummer und die Wegbeschreibung zu dem Reihenhaus, in dem sie wohnte.

Als er an seinen Tisch zurückkehrte, empfing Tom ihn grinsend. «Ich bin beeindruckt. Du hast nur anderthalb Semester gebraucht, um dich zu diesem Schritt durchzuringen.»

«Das richtige Timing ist das A und O, habe ich mir sagen lassen.» David biss in seinen Hamburger und betrachtete den Notizzettel auf dem Tisch.

Er hielt im Kauen inne. *Was zum Teufel …?*

Statt «Kate Wallace» hatte er etwas völlig anderes aufgeschrieben.

Beverly Panagoupolos.

O nein, nicht schon wieder, dachte er. Die Kopfschmerzen, die zwischenzeitlich ein wenig nachgelassen hatten, hämmerten jetzt erneut gnadenlos. Wieder ein Name, der ihm unerklärlicherweise in den Sinn gekommen war. Einer von so vielen. Woher kamen sie alle?

«Hey, Dave, alles in Ordnung? Sag mal – du siehst plötzlich aus wie der wandelnde Tod.»

Davids Muskeln verspannten sich. Tom hatte keine Ahnung, wie nahe das der Wahrheit kam. Doch er sprach nie über den Sturz, der ihn als Junge beinahe das Leben gekostet hatte. Nicht einmal Meredith hatte er davon erzählt.

«Das kommt bloß von diesen verdammten Kopfschmerzen.» Er zwang sich, einen weiteren Bissen von seinem Hamburger zu essen, aber mit den Gedanken war er nicht mehr bei seiner Mahlzeit. Auch nicht bei Tom oder Kate. Er dachte an Beverly Panagoupolos.

Sosehr er sich auch dagegen sträubte.

Eine Stunde später steuerte David seinen Mazda 6 mit leicht überhöhter Geschwindigkeit am Capitol Hill vorbei in Richtung Eastern Market. Als er in eine Seitenstraße abbog, um hinter seinem Reihenhaus zu parken, konnte er es kaum noch erwarten nachzusehen, ob der Name Beverly Panagoupolos in seinem Notizbuch stand. Er wollte gerade den Zündschlüssel abziehen, als auf CBS die stündliche Nachrichtensendung begann.

Soeben erreicht uns eine Meldung aus Athen. Die Polizei hat die Residenz des griechischen Premierministers Nicholas Agnastou umstellt und das gesamte Gelände abgesperrt, nachdem die Schwester des Premierministers, Beverly Panagoupolos, dort wenige Stunden zuvor tot aufgefunden worden war. Offenbar wurde sie das Opfer eines brutalen Mordes …

David erstarrte, die Hand noch am Zündschlüssel. Schweißperlen traten auf seine Stirn, innerlich jedoch wurde ihm eiskalt. *Warum ist mir ihr Name gerade heute eingefallen – an ihrem Todestag? Das ist mir noch nie passiert.* Er zerrte den Notizzettel aus seiner Hosentasche und starrte darauf. Sein Verstand arbeitete fieberhaft. *Oder doch?*

Er rannte die Stufen zur Eingangstür hinauf, schloss hastig auf und eilte, noch während die Haustür hinter ihm ins Schloss fiel, über den kurzen Flur zu seinem Arbeitszimmer. Auf dem Schreibtisch herrschte ein kontrolliertes Chaos, bestehend aus den Dingen, die sein Leben ausmachten: halbfertig korrigierte Seminararbeiten, Bücher und Ordner, eine Schachtel Fineliner, ein gerahmtes Foto, das ihn und Stacy bei ihrem letzten Skiurlaub in Vail zeigte, und der milchig graublaue Edelstein, der in der Hand eines roten Keramikaffen ruhte. Den Affen hatte ihm Judd Wanamaker, der beste Freund seines Vaters, aus Thailand mitgebracht, als er acht war.

Er riss die mittlere Schublade seines Sekretärs auf und kramte in Kontoauszügen und Rechnungen, bis sich seine Finger um das dicke rote Notizbuch schlossen. Mit klopfendem Herzen überflog er die Seiten, auf denen all die Namen standen.

Einhundertfünfundvierzig Seiten, vollgeschrieben mit Namen. Tausende und Abertausende von Namen.

Und dann entdeckte er ihn. Genau in der Mitte von Seite zweiundvierzig.

Beverly Panagoupolos.

Der Eintrag stammte vom 7. Oktober 1994. Er hatte zu jedem Namen das Datum notiert, an dem er ihm eingefallen war. Und heute hatte er diesen Namen noch einmal aufgeschrieben. Am Todestag der Trägerin.

Sein Blick ruhte auf den Namen. Die Vereinten Nationen in Form von Namen. Jede Nationalität der Welt war vertreten, davon war er überzeugt.

Als Jugendlicher hatte er in jeder Stadt, in der seine Familie Urlaub machte, die Telefonbücher durchgeblättert auf der Suche nach den Namen in seinem Notizbuch.

Er hatte nie einen von ihnen gefunden, und irgendwann hatte er es aufgegeben.

Heute jedoch wusste er von einem der Namen mit Bestimmtheit, dass die Trägerin einem Mord zum Opfer gefallen war. Ein kalter Schauer überlief ihn, als er sich fragte, ob das noch auf andere Namen aus seinem Buch zutraf.

Villa Casa della Falconara, Sizilien

Irina war in völliger Dunkelheit gefangen. Frierend. Verängstigt. Nackt.

Heilige Jungfrau Maria, wie lange wird er mich hier noch warten lassen? Und worauf?

Die seidene Augenbinde schmiegte sich sanft um ihren Kopf. Irina hatte keine Vorstellung davon, wie lange sie die Binde nun schon trug – selbst wenn die Leute ihr Mahlzeiten brachten und ihr die Handfesseln lösten, damit sie essen und die Toilette benutzen konnte, gestatteten sie ihr nie, die Augenbinde abzunehmen.

Sie sehnte sich nach ihrem Zuhause, danach, am Fenster zu sitzen und Kissenbezüge für ihre Aussteuer zu besticken. Bis zu ihrer Heirat mit Mario hatte sie noch fünf Bezüge fertigzustellen.

Würde sie Mario überhaupt heiraten? Suchte er nach ihr?

Weinte er um sie? Würde sie sein Gesicht jemals wiedersehen?

Warme Tränen sickerten in den Seidenstoff, mit dem ihre Augen verbunden waren. Zitternd schickte sie ein stummes Gebet zum Himmel, dasselbe, das sie jeden Tag betete, wieder und wieder.

Wo bist du, Gott?

An mondhellen Augustabenden pflegte der italienische Premierminister im Garten seiner Villa auf der Kuppe eines Hügels zu sitzen und kubanische Zigarren zu rauchen, wie sein Vater es ihm zum ersten Mal an seinem achten Geburtstag erlaubt hatte. Die Casa della Falconara, von der aus man auf das antike Amphitheater von Segesta blickte, befand sich seit mehr als vier Generationen im Besitz seiner Familie. Seine Eltern hatten vor siebzig Jahren ihren Hochzeitsempfang bei Sonnenuntergang auf der großen Terrasse mit der überwältigenden Aussicht veranstaltet, doch der bevorzugte Rückzugsort des Premierministers war der Garten, wo niemand ihn zu behelligen wagte.

Dort konnte er an heißen Sommerabenden die Augen schließen, den Duft der Zitronenhaine genießen, der aus dem Tal heraufzog, und den antiken griechischen und römischen Stücken lauschen, die unten im Amphitheater aufgeführt wurden.

Heute Abend jedoch blieb es still im Amphitheater, und der Garten lag verlassen da, weil Eduardo DiStefano in den verwitterten Mauern seiner Villa einen erlesenen Kreis von Gästen bewirtete, zwanzig Männer, die sich mit gedämpften, würdevollen Stimmen unterhielten.

Der Butler des Premierministers schritt lautlos um die lange Tafel, an der die Männer saßen, und schenkte fünfunddreißig Jahre alten Port in Kristallkelche ein. Die Tischgespräche beschränkten sich auf oberflächliche Themen wie die Sommerhitze oder das soeben genossene Sechs-Gänge-Menü, bis Silvio leise den Raum verlassen hatte und die kunstvoll geschnitzte Mahagonitür hörbar hinter ihm ins Schloss gefallen war. Da erhob sich Eduardo DiStefano, schloss die Tür ab und begann seine Ansprache mit der Gewandtheit und Eleganz, für die er bekannt war.

«Heute Abend, meine getreuen Freunde, haben wir einen Wendepunkt erreicht. Es wurden nunmehr dreiunddreißig Hindernisse aus dem Weg geschafft.» DiStefano legte eine Pause ein, und seine durchdringenden Augen leuchteten, als seine Worte mit stürmischem Applaus begrüßt wurden. Er war ein auffallend gut aussehender Mann mit hoher Denkerstirn, markantem Kinn und einem Lächeln, das Gold hätte zum Schmelzen bringen können. Obwohl er bereits auf die sechzig zuging, war sein dunkles Haar erst von wenigen Silberfäden durchzogen, was ebenso sehr zu seiner elanvollen Erscheinung beitrug wie der Armani-Smoking. Während seine Gäste applaudierten, drehte er den Goldring mit den ineinander verschlungenen Schlangen an seinem Mittelfinger und wartete, bis wieder Ruhe eingekehrt war.

«Und was noch bedeutsamer ist», fuhr DiStefano schließlich fort, «*unsere Schlange* steht kurz vor dem endgültigen Durchbruch.»

Er wandte sich mit einem Lächeln dem distinguierten Bankier zu, dessen Familie seit dem 16. Jahrhundert mit der Verwaltung des immensen Vermögens betraut war. Der Sohn dieses Mannes hatte beim Aufspüren der Zielpersonen für die Dunklen Engel unschätzbar wertvolle Dienste geleistet, und seinem brillanten Verstand hatten sie es zu verdanken, dass der langersehnte Triumph endlich in greifbare Nähe gerückt war.

Wieder brandete Applaus auf. Der Bankier neigte dankend den Kopf.

«Wie ich hörte», sagte DiStefano, «arbeitet Ihr Sohn wieder einmal seit drei Tagen ununterbrochen an seinem Computer. Gentlemen, womöglich ist er gerade in diesem Moment nur noch Sekunden von der ultimativen Erkenntnis entfernt – der Entschlüsselung der letzten drei Namen.»

Die Männer entlang der Tafel wechselten Blicke andächtigen Staunens. Seit mehr als hundert Generationen hatten sie und ihre Vorfahren mit allen Mitteln danach gestrebt, dieses Wissen zu erlangen, dieses Ziel zu erreichen. Die Vorstellung, dass der Erfolg unmittelbar bevorstand – und damit die vollkommene spirituelle Erleuchtung –, war überwältigend. Ja, die Vorstellung war geradezu erregend, eine zündende Flamme, die das Fleisch verzehren und die Seele befreien würde.

«Auf unser Wohl, meine Freunde.» DiStefano hob seinen Kelch. Dabei fing er den Blick von Alberto Ortega auf, der nach ihm der Zweite in der Rangordnung war. Der ehemalige Generalsekretär der Vereinten Nationen lächelte strahlend und hob ebenfalls sein Glas, während DiStefano einen Toast ausbrachte.

«Machen wir uns für den letzten Teil der Reise bereit.» Er nippte von dem schweren, dunklen Portwein, kostete ihn genüsslich, und die Übrigen in der Runde taten es ihm nach. Die Vertrautheit dieses Rituals wirkte beruhigend und ergreifend zugleich.

DiStefano erinnerte sich noch an das erste Mal, als er hatte teilnehmen dürfen. In der Nacht vor dem großen Ereignis hatte er kein Auge zugetan, den ganzen Tag über keinen Bissen gegessen.

Sein Vater hatte ihm nie auch nur andeutungsweise verraten, was sich in diesem Raum während der besonderen Treffen abspielte, die zweimal im Jahr unter seinem Vorsitz stattfanden. Als Kind hatte er nur gewusst, dass das Personal tagelang mit den Vorbereitungen für das Bankett beschäftigt war und dass selbst seine Mutter nicht daran teilnehmen durfte.

Manchmal erwachte er um fünf Uhr früh vom Knirschen der Reifen auf dem Kies, wenn die Autos über die Auffahrt den Hang hinabrollten, wenn die Würdenträger verschwanden wie Sterne, die vor der Morgendämmerung erloschen.

Was taten sie während all der Stunden, bis tief in die Nacht hinein? Ihm war bewusst, dass sein Vater ein bedeutender Mann war – ebenso wie all die anderen Männer, die zu den Treffen erschienen, darunter Staatsoberhäupter und viele andere berühmte Führungspersönlichkeiten.

Es war, als versammelten sich die Vereinten Nationen auf Sizilien, in seinem Elternhaus.

Von dem Tag an, als sich zum ersten Mal die Flügel der getäfelten Doppeltür vor seinen Augen geschlossen hatten und er allein in der marmorgefliesten Eingangshalle zurückgeblieben war, hatte er sich danach gesehnt, dabei sein zu können, an der Seite seines Vaters mit an der Tafel zu sitzen und zuzuhören, die geballte Macht in sich aufzusaugen, die in diesem Raum versammelt war.

Doch erst als er achtzehn wurde, erhielt er seinen eigenen Talisman – den goldenen Ring, den er niemals abnahm – und die Einladung, an den Zeremonien teilzunehmen.

Was er dort zu sehen bekam, hatte ihn zutiefst entsetzt.

Eigentümlich, wie sehr er mittlerweile dieses Ritual genoss, das den krönenden Abschluss des Abends bildete. Glücklicherweise war sein Vater ein einfühlsamer und geduldiger Mann, der ihm die Notwendigkeit dessen, was sie taten, und den höheren Zweck begreiflich gemacht hatte. Die Frauen, die sie initiierten, würden später, wenn die Welt erst einmal in ihren Händen war, eine Schlüsselrolle spielen. Sorgfältig ausgewählt, streng von der Außenwelt abgeschirmt – die unwilligen Gefäße würden gebraucht werden. In doppeltem Sinne.

Wenn er heutzutage in der Nacht vor dem Ritual nicht schlafen konnte, hatte das nichts mehr mit ängstlicher Anspannung zu tun.

Er streckte seine sonnengebräunte Hand nach einem Knopf aus, und im nächsten Moment glitt die vertäfelte Wand hinter ihm zur Seite.

Dort im Schatten wartete sie, mit rabenschwarzem Haar und verbundenen Augen, nackt.

Einige der Männer bewegten sich unruhig auf ihren Sitzen in Erwartung der göttlichen Ekstase, die sie gleich erleben würden. Andere saßen reglos da, den Blick wie Habichte auf das Mädchen gerichtet.

Sie alle waren intelligente Männer, die sich ganz und gar ihrer Aufgabe verschrieben hatten. Mächtige Männer. Wie die Generationen vor ihnen waren sie in frühem Alter sorgfältig für diese Ehre ausgewählt worden, für diese Herausforderung, dieses überaus kühne und gefahrvolle Unternehmen.

Und niemand außerhalb des Zirkels wusste davon, dachte DiStefano mit Befriedigung. Nicht einer unter all den Toren, die in der materiellen Welt ihr elendes Dasein fristeten, hatte auch nur die leiseste Ahnung von der Existenz der Gnoseos.

Das Mädchen wurde hereingebracht.

Alberto Ortega trat an den Schrank, in dem in einem Glaskästchen die zwei uralten Edelsteine im Schein einer

Lampe wie dunkle Sterne funkelten. Der Amethyst und der Smaragd waren jahrtausendealt. Sie gehörten zu den zwölf zeitlosen Steinen, nach deren Vorbild später die Lehre von den Geburtssteinen des Zodiak entstanden war. Ortega griff nach dem Kelch und der kleinen Silberphiole für das Ritual, sorgsam darauf bedacht, das Kästchen mit den Steinen nicht anzustoßen. Behutsam streute er das blaue Pulver in den Kelch, bis die Kristalle die Gravur am Grund des Trinkgefäßes – eine Schlange, die sich selbst in den Schwanz biss – vollständig bedeckten. Das Mädchen mit der Augenbinde wimmerte. DiStefano trat vor, um Wein aus einem Kristalldekanter einzuschenken. Er beobachtete, wie die rubinrote Flüssigkeit bis zu einer zweiten Schlange anstieg, die auf halber Höhe des Kelches eingraviert war, und rührte dann mit dem Finger um.

Mit leuchtenden Augen gab er das Zeichen, dem Mädchen die Augenbinde abzunehmen. Ohne ihren entsetzten Gesichtsausdruck zu beachten, hob er den Kelch an ihre zitternden Lippen.

«Nein, bitte nicht», flehte sie und drehte verzweifelt den Kopf zur Seite.

«Hör auf zu jammern», murmelte DiStefano und streichelte die Locke, die sich über ihre Wange ringelte, ehe er ihr Haar fest im Nacken packte und ihren Kopf nach hinten bog. «Du solltest dankbar sein. Du bist zu Großem auserwählt.»

Ihre Blicke senkten sich ineinander, während er die bittere Flüssigkeit fast vollständig in ihre Kehle rinnen ließ. Sekunden später begann sie zu zittern. DiStefano reichte das Trinkgefäß weiter, zuerst an Ortega, der einen Tropfen kostete und den Ritualkelch dann seinerseits an Odiambo Mofulatsi, den Dritten in der Rangordnung, weiterreichte. Rasch machte das Gefäß die Runde, und nacheinander nippten alle Mitglieder des Zirkels einen winzigen symbolischen Schluck.

Dann begannen die Schultern des Mädchens unkontrolliert zu beben.

Die Welt drehte sich, und Irina sah einen Wirbel leuchtender Farben. Ihr Herz begann zu rasen, bis ihr die Brust schmerzte. Sie spürte Schlangen, die an ihr entlangglitten, sich um ihre Schultern wanden, und dann nahm sie den Moschusgeruch der Männer wahr.

Ihre Schreie stiegen an die Oberfläche, trieben durch den Raum. Die Farben und die Männer und das Entsetzen rissen sie in die Tiefe.

Marylebone, London

Seine Augen waren so trocken, dass sie schmerzten. Die Linien der Grafik auf dem Vierundzwanzig-Zoll-Flachbildschirm verschwammen ineinander. Drei Tage lang an diesem Rechner Graphen übereinanderschieben, drei Tage lang die überlappenden Transkriptionen auf der Suche nach den letzten drei Namen studieren. Erschöpft schaltete er den Computer aus. Schluss für heute.

Es würde niemandem etwas nützen, wenn er jetzt weitermachte. Er kannte seine Grenzen, wusste, dass er sie bereits überschritten hatte. In ganz London gäbe es nicht genügend Augentropfen, um ihn auch nur eine einzige Stunde länger leistungsfähig zu erhalten.

Er drehte seinen Bürostuhl herum und betrachtete mit zusammengekniffenen Augen das erotische Gemälde von Gustav Klimt, das eine ganze Wand seines Büros in der ersten Etage einnahm. Während der Arbeit nahm er den Luxus, der ihn umgab, überhaupt nicht wahr, weder die polierten Böden aus afrikanischem Ebenholz und die dazu passenden Deckenleisten noch die erlesenen Zebrafelle, die Aubusson-Wandteppiche und die Skulpturen, die aus dem Auktionshaus Christie's stammten. Während seiner Jahre in Oxford hatten viele seiner Bekannten ihn für dekadent gehalten – wie recht sie doch hatten! Ebenso wie sein Vater und die Mehrheit des Zirkels erhob er den Hedonismus zu einer Kunstform.

Der Körper war nun einmal schlecht – warum sollte man sich also die Mühe machen, ihn bezähmen zu wollen? Warum sollte man gegen die Impulse der Natur ankämpfen? Das Böse war dem Körper eingeboren – nur die Seele war rein, wie die Quelle, zu der sie zurückstrebte, um sich wieder mit ihr zu vereinigen. Darum widmete er sich zwar seiner Arbeit rückhaltlos, verausgabte sich bis zum Letzten, war hochkonzentriert und von dem Drang getrieben, seine Aufgabe zu erfüllen; wenn er sich jedoch amüsierte, ging er auch darin völlig auf und versagte sich nichts.

Und jetzt war es Zeit, sich zu amüsieren.

Blinzelnd sah er auf seine Armbanduhr, eine Vacheron Constantin, und stellte fest, dass die uralte Zeremonie auf Sizilien bereits begonnen haben musste.

Er würde heute Abend seine eigene kleine Zeremonie begehen. Sie würde ihn verjüngen.

Er griff nach seinem Gehstock und erhob sich. Während er über die marmorgefliesten Flure seines dreistöckigen Hauses an der Blandford Street hinkte, wurde ihm bewusst, dass er seit mehr als vierundzwanzig Stunden keine feste Nahrung zu sich genommen hatte. Dem sollte abgeholfen werden. Ihn gelüstete nach etwas Scharfem, Heißem.

Über die Haussprechanlage in seinem Schlafzimmer rief er Gilbert. Indische Küche wäre jetzt genau das Richtige.

«Reservieren Sie mir für heute Abend einen Tisch im Tamarind. Dieselbe Uhrzeit wie immer, derselbe Tisch. Ich will eine Rothaarige, eine vom Typ Cate Blanchett. Und sorgen Sie dafür, dass sie eine halbe Stunde vor mir dort ist.»

Anschließend schlurfte er durch seinen riesigen begehbaren Kleiderschrank, und der Gehstock pochte zu jedem Schritt auf den Boden. Er hielt inne, um den Ärmel seines neuesten Smokings von Ermenegildo Zegna durch die Finger gleiten zu lassen. Er hatte ihn mit den Saphir-Manschettenknöpfen verziert, die er letzten Monat in Florenz entdeckt hatte.

Nachdem er seine Kleidung auf das Bett geworfen hatte, nahm er das goldene Medaillon ab, das er an einer Kette um den Hals trug: einen doppelten Ouroboros – zwei Schlangen, die einander in den Schwanz bissen und eine Acht bildeten. Ihre diamantenen Augen saßen funkelnd in dem schimmernden Gold.

Mein Ouroboros-Talisman ist größer und kostbarer als der meines Vaters, dachte er voller Befriedigung. Wie es der Schlange gebührte.

Eisiges Wasser prasselte aus den zahlreichen Düsen in der Granitwand seiner Dusche auf seinen Körper. Wie immer empfand er die Kälte als angenehm erfrischend und belebend. Er schäumte sein schmutzig blondes Haar mit Shampoo ein und massierte die müden Muskeln seiner kräftigen Schultern.

Das Ende der Welt muss noch ein paar Tage warten, beschloss er, während er sein Gesäß wusch, auf dem zwei ineinander verschlungene schwarze Schlangen eintätowiert waren.

Ein Abend voller Vergnügungen – ausschweifendes Essen und ausschweifender Sex – würde seinen Geist für den Endspurt schärfen. Schon sehr bald würde sich diese Parodie einer Welt mit ihren jämmerlichen Wolkenkratzern, den lärmenden Fabriken, lächerlichen Kirchen und verblendeten Regierungen in den Äther verflüchtigen. Diese Welt war schlecht und böse, nur die Seele und die Quelle waren rein.

Für heute Abend würde er sein Streben nach der ultimativen Reinheit – der Wahrheit des Seins – unterbrechen. Er würde die Suche nach den Letzten dieser verdammten Namen ruhenlassen, um sich fleischlichen Gelüsten hinzugeben.

Den Gelüsten *seines* Fleisches.

All das zum Besten seiner Seele.

KAPITEL DREI

Shen Jianchao
Glenda McPharon
Hassan Habari
Lubomir Zalewski
Donald Walston
Rufus Johnson
Noelania Trias
Henrik Kolenko
Sandra Hudson
Mzobanzi Nxele

Fieberhaft blätterte David sein Notizbuch durch, gab willkürlich einzelne Namen in Google ein, einen nach dem anderen.

Gegen Mitternacht hatte er bereits über fünfzig Namen im Internet gesucht. Zu einigen lautete das Ergebnis «keine übereinstimmenden Dokumente gefunden». Andere ergaben zwar Treffer, doch die Informationen waren spärlich.

Dann tippte er den Namen Marika Dubrovska ein. Auf dem Bildschirm erschien eine Reihe von Links zu Nachrichtenmeldungen aus Krakau. Eine Marika Dubrovska war vor zwei Jahren im Wysotsky-Hotel im Schlaf erschossen worden. David suchte nach aktuellen Informationen, fand jedoch keine. Anscheinend war der Mord nie aufgeklärt worden.

Ein Simon Rosenblatt war, wie sich herausstellte, dem Holocaust zum Opfer gefallen und 1942 in Treblinka in der

Gaskammer gestorben. Ein anderer Mann mit diesem Namen, ein amerikanischer Matrose, war beim Angriff auf Pearl Harbor umgekommen. Außerdem gab es noch drei weitere Simon Rosenblatts – und sie alle waren zwischen 1940 und 1945 verstorben.

LaToya Lincoln, eine Sozialarbeiterin aus Detroit, war 1999 am kanadischen Ufer des Detroit River angespült worden.

Davids Finger flogen nur so über die Tastatur. Er tippte einen weiteren Namen ein und dann noch einen.

Donald Walston. Eine lange Liste von Treffern füllte den Monitor. David arbeitete sich durch die Informationen zu vier Donald Walstons – einem Elektriker aus New Brunswick, einem Urgroßvater im Stammbaum einer südafrikanischen Familie, einem Schriftsteller in Birmingham, England, und einem Zahnarzt in Santa Barbara.

Seine Hände begannen zu zittern. Alle vier Männer waren tot, zu unterschiedlichen Zeiten in unterschiedlichen Ländern gestorben. Der Urgroßvater in Südafrika war 1918 dem Typhus erlegen, die übrigen drei jedoch waren alle im Laufe des vergangenen Jahres ums Leben gekommen, in einer Zeitspanne von nur einigen Monaten.

Der Elektriker war einem Mord zum Opfer gefallen, der Schriftsteller einem Unfall mit Fahrerflucht, und der Zahnarzt war bei einem Brand umgekommen.

Gegen sieben Uhr früh hatte David hundertachtzig Namen aus seinem Notizbuch abgearbeitet. Sechzig hatten Treffer ergeben – und von diesen sechzig waren den Informationen im Internet zufolge achtundvierzig tot. Siebenundzwanzig waren ermordet worden, die übrigen einundzwanzig tödlich verunglückt. Nicht einer von ihnen war eines natürlichen Todes gestorben.

Erschüttert starrte David auf die Namen. Ihre Herkunftsländer lagen über den gesamten Globus verteilt, die Todesdaten über mehrere Jahrhunderte. Sie kamen aus den unterschiedlichsten Gesellschaftsschichten, ethnischen Gruppen, Religionen.

Sie kamen aus seinem Notizbuch.

Sie kamen aus seinem Kopf.

KAPITEL VIER

«Also, was sagst du dazu, Dillon? Bin ich verrückt?»

Pater Dillon McGrath musterte David mit forschenden blauen Augen, die in den fünfundvierzig Jahren seines Lebens eine Menge Bedenkenswertes gesehen hatten. «Du hast Beverly Panagoupolos' Namen in deinem Kopf gehört, und zwar am Tag ihres Todes, und dann festgestellt, dass er in deinem Notizbuch steht – das bedeutet noch lange nicht, dass du verrückt bist. Vielleicht mit übersinnlichen Fähigkeiten ausgestattet, aber nicht verrückt.»

«Wenn ich nur einen Hauch übersinnlicher Fähigkeit besäße, hätte ich längst im Lotto gewonnen.»

Dillons Gesicht verzog sich zu einem schiefen Lächeln, das schon so manche Frau veranlasst hatte, seinen römischen Kragen zu verfluchen. David war immer der Meinung gewesen, dass Dillon McGrath mit seinen schwarzen Locken und der kräftigen Gesichtsfarbe eher wie ein Pirat denn wie ein Priester aussah, doch in den acht Jahren, die sie mittlerweile befreundet waren, hatte der stämmige Leiter der theologischen Fakultät nie andere Laster an den Tag gelegt als eine Vorliebe für Glenmorangie und geschmuggelte kubanische Zigarren.

Dillon und David hatten beide im selben Herbst ihre Stellen als Assistenzprofessoren an der Georgetown University angetreten. Eigentlich hatten sie so gut wie nichts gemeinsam und waren anfangs nur bei offiziellen Anlässen in der Fakultät in Kontakt gekommen. Doch allmählich hatte sich zwischen ihnen eine Freundschaft entwickelt, und seit einiger Zeit gingen sie jeden Samstagmorgen zusammen frühstücken, immer auf der Suche nach den besten Bagels mit Räucherlachs in D. C.

Davids Blick glitt über die Regalwand in Dillons Büro, die überquoll von Büchern über Philosophie, vergleichende Religionswissenschaft, übernatürliche Phänomene und Metaphysik. Er hegte wenig Hoffnung, dass in einem davon die Erklärung für sein Erlebnis zu finden war.

«Seit wann schreibst du schon diese Namen auf?», fragte Dillon und trank einen Schluck Kaffee aus seinem Baltimore-Orioles-Becher. «Kannst du dich erinnern, wann das angefangen hat?»

«In meinem zweiten Jahr an der Highschool.»

«Und was könnte das Ganze ausgelöst haben?»

«Nichts.» David stand auf und begann im Zimmer auf und ab zu gehen. Er konnte sich nicht recht entscheiden, ob er bereit war, tatsächlich über das zu sprechen, was ihm widerfahren war. Auch wenn es der eigentliche Zweck seines Besuchs war.

«Spuck's aus, David. Ich kenne dich – wenn du so auf und ab gehst, dann verbirgst du tausend Gedanken in deinem brillanten Hirn. Zwing mich nicht, sie einzeln ans Licht zu zerren.»

«Jetzt klingst du genau wie der Psychiater, zu dem meine Eltern mich damals kurz nach dem Unfall geschleppt haben.»

Dillon beugte sich vor. «Ein Unfall?»

Mit einem Seufzer ließ sich David wieder in seinen Sessel fallen. «Als ich dreizehn war, hätte ich mich selbst und zwei Kumpels beinahe umgebracht. Das war zwei Jahre bevor die Sache mit den Namen losging. Wir sind von einem Dach gestürzt. Mein Brustkorb war zertrümmert, und für ein paar Minuten war ich weg.»

Er begegnete Dillons forschendem Blick. «Und ja», fuhr er fort, um die Frage vorwegzunehmen, «ich bin durch den Tunnel gegangen und habe das sprichwörtliche Licht gesehen.»

Dillon starrte ihn verblüfft an. «Und du hast mir nie davon erzählt?» Er wies auf die Bücherregale. «Du weißt doch, dass ich zwei Bücher über Metaphysik und das Leben nach dem Tod geschrieben habe! Und da hast du mir deine Erfahrungen einfach vorenthalten?»

«Vergib mir, Vater, ich habe gesündigt», versetzte David mit flehender Geste und grinste.

Dillon schüttelte den Kopf. «Zwischen dieser Nahtoderfahrung und den Namen muss eine Verbindung bestehen», erklärte er mit einem Anflug von Erregung in der Stimme. «Zwei Jahre sind für das Unterbewusstsein nicht mehr als ein Augenblick.»

«Wenn du es sagst ...» David atmete tief durch. «Ich habe im Moment entschieden mehr Fragen als Antworten. Deshalb bin ich hier.»

Dillon lehnte sich in seinem Sessel zurück. «Fang am besten ganz von vorn an», schlug er vor. «Sprich aus, was dir einfällt, halte nichts zurück. Erzähl mir alles, was du von dieser Erfahrung im Gedächtnis behalten hast.»

Und David erzählte. Von den wichtigen Gästen, die sein Vater an jenem verschneiten Nachmittag in ihrem Haus in Connecticut empfangen hatte: Erik Mueller, den Schweizer Botschafter, seine Frau und den Sohn Crispin, der zwei Jahre älter als David und unglaublich von sich selbst eingenommen war. David war die Aufgabe zugefallen, ihn zu unterhalten.

Crispin war breitschultrig, blond und athletisch, ein Skiläufer, der damit angab, dass er schon mit sieben einen Hang am Matterhorn bezwungen habe. An jenem Nachmittag war Crispin sehr verkrampft gewesen, sichtlich darauf bedacht, Abby Lewis zu beeindrucken, Davids beste Freundin, die den älteren Jungen anstarrte, als sei er David Bowie.

David empfand ein flaues Gefühl im Magen, als er Dillon die Einzelheiten schilderte: wie Crispin ihn herausgefordert hatte, auf das Giebeldach des dreistöckigen Nachbarhauses zu klettern, und wie er selbst mit gespielter Kühnheit die Herausforderung angenommen hatte. Abby, die ihnen hinterherkletterte, schmelzende Schneeflocken in den Wimpern. Während er Crispins Fußstapfen über das Dach folgte, drohten seine Füße immer wieder abzugleiten, doch er überspielte seine Angst, tat, als ob es ihm nichts ausmachte, dass der Boden schwindelerregend tief unter ihnen lag.

Dann verlor Abby den Halt, und ihr Lachen schlug in Schreckensschreie um. David wollte sie packen, ruderte mit den Armen und stieß dabei Crispin an, der ebenfalls das Gleichgewicht verlor. Im nächsten Moment stürzten alle drei ab, wie in Zeitlupe kam ihnen der eisbedeckte Boden entgegen, bis der Aufprall sie in lautlose Schwärze schleuderte.

«Und dann …»

David verstummte. Dillon zog eine Augenbraue hoch.

«Und dann … was?»

David fühlte sich zittrig und benommen. Er hasste es, darüber zu sprechen, er hasste die Schuldgefühle, die diese Erinnerungen in ihm weckten. Im Geiste hörte er wieder die Stimme seines Vaters, dünn und schneidend.

Wie konntest du etwas derart Idiotisches tun? Crispin hat dich herausgefordert, also musstest du mitmachen? Ist dir klar, dass du dich um ein Haar umgebracht hättest? Und dieser Junge liegt wo-

möglich für den Rest seines Lebens im Koma! Warum zum Teufel hast du nicht deinen Verstand eingeschaltet, David? Du bist doch sonst so schlau, warum hast du nicht nachgedacht?

Unter hämmernden Kopfschmerzen erinnerte er sich daran, wie seine Mutter den Vater beschwichtigt, ihn von dem Krankenhausbett weggezogen hatte. Aber es war zu spät gewesen: Die Worte hatten zwischen ihnen in der Luft gehangen wie die schlammgrauen Vorhänge, die die Schwestern um sein Bett zogen, um die Presse fernzuhalten.

«Und dann fand ich mich im Krankenhaus wieder, mit höllischen Schmerzen, an Schläuche und Kabel angeschlossen – und die Ärzte sagten mir, sie hätten mich zurückgeholt.»

Dillon nickte. «Und wo warst du gewesen?»

«Ich weiß es nicht genau.» David fuhr sich mit einer Hand durchs Haar, kniff die Augen zusammen und forschte angestrengt in seinem Gedächtnis. «Ich erinnere mich nur noch an einen Tunnel, ein helles Licht. Das Gleiche, wovon alle berichten, die eine solche Erfahrung gemacht haben. Nichts weiter. Ich habe sämtliche Bücher gelesen, die Elisabeth Kübler-Ross zu diesem Thema geschrieben hat, und soweit ich es beurteilen kann, war an dem, was ich da erlebt habe, rein gar nichts Einzigartiges.»

Dillon erwiderte ruhig: «Es ist sogar deutlich weniger, als die meisten Menschen, die auf das Licht zugegangen sind, berichten. Da muss definitiv noch mehr gewesen sein, David. Du verdrängst es nur.» Der Theologe sprach in sachlichem Ton.

«Was immer du in diesem Tunnel erlebt hast – ich wette, es hat etwas mit den Namen zu tun. Du hast sie geradezu zwanghaft in deinem Notizbuch festgehalten, Jahr um Jahr, fast zwei Jahrzehnte lang. So etwas geschieht nicht einfach aus Zufall. Erst recht nicht jemandem, der geistig so gesund, praktisch veranlagt und funktional ist wie du.»

«Aber ich bin eben *nicht* mehr funktional, das ist es ja gerade. Ich habe das Gefühl, den Verstand zu verlieren. In letzter Zeit gehen mir diese Namen immer häufiger durch den Kopf. Was kann ich nur tun, damit das aufhört?»

«Du musst der Sache auf den Grund gehen.» Dillon runzelte die Stirn. «Wenn die Blockade so stark ist, brauchst du einen Hypnotherapeuten.»

David fuhr alarmiert auf. Er hätte nicht entgeisterter sein können, wenn sein bester Freund ihm eine Elektroschocktherapie vorgeschlagen hätte.

«Nun mach nicht so ein entsetztes Gesicht! Das ist kein Hokuspokus», versicherte Dillon ihm. «Alex Dorset behandelt Verbrechensopfer und arbeitet mit der Polizei von D. C. zusammen. Er ist ein hochangesehener Hypnotherapeut ... und ein Freund von mir.»

Er suchte in seiner Adresskartei. «Da haben wir ihn.» Rasch schrieb er Adresse und Telefonnummer auf einen Zettel. «Bei ihm bist du in den besten Händen, das versichere ich dir.»

Der Pater reichte David die Notiz, doch der machte keine Anstalten, sie anzunehmen.

«Das widerstrebt mir, Dillon, all dieses Gerede von Seele und Unterbewusstsein –»

«Findest du es etwa besser, wenn die Namen dein Leben bestimmen? Ich dachte, du suchst nach Antworten.»

David erwiderte nichts. Er rieb sich die Schläfen. Gestern Abend hatte er wieder einmal einen neuen Namen in sein Buch geschrieben und sich bemüht, nicht allzu lange darüber nachzudenken.

Dillon drückte ihm den Zettel in die Hand. «Einen Versuch ist es wert, irgendwo musst du schließlich anfangen. Also, setz dich mit Alex in Verbindung.»

David faltete den Zettel und steckte ihn in seine Brieftasche. «Ich halte dich auf dem Laufenden.»

«Ach, übrigens», sagte Dillon, als David schon auf dem Weg zur Tür war, «du hast gar nicht erwähnt, was aus deinen Freunden geworden ist.»

«Abby hat es gut überstanden, sie ist mit einem gebrochenen Arm davongekommen.» Davids Lippen wurden schmal. «Aber Crispin …»

Er verstummte. Dillon schwieg abwartend.

«Crispin ist ins Koma gefallen. Die Ärzte sagten, er werde wahrscheinlich nie mehr aufwachen. Nachdem er nach Europa ausgeflogen worden war, hat sich mein Vater noch ungefähr zwei Jahre lang nach ihm erkundigt, aber sein Zustand blieb unverändert.» David schüttelte den Kopf. «Ich habe sogar noch etwas, das ihm gehört. Wobei ich mir nie erklären konnte, wieso er einen Stein mit hebräischen Schriftzeichen besaß.»

«Was meinst du damit?» Dillon legte fragend den Kopf schief.

David zuckte die Schultern. «Er besaß einen blauen Stein, ganz glatt geschliffen. Ein Achat, ungefähr so groß wie eine Weintraube. Als er Abby und mich herausforderte, auf das Dach zu steigen, hat er ihn herumgeschwenkt und damit angegeben, dieser Stein besäße magische Kräfte und würde uns davor beschützen zu stürzen. Muss ein ziemlich fauler Zauber gewesen sein, oder?», setzte er sarkastisch hinzu.

«Und du hast den Stein aufbewahrt?»

«Später, nachdem der Schnee geschmolzen war, bin ich noch einmal zu der Stelle gegangen, wo wir abgestürzt waren. Nur so, um mich umzusehen. Und da lag er im Gras. Ich hatte gar nicht mehr daran gedacht. Ich habe ihn aufgehoben und behalten – zur Erinnerung daran, wie teuer es einen zu stehen kommen kann, wenn man impulsiv und unüberlegt handelt.»

Dillon sah David interessiert an. «Weißt du, was auf dem Stein geschrieben steht?»

David schnaubte verächtlich. «Bestimmt irgendein weiser Spruch. ‹Schwerkraft ist Scheiße› oder so.»

Der Blick des Paters wurde nachdenklich. Nachdem David die Tür hinter sich geschlossen hatte, ging Dillon McGrath zum Bücherregal und zog einen Band über jüdische Magie heraus. Er schlug etwas im Register nach, fand die gesuchte Stelle und begann zu lesen.

Eine halbe Stunde später klappte er das Buch zu und griff zum Telefon.

KAPITEL FÜNF

Am Freitagvormittag fuhr David bei strahlender Augustsonne über die D Street in Richtung Pennsylvania Avenue. Er umrundete das Capitol, bis er wieder auf die Pennsylvania gelangte. Im Auto war es still – kein Radio, keine CD. Er wollte mit möglichst klarem Kopf zu seinem Termin erscheinen.

Nachdem er den Wagen geparkt und den Zündschlüssel abgezogen hatte, blieb er noch einen Moment lang sitzen und beäugte das hohe Bürogebäude aus Ziegel mit einer Mischung aus gespannter Erwartung und Unbehagen. Dabei war an dem Anblick absolut nichts Bedrohliches – warum also hatte er einen solchen Knoten in der Brust?

Komm schon, Mann, du hast Berge bezwungen, um Himmels willen! Du wirst auch diese Hypnosesitzung überstehen. Wovor hast du Angst?

Und dann dämmerte es ihm. Er hatte Angst, dass es vergeblich sein könnte, dass die Hypnose ihn auch nicht zu den gesuchten Antworten führte. Angst, dass die Namen nie verschwinden und für immer ein Rätsel bleiben würden.

Angst war in den ersten Jahren nach dem Sturz Davids ständiger Begleiter gewesen. In der ersten Zeit hatte sie ihn geradezu gelähmt; Rolltreppen, offene Treppen, Achterbahnen – jegliche Höhe hatte ihn in Schrecken versetzt.

Seine Eltern hatten ihn von einem Therapeuten zum nächsten gezerrt, doch letztendlich war es David selbst gewesen, der eine Möglichkeit fand, seine Angst und die Panik, die ihm regelmäßig die Eingeweide zusammenkrampfte, zu überwinden.

Im Jahr zuvor hatten mehrere Senatoren wiederholt Morddrohungen erhalten, darunter auch sein Vater. Robert Shepherd hatte sofort Leibwächter für sich und seine Familie angefordert. Der Bodyguard, der mit Davids Schutz beauftragt wurde, hieß Karl Hutchinson und war ein ehemaliger Navy SEAL, clever, agil und unerschütterlich. Die beiden freundeten sich rasch an, und statt darüber zu grollen, dass dieser Mann ihm auf Schritt und Tritt folgte, genoss David seine Zeit mit Hutch sogar.

Hutch lehrte ihn Gewichtheben und Boxen, und während Davids jugendlicher Körper athletische Formen annahm, wuchs zugleich auch seine Selbstsicherheit. Als die Drohungen gegen die Senatoren aufhörten, bekamen Hutch und die übrigen Leibwächter andere Aufgaben zugewiesen, aber er und David blieben dennoch in Kontakt. Und als David mit sechzehn Jahren schließlich entschied, es sei an der Zeit, seine Höhenangst zu überwinden, war Hutch derjenige, den er um Hilfe bat.

Seine Eltern willigten ein, ihn für zwei Wochen in die Hütte von Hutchs Familie in Arizona fahren zu lassen. Und dort stellte sich David seiner Angst.

Er hatte Hutch gebeten, ihn auf Bergtouren mitzunehmen. Zu Beginn unternahmen sie nur Wanderungen über felsige Pfade, die von Gestrüpp und Unkraut beinahe zugewuchert waren. Dann beschloss David, an seine Grenzen zu gehen: Er bestand darauf, dass Hutch mit ihm nach Prescott fuhr, um die zerklüfteten Wände des 1700 Meter hohen Granite Mountain in Angriff zu nehmen. Und auch wenn David beim ersten Versuch nur dreihundert Meter schaffte, so war doch der Grundstein gelegt – es hatte ihn gepackt.

Am Ende der zwei aufreibendsten und zugleich herrlichsten Wochen seines Lebens kehrte David nach Connecticut zurück, mit wettergegerbter Haut und übersät mit Kratzern und Schrammen, aber entschlossen, das Klettern weiterhin zu trainieren, bis er den Granite Mountain bezwingen konnte. Und das war erst der Anfang gewesen.

Damals hatte er seine Höhenangst besiegt, und jetzt musste er seine Angst vor den Namen überwinden.

Er stieg gerade aus dem Wagen, als sein Handy die Melodie von «Over the Rainbow» spielte – den Klingelton, den er für Stacy eingerichtet hatte. Sie beide hatten den *Zauberer von Oz* so oft gemeinsam gesehen, dass er die Dialoge noch immer auswendig kannte.

«Hi, Munchkin», sagte David lächelnd und warf einen Blick auf die Uhr. In Santa Monica war es jetzt kurz vor elf. «Müsstest du nicht eigentlich in der Schule sein?»

«Mittagspause», erwiderte seine Stieftochter. Ihre Stimme zu hören versetzte ihm einen Stich: Es war nicht mehr die Kleinmädchenstimme aus seiner Erinnerung. Mit ihren dreizehn Jahren klang Stacy schon wie ein typischer Teenager.

«Ich muss dir was erzählen, aber ich will nicht, dass Mom dabei ist.»

«Klingt nach einer ernsten Angelegenheit.» David lehnte sich an den Wagen, den Rücken zum Gebäude. «Ist was nicht in Ordnung?»

«Gar nichts ist in Ordnung.»

David hörte Stacy schnell und zittrig einatmen. Er hatte keine Ahnung, was jetzt kommen würde.

«Mom hat letztes Wochenende wieder geheiratet. Ich habe einen neuen Stiefvater.» Das letzte Wort spie sie aus wie einen zu sauren Drops. «Er ist überhaupt nicht wie du.»

«Hey, Munchkin, wer ist das schon?» Er bemühte sich um einen unbeschwerten Ton, doch insgeheim war er schockiert. Bei ihrem letzten Gespräch vor ein paar Wochen hatte Meredith nicht einmal erwähnt, dass sie wieder eine Beziehung hatte. «Magst du ihn denn nicht? Vielleicht solltest du ihm erst mal eine Chance geben.»

«Ach, Len ist schon in Ordnung, glaube ich. Er hat es immerhin geschafft, dass Mom mit dem Rauchen aufhört. Aber er gibt sich einfach *zu viel* Mühe. Ich kenne ihn doch kaum, und trotzdem hat er mich schon adoptiert. Mom hat es einfach erlaubt, sie haben mir nicht mal vorher Bescheid gesagt! Ich habe es erst bei der Hochzeit erfahren. Dabei wollte ich das gar nicht.»

Adoptiert? David war völlig entgeistert.

Stacy klang jetzt weinerlich. «*Wenn* mich unbedingt einer von Moms Ehemännern adoptieren muss, dann wünschte ich, du wärst es gewesen.» Leiser fügte sie hinzu: «Und wenn du es schon nicht sein kannst, will ich einfach den Namen von meinem leiblichen Vater behalten und bleiben, wer ich bin.»

David verfluchte Meredith im Stillen für ihr impulsives Handeln. Sie machte sich nie die Mühe, darüber nachzudenken, welche Auswirkungen es für andere hatte, insbesondere für ihre Tochter. Er musste sich zusammennehmen, um sich seinen Zorn nicht anmerken zu lassen.

«Oh, Stace, das ist wirklich hart. Ich wünschte, ich könnte etwas dagegen unternehmen.»

«Ach, es kommt noch schlimmer! Sie und Len wollen mich auf die Hochzeitsreise mitnehmen – ‹Familien-Flitterwochen›, sagen sie. Ist das nicht ekelhaft? Len hat mir sogar ein Tri-Band-Handy gekauft, damit ich dich von Italien aus anrufen kann.»

David warf einen Blick auf die Uhr. 14.02 Uhr. Seine Sitzung hatte ohne ihn angefangen.

«Das tut mir wirklich leid für dich, Schatz, aber ich bin sicher, deine Mom will nur das Beste für dich. Was hältst du davon, wenn ich sie nachher mal anrufe? Vielleicht kann ich sie überreden, dass du mich besuchen darfst, statt mit in die Flitterwochen zu fahren.»

«Vergiss es. Sie und Len sind total auf dem Familien-Trip. Dabei bist *du* doch meine Familie, David. Ich weiß sowieso nicht, warum ihr euch habt scheiden lassen, du und Mom.»

David verzog das Gesicht. Wahrscheinlich war es in der Hauptsache seine Schuld, dass es mit ihm und Meredith nicht geklappt hatte. Sie hatte behauptet, er habe sie nicht an sich herangelassen, sie sei seine Launen leid, seine Verschlossenheit, sogar die Kopfschmerzen und die Tatsache, dass er damit nicht zum Arzt ging. Auch wenn sie es nie ausgesprochen hatte, wusste er, dass sie sich nach jener unbeschwerten Nähe gesehnt hatte, die zwischen ihm und ihrer Tochter so mühelos entstanden war. Mit Meredith hingegen – der bezaubernden, aber oberflächlichen Meredith – hatte sich die Beziehung, die Kommunikation hauptsächlich auf sexueller Ebene abgespielt. Außerhalb des Schlafzimmers hatte er ihr nicht geben können, was sie wollte: Aufmerksamkeit, Bewunderung, Gespräche von Herz zu Herz über ihre tiefsten, persönlichsten Gefühle. Die Heirat war ein Fehler gewesen, sein Fehler. Und Stacy war diejenige, die am meisten darunter zu leiden hatte. «Die Erwachsenen haben auch nicht auf alles eine Antwort, Stace. Aber eins will ich dir sagen: Deine Mom und ich mögen geschieden sein, aber du und ich, wir sind es nicht. Hast du mich verstanden?»

«Kannst du dann mit meiner Mom reden und ihr sagen, dass ich nicht Stacy Lachman heißen will?»

Stacy Lachman. David erstarrte. Für einen Moment stockte ihm der Atem, er war unfähig, etwas zu erwidern.

Stacy Lachman.

«David? Bist du noch da?»

«Ja …» Es kam als ersticktes Krächzen heraus. Er räusperte sich. «Ich bin noch da, Schätzchen. Ich werde sehen, was ich tun kann, okay? Stace, ich muss jetzt Schluss machen. Tu mir einen Gefallen: Geh und iss etwas zu Mittag.»

David steckte das Handy ein und überquerte eilig die Straße. Kaltes Grauen überkam ihn. Stacy Lachman war ein Name, den er nur allzu gut kannte. Es war einer der Namen in seinem Notizbuch, ein Name, der ihm wieder und wieder in den Sinn gekommen war.

Mit klopfendem Herzen rannte er zum Aufzug. Stacy war das einzig Gute, was ihm die sieben Jahre mit Meredith gebracht hatten. Zwischen ihnen beiden war auf geradezu wundersame Weise eine innige Bindung entstanden, gleich an dem Abend, als sie sich zum ersten Mal begegneten. Meredith hatte ihn zur Theateraufführung von Stacys Kindergarten mitgenommen. Der dreijährige Wicht hatte ihm kaum bis zu den Knien gereicht. Er hatte gelacht, als Meredith erzählte, ihre Tochter habe seit Wochen täglich stundenlang vor dem Garderobenspiegel gestanden und ihren Text geübt, der aus zwei simplen Sätzen bestand.

David hatte sich vorgenommen, ihr laut zu applaudieren, doch dann, unmittelbar vor ihrem großen Augenblick, hatte Stacys kleine Freundin Emily ihren Text vergessen, brach in Tränen aus und floh von der Bühne.

Stacy zögerte nur einen Moment, ehe sie ihr nachlief. In der Pause fanden er und Meredith sie hinter der Bühne, wo sie Emilys Hand hielt und die beiden Mädchen zusammen mit Emilys Mutter «Funkle, funkle, kleiner Stern» sangen.

«Stacy, du hast die Aufführung verpatzt!», schalt Meredith eine Stunde später, als sie im Eiscafé saßen. «Warum hast du nicht gewartet, bis du deinen Text gesagt hattest?»

«Emily hat geweint», erklärte die Kleine und schleckte an ihrem Eishörnchen.

«Aber ihre Mommy war doch da.»

«Ich war näher bei ihr», beharrte Stacy mit leiser, aber fester Stimme.

Meredith hatte die Augen verdreht, David jedoch hatte verstanden. Es lag etwas so Reines im Blick der Dreijährigen, als sie diese Worte sprach ... Etwas, das er nicht benennen konnte. Er hatte sich vor sie hingekniet und ihr ernsthaft die Hand geschüttelt. «Emily hat großes Glück, eine Freundin wie dich zu haben, Stacy. Vielleicht können du und ich auch Freunde sein.»

Alex Dorsets Empfangsdame klopfte kurz an die Tür zum Sprechzimmer des Hypnotherapeuten und stieß sie dann auf. David ging hastig an ihr vorbei in den sonnendurchfluteten Raum mit den holzgetäfelten Wänden. Alex Dorset saß hinter seinem Schreibtisch, ein übergewichtiger Schwarzer mit Halbglatze, einem Walrossbart und großen, tiefliegenden braunen Augen. Sein Büro war unaufgeräumt und roch nach Zitrus-Politur. David zählte vier Schalen, die randvoll mit Lakritz und M&Ms gefüllt und so platziert waren, dass man von jedem Sessel im Raum aus eine in Reichweite hatte.

«Bitte.» Mit einem Wink seiner fleischigen Hand bot Dorset David einen schwarzgepolsterten Sessel vor seinem Schreibtisch an. «Setzen Sie sich, Professor Shepherd, und versuchen Sie sich zu entspannen. Sie wirken etwas aufgewühlt.»

«Ich will, dass Sie mich hypnotisieren.» David stützte sich mit beiden Händen auf Dorsets Schreibtisch. Seine Kiefermuskeln traten vor Anspannung hervor. «Jetzt sofort.»

«Zuerst benötige ich ein paar Hintergrundinformationen. Was Sie mir am Telefon erzählt haben, war sehr oberflächlich und vage. Sie erwähnten, dass Sie unter Kopfschmerzen leiden – wie wäre es, wenn Sie mir davon genauer erzählen?»

«Die Kopfschmerzen interessieren mich im Augenblick nicht.» David schlug ungeduldig mit der flachen Hand auf die Tischplatte. Die Adern an seinem Hals pulsierten. «Ich muss herausfinden, was es mit den Namen auf sich hat.»

Dorset zog die Augenbrauen hoch. «Bevor ich Sie hypnotisieren kann, müssen Sie sich erst einmal beruhigen. Bitte, setzen Sie sich doch und erzählen Sie mir von dieser Obsession.»

David musste sich zwingen, Platz zu nehmen und das, was er Dillon erzählt hatte, noch einmal in Kurzfassung wiederzugeben. *Was hatte Stacy mit alldem zu tun? Warum stand ihr neuer Name in seinem Notizbuch?* Er musste es sofort herausfinden.

«Nach unserem Telefonat war mir schon klar, dass die Angelegenheit kompliziert sein würde.» Der Hypnotherapeut tippte mit einem Bleistift auf die Tischplatte.

«Da haben Sie verdammt recht, sie ist allerdings kompliziert. Können wir jetzt anfangen?»

«Wir können es versuchen.»

Mit einem zittrigen Atemzug zwang sich David, die Augen zu schließen. Dorset stand auf, umrundete seinen Schreibtisch und setzte sich auf den Sessel neben ihn. Während sich David zurücklehnte, hörte er, wie ein Tonbandgerät eingeschaltet wurde. Dorset erklärte ihm, er werde nachher erfrischt aufwachen und sich an alles erinnern können, was er unter Hypnose erlebt hatte. Dann wies er David an, sich auf seine Stimme zu konzentrieren.

Der Hypnotherapeut sprach in beruhigendem Tonfall, mit einer tiefen, klangvollen Stimme, die David an einen Radiosprecher erinnerte.

«Ich zähle jetzt rückwärts … fünf … vier …»

Bereits nach kurzer Zeit hatte David das Gefühl, von flüssiger Dunkelheit umfangen zu sein. Er schwebte … ließ die Verkrampfung, die in seinen Schultern pulsierte, hinter sich … die ängstliche Anspannung … das Denken.

Er folgte der Stimme, dieser beruhigenden, gleichmäßigen Stimme, folgte ihr in die Vergangenheit, zurück in den Winter seines vierzehnten Lebensjahres, auf das schneebedeckte Dach des hohen, stattlichen Hauses, wo Crispin Mueller leichtfüßig vor ihm herlief.

«Abby! Schnell, nimm meine Hand – Abby!»

«Abby geht es gut, David», sagte Dorset. «Sie liegen jetzt im Krankenhaus. Da sind Ärzte. Können Sie sie sehen?»

«Ich sehe mich selbst. Meine Brust – ich sehe ganz viel Blut. Die Ärzte beugen sich über mich.»

«Tut Ihnen irgendetwas weh?»

«Nein, nichts, ich schwebe einfach nur. Jetzt ist Crispin da – die Ärzte sind verschwunden. Was ist das für ein Licht?»

«Finden Sie es heraus. Gehen Sie darauf zu, David. Sie sind in Sicherheit, Ihnen kann nichts passieren. Sagen Sie mir, was Sie sehen.»

Licht, herrliches, samtweiches Licht. Er sah Menschen in dem Licht, Körper, Gesichter. So viele Gesichter! Sie riefen ihm etwas zu, streckten in einem schimmernden Regenbogen die Hände nach ihm aus. Er war gebannt von ihren Gesichtern – durchscheinende, gequälte, flehentliche Gesichter.

Ihre Schreie verdrängten fast das Licht, prasselten auf seinen Kopf, dröhnten wie Donner. Ihre Namen. Sie schrien aus Leibeskräften ihre Namen, Tausende, wieder und wieder. Dann vereinten sich all die Stimmen, und die gemarterten Gesichter riefen wie aus einem Mund ein einziges Wort.

Zakhor.

Plötzlich erlosch das Licht.

Als David die Augen aufschlug, kam es ihm vor, als ob das Sonnenlicht, das in Dorsets Büro fiel, ihm den Schädel versengte.

Sein Kopf schien bersten zu wollen, sein Atem ging schnell und flach.

«Ist alles in Ordnung mit Ihnen, David?»

«Das frage ich Sie, Doktor.» Benommen richtete er sich auf.

Dorset reichte ihm ein Glas Wasser. «Nun, erinnern Sie sich an alles, was Sie mir gerade erzählt haben?»

«Wort für Wort.» Davids Gesicht war bleich. Was er eben erneut durchlebt hatte, war schwer zu verdauen. Statt der ersehnten Antworten hatte er jetzt eine Menge neuer Fragen.

«Ich wusste immer nur, dass ich in ein strahlendes Licht hineingesogen wurde, aber ich hatte keinerlei Erinnerung daran, all diese Gesichter gesehen zu haben. Oder ihre Schreie zu hören.» David runzelte die Stirn. «Wer ist Zakhor?», fragte er, eher an sich selbst als an Dorset gerichtet. «Das haben sie alle gesagt. *Zakhor.*»

Der Hypnotherapeut sah ihn eindringlich an. «Vielleicht sollten Sie in Ihrem Notizbuch nach dem Wort suchen. Und ich denke, wir sollten einen weiteren Termin für nächste Woche ansetzen. Sie sind bei Ihrem ersten Versuch schon bemerkenswert weit vorgedrungen. Möglicherweise gelingt es uns beim nächsten Mal, eine noch tiefere Ebene zu erkunden.»

«Können Sie mich nicht jetzt gleich noch einmal hypnotisieren? Ich muss unbedingt herausfinden, was es mit diesen Namen auf sich hat.»

«Das geht nicht. Es wäre kontraproduktiv. Eine solche Erfahrung wieder zu durchleben strapaziert die Psyche. Geben Sie Ihrem Unterbewusstsein etwas Zeit, das, was Sie gesehen haben, zu verarbeiten. Glauben Sie mir, es ist das Beste so.»

David verließ die Praxis mit einem Gefühl ängstlicher Beklommenheit. Schon auf dem Weg zu seinem Auto tippte er Dillon McGraths Nummer in sein Handy ein.

«Dillon, Stacys Name steht in meinem Notizbuch! Und ich habe keine Ahnung, warum. Manche dieser Leute sind gestorben, Dillon!» Die Worte überschlugen sich. «Und was ist Zakhor? Sie haben zu mir gesagt: Zakhor.»

«Wer hat ‹Zakhor› zu dir gesagt?»

«Die Leute. Die Leute am Ende des Tunnels.» David holte tief Luft. «Es waren Tausende. Sie haben geschrien. Mir ihre Namen zugeschrien. Und dann haben sie alle ‹Zakhor› gerufen.»

Am anderen Ende der Leitung blieb es eine Zeit lang still.

«Ich wüsste vielleicht jemanden, der dir helfen kann, dieses Rätsel zu lösen», sagte Dillon schließlich. «Ich glaube, du musst mit einem Rabbi sprechen, David. Ich weiß, du machst dir nichts aus Religion», setzte er rasch hinzu, ehe David ihn unterbrechen konnte. «Und ich weiß, dass du seit deiner Bar-Mizwa keine Synagoge mehr von innen gesehen hast. Aber diese Stimmen haben hebräisch zu dir gesprochen.»

«Hebräisch?» David blieb wie angewurzelt stehen, zwei Schritte von seinem Auto entfernt. «Zakhor ist hebräisch?»

«Es bedeutet ‹gedenke›. Diese Menschen, die du in dem Licht gesehen hast, in dem Tunnel – die wollten, dass du dich erinnerst.»

«Dass ich mich *woran* erinnere?» David fuhr sich mit einer Hand durchs Haar und blinzelte zum Himmel hinauf.

Mit leiser, geduldiger Stimme antwortete Dillon: «Das ist doch offensichtlich, David. Sie wollten, dass du dich an ihre Namen erinnerst. Und genau das hast du getan.»

KAPITEL SECHS

«Du bist doch das Metaphysik-Genie», sagte David in sein Handy, während er auf die Eighteenth Street abbog. «Erklär *du* mir, was das alles zu bedeuten hat.»

«Das kann ich nicht», entgegnete Dillon prompt. «Aber da sie hebräisch zu dir gesprochen haben, denke ich, ein Rabbi wird dir am ehesten weiterhelfen können. Es gibt mit Sicherheit einen besonderen Grund dafür, dass du dich erinnern sollst, und diesen Grund trägst du in dir, David, genau wie die Namen. Ich habe einen Kollegen, der dir wahrscheinlich helfen kann. Er heißt Rabbi Eliezer ben Moshe und ist ein höchst angesehener Kabbalist, ein Lehrer der jüdischen mystischen Überlieferung. Du hattest eine mystische Erfahrung, David. Wenn du einen Exorzismus bräuchtest», setzte er hinzu, «dann wäre ich schon eher der richtige Mann.»

Kabbala? David wusste so gut wie nichts über die Kabbala, außer dass gewisse Filmstars eine Modeerscheinung daraus gemacht hatten, indem sie rote Armbändchen trugen und sich hebräische Namen zulegten.

Als hätte Dillon seine Gedanken gelesen, sagte er: «Nein, ich spreche nicht von Madonnas Version der Kabbala. Und ja, ich habe bereits mit ihm telefoniert. Er ist nicht nur an deinem Notizbuch sehr interessiert, sondern auch an diesem Edelstein, den du seit deinem Unfall aufbewahrst. Nimm beides mit, wenn du nach Brooklyn fährst. Außerdem hat er darum gebeten, dass du ihm ein paar Seiten deiner Aufzeichnungen faxt, damit er sich vorab schon einmal damit beschäftigen kann.»

David legte die Stirn in Falten, während er den Wagen in eine scharfe Rechtskurve lenkte. Sein Verstand arbeitete fieberhaft.

«Ben Moshe stammt von einer langen Reihe gelehrter Rabbiner ab, die es sich zur Lebensaufgabe gemacht haben, die Kabbala zu studieren und die Mysterien des Universums zu enthüllen», berichtete Dillon weiter.

Gelehrte Rabbiner. Die Worte weckten vage Erinnerungen an seine Kindheit – an Geschichten, die seine Mutter ihm von ihrem Vorfahren erzählt hatte, Reb Zalman aus Kiew, der ein berühmter Mystiker gewesen war. Angeblich hatte er die Fähigkeit besessen, an ein und demselben Abend Schüler in zwei verschiedenen Städten zu unterrichten, in fast fünfhundert Kilometer Entfernung voneinander. David hatte immer geglaubt, sie habe diese Geschichten erfunden.

«Du willst mich auf den Arm nehmen, stimmt's?»

«David, es gibt Dinge im Leben, die man mit Naturwissenschaft und empirischen Daten nicht erfassen kann. Du solltest versuchen, unvoreingenommen an die Sache heranzugehen.»

David holte tief Luft. «Das überzeugt mich alles nicht recht …»

«Hast du eine bessere Idee?», konterte Dillon.

David rieb sich die Stirn. «Wo genau in Brooklyn?» Er fragte sich, was Dekan Myer wohl sagen würde, wenn er ihm mitteilte, er müsse wegen eines dringenden Notfalls kurzfristig verreisen.

KAPITEL SIEBEN

Als David an der Avenue Z in Brooklyn aus dem Taxi stieg, empfing ihn ein beharrlicher Nieselregen. Er schulterte seinen Seesack und rannte die Stufen zu dem unscheinbaren Eckhaus aus rotbraunem Sandstein hinauf. Nachdem er geklingelt hatte, betrachtete er die reichverzierte silberne Mesusa, die am Rahmen der Eingangstür zum B'nai Yisroel Center befestigt war.

Ein dünner, recht junger Mann in strenger Kleidung – weißes Hemd, schwarze Stoffhose und auf dem Kopf eine gestrickte schwarze Kippa – führte ihn durch einen Raum, von dem David annahm, dass er früher einmal der Salon eines privaten Wohnhauses gewesen war. Jetzt wurden die zahlreichen miteinander verbundenen Zimmer des behaglich wirkenden Brownstone-Hauses als Büroräume genutzt.

«Ich bin Rabbi Tzvi Goldstein, Rabbi ben Moshes Assistent», stellte sich der Mann vor, während er David über einen Flur in ein Schulzimmer geleitete, an dessen schmaler Wand eine große grüne Kreidetafel angebracht war. Bücherregale bedeckten beide Längswände. David ließ den Blick über die Buchrücken gleiten, die lauter hebräische Titel trugen. In der Luft lag ein angenehmer Geruch nach Kreide, altem Leder und Bohnerwachs.

«Wir haben die Seiten, die Sie Rabbi ben Moshe gefaxt haben, studiert.» Rabbi Goldstein lächelte; er schien seine Aufregung kaum beherrschen zu können. «Er erwartet Sie bereits mit Spannung.»

Gut. Vielleicht bekomme ich hier ein paar Antworten auf meine Fragen, dachte David.

Neuerdings ertappte er sich jedes Mal, wenn er sein Notizbuch zur Hand nahm, dabei, dass er unwillkürlich die Seite mit Stacys Namen aufschlug.

Und das bereitete ihm wachsendes Unbehagen.

«Möchten Sie vielleicht einen Tee, während ich dem Rabbi Bescheid gebe, dass Sie hier sind?»

«Nein danke.» Nachdem sich der junge Rabbi entfernt hatte, steckte David die Hände in die Hosentaschen und trat an das einzige Fenster des Raumes. An seiner Scheibe rann der Regen in kleinen Bächen hinunter, sodass die Straße dahinter nur verschwommen zu sehen war. Seine Gedanken wanderten zu den Fernsehbildern von der Explosion des iranischen Tankers, die er am Flughafen gesehen hatte, während er darauf wartete, dass sein Flug aufgerufen wurde. Es kam ihm vor, als bestünden die Nachrichten in letzter Zeit nur noch aus Katastrophenmeldungen.

Eine leise Stimme riss ihn aus seinen Grübeleien. David fuhr erschrocken zusammen.

«Schalom, David. Bitte, hier entlang. Wir können uns oben in meinem Büro unterhalten.»

Der Klang der Stimme überraschte David. Er hatte mit einem jiddischen oder russischen Akzent gerechnet, doch der ältere Mann, der ihm jetzt gegenüberstand, sprach mit einem leichten New-England-Einschlag. Rabbi Eliezer ben Moshe war ein kleiner, zierlicher Mann, der genauso alt und staubig weise aussah wie die Bücher in seinen Regalen. Er hatte dichtes, blassgraues Haar und einen silbernen Bart, der sich, bauschig wie eine Wolke, bis zur Mitte seiner Brust kringelte. Während David ihm über die mit Teppich ausgelegte Treppe nach oben folgte, fiel ihm auf, wie zerbrechlich der Rabbi wirkte. Seine schlichte schwarze Anzugjacke hing ihm viel zu weit von den knochigen Schultern, so, als sei ihr Besitzer seit dem Kauf um zwei Kleidergrößen geschrumpft.

Doch die walnussbraunen Augen, mit denen er David musterte, während dieser in seinem engen Büro Platz nahm, spiegelten Sorge, Neugier und Hoffnung.

«Haben Sie Ihr Notizbuch mitgebracht – und den Stein?»

So viel zum Thema Vorgeplänkel. David griff in seinen Seesack und zog das Buch hervor. Als er den roten Lederband auf den Schreibtisch legte, leuchteten die Augen des Rabbi auf. David holte auch den Stein aus der Tasche. Dann bemerkte er neben dem Computer des Rabbi die Seiten, die er gefaxt hatte. Sie waren mit handschriftlichen Anmerkungen versehen, die er jedoch nicht lesen konnte.

Der Rabbi streckte seine knochige Hand nach dem Stein aus, und nach einem Augenblick des Zögerns legte David ihn hinein.

Rabbi ben Moshe starrte den glattgeschliffenen Achat mit weit geöffneten Augen wortlos an. Ein tiefer Atemzug hob seine schmächtige Brust.

«Keine Facetten», flüsterte er schließlich.

David beobachtete schweigend, wie er aus einer Schublade seines Schreibtischs eine große Lupe herausnahm, den Stein drehte und wendete und ihn von allen Seiten mit dem Vergrößerungsglas untersuchte.

Von allem, was bisher geschehen war, verblüffte David die Tatsache am meisten, dass dieser Stein – etwas, das er auf seinem Schreibtisch aufbewahrte, seit er dreizehn war – in irgendeiner Weise bedeutsam sein sollte. Doch der Rabbi strich mit solcher Andacht, solcher Ehrfurcht mit der Fingerspitze über die hebräischen Buchstaben, dass David seine

Ungeduld zügelte, sosehr es ihn auch drängte, sofort die Namen zur Sprache zu bringen.

«Dies ist ein uralter heiliger Stein.» Rabbi ben Moshe sah auf und begegnete Davids Blick. «Sehen Sie, wie er geschliffen ist – kugelig gewölbt und ganz glänzend? Dieser Achat ist poliert, aber er glitzert weder, noch reflektiert er das Licht. Das liegt daran, dass er konvex geschliffen ist, im sogenannten Cabochonschliff. Bis ins Mittelalter wurden alle Edelsteine auf diese Weise bearbeitet.»

David betrachtete mit neuem Interesse den milchig blauen Stein, den er so achtlos in der Hand seines Keramikaffen aufbewahrt hatte.

«Wollen Sie damit sagen, dass dieser Stein aus dem Mittelalter stammt?»

«O nein. Er ist noch viel älter. Jahrtausendealt – er stammt aus biblischen Zeiten.»

Biblische Zeiten. David war sprachlos. Und skeptisch. Wie sollte Crispin Mueller zu einem derart alten Stein gekommen sein?

«Mir wurde gesagt, er besitze magische Kräfte.» David rechnete halb damit, dass der Rabbi lachte.

Doch ben Moshe nickte und sah ihm unbeirrt in die Augen. «So steht es geschrieben.»

Dann schloss der Rabbi die Hand um den Stein und murmelte auf Hebräisch ein Gebet.

«Sie sind Jude. Verstehen Sie das *Schechianu*-Gebet? Ich habe soeben Gott dafür gedankt, dass er mich diesen Augenblick noch hat erleben lassen.»

David lief ein kleiner Schauder über den Rücken. Was redete der Rabbi da? Was war an diesem Moment so Besonderes? Und was hatte Crispins Stein damit zu tun, dass Stacys Name in seinem Notizbuch stand?

Während der Rabbi den Stein behutsam neben dem Notizbuch ablegte, beugte sich David vor.

«Sie sagten, es ist ein magischer Stein. Inwiefern?»

«Dies ist einer von zwölf ganz besonderen Edelsteinen. Sie haben mir am Telefon gesagt, Sie seien kein religiöser Mensch, David, aber ich gehe davon aus, dass Sie wissen, wer Moses war.»

David nickte. «Durchaus.»

«Und sein Bruder Aaron, der Hohepriester?»

«Da muss ich passen.» David begann sich zu fragen, ob es ein Fehler gewesen war, herzukommen. Er hatte das Gefühl, dass Exkurse über Gemmologie und Bibelauslegung ihn nur noch weiter von den Namen wegführten – und von den Antworten auf seine Fragen. Während er sich bemühte, seine Ungeduld zu zügeln, wanderte sein Blick wieder zu dem Stein. Plötzlich erinnerte er sich, warum er ihn überhaupt aufbewahrt hatte: um sich selbst zu ermahnen, stets alles gut zu überdenken und nichts zu überstürzen. Er zwang sich also, seine Fragen über das Notizbuch aufzuschieben und sich auf die Worte des Rabbi zu konzentrieren.

«Im Buch Exodus», fuhr ben Moshe fort, «lesen wir, dass Aaron der erste Hohepriester war – das ehrenvollste Amt in der jüdischen Religionsgemeinschaft – und dass Gott Moses befahl, seinem Bruder drei heilige Kleidungsstücke anzufertigen: einen Brustschild, ein Efod und einen Rock.»

«Ich muss schon wieder passen, Rabbi.» David zuckte verständnislos die Schultern. «Ein Efod?»

«So nennt man den gewebten Priesterschurz, den Aaron während der heiligen Riten trug. Aber uns geht es hier um den Brustschild.» Der Rabbi fuhr fort: «Er wurde exakt nach den Anweisungen hergestellt, die Moses von Gott empfangen hatte. Es handelte sich um ein Quadrat, das kunstvoll aus vier verschiedenen Fäden gewebt wurde: in Gold, Blau, Purpur und Scharlachrot.»

Ben Moshe begegnete Davids Blick und erklärte: «Im Buch Exodus heißt es, wann immer Aaron das Heiligtum betrat, um zu Gott zu beten, solle er auf seinem Herzen diesen ‹Schild des Ausspruchs› tragen, auf dem die Namen der Kinder Israel angebracht waren – die Namen der zwölf Stämme.»

David erstarrte. *Namen?*

«Die Namen wurden in zwölf Edelsteine eingraviert, die in Gold gefasst und mit Goldfäden auf den Brustschild aufgenäht wurden.»

Plötzlich begriff David, worauf das Ganze hinauslief. «Und Sie wollen sagen, dieser Stein ist einer der zwölf?», fragte er ungläubig.

Der Rabbi hob den Stein wieder auf und ging um den Schreibtisch herum. «Sehen Sie selbst, was darauf steht.»

«Mein Hebräisch ist ziemlich schlecht.»

Ben Moshe ignorierte das Eingeständnis. Er hielt den Achat vor David hin und deutete nacheinander auf die fünf winzigen Buchstaben, von rechts nach links. *«Nun Peh Taw Lamed Jod»,* las er. «Das ergibt *Naftali* – einer der zwölf Stämme Israels.»

David schwirrte der Kopf. «Es gab also für jeden der Stämme einen Stein?»

«Ganz genau. Und zwar jeweils unterschiedliche Steine. Naftalis war ein Achat – der Schutzstein, der den Menschen davor bewahrt, zu straucheln und zu stürzen –»

David lachte laut auf. «Das hat in diesem Fall wohl nicht funktioniert», sagte er. «Dadurch bin ich überhaupt zu diesem Stein gekommen: Derjenige, der ihn vor mir besaß, sagte zwar, es sei ein magischer Stein, der uns davor bewahren würde, von einem verschneiten Dach abzustürzen. Aber er hat uns nicht beschützt.»

Der Rabbi schien in keiner Weise irritiert. Er sah David mit seinen warmen braunen Augen an und sagte mit ruhiger Stimme: «Später muss ich mehr über die Person erfahren, die diesen Stein in ihrem Besitz hatte. Aber eines kann ich Ihnen schon jetzt sagen: Derjenige hatte seine Natur nicht verstanden. Dieser Stein – ebenso wie jeder der übrigen elf – dient einem höheren Zweck. Er war nie dazu bestimmt, einen einzelnen Menschen zu beschützen. Dieser Stein ist dazu bestimmt, die Kinder Israel zu schützen – und die gesamte Welt. Die zwölf Steine stehen für Gottes Gnade gegenüber Seinen Kindern.»

Der Rabbi tat einen tiefen Atemzug. «Dass Sie heute hier in mein Büro gekommen sind, hat einen besonderen Grund, David. Das ist kein bloßer Zufall. Ebenso, wie es kein Zufall ist, dass Sie im Besitz der Namen sind, die Sie in Ihr Buch geschrieben haben, und auch im Besitz dieses heiligen Steins.» Eine neue Dringlichkeit brannte in seinen Augen. «Darf ich das Buch sehen?»

Als der Rabbi nach dem Notizbuch griff und die erste Seite aufschlug, überkam David ein Gefühl der Unwirklichkeit.

Das alles musste ein absurder Zufall sein. Schließlich war der Stein auch durch bloßen Zufall in seinen Besitz gelangt, durch einen Unfall …

Unfall.

Benommen lehnte er sich zurück – es war derselbe Unfall gewesen, der auch mit den Namen in Verbindung stand.

Der Stein und die Namen.

War es möglich, dass zwischen beidem tatsächlich ein Zusammenhang bestand?

«Ich glaube, dies hier sind die Namen der Menschen, die Sie, wie Sie mir erzählten, während Ihrer Nahtoderfahrung gesehen haben.» Ben Moshe strich sich über den lockigen Bart. In seiner Stimme lag nun ein düsterer Unterton. David spürte, dass ein Prickeln an seiner Wirbelsäule hinaufkroch.

«Aber wer sind sie, und warum kommen mir ihre Namen immer wieder in den Sinn?»

«Sie mögen das als Unfug abtun, David, aber auch ein nichtreligiöser Mensch kann eine mystische Erfahrung machen. Und das ist bei Ihnen der Fall. Es gibt also eine mystische Antwort auf Ihre Frage. Sie sind nicht der Erste, der diese Namen in ein Buch schreibt. Und es sind nicht irgendwelche zufälligen Namen – es sind ganz besondere Namen. Sehr besondere.»

David versuchte sich auf alles gefasst zu machen – er hatte keine Ahnung, was als Nächstes kommen mochte.

In einem anderen Teil von Brooklyn, in einem Apartment in der zweiten Etage eines Hauses ohne Aufzug, stellte ein Mann mit Eminem-T-Shirt und verkehrt herum aufgesetzter Yankees-Kappe die Lautstärke seiner Kopfhörer niedriger. Er hatte genug gehört.

Er griff nach dem sicheren Telefon und drückte die Wahlwiederholungs-Taste. Überall um ihn herum in der hochmodernen Kommunikationszentrale flackerten Videobildschirme und Computermonitore. Dieser Job war das reinste Paradies für einen Geek. Von seiner hufeisenförmigen Konsole aus konnte er Gespräche auf drei verschiedenen Kontinenten belauschen und live zusehen, wie Geschichte gemacht wurde, während zwei Stockwerke unter ihm, im Java Juice Coffee Shop, die Koffeinsüchtigen sich drängten wie

Lemminge, um die aromatisierte Brühe becherweise in sich hineinzukippen.

«Was gibt's?», meldete sich der blonde Hüne im Laderaum des Bäckerei-Lieferwagens, der an der Avenue Z geparkt stand. James Gillis war unruhig und gereizt, er saß schon viel zu lange untätig herum. Das hier war seine erste Chance als Anführer der Dunklen Engel, und er konnte es nicht erwarten, sich zu beweisen.

«Verdammt nochmal, Sanjay, wie lange sollen wir noch hier rumhocken? Shepherd ist schon seit vierzig Minuten da drin.»

«Halt die Füße still, Großer. Hör zu: Shepherd hat den Stein und das Buch bei sich. Holt euch beides. Und nachdem ihr alle eliminiert habt, findet den verdammten Safe! Wir brauchen das, was der alte Jude darin versteckt hat.»

«Kein Problem.» Gillis warf einen Blick zu Enrique, dem Schlosser aus Puerto Rico, der unter dem Armani-Blazer seinen Werkzeuggurt und das Halfter mit der Glock umgeschnallt hatte. Enrique saß auf dem Faltstuhl neben ihm und starrte auf die Scheiben des Lieferwagens, gegen die der Regen prasselte. Ihn brachte nichts aus der Ruhe – er war geduldig und ausdruckslos wie ein Mafia-Killer.

In der Kommunikationszentrale vergewisserte sich Sanjay, dass die Kontrollleuchten an der Reihe digitaler Aufzeichnungsgeräte zu seiner Linken noch blinkten.

«Wenn das so ist», sagte er und regelte die Lautstärke wieder höher, um das Gespräch in dem braunen Sandsteingebäude weiter zu verfolgen, «dann los, Dunkle Engel. Ihr habt Starterlaubnis.»

KAPITEL ACHT

«Diese Namen, die Sie aufgeschrieben haben …» Der Rabbi legte eine Hand auf die Seiten, die David ihm gefaxt hatte. «Sie stimmen mit Namen aus alten Papyrushandschriften überein, die im Nahen Osten gefunden wurden.»

David hatte das Gefühl, als gäbe der Boden unter seinem Stuhl nach.

«Das ist doch unmöglich!»

«Wir haben heute Morgen die Bestätigung erhalten. Hören Sie mir zu Ende zu, ehe Sie vorschnell urteilen», schalt ben Moshe. «Diese Namen und alle weiteren in Ihrem Buch wurden zum ersten Mal vor Jahrtausenden niedergeschrieben – von der Hand Adams.»

David wollte erneut etwas einwenden, doch der Rabbi hob abwehrend eine Hand. «Laut der Kabbala hat Adam Gottes *Buch der Namen* – das die Namen von Vögeln und anderen Tieren und überhaupt von allen Lebewesen enthält – kopiert, für sich selbst und seine Söhne. Diese haben wiederum Abschriften an ihre Söhne weitergegeben, und immer so weiter, bis das Buch schließlich in die Hände von Moses gelangte.»

David sprang von seinem Stuhl auf, unfähig, seine Skepsis noch einen Moment länger zu verbergen.

«Rabbi, bei allem Respekt, ich kann unmöglich glauben, dass Adam damals im Garten Eden den Namen meiner Stieftochter kannte.» Er nahm das Notizbuch an sich und begann willkürlich Namen daraus vorzulesen. «Oder den von Shen Jianchao. Oder Noelania Trias. Oder Beverly Panagoupolos.» David warf das Buch wieder auf den Tisch. «Also wirklich, ich bitte Sie!»

Ben Moshe blieb unbeirrt. «Ich erwarte nicht, dass Sie das alles auf Anhieb verstehen. Das Studium der Kabbala ist eine lebenslange Reise. Es erfordert einen reifen Geist und viele Jahre Arbeit, die mystischen Verständnisebenen der Tora zu erschließen. In den vergangenen Jahrhunderten wurden ihre Geheimnisse streng gehütet und von den Rabbis nur an auserwählte Schüler weitergegeben. Aber, David, ich widme mein Leben seit mehr als sechzig Jahren diesen Studien, und das, was Sie jetzt von mir hören werden, weiß ich so sicher wie meinen eigenen Namen.»

David musste plötzlich wieder an die Erzählungen seiner Mutter über ihren Großvater, den Mystiker Reb Zalman, denken. «Ich höre.»

Ben Moshe nickte. «Versuchen Sie mir zu folgen: Mosis Kopie vom *Buch der Namen* stammte von Isaak – einem der zwei Söhne Abrahams – und wurde lange Zeit in der Schatzkammer des Tempels von Jerusalem unter Verschluss gehalten. Als die Römer jedoch im Jahre 70 christlicher Zeitrechnung den Tempel zerstörten, verschleppten sie seine Schätze nach Rom, und das *Buch der Namen* war seither verschollen, ebenso wie der Brustschild des Hohepriesters. Und mit dem Brustschild», ergänzte der Rabbi leise, «auch die Steine der zwölf Stämme Israels.»

Davids Blick wanderte erneut zu dem Stein auf dem Schreibtisch. Unzählige Fragen gingen ihm durch den Kopf, doch er hielt sich zurück und schwieg, während der Rabbi mit leiser, brüchiger Stimme weitersprach.

«Das Exemplar von Abrahams anderem Sohn, Isaaks Halbbruder Ismael, sowie Abschriften davon gingen in den Besitz der Söhne über, die seine Konkubinen ihm gebaren, und diese Papyri gingen schließlich im Wüstensand verloren. So waren jahrhundertelang sämtliche Kopien vom *Buch der Namen* verschollen. In jüngerer Zeit haben jedoch Archäologen in Ägypten und anderen Ländern des Nahen Ostens Fragmente entdeckt, von denen sie glauben, dass sie Abschriften von Ismaels Papyri sein könnten. Unter Mithilfe von Historikern und Mathematikern versuchen sie, die Stücke zusammenzufügen. Diese Experten habe ich kontaktiert, um Ihre Aufzeichnungen mit den diversen Fragmenten, die in Israel aufbewahrt werden, vergleichen zu lassen.»

David hatte Mühe, das immense Ausmaß der Theorie des Rabbi zu verarbeiten. «Wurde denn mehr als eine Kopie von Adams Buch gefunden?»

«Wir nehmen es an. Unter den Funden sind Papyri in aramäischer, koptischer und hebräischer Schrift –»

«Ich hätte gedacht, nur in Hebräisch?»

«Nein.» Ben Moshe schüttelte den Kopf. «Ismael war der Sohn von Abraham und seiner nichtjüdischen Sklavin Hagar, sodass die Kopien seiner Nachfahren in alten arabischen Sprachen geschrieben sind. Und auch wenn in vielen Papyri identische Passagen entdeckt wurden, ist es bisher nicht gelungen, einen einzigen vollständigen Text zusammenzufügen. Allerdings» – Ben Moshes Augen leuchteten – «glauben einige von uns, dass wir kurz davorstehen.»

David beugte sich vor. «Es sind also fortlaufend archäologische Grabungen im Gange?»

«Aber ja.» Die Stimme des Rabbi wurde schärfer. «Leider sind wir nicht die Einzigen, die nach den fehlenden Fragmenten suchen. Es gibt noch andere, die fieberhaft daran arbeiten, ein vollständiges Manuskript zusammenzusetzen, damit sie als Erste all die Namen transkribieren können – nur sind es böse Menschen, David. Feinde Gottes.»

Verwirrt fuhr sich David mit einer Hand durchs Haar. Draußen prasselte der Regen heftiger gegen das Fenster. «Wer?»

«Die Gnoseos.»

David sah ihn verständnislos an. Rabbi ben Moshe umrundete seinen Schreibtisch, die Fingerspitzen vor der Brust aneinandergelegt. Sein Gesicht hatte einen grimmigen Ausdruck angenommen.

«Die Gnoseos sind ein Geheimbund, der auf einen uralten religiösen Kult zurückgeht – die Gnostiker.»

«Wie alt ist dieser Kult?», wollte David wissen.

«Aus vorchristlicher Zeit. Die Gnoseos zählen zu den wenigen Relikten des Gnostizismus. Sie sind eine Sekte, die heute noch aktiver und geheimer ist als vor Jahrhunderten.»

Vom Gnostizismus hatte David bereits gehört. Er erinnerte sich, wie Dillon an einem Samstag davon gesprochen hatte, als sie sich bei Bagels mit Frischkäse über die allgemeineren Wurzeln der Religion unterhielten.

«Das sind Hedonisten, nicht wahr?» David forschte in seinem Gedächtnis. Draußen grollte der Donner. «Sie glauben, dass die Menschen durch ihre körperliche Existenz in einer Welt des Bösen gefangen sind, stimmt's?»

«Ja. Und dass jede Seele die Fähigkeit besitzt, in Beziehung zu einem verborgenen Wissen zu treten, um – wie über eine Leiter, wenn man so will – spirituell so hoch aufzusteigen, dass sie sich aus dem Körper befreien kann.»

«Und was dann … kommt sie dann in den Himmel?»

«Nicht ganz, David.» Ben Moshe seufzte. «Die Wurzel ihres Namens ist *Gnosis,* das griechische Wort für Erkenntnis. Die Gnoseos glauben, dass sie, wenn sie in der Erkenntnis weit genug voranschreiten, Gott überwinden können. Und sie sind entschlossen, genau das zu erreichen.»

David hatte ein Dutzend Fragen, aber bevor er eine davon

stellen konnte, klopfte es an der Tür, und Rabbi Goldstein streckte den Kopf herein.

«Entschuldigen Sie, Rabbi. Yael HarPaz ist gerade angekommen.»

«Gut, sehr gut. Schicken Sie sie herauf, Tzvi.» Ben Moshe nahm wieder in seinem Sessel Platz. «Ich hoffe, Sie haben nichts dagegen, David. Ich habe eine Expertin für Antiquitäten hinzugezogen, eine brillante israelische Wissenschaftlerin aus Zefat. Sie ist heute Morgen aus Israel eingetroffen.»

«Hören Sie, Rabbi.» David hob die Hände. «Diese ganze Sache wird immer komplizierter. Ich möchte nicht, dass wir uns in Abschweifungen verlieren. Der Name meiner Stieftochter steht in meinem Notizbuch, und ich mache mir Sorgen deswegen. Wenn Sie wissen, was es damit auf sich hat, erzählen Sie mir doch bitte endlich, warum so viele Tote wollen, dass ich mich an ihre Namen erinnere!»

«Dazu kommen wir gleich, David. Bitte haben Sie Geduld. Sie müssen zunächst wenigstens ansatzweise begreifen, dass Sie ein Teil von etwas sind, das viel größer ist, als Sie es sich vorstellen können. Wie ich hörte, sind Sie Doktor der Politikwissenschaft und eine anerkannte Koryphäe in Ihrem Fach. Ich versichere Ihnen, dass ich auf meinem Gebiet ebenso bewandert bin wie Sie auf Ihrem. Und dasselbe gilt auch für Yael HarPaz.»

Ehe David Gelegenheit hatte, etwas zu erwidern, erschien eine Frau in der Tür. Sie war groß und schlank, trug einen langen Rock aus feinem schwarzem Stoff, dazu eine elfenbeinfarbene Bluse und einen maßgeschneiderten Seidenblazer. Energischen Schrittes trat sie ins Zimmer, eine Tasche aus kupferfarbenem Leder über der Schulter. David fielen ihre exotischen Wangenknochen auf und die vollen Lippen, auf denen nur ein Hauch von rosa Lippenstift lag. Er schätzte die Frau auf etwa dreißig, und aus der Kupferfarbe ihres langen Haares, das sie zu einem losen Knoten gebunden trug, sowie aus dem gelbbraunen Teint schloss er, dass sie vermutlich eine Sabra war, eine gebürtige Israeli.

«Yael HarPaz, dies ist David Shepherd, der Mann, von dem ich Ihnen berichtet habe.»

Die Frau musterte David, dann stellte sie ihre Tasche ab, um ihm die Hand zu schütteln. Ihr silbernes Armband klimperte. «Schalom.»

Ihre Stimme mit dem klangvollen hebräischen Akzent war ebenso anziehend wie ihre äußere Erscheinung.

«Sie haben meinetwegen eine weite Reise unternommen. Ich verstehe nicht, warum.»

«Ich bin wegen des Steins hier. Haben Sie ihn mitgebracht?»

Ihr energischer Tonfall überraschte David. Er zögerte einen Moment, ehe er sich zum Schreibtisch umwandte, den Stein in die Hand nahm und noch einmal eingehend betrachtete. «Sie glauben also auch, dass er aus dem Brustschild des Hohepriesters stammt?»

«Darf ich?» Yaels dunkelgrüne Augen funkelten, als sie ihm den Achat aus der Hand nahm. Ehe David etwas sagen konnte, begann sie den Stein hin und her zu drehen, genau wie der Rabbi zuvor.

«Naftali», sagte sie mit hörbarer Erregung.

Der Rabbi lächelte.

«Also schön.» David atmete tief durch. «Nehmen wir einmal an, dies sei einer der Steine des Brustschilds. Was ist mit den übrigen? Weiß man etwas über deren Verbleib?»

«Vier haben wir in Jerusalem sicher unter Verschluss», erwiderte Yael. Sie warf dem Rabbi einen Seitenblick zu und schwieg abwartend.

«Und einen weiteren habe ich hier», ergänzte er. «Levis Stein, ein Bernstein.»

Noch während er sprach, ging er zum Bücherregal und zog die Bände heraus, hinter denen der Safe verborgen war. «Er ist in einer sephardischen Synagoge in Detroit aufgetaucht. Ein tunesischer Jude hatte ihn vor siebzehn Jahren auf einem Straßenmarkt in Kairo gekauft, ohne zu ahnen, was es damit auf sich hat. Sein Sohn ist in die Vereinigten Staaten emigriert, und vor einem Monat hat er den Stein seinem Rabbi gezeigt, der mich daraufhin kontaktierte.»

Der Rabbi nahm den abgewetzten Lederbeutel aus dem Safe, in dem sich ein Samtbeutel mit Zugband befand, der einen Edelstein enthielt. Der Stein war genauso groß wie Davids Achat, und als ben Moshe die beiden nebeneinanderlegte, stockte David der Atem. Der Achat und der Bernstein waren nicht nur in der Größe identisch, sondern auch im Schliff. Selbst die hebräischen Inschriften stammten offensichtlich von derselben Hand.

Das alles ging viel zu schnell. Die Steine, die Namen, die Schrift auf den Steinen, Crispin, Stacy, seine Aufzeichnungen … Noch während er versuchte, seine Gedanken zu ordnen, ergriff der Rabbi erneut das Wort.

«Ich hatte die Absicht, den Bernstein nächste Woche nach Israel zu bringen, aber Ihr Besuch erspart mir die Reise. Es ist von entscheidender Wichtigkeit, dass diese beiden Steine nach Jerusalem in Sicherheit gebracht werden – bevor noch ein Unheil mit ihnen geschieht. Yael?»

Als ben Moshe die Steine der Archäologin übergeben wollte, entglitten sie seinen arthritischen Fingern und kullerten unter den Schreibtisch. David ging in die Hocke, um sie aufzuheben.

Dabei bemerkte er unter dem Schreibtisch etwas, das ihn erstarren ließ.

«Was zum Teufel ist das?» Unter der Schreibtischplatte klebte ein kleines silbernes Mikrofon.

«Zeichnen Sie unser Gespräch etwa auf?», fragte er mit einem Anflug von Zorn in der Stimme. Rasch griff er nach den Edelsteinen und erhob sich wieder.

Ein Ausdruck des Erschreckens huschte über Yaels Gesicht.

Der Rabbi entgegnete verständnislos: «Wovon reden Sie?»

Noch während er sprach, ging Yael in die Knie, um unter den Schreibtisch zu spähen. Sie riss die Wanze von dem Holz ab, und ihr Gesicht erbleichte unter dem kräftigen Teint.

«Sie wissen Bescheid», stellte sie fest und erwiderte den entsetzten Blick des Rabbi.

«Schnell!» Ben Moshe zog den Beutel mit zitternden Händen zu. «Nehmen Sie das hier und verschwinden Sie –»

Im selben Moment ertönte aus der Etage unter ihnen Lärm. Zuerst dachte David, das Geräusch käme von draußen, vielleicht ein Auto mit einer Fehlzündung, doch dann hörten sie einen Schrei.

«Rabbi, fliehen Sie! Weg hier!», drang Rabbi Goldsteins Stimme von unten herauf. Gleich darauf ertönten weitere Schüsse, und Geschrei erfüllte das Gebäude.

«David, verstecken Sie die Steine!» Ben Moshe drückte Yael den Beutel in die Hand, während schwere Fußtritte die Treppe heraufpolterten. «Die Feuerleiter! Schnell! Nehmen Sie alles mit – ich erkläre es Ihnen später, so Gott will, aber Sie müssen *sofort* fliehen!»

Der Rabbi hastete zur Tür, um sie zu verriegeln. David steckte die beiden Edelsteine in seine Hosentasche, warf das

Notizbuch wieder in den Seesack und schulterte ihn. Yael schob bereits das Fenster hoch.

«Sie zuerst.» David packte den Rabbi am Arm und zog ihn zur Feuerleiter, doch der alte Mann schüttelte ihn ab.

«Nein, David, *Sie* zuerst. Los!» Ben Moshe sprach mit ruhiger Stimme. «Yael, bringen Sie ihn nach Zefat. *Er kennt die Namen.* Er kennt die Namen der Lamedwowniks.»

Sie schwang bereits ein Bein über das Fensterbrett. «Kommen Sie», befahl sie David.

«Los!» Ben Moshe drängte ihn hinaus. Die Eindringlinge begannen bereits, die Tür aufzubrechen.

Davids Adrenalinspiegel schnellte in die Höhe. Geduckt kletterte er durch das Fenster auf die Feuerleiter. Regen schlug ihm ins Gesicht. Yael war bereits auf halbem Weg nach unten, er jedoch zögerte und streckte eine Hand nach dem Rabbi aus. Aber noch während ben Moshe schwerfällig versuchte, durch das Fenster zu klettern, gab die Tür dem Ansturm nach, und gleich darauf ertönten Schüsse. Der Rabbi brach mit einem Stöhnen zusammen. Blut rann purpurrot aus seinem Mund.

«Kommen Sie, David!», schrie Yael, und von Entsetzen gepackt hastete er die Feuerleiter zur Straße hinunter, wobei er auf dem nassen Metall um ein Haar ausgeglitten wäre. Als er einen raschen Blick nach oben warf, sah er, wie ein hünenhafter blonder Mann den leblosen Körper des Rabbi beiseiteschob und zielte.

David duckte sich, und die Kugel schlug dicht neben ihm in die Ziegelwand ein. So schnell er konnte, rannte er hinter Yael her, als auch schon ein weiterer Schuss ertönte. Dann kletterte der blonde Mann auf die Feuerleiter hinaus und nahm die Verfolgung auf.

Sie rannten durch den prasselnden Regen und bogen um

eine Straßenecke. Yael stieß beinahe mit einer Frau zusammen, die sich unter einen Regenschirm geduckt und mit einer Einkaufstüte im Arm durch das Unwetter kämpfte.

«Passen Sie doch auf», schrie die Frau, aber Yael nahm sich nicht die Zeit, sich zu entschuldigen. Atemlos hastete sie zwischen zwei Gebäuden hindurch, und David folgte ihr, holte allmählich auf. Hupen ertönten, doch sie wich dem Verkehr geschickt aus. Dann zerfetzte ein Schuss den Hinterreifen eines UPS-Lieferwagens, das Fahrzeug geriet außer Kontrolle und schleuderte geradewegs auf David zu.

Er rettete sich mit einem Hechtsprung zum Bordstein, wo er der Länge nach auf dem Boden landete. Yael packte ihn am Arm und half ihm, sich wieder aufzurappeln. Der blonde Mann stürmte mit gezogener Pistole auf sie zu, Passanten stoben panisch auseinander.

«Hier entlang!» David zog Yael zu einem Bus, aus dem gerade die Fahrgäste ausstiegen. Sie wichen ein paar aufgestapelten Müllsäcken aus und drängten sich zwischen den Wartenden hindurch die Stufen hinauf. David erhaschte durch die regenverschleierte Scheibe einen Blick auf ihren Verfolger, der jetzt geradewegs auf den Bus zurannte.

Die Türen schlossen sich zischend. Der Mann zielte.

«Alles runter auf den Boden! Da draußen ist ein Verrückter mit einer Waffe!», brüllte David. Eine alte Frau schrie auf.

«Fahren Sie los, Mann, machen Sie schon!», trieb er den Fahrer an.

Die anderen Fahrgäste versuchten, durch die Scheiben etwas zu erkennen.

«Ohne Scheiß, Mann!», brüllte ein schwarzer Junge, der Musik aus seinem iPod hörte. «Nichts wie weg hier!»

Fluchend fädelte sich der Fahrer in den Verkehr ein. Eine Kugel schlug mit einem scharfen Knall in das Heck des Busses ein. Unter den Reifen stoben hohe Wasserfontänen auf. Die riesigen Scheibenwischer kämpften auf höchster Stufe gegen den Wolkenbruch an, der auf die Stadt niederging.

«Verständigen Sie Ihre Zentrale», wies Yael den Fahrer atemlos an. David bemerkte, dass ihr Tränen über das Gesicht liefen. «Sagen Sie Bescheid, dass im B'nai Yisroel Center an der Avenue Z ein Rettungswagen gebraucht wird. Dort ist auf einen Mann geschossen worden.»

Sie wechselte einen Blick mit David, doch keiner von ihnen sprach ein Wort. Sie wussten beide, dass jede Hilfe zu spät kommen würde. Rabbi ben Moshe war tot.

Benommen fragte sich David, ob er wohl genauso bleich und aufgelöst aussah wie Yael. Sein Herz schlug noch immer wie rasend. Er konnte einfach nicht fassen, was soeben geschehen war.

Er umklammerte den durchweichten Seesack fester, während er mit der anderen Hand an seine Hosentasche tastete.

Die Steine waren noch da. Und Stacys Name stand in seinem Notizbuch.

«Er hat den verdammten Safe ausgeräumt! Alles weg!», schrie Enrique, während Gillis von der Feuerleiter zurück ins Zimmer kletterte. Gillis starrte in den leeren Hohlraum hinter dem Bücherregal.

Scheiße. Schon heulten in der Ferne Sirenen auf. Ihnen blieb keine Zeit mehr.

«Das Notizbuch ist nicht hier? Und was ist mit den Steinen?»

«Dieser Shepherd und die Frau aus Israel müssen beides mitgenommen haben.» Enrique hatte bereits den Schreibtisch des Rabbi durchwühlt und den Inhalt der Schubladen auf den Boden geschüttet. Plötzlich bemerkte er den Stapel gefaxter Seiten neben dem Computer. Am oberen Rand waren David Shepherds Name und seine Faxnummer notiert. Hastig griff er danach.

«Hey, was hältst du hiervon?»

Er reichte die Papiere Gillis, dessen Gesicht sich ein wenig entspannte, als er die Liste der Namen überflog.

«Wir haben was, Sanjay», bellte er in das Mikrofon des Headsets, das an sein Handy angeschlossen war. «Die Seiten aus dem Notizbuch, die Shepherd gefaxt hat. Wir bringen sie jetzt rüber, zusammen mit dem Computer.»

«Ist die Polizei noch nicht da?», wollte Sanjay wissen. Seine Stimme klang nun nicht mehr gelangweilt. Sie klang alarmiert. «Macht, dass ihr da wegkommt!»

Noch während er sprach, hob Enrique den Computer hoch, riss die Kabel heraus und sprintete mit dem Gerät zur Treppe. Gillis nahm sich noch die Zeit, den Stapel Disketten aus der Box auf dem Tisch zu greifen und sein Feuerzeug aus der Tasche zu ziehen. Er betrachtete die Flamme einen Augenblick lang, ehe er sie an den Papierhaufen auf dem Boden hielt. Dabei genoss er das Gefühl, der künftigen Welt schon ganz nahe zu sein.

Zwei Stufen auf einmal nehmend, rannte er die Treppe hinunter, während das Heulen der Sirenen immer näher kam.

Als die Polizeifahrzeuge mit quietschenden Reifen am Bordstein zum Stehen kamen, war der weiße Bäckerei-Lieferwagen bereits einen halben Straßenblock entfernt, nur noch ein unbedeutender, verschwommener Fleck im peitschenden Regen.

Und Sanjay mailte schon einen vorläufigen verschlüsselten Bericht zum Hauptquartier auf Sizilien, wo sich Eduardo DiStefano an seinem Computer vorbeugte und jedes einzelne Wort mit höchster Aufmerksamkeit studierte.

KAPITEL NEUN

Meredith reckte sich auf der Tribüne und beobachtete mit angespannten Schultern, wie sich Stacy den Schweiß von der Stirn wischte und an der Freiwurflinie zweimal dribbelte.

Komm schon, Baby, dachte sie. *Mach ihn rein.*

Stacy fixierte mit zusammengekniffenen Augen den Korb und setzte dann zum Wurf an, als gebe es nichts Leichteres auf der Welt. Für einen Moment herrschte völlige Stille in der vollbesetzten Sporthalle der Middle School. Sogar Meredith hielt den Atem an, während der Ball eine Kurve durch die Luft beschrieb. Dann, als er sauber in den Korb ging, brach der Jubel los.

Mit einem triumphierenden Grinsen wirbelte Stacy zu ihren Teamkolleginnen herum, die sie begeistert feierten. Bis zum Ende der Spielzeit blieben nur noch fünf Sekunden, viel zu wenig Zeit für die gegnerische Mannschaft, noch einen Korb zu erzielen.

«Gut gemacht, Mädchen!», schrie Meredith von der Tribüne aus, als das Signal ertönte. Stacy hatte sich bereits mit ihren Teamkolleginnen in einer Reihe aufgestellt, um den Gegnerinnen die Hände zu schütteln.

Ihre Mutter warf einen Blick auf die Uhr. Das Spiel war pünktlich zu Ende, und Len würde sie erst in einer Stunde von Stockholm aus anrufen. Damit blieb ihr und Stacy noch genügend Zeit, auf dem Heimweg im Chinarestaurant haltzumachen.

«Ich hole schon mal das Auto, während du duschen gehst, Liebes.»

«Okay, Mom. Dauert nicht lange – ich verhungere.»

«Was hältst du davon, wenn wir im China Palace etwas essen gehen? Das ist gleich hier um die Ecke!», rief Meredith, bereits auf dem Weg zum Ausgang.

Stacy rannte in die Umkleidekabine. Es war eine Wohltat, das durchgeschwitzte Trikot auszuziehen und das Wasser über ihren Körper laufen zu lassen. Stacy machte sich nicht einmal die Mühe, ihre Haare nach dem Waschen zu föhnen, sondern band sie einfach feucht zu einem Pferdeschwanz und schlüpfte in die Jeans und das enge pinkfarbene T-Shirt, das David ihr letzten Sommer gekauft hatte, als sie bei ihm in Washington war. Am selben Tag hatte er ihr auch das gelbe Armband mit der Aufschrift geschenkt, das sie jeden Tag trug, um sich daran zu erinnern, ihre «Ziele hochzustecken».

Dass ich so gut Basketball spiele, habe ich einzig und allein David zu verdanken, dachte sie, während sie sich anzog. Er hatte sie schon in der Einfahrt ihres Hauses Korbwürfe üben lassen, als sie gerade einmal fünf war und den Ball kaum in ihren kleinen Händen halten konnte. Das Dribbeln hatte sie mit acht Jahren gelernt, und sie hatten jeden Abend geübt, während Mom das Essen vorbereitete. Stacy lächelte bei der Erinnerung daran, wie David ihre Mutter immer zum Applaudieren herausgerufen hatte, wenn Stacy ihn bei einem Übungsspiel geschlagen hatte. Natürlich war ihr im Nachhinein klar, dass er sie absichtlich hatte gewinnen lassen.

Nach dem Abendessen räumten sie stets im Eiltempo die Spülmaschine ein, damit ihr noch genügend Zeit für ihre hundert Freiwürfe blieb, ehe es dunkel wurde.

Dann, wenn es so finster war, dass sie den Korb nicht mehr richtig erkennen konnten, hatten sie verschwitzt mit ihrer Mom auf der Terrasse gesessen, sich mit großen blauen

Schalen voll Eiscreme mit Bananen abgekühlt und dabei zugesehen, wie die ersten Sterne am Himmel erschienen. David hatte das immer die «Funkelstunde» genannt.

Während Stacy zur Tür trabte, die Sporttasche über der Schulter, versuchte sie, die Erinnerungen aus ihrem Kopf zu verbannen. Stell dich den Tatsachen. Len ist jetzt dein Stiefvater. Er ist kein Typ für Basketball – und für Eiscreme erst recht nicht.

Len war der Typ für Squash und Soja-Latte-Macchiato.

Plötzlich, als sie gerade die zweiflügelige Tür aufstieß, hatte sie das Gefühl, dass der Boden unter ihren Füßen bebte. Die anderen Mädchen schrien auf.

O Gott, war das schon wieder ein Nachbeben? Letzte Nacht war sie davon aufgewacht, dass ein Erdbeben der Stärke 3,6 ihr Bett erschütterte. Zum Glück hatte es keinen ernsthaften Schaden angerichtet, es waren nur ein paar harmlose Erdstöße.

Gut, dass sie sich mittlerweile schon fast daran gewöhnt hatte. Damals, als sie und ihre Mom nach Santa Monica gezogen waren, hatte ihr bei jeder kleinen Erschütterung das Herz bis zum Hals geschlagen. Inzwischen beachtete Stacy die Beben kaum noch, fast wie eine gebürtige Kalifornierin.

Aber in letzter Zeit hatten sich auf der Welt so viele Katastrophen ereignet, dass sie sich Sorgen machte, es könnte auch einmal ein richtig großes Erdbeben geben. Alle sagten, es sei nur eine Frage der Zeit, bis so etwas an der Westküste geschah. Eine gruselige Vorstellung.

Gruselig – wie dieser Heckenschütze in Toronto. Wie viele Menschen hatte er bereits getötet? Erst heute Morgen hatte ihre Mom angewidert den Fernseher ausgeschaltet und gesagt, sie könne diese unzähligen Berichte über Tragödien in aller Welt einfach nicht mehr ertragen.

Doch Stacy machte sich unablässig Gedanken darüber.

Warum kannst du nicht mal für einen Tag, nur für einen einzigen Tag versuchen, so zu sein wie Mom, und all das Schlimme ausblenden?, fragte sie sich, während sie in der Spätnachmittagssonne auf das Auto zulief. Versuch, stattdessen an Hühnchen in Salat zu denken. Und an süßsaure Suppe. Und Ingwer-Eiscreme.

Sie war so in Gedanken versunken, dass sie den Mann nicht bemerkte, der zeitunglesend in einem Dodge Caravan nahe der Ausfahrt des Parkplatzes saß. Auch zuvor hatte sie ihn nicht bemerkt, als er ganz hinten auf der Tribüne gesessen hatte.

Sie stieg in den Explorer und schnallte sich an. Ihr Magen rumorte.

«Ich brauch dringend was zu essen!» Sie legte eine Alicia-Keys-CD ein und drehte die Lautstärke höher, während Meredith losfuhr.

Stacy Lachman ist ein hübsches Mädchen, dachte Raoul LaDouceur. Ein Jammer, dass sie bald einem bösen Foul zum Opfer fallen würde.

Er faltete die Zeitung zusammen, warf sie in den Fußraum und fuhr vom Parkplatz. Dann folgte er Meredith Lachmans Explorer mit mindestens drei Fahrzeugen Abstand, sodass die Frau ebenso wenig Notiz von ihm nahm wie ihre Tochter. Raoul hatte die beiden schon zwei Tage lang beschattet, um ihre Alltagsroutine kennenzulernen und sich mit den Straßen von Santa Monica vertraut zu machen. Und die ganze Zeit über hatten die zwei keine Ahnung, dass er sie beobachtete.

Das Einzige, was ihm an diesem Auftrag zu schaffen machte, war der verdammte Smog. Noch schlimmer als die raue, brennende Kehle, die er von den verdammten Olivenbäumen bekommen hatte.

Er musste unbedingt daran denken, heute Abend noch bei Walgreen haltzumachen, um einen neuen Inhalator zu kaufen, bevor sein jetziger leer war. Aus Notwendigkeit hatte er ständig ein aktuelles Rezept bei sich – ebenso wie seine Waffen, Kondome der Marke Trojan, gerippt, und ein Tri-Band-Handy.

Als der Explorer auf den Parkplatz des China Palace abbog, tat Raoul dasselbe und stellte seinen Wagen in geringer Entfernung ab.

Er spürte, dass sich ein Anfall ankündigte, und nahm rasch einen Stoß aus seinem Inhalator. Gleichzeitig beobachtete er, wie Stacy Lachman und ihre Mutter das Restaurant betraten.

Seine Anweisungen waren allgemein gehalten – diesmal sollte es wie ein Unfall oder eine Entführung aussehen. Er hatte entschieden, dass eine vorgetäuschte Entführung die sauberste Variante wäre. Stacy Lachman würde also einfach verschwinden. Auf dieselbe Weise, wie seine Zielperson in Sierra Leone vor vier Monaten verschwunden war. Diesmal würde er sich der Leiche auf dem Weg nach Vegas im Death Valley entledigen. Monate würden vergehen, ehe jemand die Knochen fand.

Erst als sein Magen rumorte, wurde Raoul bewusst, dass er hungrig war. Er stieg aus dem Wagen und schlenderte gemächlich in das schummrig beleuchtete, in Rot und Schwarz dekorierte Lokal.

Die kleine Lachman und ihre Mutter sahen sich nicht einmal um, als er in der Nische schräg gegenüber von ihnen Platz nahm. Nachdem er seine Bestellung aufgegeben hatte, beobachtete er das Mädchen, das bemerkenswert geschickt mit den Essstäbchen umging. Raoul rührte zwei Löffel Zucker in seinen Oolong-Tee und lächelte.

Iss auf, Stacy Lachman. Morgen früh bist du tot.

Es sei denn, der verfluchte Smog bringt mich vorher um.

KAPITEL ZEHN

«Verriegeln Sie die Tür», befahl Yael, als David hinter ihr das Zimmer 736 im Riverside Tower Hotel betreten hatte. Sie ließ ihre Tasche und den Beutel des Rabbi auf einen Schreibtisch beim Fenster fallen und zückte ihr Handy.

«Ich muss telefonieren –»

David nahm ihr energisch das Gerät aus der Hand. «Zuerst werden Sie mir erklären, vor wem zum Teufel wir auf der Flucht sind.»

«Dafür ist nach diesem Anruf noch genügend Zeit. Geben Sie mir das Telefon zurück!» Ihre Stimme war kalt, die grünen Augen funkelten noch kälter.

«Wer war das? Einer von den Gnoseos?»

Yaels Gesicht nahm einen finsteren Ausdruck an. «Ihr Killerkommando. Sie nennen sich die Dunklen Engel. Bitte – ich habe einen Kontaktmann hier, und wenn Sie mich jetzt endlich telefonieren lassen, kann ich Sie und mich vielleicht noch lebend aus dem Land bringen.»

«Aus dem Land? Was soll das? Ich habe nicht einmal meinen Pass bei mir!»

«Das ist im Augenblick unsere geringste Sorge. Nun geben Sie mir schon das Telefon!»

Sie riss es ihm aus der Hand. David wandte sich ab und warf seinen durchweichten Seesack auf das Gepäckregal. Dabei fiel sein Blick in den Garderobenspiegel. Das Haar klebte ihm am Kopf, seine Haut hatte einen ungesunden Grauton angenommen. Wahrscheinlich durch den Schock. Kein Wunder. Im Geiste sah er wieder und wieder vor sich, wie ben Moshes lebloser Körper auf den Absatz der Feuerleiter stürzte.

Er und Yael waren an der nächsten Haltestelle wieder aus dem Bus gesprungen. Irgendwie war es ihnen gelungen, im strömenden Regen ein Taxi anzuhalten, und sie waren in Richtung Hudson River gefahren, schweigend, durchnässt bis auf die Haut und zitternd. Nicht nur wegen des Unwetters.

Wer konnte wissen, ob sie jetzt in Sicherheit waren? War der blonde Hüne hinter den Edelsteinen her? Oder hinter dem Notizbuch?

Ben Moshe hatte gesagt, sie seien auf die Namen aus.

Und einer davon ist Stacys.

David zog hastig sein Handy aus der Tasche, um sie anzurufen. Frustriert hörte er, wie sich nach dem vierten Rufzeichen Stacys Voicemail einschaltete.

«Hi, Munchkin.» Er bemühte sich um einen neutralen Tonfall, aber seine Stimme klang dennoch angespannt. «Ruf mich an, sobald du diese Nachricht hörst, okay? Wollte mich nur erkundigen, wie es dir geht.»

Anschließend versuchte er es bei Meredith und fluchte laut, als wiederum nur der aufgezeichnete Ansagetext abgespielt wurde.

«Mere, ruf mich zurück, es ist dringend! Ich muss mit dir über Stace reden. Sofort!»

Dabei war ihm keineswegs klar, was er ihr sagen sollte, wenn sie sich meldete. Wie erklärte man einer Frau, dass der Name ihres Kindes womöglich auf einer Liste von Leuten stand, die einer nach dem anderen zu Tode kamen? Er brauchte ein paar Informationen von Yael HarPaz, bevor Meredith oder Stacy ihn zurückriefen.

David ging zu dem Tisch beim Fenster und öffnete den

Beutel des Rabbi. Während Yael hinter ihm aufgeregt auf Hebräisch in ihr Handy sprach, sah er sich den Inhalt des Beutels an: ein hebräisches Gebetbuch, ein Ringbuch, eine kleine Bronzemünze, auf der die Zahl Acht eingeprägt war.

David betrachtete sie eingehender. Nein, keine Acht – zwei ineinander verschlungene Schlangen.

Zuunterst entdeckte er in dem Beutel zwei laminierte Karten. Er nahm eine heraus und starrte auf die eigenartige Zeichnung. *Was ist das?*

Es war ein Diagramm: Zehn Kreise in unterschiedlichen Farben, durch sich überschneidende Linien miteinander verbunden. Es erinnerte David an die schematische Darstellung eines Moleküls. Oder an eines der Gebilde, die er als Kind aus gelochten Holzkugeln gebaut hatte, die mit Stäbchen verbunden wurden.

Als er hörte, wie Yael das Telefonat beendete, ließ er die Karte wieder in den Beutel fallen und drehte sich hastig zu ihr herum.

«Und jetzt würde ich gern einiges erklärt bekommen.»

Sie erwiderte kühl: «Wo soll ich anfangen?»

«Bei den Namen in meinem Notizbuch. Warum stehen dieselben Namen auf all den alten Papyrushandschriften, von denen der Rabbi mir erzählt hat?» Die Worte strömten nur so aus ihm heraus. «Wessen Namen sind es? Und was verbindet sie?»

«Es sind die Namen der Menschen, die die Welt erhalten. Ganz besondere Menschen, wie man sie nur selten trifft. Und diese Menschen werden von den Gnoseos systematisch ermordet.»

Kaltes Entsetzen erfasste David. Die Namen, nach denen er im Internet gesucht hatte … Er hatte recht gehabt: All diese Unfälle waren in Wirklichkeit gar keine Unfälle gewesen.

Stacy.

Lieber Gott, wo steckte sie nur?

«Der Name meiner Stieftochter steht auch in diesem Buch!» Seine Stimme wurde brüchig. «Wollen Sie damit sagen, sie schwebt in Gefahr?»

Yael schluckte. Ein Anflug von Mitleid wurde in ihren Augen sichtbar.

«Es tut mir leid. Das wusste ich nicht. Ja, sie schwebt in Gefahr. Alle Lamedwowniks schweben in Gefahr. Ist sie in Washington?»

«Nein, sie lebt an der Westküste. In Santa Monica.» David knirschte mit den Zähnen. «Sind dieselben Leute auch hinter ihr her? Diese Dunklen Engel?»

Yael nickte mit grimmigem Gesichtsausdruck. «Es sind hervorragend ausgebildete, gnadenlose Killer.» Sie holte tief Luft. «Wenn sie ihren Namen kennen, werden sie sie finden. Sie braucht sofortigen Schutz. Ich werde Avi Bescheid geben –»

«Nein.» Davids Kiefermuskeln verkrampften sich. «Ich kenne jemanden, dem ich vertraue. Er ist der beste Mann für diese Aufgabe. Er wird sie beschützen, und er ist weniger als eine Flugstunde von ihr entfernt.»

Yael zog die Unterlippe zwischen die Zähne. Nach kurzem Schweigen zuckte sie mit den Schultern. Sie pellte sich aus ihrem durchweichten Seidenblazer und schauderte. Die Farbe war noch immer nicht in ihr Gesicht zurückgekehrt. «Also gut. Ich setze einen Kaffee auf, während Sie Ihre Vorkehrungen treffen.»

David tippte aus dem Kopf Karl Hutchinsons Nummer ein. Sie hatten sich zwar seit drei Jahren nicht gesehen, telefonierten jedoch alle paar Monate miteinander. Er betete, Hutch möge ans Telefon gehen.

«*Hola!*» Hutchs vertraute Stimme forderte ihn auf, nach dem Signalton eine Nachricht zu hinterlassen. Davids Brust krampfte sich zusammen.

«Hutch, ich bin's. Ich bin in New York, und es gibt einen Notfall. Ich befürchte, dass Stacys Leben in Gefahr ist. Ich brauche dich, Kumpel.»

Davids Kopf fühlte sich an, als würde er jeden Moment zerspringen. Er zwang sich, tief durchzuatmen, dann noch einmal. *Konzentration.*

Er richtete seine Aufmerksamkeit auf Yael, die ihm eine Tasse Kaffee reichte. «Könnten Sie mir jetzt bitte erklären, was hier überhaupt vor sich geht?»

«Ich will es versuchen. Setzen Sie sich, David.» Sie sah ihn abschätzend an. «Das Ganze wird für Sie nicht leicht zu akzeptieren sein. Und für mich nicht leicht zu erklären.»

David ließ sich auf dem Stuhl am Schreibtisch nieder und stellte seine Kaffeetasse ab.

Er erinnerte sich an das, was ben Moshe Yael zugerufen hatte, als sie auf die Feuerleiter hinauskletterten.

Für ihn kam es nicht in Frage, in ein Flugzeug nach Israel zu steigen – nicht ohne Stacy.

Sein Blick ruhte auf der langbeinigen Frau, die ihm gegenüber auf dem Bett saß.

«Ein guter Anfang wäre sicherlich, wenn Sie mir von den Lamedwowniks erzählten», sagte er ruhig.

KAPITEL ELF

«Sind Sie mit dem Talmud vertraut?» Yael sah ihn fest an.

«Oberflächlich. Alte rabbinische Kommentare zum Alten Testament, nicht wahr?»

«Mehr als das. Der Talmud ist *das* Hauptwerk jüdischen religiösen Schrifttums. Er umfasst alles, was es über das jüdische Gesetz zu wissen gibt, über jüdische Geschichte, Philosophie, Morallehren – selbst über Legenden.» Yael trank einen Schluck von ihrem Kaffee.

«Dreiundsechzig Traktate, verfasst zwischen dem dritten und sechsten Jahrhundert von den gelehrtesten unter den jüdischen Weisen – Männern, die ihr ganzes Leben damit zugebracht haben, jeden einzelnen Aspekt des jüdischen Gesetzes zu diskutieren, zu analysieren und zu definieren. Im Talmud liegt die Erklärung für die Lamedwowniks.»

«Fahren Sie fort.» Nur mit Mühe konnte David seine Ungeduld zügeln.

«Laut Rabbi Abbaji – einem jener gelehrten Weisen – muss es in jeder Generation sechsunddreißig Gerechte auf der Welt geben, die durch die Schekhina gesegnet sind.»

«Durch was?»

«Den weiblichen Aspekt Gottes.» Yael begegnete Davids Blick.

«Die jüdische Tradition lehrt, dass nur durch die ureigenen Tugenden dieser sechsunddreißig Menschen Gott die Welt erhält.»

David schüttelte den Kopf. «Moment mal – wollen Sie

etwa sagen, dass es auf der ganzen Welt nur sechsunddreißig gerechte Menschen gibt?»

«Genau genommen gibt es um die achtzehntausend», entgegnete Yael, und ein Lächeln huschte über ihr Gesicht. «Aber die Lamedwowniks sind ganz besondere Persönlichkeiten, Menschen, deren Seelen den höchsten Grad der Spiritualität erlangt haben. Ihre Güte ist so mächtig, so tief in ihrem Wesen verwurzelt, dass sie die Fähigkeit besitzen, bereits während ihres irdischen Lebens völlige spirituelle Einheit mit Gott zu erlangen.»

David zog ungläubig die Augenbrauen hoch. «Sie meinen, diese Leute haben einen heißen Draht zu Gott? Hören Sie, ich habe ja immer gewusst, dass Stacy ein gutherziges Mädchen ist, aber ich bitte Sie –»

«Die Mystiker sagen, dass die Lamedwowniks unerkannt unter uns leben. Wenigstens sechsunddreißig in jeder Generation, und niemand weiß, wer sie sind – nicht einmal sie selbst sind sich dessen bewusst. Das bedeutet: Wer auch immer behauptet, ein Lamedwownik zu sein, ist es definitiv nicht. Sie sind bescheiden und tun ganz im Stillen Gutes, wobei sie Lob und Anerkennung aus dem Weg gehen. Die chassidischen Rabbis berichten von Lamedwowniks, die als Fremde in eine Stadt kamen, sie vor dem Untergang bewahrten und dann ohne Aufsehen wieder verschwanden, so plötzlich, wie sie gekommen waren.»

Yaels Hände krampften sich um die Kaffeetasse. «Wenn alle Lamedwowniks einer Generation zu Tode kämen, würde die Welt aufhören zu existieren.»

Ein Donnerschlag zerriss den Himmel. Beide warfen einen raschen Blick zum Fenster, hinter dem der Regen in einem dichten Vorhang auf die bereits überschwemmte Stadt niederprasselte.

«Begreifen Sie denn nicht, David? Es hat bereits begonnen. Haben Sie sich noch nicht gefragt, wie es kommt, dass sich überall auf der Welt ein grauenhaftes Ereignis an das andere reiht? Können Sie sich erinnern, dass jemals zuvor so viele schreckliche Dinge in so rascher Folge geschehen sind? Die Gnoseos sind im Begriff, die Welt zu vernichten, David! Indem sie die Lamedwowniks vernichten.»

Davids Kopfschmerzen begannen ihn wieder zu quälen, hämmerten im Rhythmus mit dem Trommeln des Regens. Er erhob sich schwerfällig von seinem Stuhl, trat ans Fenster und blickte auf die Sturzbäche hinab, die durch die Rinnsteine rauschten. Plötzlich schlug vor seinen Augen ein Blitz in das Gebäude gegenüber ein. Die Fensterscheiben der oberen Stockwerke zersprangen, während der Donner dröhnte wie eine Bombenexplosion. David fuhr erschrocken zurück. Der Einschlag hatte den Boden unter seinen Füßen erzittern lassen.

Die Erdbeben in der Türkei, die Explosion im Hafen von Deyyer, die Terroranschläge in Melbourne. Die Hurrikans, die in rascher Folge über dem Atlantik toben … die Erdrutsche in Chile …

Nein. Unmöglich. Er drehte sich mit einem Ruck wieder zu Yael um, deren grüne Augen im schwachen Licht des Hotelzimmers düster wirkten. «David, wir müssen Sie nach Israel schaffen – nach Zefat, in die heilige mystische Stadt.»

«Ich gehe nach Santa Monica und sonst nirgendwohin.»

«Nach Zefat, David. Dort gibt es die Antworten. Es liegt etwas in dem Licht an diesem Ort, in der Luft … Selbst säkulare Wissenschaftler wie mein Vater und ich können die mystische Aura nicht verleugnen, die dort von den Sternen herabzustrahlen scheint. Die Kabbalisten in Zefat brauchen Ihr Tagebuch, sie brauchen *Sie.* Sie haben Papyrusfetzen, die bei Ausgrabungen im Sand gefunden wurden, Fragmente des uralten Buches, das die Namen aller Lebewesen enthält – einschließlich der geheimen Namen der Lamedwowniks. Aber Sie, David, Sie kennen diese Namen auch. Sie sind in Ihrem Kopf.»

«Wenn Stacy eine von ihnen ist ...» Er brach ab, und sein Magen krampfte sich vor Angst zusammen. *Sofern sie überhaupt existieren.*

Yael fuhr sich mit einer Hand durchs Haar, strich sich die glänzenden Locken aus dem Gesicht. «Wir dürfen uns nicht darauf verlassen, dass Ihr Hutch schnell genug zu ihr gelangt. Bisher hat er nicht einmal zurückgerufen. Ich schicke einen Trupp zur Verstärkung hin. Mein Kontaktmann Avram Raz hat Zugang zu den besten Security- und Geheimdienstleuten in Israel. Sein Name passt zu seinem Beruf.»

«Wie meinen Sie das?»

«Raz bedeutet auf Hebräisch ‹Geheimnis›. Außerdem entspricht jedem hebräischen Buchstaben ein Zahlenwert, und die Buchstaben des Namens Raz ergeben zusammen denselben Zahlenwert wie die der hebräischen Wörter für ‹Licht› und für ‹Fremder›.»

«Ich kann Ihnen noch immer nicht folgen.»

«Avi Raz ist ein Mann, der Geheimnisse und Fremde ans Licht bringt», sagte sie, während sie ihr Handy aufklappte. «Das sollte Ihnen genug über seine Tätigkeit verraten – und über seine Qualifikationen.»

David presste die Lippen aufeinander. Er musste wissen, wie es Stacy ging – *jetzt sofort*. Sein Handy klingelte, gerade als Yael in ihres auf Hebräisch zu sprechen begann, und er zog es hastig hervor in der Hoffnung, es könnte Stacy sein.

Die Anzeige auf dem Display lautete: Hutch.

«David, was zum Teufel ist los? Sag mir, was ich tun kann.»

«Fahr nach Santa Monica – du musst Stacy und Meredith beschützen. Du kennst doch ihr Haus? Bring sie aus Kalifornien fort. Es kommt ein Team zur Verstärkung – deshalb ruf mich bitte an, wenn ihr in Sicherheit seid, und gib mir euren Aufenthaltsort durch.»

«Lieber Himmel, was ist denn überhaupt los?»

«Jemand hat Stacy vermutlich auf der Abschussliste, Hutch.» David konnte selbst kaum glauben, was er da sagte. «Anhänger eines religiösen Kultes sind hinter ihr her. Ich brauche deine Hilfe in Kalifornien, Kumpel, und zwar spätestens gestern.»

Nachdem David das Handy zugeklappt hatte, bemerkte er, dass Yael ihn beobachtete. In ihrem scharfen Blick lag keine Spur von Mitgefühl.

«Zwei Mossad-Agenten fliegen noch heute Nacht nach L. A. Sobald Hutch uns Nachricht gibt, treffen sie mit ihm zusammen und übernehmen. Ihr wird nichts geschehen, David. Das müssen Sie mir glauben.»

Während ein weiterer Donnerschlag die Fensterscheiben erzittern ließ, stand Yael vom Bett auf und ging auf David zu. «In der Zwischenzeit müssen Sie und ich so schnell wie möglich nach Zefat.»

«Kommt nicht in Frage. Ich fliege zu meiner Tochter. Sie ist mir wichtiger als alles andere.»

«Für ihren Schutz ist gesorgt, David. Aber es gibt eine Menge anderer Leute, die niemand beschützt. Denken Sie mal darüber nach. Außerdem – nach dem, was heute vorgefallen ist, haben die Gnoseos Sie auf dem Schirm. Wenn Sie jetzt zu Stacy fahren, führen Sie sie womöglich geradewegs zu ihr.»

Davids Schläfen pochten. Die Schüsse hallten noch immer in seinem Kopf wider.

Was, wenn Yael recht hatte?

«In Zefat können Sie mehr für sie tun als irgendwo sonst. Je eher wir dort sind, desto besser. Jemand muss Ihnen per Express Ihren Pass schicken.» Sie sah ihm fest in die Augen.

«Wem können Sie vertrauen?»

KAPITEL ZWÖLF

Sich auf dem Rücken liegend treiben zu lassen fühlte sich so friedvoll an wie nichts sonst auf der Welt. Stacy schloss die Augen, aalte sich in der warmen Sonne und seufzte vor Wonne über diesen beinahe perfekten Nachmittag. Sie hatte das heutige Spiel gewonnen, ihr Glückskeks hatte ihr ein Abenteuer prophezeit, und was das Beste von allem war: David würde ihrer Mutter ausreden, sie auf die «Familien-Flitterwochen» mitzuschleppen.

Jetzt müsste sie nur noch die Stimme ihrer Mutter ausblenden können, die gerade mit Len telefonierte. Von diesem Geturtel wurde ihr regelrecht übel.

Wenn ich hier nicht so bequem läge, dachte Stacy, würde ich zum Beckenrand schwimmen und die Musik lauter stellen. Aber sie war so träge, dass sie sich nicht von der Stelle bewegen mochte …

Aus dem Fenster im ersten Stock drang das Lachen ihrer Mutter plötzlich um zehn Dezibel lauter. Ach, verdammt. Stacy verzog das Gesicht zu einer entnervten Grimasse und ließ sich von der Poolinsel in das lauwarme Wasser gleiten. Wie soll man sich entspannen, wenn sich die eigene Mutter derart lächerlich macht, und das auch noch so laut, dass die gesamte Nachbarschaft mithören kann?

Stacy stieg aus dem Pool und trottete zum Liegestuhl, wo ihr Handy, die Sonnenmilch und das Handtuch lagen. Die Cola in der Dose war inzwischen lauwarm. Sie trank trotzdem gierig davon, während sie den Lautstärkeregler ihres Ghettoblasters aufdrehte.

Na also. Schon viel besser. Jetzt musste sie nicht länger mit anhören, wie –

Cola schoss aus ihren Nasenlöchern, als jemand sie von hinten mit festem Griff packte. Die Dose fiel zu Boden. Stacy rang nach Luft, weil eine raue Hand auf ihren Mund und ihre Nase gepresst wurde. Sie verschluckte sich, japste, versuchte zu atmen und gleichzeitig zu schreien, doch obwohl es ihr gelang, die Lippen ein wenig zu öffnen, brachte sie nichts Hörbares heraus.

Entsetzen krampfte ihr die Eingeweide zusammen. Im nächsten Moment riss der Angreifer sie mit seinem haarigen Arm von den Beinen. Ihre Brust fühlte sich an, als müsse sie vor Sauerstoffmangel zerspringen, während er mit ihr losrannte wie ein Quarterback, der auf das Tor zustürmte.

In heller Panik begriff Stacy, was sein Ziel war. Noch zehn Schritte, dann würde sie sich in dem fremden Lieferwagen wiederfinden, der vor der Garage geparkt stand.

Eva Smolensky ächzte vor Anstrengung, während sie den Staubsauger die Treppe hinunterwuchtete. Die ältere Dame war zierlich wie ein Vögelchen, nur ein paar Handbreit größer und nicht viel breiter als das Gerät, das sie jetzt in Dr. Shepherds Büro schob. Nachdem sie das Licht angeknipst hatte, betrachtete sie zungenschnalzend die Stapel alter Zeitungen, die sich angesammelt hatten, seit sie vorigen Dienstag zuletzt hier sauber gemacht hatte. Nachdem Dr. Shepherd sie telefonisch gebeten hatte, heute Nachmittag Pater McGrath ins Haus zu lassen, hatte sie beschlossen, diese Woche einen Tag früher zu putzen als vorgesehen. So hatte sie den Dienstagmorgen frei, um ihr jüngstes Enkelkind zu besuchen.

Du lieber Himmel, sie war wirklich etwas in die Jahre gekommen! So spät am Tag hatte Eva nicht mehr geputzt, seit ihre eigenen Kinder klein waren und sie warten musste, bis sie schliefen, ehe sie sich der Hausarbeit widmen konnte. Und hinter Dr. Shepherd herzuräumen war alles andere als eine leichte Aufgabe. Ein wirklich netter junger Mann, aber er war nun einmal schlampig, genau wie ihr Schwiegersohn Henry.

Eva schüttelte den Kopf. Wenigstens hatte er ihr früh genug Bescheid gegeben. Sie würde hoffentlich den größten Teil des Hauses in Ordnung gebracht haben, ehe Pater McGrath eintraf, um zu holen, was immer Dr. Shepherd benötigte.

Eva stellte sich ans Fenster, um Ausschau zu halten, ob der Pater womöglich doch schon kam. Dabei rieb sie sich das Kreuz. Sie wurde allmählich zu alt und gebrechlich für diese Arbeit, aber ihre Lieblingskunden behielt sie dennoch. Vorerst.

Nächstes Jahr … mal sehen, vielleicht würde sie sich dann endlich zur Ruhe setzen.

Der gutaussehende Geistliche war noch nicht in Sicht. Also wandte sie sich wieder dem Staubsauger zu und bückte sich, um den Stecker einzustecken. Sie konnte ruhig staubsaugen, während sie auf ihn wartete; sie hatte die Haustür unverschlossen gelassen für den Fall, dass der Staubsauger und die Waschmaschine die Klingel übertönten; und der Pater wusste Bescheid.

Aber noch bevor sie den Staubsauger einschalten konnte, hörte sie einen Signalton. Der Trockner. Seufzend schlurfte sie in den Wäscheraum, wo eine Ladung bügelfreier Hemden wartete. Sie musste sie rasch auf Kleiderbügel hängen, ehe sie knitterten.

Gerade als Eva die Klappe des Trockners öffnete, schaltete die Waschmaschine in den Spülgang. Warum erfand eigentlich niemand eine Waschmaschine und einen Trockner, deren Programme gleich lang liefen? War das etwa zu viel verlangt? Kurz darauf hörte Eva jemanden im Hausflur. Pater McGrath. Er musste hereingekommen sein, gleich nachdem sie aus dem Fenster geschaut hatte. Warum hatte sie ihn nur nicht klingeln gehört? Vielleicht brauchte sie tatsächlich ein Hörgerät, wie ihre Töchter immer behaupteten …

Eva lief rasch in den Flur hinaus, erfreut über die Gelegenheit, ein paar Worte mit ihrem Lieblingspfarrer wechseln zu können. Pater McGrath sah nicht nur gut aus, er hatte auch eine sehr warmherzige, freundliche Art an sich. Jedes Mal, wenn sie ihn traf, hatte sie anschließend das Gefühl, einem Engel begegnet zu sein.

Sie sah sich im Flur um. Seltsam. Er war nicht da.

«Pater McGrath?», rief Eva. Sie schlurfte in die Küche, um sich dort umzusehen, dann kehrte sie in den Flur zurück und spähte die Treppe hinauf.

Sehr merkwürdig. Sie hätte schwören können, dass sie jemanden im Haus gehört hatte. «Pater?», rief sie noch einmal.

Stille.

Irritiert stapfte Eva zum Arbeitszimmer.

Doch dort kam sie nie an.

Dr. Shepherds blassblaues Hemd mit den Nadelstreifen war noch dampfend heiß vom Trockner, als es über ihren Kopf geworfen wurde und seine Ärmel ihren faltigen Hals zuschnürten.

Sie rang nach Luft, doch Augenblicke später war sie bereits bei den Engeln – eine volle Minute ehe ihr Körper zu den Hemden in den Wäschetrockner gezwängt wurde.

Stacy warf flehende Blicke zum offenen Schlafzimmerfenster ihrer Mutter hinauf. *Mom,* wollte sie schreien. *Mom!* Aber sie konnte nicht schreien, sie konnte nicht einmal atmen. Ihre Nase, ihre Kehle standen in Flammen, und vor ihren Augen begannen Lichtpünktchen zu tanzen.

Sie kämpfte gegen die Umklammerung des Mannes an, versuchte sich ihm zu entwinden, auf die Art, wie sie beim Basketball ihrem Gegner den Ball entwand. Vergebens. Er war zu stark. Die geöffnete Hecktür des Lieferwagens gähnte wie der Schlund eines Monsters. *Nicht ohnmächtig werden,* befahl sie sich selbst, und dann riss sie, von einem Adrenalinstoß getrieben, den Mund so weit auf, wie sie konnte, und schlug die Zähne wie ein Dobermann in die Finger, die sich gegen ihre Lippen pressten.

Instinktiv lockerte der Mann seinen Griff und schrie auf. Stacy rang nach Luft, riss sich los und stürzte vorwärts. Sofort setzte er ihr nach.

«Hilfe! Überfall!» Barfuß rannte sie hinaus auf die Straße. Gott sei Dank! Mr Atkins ging gerade mit Reckless Gassi.

Der Bordercollie begann zu bellen. Mr Atkins starrte Stacy einen Moment lang verständnislos an, dann wurde er mit einem Ruck vorwärtsgerissen, als der Hund an der Leine zerrte und zur Auffahrt der Lachmans strebte.

Hinter Stacy heulte der Motor des Lieferwagens auf. Sie sprang hastig zur Seite, stürzte in den Jakarandabaum. Der Van raste an ihr vorbei und bog mit quietschenden Reifen auf die Straße ab.

«Stacy! Wer war das? Ist alles in Ordnung mit dir?» Als Mr Atkins und Reckless sie erreichten, schrie Stacy noch einmal auf.

«Mom!»

KAPITEL DREIZEHN

Ein bedrückendes Zwielicht senkte sich über den Capitol Hill. Dillon McGrath verließ das Haus an der D Street und eilte zu seinem Acura. Er setzte sich ans Steuer und steckte den Zündschlüssel ins Schloss, ließ jedoch nicht den Motor an. Stattdessen zog er sein Handy und ein Taschentuch hervor und wischte sich die Schweißperlen von der Oberlippe.

«Dillon, hast du ihn?»

David klang angespannter, als Dillon ihn je zuvor erlebt hatte. *Was mehr als verständlich ist*, dachte der Pater, *schließlich ist ben Moshe vor seinen Augen ermordet worden.*

«Es tut mir leid, David, aber ich konnte ihn nicht finden. Er lag weder in der obersten Schublade der Kommode noch in einer der anderen Schubladen. Ich habe sogar im Schreibtisch in deinem Arbeitszimmer gesucht. Fehlanzeige.»

«Sieh noch einmal nach. Er *muss* dort sein.» Davids Tonfall verriet, dass er zutiefst beunruhigt war.

«Ich habe wirklich alles durchsucht, glaub mir. Er ist nicht da. Eva war übrigens auch nicht da – sie hatte die Haustür für mich offen gelassen.» Dillon drehte den Zündschlüssel, und der Motor sprang an.

Es blieb still in der Leitung.

«David?»

«Dann ist dir jemand zuvorgekommen.» Davids Stimme bebte vor Frustration. «Irgendwer hat meinen verdammten Pass gestohlen.»

«Nein, nein, das glaube ich nicht.» Dillon umklammerte das Lenkrad. Auch seine Anspannung wuchs. «Es gab keinerlei Anzeichen dafür, dass das Haus durchsucht wurde. Alles war ordentlich und aufgeräumt. Bis auf den Staubsauger. Eva hat vergessen, ihn wegzustellen.»

«Das sieht ihr gar nicht ähnlich.»

«Also, was soll ich jetzt tun?» Ein Wagen fuhr mit hoher Geschwindigkeit vorbei. Hinter ihm wirbelte trockenes Laub von der Straße auf. «Möchtest du, dass ich die Polizei einschalte und den Verlust deines Passes melde?»

«Nein. Vergiss die Polizei. Ich werde eine andere Möglichkeit finden.»

«David – der Achat ...» Dillon räusperte sich. «Du hast ihn doch noch bei dir, oder?»

«Ja. Und außerdem einen Bernstein. Ben Moshe hat mir Levi gegeben, kurz bevor ...» Er verstummte.

Im dunklen Innenraum seines Wagens schloss Dillon die Augen. «Ich hoffe, dir ist klar, mit welchen Kräften du es da zu tun hast.»

«Ich hatte noch nicht allzu viel Zeit, darüber nachzudenken.»

«Ich wünschte, ich könnte mehr tun, David. Aber ich muss für eine Weile ins Ausland verreisen. Wenn du mich in den nächsten Tagen brauchst, kannst du eine Nachricht in meinem Büro hinterlassen. Ich werde mich regelmäßig dort melden. Aber ...» Er zögerte. «Pass auf dich auf, David. Diese ganze Sache gefällt mir nicht.»

«Wem sagst du das.»

Nachdem David das Handy zugeklappt hatte, warf er einen Blick zu Yael. Sie saß über das Ringbuch des Rabbi gebeugt. Ihr Haar fiel ihr wie ein kupferfarbener Vorhang ins Gesicht.

«Mein Pass ist verschwunden, Hutch hat immer noch

nicht zurückgerufen, und ich habe keine Ahnung, wo zum Teufel meine Tochter steckt. Und, wie war *Ihr* Tag?»

Er ließ sich aufs Bett sinken und drückte die Handballen gegen die Augen.

Yael blickte auf. «So.»

Sie deutete auf den Fernseher, der ohne Ton lief. Bilder von Tod und Verwüstung, die Folgen eines Erdbebens in der Türkei, flackerten lautlos über die Mattscheibe.

«Wir sind nicht die Einzigen, die einen schlechten Tag hatten», stellte sie fest.

Dillon wartete, bis er an einer Ampel halten musste, dann wählte er eine weitere Nummer.

Seit Tagen hatte er über die Steine nachgegrübelt. Jetzt war es Zeit zu handeln.

«Sind Sie sicher, dass sich Bischof Ellsworth dort aufhält?», fragte er ohne Umschweife. «Ich bin gerade auf dem Weg zum Reagan International Airport.»

Während er einen Moment lang zuhörte, schaltete die Ampel auf Grün, und hinter ihm begann jemand ungeduldig zu hupen. «Ausgezeichnet. Ich müsste morgen am frühen Abend in Glasgow landen. Ich komme dann vom Flughafen geradewegs zu Ihnen.»

KAPITEL VIERZEHN

«Avi Raz kann Ihnen mit Sicherheit einen falschen Pass besorgen, aber das wird wohl ein paar Tage dauern», erklärte Yael, während sie nervös vor dem Fenster auf und ab ging.

David, der gerade aus dem Bad zurückkam, rieb sich mit einem feuchten Handtuch das Gesicht ab. «Ich habe eine bessere Idee. Ich weiß, wie ich an einen echten Pass komme, und zwar schon morgen früh.»

«Wie das?» Sie starrte ihn verblüfft an.

«Manchmal zahlt es sich aus, der Sohn eines Senators zu sein.»

Sofern Judd Wanamaker überhaupt im Land war.

David griff zum Telefon.

Der engste Freund seines Vaters bekleidete jetzt das Amt des amerikanischen Botschafters in Ägypten. Die beiden waren im Senat Verbündete gewesen und hatten sich unermüdlich für ein Gesetz zum Schutz der Feuchtgebiete eingesetzt – sehr zum Unmut derer, die Entwicklungs- und forstwirtschaftliche Interessen vertraten. Auch zwischen ihren Familien hatte sich eine persönliche Bindung entwickelt. Die Shepherds und die Wanamakers hatten einmal zusammen in Niagara-on-the-Lake Urlaub gemacht, und daraus war eine alljährliche Tradition entstanden, die sie fast zwei Jahrzehnte lang pflegten – bis zu dem Tag, an dem Davids Vater einen Herzinfarkt erlitt und während einer Senatssitzung plötzlich tot zusammenbrach.

«Wir haben Glück», teilte David Yael mit, nachdem er das Gespräch beendet hatte. «Er hält sich zurzeit hier in der

Stadt auf – hat etwas bei der UNO zu tun. Er hat darauf bestanden, dass wir uns zum Dinner treffen. Drei Straßenblocks von hier gibt es ein japanisches Restaurant mit einem separaten Raum, wo wir ungestört reden können. Wir sind in einer Stunde dort mit ihm verabredet.»

«Dann bleibt mir ja noch etwas Zeit, das hier durchzusehen.» Yael legte den Beutel des Rabbi auf das Bett. Sie breitete den Inhalt auf der geblümten Tagesdecke aus, auf der bereits das Ringbuch lag, und warf David einen fragenden Blick zu.

«Ist Ihnen etwas Interessantes aufgefallen, als Sie vorhin hineingesehen haben?»

Sie ist ebenso wachsam wie attraktiv, dachte David und war gleich darauf überrascht, dass er das überhaupt registriert hatte.

«Ja, schon. Der Beutel enthält ein paar Dinge, die ich nicht verstehe. Wie steht's mit Ihnen? Haben Sie in den Aufzeichnungen des Rabbi etwas Bedeutsames entdeckt?»

Sie setzte sich auf das Bett und schlug die Beine unter, ehe sie erwiderte: «Einige Details, die er über die Gnoseos herausgefunden hat. Zum Beispiel, dass sie ganz besessen sind von ihrer Geheimhaltung, genau wie die Gnostiker des Altertums. Darum ist so wenig über ihre Überzeugungen und Praktiken bekannt. Sie geben ihre Traditionen ausschließlich mündlich weiter und bedienen sich noch heute geheimer Talismane und Symbole als Erkennungszeichen.»

Yael runzelte die Stirn. «Rabbi ben Moshe war in großer Sorge. Er schrieb von seiner Befürchtung, die Gnoseos könnten kurz vor ihrem Ziel sein. Und noch etwas steht in seinen Notizen.»

David schwieg abwartend. Er bemerkte, wie Yaels Gesichtsausdruck wieder weicher wurde.

«Der Rabbi hat von seinem Glauben an Gott geschrieben. Von seiner Überzeugung, dass Gott einen Weg weisen wird, die Gnoseos zu besiegen.»

Diese tiefe Gläubigkeit war David fremd. Er versuchte sich vorzustellen, was für ein Gefühl es wäre, mit solcher Überzeugung zu glauben. *Seine* Seele war in einem Klima kritischen Denkens herangereift, in einem Umfeld, das geprägt war von der eingehenden Analyse politischer Systeme und ihrer Funktionsweise – nicht von Predigten, Gebet und biblischen Geschichten. Und doch war er nun an einem Punkt angelangt, an dem er versuchen musste, dem Unerklärlichen eine Logik abzugewinnen.

Für einen Moment war es still, bis auf den Regen, der gegen die Fensterscheiben trommelte. Dann hob David eine Karte mit einer farbigen Abbildung vom Bett auf. «Hat er hierüber irgendetwas gesagt?»

«Eine Tarotkarte.» Yael nahm sie ihm nachdenklich aus der Hand.

«Tatsächlich?», vergewisserte sich David erstaunt. «Ich dachte, den orthodoxen Juden ist es verboten, zu Handlesern zu gehen oder Ouijabretter zu befragen ... oder sonst irgendwelche okkulten Praktiken auszuüben. Ich hatte am College einen Zimmernachbarn, der orthodox war. Er versuchte ständig, eine unserer jüdischen Freundinnen davon abzubringen, ihr Horoskop in der Zeitung zu lesen. Er sagte, dass die Tora jegliche Wahrsagerei verbietet.»

Yael zog die Augenbrauen hoch. «Das stimmt, allerdings unterlag Ihr Freund einem Irrtum: Die Astrologie wurde nie mit Wahrsagerei gleichgesetzt. Sie sollten einmal die Fußböden in alten Wohnhäusern und Synagogen sehen, die wir in Israel bei Ausgrabungen freigelegt haben – vor allem diejenigen aus dem ersten bis vierten Jahrhundert. Ich kann gar nicht zählen, in wie vielen davon ich kunstvolle, reichverzierte Zodiakkreise gesehen habe.»

«Im Ernst?»

«Aber ja. Die alten Kabbalisten glaubten, dass sich alles, was in der spirituellen Sphäre existiert, durch die Bahnen der Sterne und Planeten auf unsere materielle Sphäre überträgt. Sie lehrten, dass die Sterne und Planeten ein integraler Bestandteil von Gottes großem Plan sind. Dass sich alles Himmlische auf der Erde widerspiegelt.»

Yael betrachtete die Karte in ihrer Hand.

Die in kräftigen Farben gehaltene Zeichnung stellte einen Turm dar, ein mächtiges Bollwerk, in das aus einem tinten-

schwarzen Himmel Blitze einschlugen. Der obere Teil stand bereits in Flammen, Menschen stürzten hilflos kopfüber in die Tiefe. Im Hintergrund war eine Brücke zu sehen. Auf der Rückseite der Karte befand sich die schlichte Zeichnung zweier ineinander verschlungener Schlangen, und in der unteren linken Ecke stand die Zahl 471.

«Ich kann mir nicht vorstellen, warum Rabbi ben Moshe diese Karte in seinem Safe aufbewahrte.» Yael klang verwirrt. «Ich kenne mich mit Tarot nicht besonders gut aus, aber ich weiß, dass es unmittelbar von dem kabbalistischen Baum des Lebens abgeleitet ist. Warten Sie, ich zeige es Ihnen.»

Mich überrascht nichts mehr, dachte David, während Yael eine weitere Karte aufhob, die kleine, laminierte Zeichnung, die ihm bereits zuvor aufgefallen war. Sie deutete auf die miteinander verbundenen Kreise.

«Dies ist der Baum des Lebens», erklärte sie. «Das Grundgerüst der kabbalistischen Lehre.»

«Tatsächlich? Ich hatte es für eine Moleküldarstellung gehalten», gestand David.

Yael schüttelte den Kopf und konnte sich ein Schmunzeln nicht verkneifen. «Der Baum ist natürlich symbolisch zu verstehen. Jeder dieser zehn Kreise – oder *Sefiroth* – steht für ein Attribut Gottes, und diese Attribute können die Menschen zum Vorbild ihres Strebens nehmen. Die Kabbalisten meditieren über sie als Stufen auf ihrem Weg zu spiritueller Erleuchtung. Ihnen ist bekannt, David, dass ich selbst Wissenschaftlerin bin, keine Mystikerin – aber ich empfinde Ehrfurcht angesichts der Prinzipien, der Mysterien und der Schönheit dessen, was dieser Baum repräsentiert.»

David warf einen raschen Blick auf die Karte. Die Ungeduld begann an ihm zu nagen. Für ihn sahen die Kreise immer noch wie die schematische Darstellung einer Molekülstruktur aus. Und ihm war nicht klar, welchen Bezug all das zu Stacys Sicherheit haben sollte.

«Und was hat das jetzt mit dem Tarot zu tun? Oder mit den Gnoseos?», fragte er unwirsch.

«Über eine Verbindung zu den Gnoseos weiß ich nichts. Das Tarot-Deck entspricht jedenfalls in seiner Struktur dem Baum des Lebens. Ein französischer Okkultist des neunzehnten Jahrhunderts namens Eliphas Levi war der Erste, der die Parallelen erforscht hat. Das Ganze verhält sich folgendermaßen –» Yael knabberte an ihrer Unterlippe und wählte ihre Worte sorgfältig.

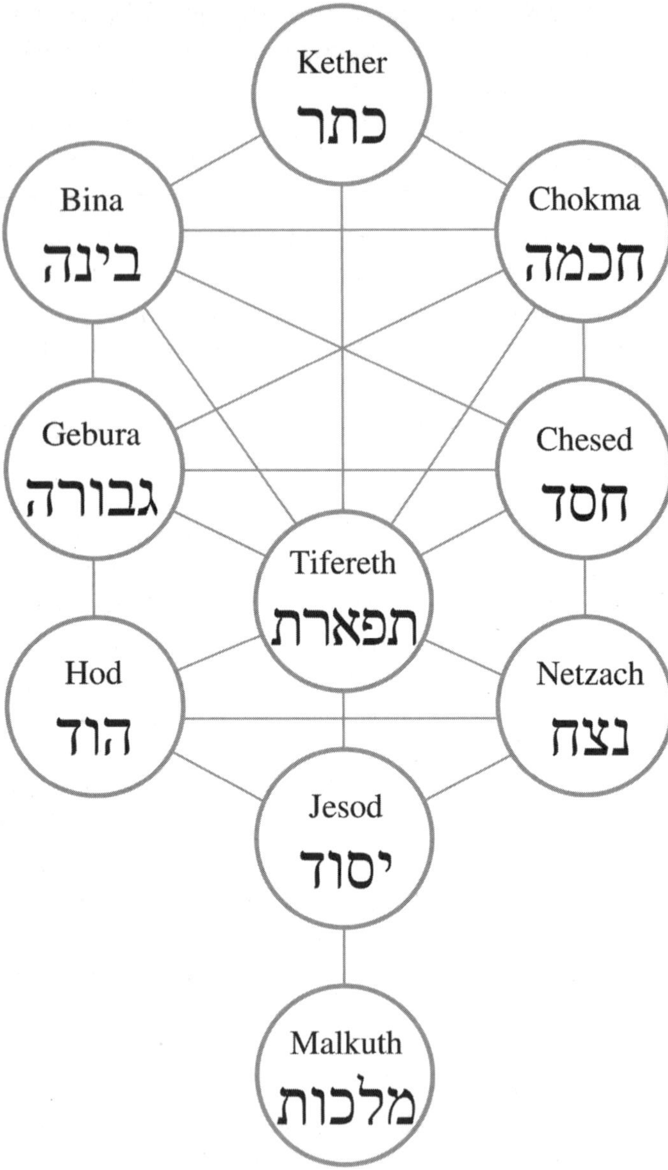
Kether
כתר
Bina
בינה
Chokma
חכמה
Gebura
גבורה
Chesed
חסד
Tifereth
תפארת
Hod
הוד
Netzach
נצח
Jesod
יסוד
Malkuth
מלכות

«Kurz gesagt, die Sefiroth repräsentieren die gesamte Schöpfung – Vergangenheit, Gegenwart und Zukunft. Stellen Sie sich jeden dieser Kreise als ein ‹Gefäß› vor, das mit göttlichem Licht oder göttlicher Energie gefüllt ist. Die Mystiker sagen, Gott habe die Welt aus ihnen erschaffen, indem er so starkes Licht in diese ‹Gefäße› goss, dass sie zerbarsten. Die Scherben flogen nach allen Richtungen, und das göttliche Licht verteilte sich im gesamten Universum. So entstand die Welt.»

«Der Urknall?»

Yaels Augen wurden schmal. «Nicht ganz. Darf ich fortfahren?»

Ihr gequälter Gesichtsausdruck erinnerte David an seine geplagte Lehrerin in der dritten Klasse, Mrs Karp. Nur dass Yael HarPaz entschieden hübscher war.

«Bitte.» David versuchte seine verkrampften Schultern zu lockern. Die Anspannung saß ihm spürbar im Nacken.

«Okay, wir waren also bei den versprengten Scherben», setzte Yael erneut an. «Die Mystiker sagen, jede von ihnen sei von einer Schale umschlossen worden, die ihr Licht verbirgt, und es sei unsere Aufgabe als Menschen, diese Schalen aufzubrechen und Gottes Licht wieder in die Welt zu bringen.»

Sie erhob sich vom Bett und begann erneut auf und ab zu gehen. «Sie sollten nicht den Anspruch erheben, das alles zu verstehen, David. Die Lehren der Kabbala sind eine außerordentlich komplexe Angelegenheit. Glauben Sie mir, ich selbst besitze bestenfalls ein oberflächliches Wissen davon. Es erfordert Jahre intensiven Studiums, auch nur ansatzweise die Grundzüge zu begreifen. Weshalb diese Lehren in der Vergangenheit stets nur von einem kleinen Kreis Eingeweihter gehütet wurden.»

«Mir scheint, da haben die Kabbalisten etwas mit den Gnoseos gemeinsam», stellte David nachdenklich fest.

«Die Geheimhaltung, ja. Und außerdem ein inniges Streben nach einer Verbindung zu Gott.» Yael hielt im Auf-und-ab-Gehen inne und wandte sich ihm zu. «Aber die Ansichten der Kabbalisten über die Welt und die Bestimmung der Menschheit in ihr unterscheiden sich radikal von denen der Gnoseos. Die Kabbala lehrt von dem Potenzial, Licht und Gutes in die Welt zu bringen. Von unserer Aufgabe als Menschen, die Welt zu heilen, nicht sie zu vernichten.»

«Endlich – das ist etwas, woran ich mich aus dem Hebräischunterricht erinnere: *Tikkun olam*. Die Verpflichtung, die zerrüttete Welt zu heilen, sie zu verbessern.»

«Genau.» Yael lehnte sich mit der Hüfte an den Schreibtisch. «Und es gibt noch einen Unterschied: Die Gnoseos lehren ihre Kinder bereits von klein auf, dass die materielle Welt böse ist. In der Kabbala hingegen wurden traditionell nur verheiratete Männer über vierzig unterwiesen, die bereits jahrelang die Tora studiert hatten.»

«Damit wäre Madonna außen vor.»

Um Yaels Mund zuckte es. «Und noch etliche andere, die sich die Kabbala zu einer Pop-Religion zurechtgebogen haben. Die Kabbala ist von jeher untrennbar mit dem Judentum verbunden, mit dem Studium der Tora. Man kann sie nicht einfach aus diesem Zusammenhang herausreißen.»

«Tja, ich bin zwar noch nicht vierzig und nicht mehr verheiratet, aber ich wüsste trotzdem gern, was dieser Baum nun mit dem Tarot zu tun hat.»

«Geduld ist nicht gerade Ihre Stärke, wie?»

«Nicht, wenn meine Tochter in Gefahr schwebt.»

Yael fuhr sich mit den Fingern durch das noch immer feuchte Haar. «Wir kommen gleich auf den Punkt.» Sie gab ihm die Karte in die Hand.

«Die zehn Sefiroth – die Kreise – stehen für Ebenen der

Spiritualität. Die zweiundzwanzig Linien, die sie verbinden, sind die Pfade, denen die jüdischen Mystiker folgen, um ihr spirituelles Bewusstsein zu erhöhen.»

David rieb sich die Schläfen. Abermals begann ein leichter Kopfschmerz in seinem Hinterkopf zu pochen. «Verstehe.»

«Gut. Wir haben also die zehn Sefiroth, die zweiundzwanzig Pfade – und es gibt zweiundzwanzig Buchstaben im hebräischen Alphabet. Ebenso hat das Tarot-Deck zweiundzwanzig hohe Arkana. Und auch die Zahl Zehn spielt im Tarot eine Rolle. – Was ist, was haben Sie?»

David massierte sich mit beiden Händen die Schläfen. «Geht es Ihnen nicht gut?», erkundigte sich Yael in eindringlichem Ton, während sie ins Bad ging, um ihm ein Glas Wasser zu holen.

David empfand den unwiderstehlichen Drang, die Augen zu schließen. Die Kopfschmerzen beherrschten ihn bereits völlig. Er zwang sich, auf die Uhr zu sehen.

Es war beinahe Zeit, zu dem Treffen mit Judd aufzubrechen. Warum hatte er immer noch nichts von Hutch gehört? Er sah, wie Yael mit besorgter Miene ein Glas Wasser brachte.

«Kopfschmerzen», murmelte er, dann taumelte er plötzlich auf das Bett zu, griff nach seinem Seesack und zerrte das Notizbuch heraus.

Percy Gaspard.

Er nahm hastig den nächstbesten Stift vom Schreibtisch, blätterte fieberhaft bis zum Ende seiner Aufzeichnungen und kritzelte den Namen unter den letzten Eintrag.

«Percy Gaspard.» Seine Stimme war kaum hörbar. Yael trat hinter ihn und las über seine Schulter hinweg den neuesten Namen, während David dahinter das Datum notierte.

«Ich rufe Avi an. Er soll herausfinden, ob es eine Übereinstimmung mit den Namen gibt, die wir bereits transkribiert haben», sagte sie rasch. «Und er wird auch überprüfen, ob der Träger des Namens noch lebt.»

Oder schon tot ist. Oder gerade auf der Abschussliste steht …, dachte David.

«Und wenn ich schon mit ihm spreche», fuhr Yael fort, das Handy bereits am Ohr, «werde ich ihn auch gleich beauftragen, Ihnen einen Pass zu beschaffen – für den Fall, dass Sie bei dem Freund Ihres Vaters keinen Erfolg haben.»

David stolperte ins Bad und schöpfte sich kaltes Wasser ins Gesicht. «Wir müssen los», murmelte er, als er wieder ins Zimmer kam. Er verstaute das Notizbuch in seinem Seesack, raffte dann die Habseligkeiten des Rabbi vom Bett zusammen und warf sie ebenfalls hinein.

«Das nehmen wir mit, für alle Fälle.» Mit einem tiefen Atemzug griff er nach der Türklinke. «Bereit für die Sintflut?»

Yael schlüpfte in ihr grünes Seidenjackett, das noch immer klamm war. «Ein Jammer, dass draußen nicht Noah mit der Arche auf uns wartet.» Mit energischen Schritten ging sie an ihm vorbei durch die Tür.

KAPITEL FÜNFZEHN

Judd Wanamaker sah aus wie ein Landarzt. Er war ein stämmiger Mann mit schütterem Haar, einem sorgfältig getrimmten Bart und einer Knollennase, die das ganze ernste Gesicht beherrschte. Davids Vater hatte immer gesagt, wenn Judd einmal nicht wiedergewählt werden sollte, hätte er Chancen auf eine glänzende zweite Karriere als Taxifahrer in New York, denn er fuhr wie der Teufel, kannte eine Million unterhaltsamer Geschichten und erzählte sie unermüdlich.

«Ihr müsst das *Sanma Shioyaki* bestellen», verkündete Judd mit Nachdruck, sobald sie einander begrüßt und in dem separaten, mit Reisstrohmatten ausgelegten Zimmer über dem eigentlichen Speiseraum des Yotsuba Platz genommen hatten. Yael machte es sich auf einem Sitzkissen aus Reisstroh mit geschwungener hölzerner Rückenlehne bequem und kreuzte die Beine unter dem niedrigen Tisch. Dann griff sie nach der Speisekarte, auf deren Umschlag ein vierblättriges Kleeblatt eingeprägt war.

«Gesalzener, gegrillter Makrelenhecht. Und dazu wird frisch geriebener Daikon serviert. Das Köstlichste, was ich je gegessen habe. Ted Kennedy hat mich vor fünf Jahren auf den Geschmack gebracht, und ich war so begeistert, dass ich gleich am nächsten Abend wieder herkam.»

«Judd konnte sich schon immer genauso sehr für gutes Essen begeistern wie für die Politik», erklärte David an Yael gerichtet, während der Kellner jedem von ihnen ein Glas Wasser hinstellte. «Und für seine Frau.»

Er wandte sich wieder an den Freund seines Vaters.

«Apropos, wie geht es Tante Katharine? Ist sie immer noch unangefochtene Meisterin im Spendensammeln für das National Symphony Orchestra?»

«Sie stellt einen Rekord nach dem anderen auf. Ich finde, das Sammeln von Spenden ist noch politischer als die Politik selbst, und Katharine ist wahrhaftig ein Naturtalent. Sie sollten wirklich den Makrelenhecht in Betracht ziehen», riet Judd Yael noch einmal, während er seine Speisekarte beiseitelegte.

«Ich fürchte, Botschafter Wanamaker, nach diesem Tag bin ich dafür nicht mehr experimentierfreudig genug.» Yael lächelte matt. «Ich halte mich lieber an *Kitsune Udon.*»

Judd sah sie mitfühlend an. «Wie war Ihr Tag denn, Ms HarPaz – außer verregnet?»

«Entsetzlich nervenaufreibend.»

Sie wirkte bemerkenswert gefasst für eine Frau, die erst am Morgen aus Übersee angereist war, seitdem einen Mord mit angesehen hatte, selbst beschossen und verfolgt worden war und nun mit einem amerikanischen Botschafter dinierte. David fragte sich, was sie wohl schon alles erlebt haben mochte, dass sie so unerschütterlich war.

«Ich denke, wir sollten erst einmal bestellen», schlug er mit einem Blick auf den Kellner vor, der wartend in der Nähe des Tisches stand.

Zum ersten Mal nahmen Judds Augen einen besorgten Ausdruck an, und er nickte stumm.

Plötzlich wurde die Beleuchtung schwächer, doch gleich darauf brannten die Lampen wieder so hell wie zuvor. David spürte, wie seine Anspannung stieg.

Sie entschieden sich für eine Auswahl unterschiedlicher Vorspeisen und diverse Hauptgerichte. Erst nachdem der Kellner gegangen war und die Shoji-Tür hinter sich zugeschoben hatte, wich Davids Verkrampfung allmählich wieder. Der Spannungsabfall war offenbar kein Vorbote eines völligen Stromausfalls gewesen.

«Ich würde dich nicht in diese Sache hineinziehen, wenn ich eine andere Möglichkeit sähe, Judd.» David räusperte sich. «Aber ich muss morgen ins Ausland verreisen und habe heute festgestellt, dass mein Pass verschwunden ist.»

«Ich verstehe.» Judd musterte David forschend. «Ist es geschäftlich oder zum Vergnügen?»

«Geschäftlich.» Das kam knapper heraus, als David beabsichtigt hatte.

Judds Augen wurden schmal vor Sorge. «Klingt, als ob es dringend ist.»

«Anderenfalls würde ich dich nicht damit belästigen.»

«Ich fühle mich nicht belästigt, David. Im Gegenteil, ich bin froh, dir helfen zu können. Die Sache wird einigen Papierkram erfordern, du musst gleich morgen früh zu mir ins UN-Gebäude kommen, aber es sollte kein Problem sein, dir einen vorläufigen Pass zu beschaffen.»

«Wie lange wird es dauern?», mischte sich Yael ein, während sie ihre Essstäbchen aus der Leinenserviette wickelte.

«Ich werde gleich nach dem Essen einen Anruf tätigen, dann solltest du den Pass bis mittags in den Händen halten.»

«Vielen Dank, Sir.» Unwillkürlich benutzte David die förmliche Anrede, die man ihm als Kind beigebracht hatte. Das brachte Judd zum Schmunzeln.

«Ich wage zu behaupten, dein Vater hätte für meine Brut dasselbe getan.»

«Wie geht es Katie, Ashley und Mark?», erkundigte sich David, als der Kellner zurückkehrte und ein Holztablett auf den Tisch stellte, das reichlich mit kunstvoll angerichtetem Sushi und Sashimi beladen war.

David aß einen Bissen von einem California-Röllchen, doch es hätte ebenso gut Styropor sein können; er hatte keinerlei Appetit. In der Hoffnung, Judd möge es nicht bemerken, schob er das Essen mit den Stäbchen auf seinem Teller hin und her, während sie in eine seichte Plauderei über Familie, Beruf und Ehe verfielen. Yael hörte schweigend zu, während sie in ihrem Schälchen mit Weizennudeln und gebratenem Tofu herumstocherte. Hin und wieder warf sie eine Bemerkung ein, doch hauptsächlich beobachtete sie die beiden Männer.

Dann erkundigte sich Judd nach Stacy, woraufhin eine angespannte Stille eintrat.

«Ich habe vor ein paar Tagen zuletzt mit ihr gesprochen.» David bemühte sich, seine Angst zu verbergen. «Es hat sie etwas aus der Bahn geworfen, dass Meredith wieder geheiratet hat.»

Judd war nicht dumm. Der Schatten der Sorge in den Augen seines Gegenübers entging ihm nicht, auch wenn sich David einen Sekundenbruchteil später wieder gefasst hatte.

Die Furchen auf Judds Stirn vertieften sich. «Es gibt Probleme, nicht wahr, David?», erkundigte er sich ruhig. «Du kannst mir nichts vormachen, ich durchschaue dich wie meine eigenen Kinder. Ist Stacy krank?»

«Nein. Es geht ihr gut», setzte David an, doch dann zog sich seine Brust schmerzlich zusammen, und er schüttelte den Kopf. «Sie schwebt in Gefahr, Judd. Und sie ist bei weitem nicht die Einzige.»

Der Botschafter ließ seine Essstäbchen sinken und fixierte David mit dem gleichen durchdringenden Blick, der früher bei Anhörungen vor dem Kongress so manchen Zeugen eingeschüchtert hatte. «Was willst du damit sagen?»

«Glaub mir, das willst du gar nicht wissen. Ich begreife es ja selbst nicht.»

«Stell mich auf die Probe. Wenn ich irgendwie helfen kann, ganz gleich wie, dann werde ich es tun, das weißt du.»

David und Yael wechselten einen Blick. Mit einem kaum wahrnehmbaren Schulterzucken gab sie ihm zu verstehen, er solle seinem Gefühl folgen.

David blickte geradeheraus in Judds fragendes Gesicht.

«Hast du schon mal von einer religiösen Sekte gehört, die man die Gnoseos nennt?»

KAPITEL SECHZEHN

Sie hatten vierhundert Kilometer zurückgelegt, seit sie Santa Monica verlassen hatten, doch Stacy zitterte noch immer. Tiefe Nacht lag über dem Interstate Highway. Nur der Schein ferner Waldbrände in den Bergen durchdrang die Finsternis, während der gemietete Jeep Grand Cherokee über die I-40 nach Osten raste.

Hutch warf einen Blick in den Rückspiegel. Auf der Sitzbank hinter ihm hielt Meredith ihre Tochter in den Armen. Als sie den Stadtverkehr hinter sich gelassen hatten und der Wagen eintönig brummend über den Highway rollte, waren Stacys Schluchzer allmählich verebbt. Jetzt hatte sie sich an ihre Mutter geschmiegt und schreckte nicht mehr jedes Mal auf, wenn ein weißer Minivan in Sicht kam.

Was für ein Verrückter hat dieses Kind im eigenen Garten überfallen?, grübelte Hutch.

Oder hatte der Anschlag eigentlich David gegolten? Versuchte jemand über seine Stieftochter an ihn heranzukommen?

Es kam Hutch vor wie ein gruseliges Déjà-vu. Wie viele Jahre lag es nun schon zurück, dass er für Davids Sicherheit verantwortlich gewesen war ... Und jetzt brauchte dieses Mädchen, das David am Herzen lag wie ein leibliches Kind, seinen Schutz.

Meredith beugte sich ein wenig zu ihm vor. «Wie lange ist es noch bis Flagstaff?», erkundigte sie sich flüsternd, und er bemerkte, dass Stacy an ihrer Schulter eingeschlafen war.

«Drei Stunden bestimmt. Brauchst du eine Pause?»

Sie zögerte. «Noch nicht. Erst wenn wir über die Staatsgrenze sind.»

«Dauert nicht mehr lange.» Hutch warf erneut einen Blick in den Rückspiegel, doch es war so dunkel, dass er Merediths Gesichtsausdruck nicht erkennen konnte. Vorhin, bei ihrem Aufbruch in Santa Monica, hatte sich in ihrer Miene schieres Entsetzen gespiegelt. «Versuch doch, ein wenig zu schlafen. Ich wecke dich, wenn wir die erste anständige Raststätte in Arizona erreichen.»

«Nein danke. Ich bezweifle, dass ich jemals wieder werde schlafen können», murmelte sie.

«O doch, das wirst du, das verspreche ich dir. Da, wo ich euch hinbringe, findet euch kein Mensch.»

Hutch war ein hochgewachsener, kräftiger Mann mit Schultern wie ein Stier. Als ehemaliger Navy SEAL war er dazu ausgebildet, zu kämpfen und zu beschützen. Er strahlte Ruhe und Sicherheit aus, und Meredith wusste, dass sie sich bei ihm eigentlich gut aufgehoben fühlen konnte. Doch es gelang ihr nicht, ihre Angst abzuschütteln. Etwas Bedrohliches lauerte dort draußen in der Nacht, ein Feind, der kein Gesicht hatte.

Eine Gänsehaut lief über ihre Arme, und sie zog Stacy enger an sich.

Mit müden Augen starrte Meredith in die vorbeihuschenden Scheinwerferlichter auf der Gegenfahrbahn. Sie betete, dass Hutch recht behalten und niemand sie finden möge. Dieser Tag hatte so normal angefangen, und jetzt war mit einem Schlag alles anders. Es kam ihr vor, als sei sie nicht mehr dieselbe Frau. Sie fühlte sich wie ein Flüchtling, von entsetzlicher Angst erfüllt. Nicht um sich selbst, sondern um den Menschen, der ihr mehr bedeutete als alles andere auf der Welt.

«Ich versuche noch einmal, David anzurufen.» Sie griff nach ihrer Handtasche, in der das Handy steckte.

«Viel Glück.» Hutch beschleunigte, um einen Neunachser zu überholen. «Bisher habe ich immer nur die Voicemail erreicht.»

«Man sollte meinen, dass er sie irgendwann mal abhört.» In ihrer Stimme lag ein bissiger Unterton.

«Mein Gefühl sagt mir, dass David im Augenblick tut, was er kann», erwiderte Hutch ruhig. «Er wird sich schon melden.»

Und wenn er sich meldet, dachte Meredith, und ihre Lippen wurden schmal vor mühsam unterdrückter Anspannung, dann wird er mir gefälligst erklären, warum jemand hinter meiner Tochter her ist.

KAPITEL SIEBZEHN

Als David geendet hatte, stieß Judd Wanamaker einen leisen Pfiff aus. Er sah erst in Davids angespanntes Gesicht, dann in Yaels, das nicht weniger verkrampft wirkte, und schwieg eine Weile nachdenklich, ehe er das Wort ergriff.

«Das klingt nach Science-Fiction, David. Lamedwowniks, geheime Kulte, Auflehnung gegen Gott ...»

«Nicht zu vergessen die Vernichtung der Welt», ergänzte Yael mit einem ungerührten Blick in seine Richtung.

Judd seufzte. «Wenn du nicht Bob Shepherds Sohn wärst, müsste ich mich sehr beherrschen, dich nicht einfach auszulachen und stehenzulassen. Aber unter den gegebenen Umständen ...» Seine durchdringenden grauen Augen bohrten sich in Davids.

«Ich weiß nicht, was ich von alldem halten soll.»

«Judd, mir ist klar, wie verrückt das klingt, aber die Gefahr ist sehr real. Auch die Gnoseos und ihre Dunklen Engel sind sehr real. Wir zwei wären heute beinahe umgebracht worden.» Davids Hände krampften sich um die Tischkante.

«Wenn Sie beide nicht glauben wollen, dass die Gnoseos versuchen, die Welt zu vernichten», warf Yael ein, «dann gehen Sie doch mal raus auf die Straße und sehen Sie sich um. Das hier ist kein gewöhnliches Unwetter. Haben Sie die Straßen von New York jemals derart überschwemmt gesehen? Überall auf der Welt reiht sich ein Unglück an das andere. Alles gerät aus den Fugen. Das ist kein Zufall.»

«Vielleicht sollte ich den Präsidenten verständigen», versetzte Judd. Es war halb ein Scherz, halb eine Herausforderung.

David zog sein Notizbuch aus dem Seesack. «Vielleicht solltest du ihm das hier vorlesen.»

Er schob den roten Lederband über den Tisch. Judd nahm eine Lesebrille aus der Brusttasche, schlug das Buch auf und überflog schweigend die Seiten.

«Eine Auflistung von Namen.»

«Von ganz besonderen Namen, laut dem Rabbi», erklärte David. «Weißt du noch, wie ich damals mit Crispin Mueller und Abby Lewis vom Dach gestürzt bin? Als ich nach diesem Unfall im Krankenhaus dem Tode nahe war, hatte ich eine mystische Erfahrung. Ich habe die Träger dieser Namen gesehen, sie haben zu mir gesprochen und mir aufgetragen, mich an sie zu erinnern. Das waren die Menschen, von denen ich dir erzählt habe – diejenigen, von denen Yael sagt, dass die Gnoseos versuchen sie auszulöschen. Irgendwie wurden mir ihre Namen gegeben, Judd. Der Rabbi hat gesagt, dies seien die Namen der Lamedwowniks.»

David nahm das Tagebuch wieder an sich, seine Finger schlossen sich fest darum. «Diese Namen stimmen mit denen überein, die Yael und ihr Vater in alten Papyrushandschriften entziffert haben, die im Nahen Osten gefunden wurden.»

Yael beugte sich vor. «Die Echtheit der Papyri wurde bestätigt. Es handelt sich um Fragmente des legendären Buches der Namen, das zuerst von Adam aufgezeichnet wurde.»

Judd stutzte. «Adam? Sie meinen, der von Adam und Eva?»

«Jetzt beginnen Sie zu begreifen», erwiderte Yael leise.

Judd runzelte die Stirn. «Ist Ihnen eigentlich klar, was Sie da sagen …?» Er wandte sich wieder David zu. Sein Blick war durchdringender denn je. «Was hat all das damit zu tun, dass du ins Ausland verreisen musst?»

«David muss mit den Mystikern in Zefat sprechen», antwortete Yael, ehe David etwas erwidern konnte. «Womöglich besitzt er den Schlüssel, der uns dazu verhilft, den Plan der Gnoseos aufzudecken. Wir glauben, dass David über ein besonderes Wissen verfügt, das niemandem sonst auf der Welt gegeben ist. Den Archäologen ist es bisher nicht einmal annähernd gelungen, den vollständigen Text von Adams Buch zusammenzutragen.»

Sie warf David einen raschen Blick zu. «Und wenn er hierbleibt», setzte sie langsam hinzu, «werden die Gnoseos ihn aufspüren und töten.»

Aufspüren. Töten. David sah hastig auf die Uhr. Wie lange war es her, dass er versucht hatte, Hutch zu erreichen? Und Meredith und Stacy?

Er schaltete sein Handy ein. Vier eingegangene Anrufe. «Entschuldigt mich einen Moment», murmelte er, ehe er die Nachrichten abrief.

«O Gott», stieß er dann heiser hervor. Yael und Judd erstarrten.

«Jemand hat versucht, Stacy zu entführen! Sie konnte sich befreien … Sie ist jetzt bei Hutch … und Meredith auch.»

«O nein, David!» Judd sprang erschrocken von seinem Sitzkissen auf. «Geht es ihr gut? Haben sie die Polizei verständigt?»

«Hutch sagt, ihr fehlt nichts. Die Polizei war sofort zur Stelle, noch bevor Hutch dort eintraf. Er bringt sie in die Hütte.» David fuhr zu Yael herum und fragte mit zusammengebissenen Zähnen: «Wann, sagten Sie, werden Avis Leute dort sein?»

«Morgen. Nennen Sie mir den Zielort, dann erfrage ich telefonisch die geschätzte Ankunftszeit des Teams.»

Sie erhob sich mit einer eleganten Bewegung aus dem Schneidersitz und ging in eine Ecke des durch Papierwände abgeteilten Raumes.

«Ich komme wegen des Passes gleich morgen früh zur UN», sagte David knapp. «Ob du all das nun glaubst oder nicht, Judd, ich brauche ihn.» Er sah dem Botschafter fest in die Augen.

«Du sollst ihn bekommen. Ich … ich weiß einfach nicht, was ich von der ganzen Geschichte halten soll, David. Ich bin ein gläubiger Mann, das weißt du. Aber …» Judd Wanamaker fasste David am Arm. «Wie kann das alles wahr sein? Es erscheint mir –»

«Nein!» Yaels Ausruf unterbrach ihn. «Das ist unmöglich!»

Das Handy krampfhaft ans Ohr gepresst, lauschte sie, während ihr Tränen in die Augen stiegen. Nachdem sie das Gespräch beendet hatte, kam sie mit hölzernen Bewegungen auf die beiden Männer zu. Ihr Gesicht war so weiß wie der Reis, der noch auf ihren Tellern lag.

«Ihr Flugzeug ist abgestürzt. Beide Triebwerke sind über dem Atlantik explodiert.»

Davids Magen krampfte sich zusammen.

«Die Triebwerke von El-Al-Maschinen explodieren niemals», sagte sie tonlos. «Jedenfalls nicht von selbst und nicht beide gleichzeitig.»

KAPITEL ACHTZEHN

Die Köpfe tief gesenkt, kämpften sich Yael und David durch den strömenden Regen über die Parkside Avenue in Richtung des Riverside Tower Hotel. Kein freies Taxi war in Sicht, und das Wasser stand mittlerweile knöcheltief auf dem Asphalt. Ein heftiger Wind schlug ihnen entgegen. Sie hasteten geduckt über Straßenkreuzungen, ohne die Ampeln zu beachten, nur von dem verzweifelten Wunsch getrieben, dem tobenden Unwetter zu entkommen.

Andere Fußgänger hatten es ebenso eilig wie sie, kämpften ebenso mühsam gegen die Sturmböen an, die ihre Regenschirme zu verhöhnen schienen. Unter den Rädern der wenigen Fahrzeuge, die noch auf den Straßen unterwegs waren, spritzte das immer höher steigende Wasser in Fontänen auf.

David und Yael waren noch nicht einmal einen Straßenblock weit gekommen, als er zwischen den Ladenschildern eines Blumengeschäftes und eines Duane Reade Drugstore an einem Eingang, der ins Souterrain führte, in flackernder lila Neonschrift las: *Tarot-Deutung.*

Er packte Yael am Arm. «Ich habe eine Idee!», schrie er über das Rauschen des Regens hinweg. «Hier entlang!»

Sie stolperten hastig die paar Stufen hinunter und durch die Tür, auf der ein großes purpurrotes Auge aufgemalt war. Ein Kristall-Windspiel klimperte, als sie eintraten. Sie fanden sich unvermittelt in einem Zimmer wieder, in dem ein eigentümlicher Geruch nach Vanille und Knoblauch in der Luft lag. Um einen Tisch in der Mitte standen mehrere

Klappstühle, darüber schimmerte matt ein verstaubter Kronleuchter. Töpfe mit Farnen, Glücksbambus und den schwertförmigen Blättern eines Bogenhanfs umrahmten eine Eckvitrine, in der unter sanfter Beleuchtung Amulette glänzten. An der Wand gegenüber stand ein windschiefer, vollgestopfter Bücherschrank.

Gleich darauf teilten sich die schimmernden Goldfäden eines Perlenvorhangs, und in dem Durchgang erschien eine alte Frau. Sie war klein und zierlich, trug einen knöchellangen schwarzen Rock und eine bestickte violette Tunika, das angegraute Haar hing ihr in einem dicken Zopf über den Rücken. David hielt sie auf den ersten Blick für über siebzig, doch ihre Haut war glatt und geschmeidig, und an ihren auffallend kleinen Händen zeichneten sich keine Adern ab. Nur der graue Star, der ihre blass grünbraunen Augen trübte, verriet ihr Alter, ebenso wie die Lider, die dünn und faltig wie Krepppapier waren.

Sie ging um den runden Tisch herum. Mitten auf der lang hinabhängenden Satindecke stand eine erloschene Kerze, daneben lag eine Streichholzschachtel. Mit einer beiläufigen Geste nahm die alte Frau ein Deck Tarotkarten zur Hand.

«Willkommen. An einem so verregneten Abend hatte ich gar nicht mit Besuchern gerechnet. Wer von Ihnen beiden möchte die Karten befragen?»

Ich. Wenn ich nur daran glauben würde, dass sie mir sagen können, ob mit Stacy alles in Ordnung ist, dachte David voller Bitterkeit. Die Ungewissheit quälte ihn, aber er musste diese Sorge vorerst beiseiteschieben.

«Wir sind eigentlich hergekommen, weil wir ein paar Informationen brauchen.» Er rückte Yael einen Stuhl zurecht und nahm dann neben ihr Platz.

«Die Karten geben reichlich Informationen», versetzte

die alte Frau und bot den beiden das Deck an. «Wer möchte mischen?»

Doch statt den Stapel anzunehmen, kramte David in seinem Seesack und förderte die Tarotkarte des Rabbi zutage.

«Mich interessiert viel mehr, was Sie uns über diese hier sagen können.»

Mit einem verärgerten Blick legte die Frau ihre eigenen Karten ab und setzte sich den beiden gegenüber an den Tisch. Sie nahm die Karte schulterzuckend in die Hand und studierte einen Moment lang die Abbildung des Turmes, ehe sie die Rückseite betrachtete.

«Das ist die Karte ‹Der Turm›. Was wollen Sie sonst noch wissen?»

«Wir haben sie. Die Gegend kenne ich.»

James Gillis schnippte mit den Fingern, um Enrique auf sich aufmerksam zu machen, der quer auf einem der Doppelbetten in ihrem Motelzimmer an der Lower East Side lag. Sofort sprang der Puerto Ricaner auf, griff nach den Wagenschlüsseln, die auf der Kommode lagen, und ging mit raschen Schritten zur Tür. Gillis sprach noch immer in sein Handy, als die Tür mit einem dumpfen Geräusch hinter ihnen ins Schloss fiel.

«Wir sind schon unterwegs.» Er schlug zum Schutz gegen den sintflutartigen Regen seinen Kragen hoch. «Gerade auf dem Weg zum Wagen.»

Während sie zu ihrem Lieferwagen eilten, brachte er seinen Partner auf den neuesten Stand.

«Wir haben verdammtes Glück: Es gibt eine zweite Chance für uns. Sie sind gerade aus dem Yotsuba gekommen, drüben beim Riverside Park.»

Yael rückte ihren Stuhl näher an den Tisch. «Wir müssen wissen, was die Abbildung bedeutet.»

Die Wahrsagerin schob ihr die Karte hin und begegnete Yaels Blick.

«Die Turm-Karte gehört zu den hohen Arkana. Sie ist die unheilvollste Karte im gesamten Deck.»

«Inwiefern unheilvoll?», wollte David wissen.

Die Frau wandte sich ihm zu. «Diese Karte kündigt Tod an, Zerstörung, Angst und Opfer. Mit anderen Worten, große Umbrüche.»

Sie fuhr mit ihrem Fingernagel über die Gestalten, die von dem Turm stürzten. «Da, sehen Sie: ein gewaltiger Sturz, der zur Enthüllung einer ultimativen Wahrheit führt.» Sie lehnte sich zurück, und wie aus dem Nichts sprang ihr eine schneeweiße Katze auf den Schoß. David hatte gar nicht bemerkt, dass das Tier ins Zimmer gekommen war.

Während die alte Frau weitersprach, streichelte sie das Fell der Katze. «Na, Kabuki, bist du gekommen, um dir unsere Besucher anzusehen?»

David rutschte unruhig auf seinem Stuhl herum. «Können Sie uns sonst noch etwas über die Karte sagen?»

«Wie viel Zeit haben Sie?», fragte sie ein wenig spöttisch zurück. Dann erhob sie sich, wobei die Katze von ihrem Schoß sprang, und schlurfte zum Bücherschrank hinüber. Nach kurzem Suchen zog sie einen dicken Folianten heraus und kehrte damit an den Tisch zurück.

Flink schlug sie die gesuchte Seite auf. «Hier.» Sie begann zu lesen, wobei sie das Buch dicht vors Gesicht hielt und die trüben Augen zusammenkniff.

«Der Kriegsplanet Mars regiert die Turm-Karte, was bedeutet, dass es bei dieser Karte um Krieg geht.» Sie sprach das Wort mit schmalen Lippen aus.

In eintönigem Singsang las sie weiter vor: «Ein Krieg zwischen Strukturen, die aus Lügen gebaut sind. Und» – sie deutete auf den Blitz, der auf der Karte in den Turm einschlug – «ein blendender Blitz der Wahrheit.»

Die alte Frau ließ das Buch sinken und sah auf. «Wenn in einem Legesystem diese Karte auftaucht, warne ich den Betreffenden, dass er mit einer schockierenden Enthüllung zu rechnen hat. Mit etwas, das mächtig genug ist, einen König zu stürzen … oder ein System langgehegter Überzeugungen zu zerschlagen.»

Ein System langgehegter Überzeugungen. Davids Magen rebellierte plötzlich gegen das Sashimi. Konnte man die zivilisierte Welt als ein System langgehegter Überzeugungen bezeichnen?

Fang nicht auch noch an, diesen Hokuspokus zu glauben, ermahnte er sich selbst. Gerade als die alte Frau wieder zum Sprechen ansetzte, dröhnte ein Donnerschlag. Gleichzeitig wurde es stockfinster in dem engen Zimmer, und einen Moment lang herrschte atemlose Stille, bis die Kartenleserin ein Streichholz anriss und die Stumpenkerze entzündete, die in der Mitte des Tisches stand.

«Schon besser», murmelte sie gelassen. Von der Kerzenflamme stieg ein Hauch Vanilleduft auf.

David sah sich nervös um und wartete darauf, dass die elektrische Beleuchtung wieder anging. Doch nichts geschah.

Neben ihm schimmerte Yaels angespanntes Gesicht gespenstisch im flackernden Kerzenschein. Ihre Stimme klang jedoch kräftig, als sie das Gespräch unvermittelt in eine andere Richtung lenkte.

«Steht in diesem Buch auch etwas über die Verbindung zwischen Tarot und jüdischer Mystik?»

«Selbstverständlich. Die Kabbala.» Die alte Frau nickte. «Manche Quellen behaupten, es bestünde eine Beziehung zwischen beidem, andere wiederum leugnen es. Zumindest gibt es zahlreiche Parallelen.»

Sie schob David das Buch zu. «Der Strom kommt wohl nicht so bald wieder. Ihren Augen fällt es leichter, bei Kerzenschein zu lesen, als meinen.»

«Wir wissen bereits von der numerischen Beziehung zwischen den Karten und dem hebräischen Alphabet», teilte David ihr mit, während er die illustrierten Seiten durchblätterte und schließlich das Register aufschlug. «Zweiundzwanzig hohe Arkana, zweiundzwanzig Buchstaben im Alphabet.»

Er spürte, wie die Katze an seinem Bein entlangstrich und sich der Länge nach daran rieb. «Kabbala – da haben wir's», murmelte er, blätterte zur Mitte des Buches und begann vorzulesen.

«Das Tarot-Deck entspricht in seinem Aufbau dem kabbalistischen Baum des Lebens. Die zehn Sefiroth spiegeln sich in den zehn Zahlkarten jeder Farbe in den kleinen Arkana wider. Und es gibt noch eine weitere faszinierende Verbindung: Die vier mystischen Welten, in denen der Baum des Lebens existiert – Erde, Luft, Wasser und Feuer –, finden sich in den vier Kartenfarben des Tarot wieder: Scheiben, Schwerter, Kelche und Stäbe.» David blickte auf. Die Augen der alten Frau glänzten im Licht der Kerze, und sie lächelte.

«Wenn Sie noch mehr über die Bezüge wissen wollen, finden Sie sicher zahllose Tabellen und Diagramme in der Stadtbibliothek», sagte sie und setzte dann mit einem verächtlichen Schnauben hinzu: «Andererseits werden Sie auch Unmengen Bücher finden, in denen behauptet wird, das Tarot habe rein gar nichts mit der Kabbala zu tun, sondern die Tempelritter hätten es von den Sarazenen übernommen.»

Sie legte den Kopf schief. «Und dann gibt es noch etliche Stimmen, die beharrlich behaupten, das erste Tarot-Deck überhaupt sei um die Mitte des fünfzehnten Jahrhunderts von den Gnostikern geschaffen worden.»

Ein Kribbeln durchfuhr David wie ein elektrischer Schlag.

«Tatsächlich?» Er nahm wieder die Turm-Karte zur Hand. «Können Sie an dieser Karte irgendetwas erkennen, das einen besonderen Bezug entweder zur Kabbala oder zu den Gnostikern hat?»

Die Wahrsagerin stieß abermals verächtlich die Luft aus. «Selbstverständlich. Es ist schwerlich zu übersehen.» Mit einem herablassenden Lächeln nahm sie David die Karte aus der Hand, drehte sie um und hielt sie dichter an die flackernde Kerzenflamme.

«Hier – der doppelte *Ouroboros.*»

«Das ist griechisch, nicht wahr?» Yael betrachtete aufmerksam die beiden Schlangen, die einander in den Schwanz bissen und mit ihren Körpern eine Acht bildeten.

«Natürlich. Griechisch für Schwanz-Esser. Hier. Eine einzelne Schlange, die sich selbst in den Schwanz beißt, steht in der gnostischen Tradition für die Sonne oder die Welt. Eine doppelte Schlangenfigur wie diese jedoch nennt man die Große Weltenschlange – das gnostische Symbol für den ewigen Kreislauf von Tod und Wiedergeburt.»

«Tod und Wiedergeburt. Zerstörung und Erneuerung», murmelte Yael vor sich hin. David bekam ein mulmiges Gefühl im Magen, das er teils dem Tempura zuschrieb, teils dem schwer in der Luft hängenden Vanillearoma. Yael beugte sich zu ihm herüber und senkte die Stimme. «Genau das, was die Gnoseos auf weltweiter Ebene planen. Indem sie die Lamedwowniks umbringen», flüsterte sie. «Glauben Sie mir endlich?»

Das Unwetter schien plötzlich an Heftigkeit noch zuzunehmen, Hagelkörner prasselten gegen die Tür wie Geschosse.

Einen Moment lang hingen alle drei ihren Gedanken nach. Keiner von ihnen hörte die Schritte der beiden Gestalten, die sich die Hintertreppe hinunterschlichen.

David grübelte darüber nach, warum Rabbi ben Moshe diese Tarotkarte zusammen mit dem Edelstein des Hohepriesters und den übrigen Gegenständen in seinem Safe aufbewahrt hatte.

Schließlich brach die alte Frau das Schweigen. Sie gab David die Karte zurück und musterte ihre Besucher im dämmrigen Licht eingehend. «Sie haben so viele Fragen. Vielleicht warten die Antworten in den Karten auf Sie.» Mit einem hoffnungsvollen Lächeln bot sie Yael erneut den Kartenstapel an.

«Nur zu, meine Liebe. Mischen Sie sie. Ich werde Ihnen deuten, was sie zu sagen haben.»

Yael schüttelte den Kopf, dann stand sie abrupt auf. Im selben Moment nahm David hinter dem Perlenvorhang eine Bewegung wahr.

Nicht die Katze – sondern eine massige Gestalt mit blondem Haar.

Blitzschnell erkannte er die Gefahr. «Raus hier!», schrie er und stieß Yael zur Tür. Sie riss sie auf, nur einen Sekundenbruchteil bevor zwei Männer ins Zimmer stürmten.

Der Blonde stieß die alte Frau grob gegen eine Wand. Der andere, ein stämmiger Hispanier, hob seine Waffe. Ein Schuss knallte, die Kugel pfiff dicht an Davids Ohr vorbei, doch im nächsten Moment war er bereits draußen und rannte hinter Yael her die Stufen hinauf. Die beiden flüchteten in die Dunkelheit, verfolgt von den Schreien der alten Frau.

Die Stadt war vollkommen finster – pechschwarz, überschwemmt, menschenleer und von Donnerschlägen erschüttert.

Gott sei Dank, dass es so dunkel ist, dachte David, während er Yaels Hand ergriff. Mühsam hasteten die beiden durch die tiefen Pfützen und strömenden Rinnsale weiter, blindlings die Straße entlang.

«Hier rein, schnell!» Als sich von hinten platschende Schritte näherten, bog Yael plötzlich nach links ab und zog David mit sich. Sie stolperten ein paar Stufen zum Souterrain eines Brownstone-Hauses hinunter und kauerten sich dort zusammen, fast bis zu den Knien im Wasser. Krampfhaft versuchten sie ihr Keuchen zu unterdrücken. Angst rumorte in Davids Eingeweiden. Sie hockten in der undurchdringlichen Finsternis wie zwei Ratten in der Kanalisation. Er tastete in seiner Tasche nach den Edelsteinen, um sich zu vergewissern, dass sie noch dort waren.

Dicht über ihnen, auf Straßenniveau, hörte man jemanden schwerfällig vorbeirennen. David und Yael konnten ihn nicht sehen, doch das Wasser, das bei jedem Schritt aufstob, spritzte ihnen in die Augen.

Sie hielten den Atem an, von kaltem Grauen erfasst, warteten, warteten …

Eine volle Minute verging, ehe sie erleichtert aufatmeten und sich behutsam aus ihrem Versteck wagten. Hastig überquerten sie die Straße, hielten sich auf der anderen Seite dicht an den Hauswänden und suchten im Schutz der Dunkelheit den Weg zurück zum Hotel.

«Wie haben sie uns gefunden?», flüsterte Yael David zu, nachdem sie ins Riverside Tower geschlüpft waren.

«Vielleicht gibt es mehr als nur die zwei, von denen wir wissen. Sie sind womöglich über die ganze Stadt verteilt.»

David tastete sich behutsam den stockfinsteren Flur entlang, bis er die Tür zum Treppenhaus fand. «Nur gut, dass unser Zimmer nicht im obersten Stockwerk liegt», murmelte er, während sie blind hintereinander die Stufen hinaufstiegen.

Schritte, die sich von oben näherten. Sie erstarrten, entspannten sich erst wieder, als sie eine Frau mit leiser, besänftigender Stimme auf ein wimmerndes Kind einreden hörten.

Sie drückten sich flach gegen die Wand und ließen die beiden vorbei, ehe sie ihren Aufstieg schweigend fortsetzten.

Davids durchweichter Seesack schien plötzlich hundert Pfund schwer. Während sie den nächsten Absatz erklommen, kam er sich vor, als trüge er die Last der Welt auf seinen Schultern.

Und wenn alles, was er heute erfahren hatte, der Wahrheit entsprach, trug er sie tatsächlich.

Dillon starrte hinaus in die Dunkelheit, die so tintenschwarz war, dass er nicht hätte sagen können, ob er in den Himmel oder auf den Ozean blickte. Die meisten seiner Mitreisenden in der schummrig beleuchteten Kabine des Linienflugzeugs schliefen, er selbst jedoch war hellwach. Und brauchte dringend einen doppelten Glenmorangie.

Das letzte Mal hatte er Bischof Ellsworth vor etlichen Jahren während der Osterwoche bei einer Konferenz in Rom gesehen. Der Bischof hatte das Gespräch mit ihm gesucht und sich minutenlang lobend über Dillons kürzlich erschienenes Buch ausgelassen. Mehr Zeit hatte Ellsworth allerdings darauf verwendet, über das Projekt zu sprechen, das Dillon in seiner Diözese aufgebaut hatte: ein Bibelfrühstück für gefährdete Jugendliche, das jeden Samstagmorgen stattfand.

Dillon lehnte sich in seinem Sitz zurück. Seine Augen wurden schmal, als er sich den Rubinring ins Gedächtnis rief, den Ellsworth damals getragen hatte. Er sah deutlich vor sich, wie der Edelstein bei den enthusiastischen Gesten des Bischofs im Sonnenlicht der Piazza geschimmert hatte.

Damals hatte Dillon keine Ahnung von der Geschichte gehabt, die hinter diesem Stein steckte. Erst Jahre später war ihm die Bedeutung des Rubins bewusstgeworden. Und dann, als er durch David von einem weiteren, ähnlichen Stein erfuhr, begriff er, was er zu tun hatte. Dass er David überzeugt hatte, nach Brooklyn zu fahren, war der erste Schritt gewesen.

Jetzt fügte sich eins zum anderen.

Dillon spürte tief in seinem Inneren etwas auf, das er vor langer Zeit unterdrückt hatte: die Wut, die ihn als vernachlässigtes Kind armer Leute in Boston beherrscht hatte, den kalten Zorn, den er empfand, wenn sein Vater ihn mit dem Gürtel prügelte, wenn seine Mutter aus dem Zimmer flüchtete. Diesen Zorn musste er jetzt wieder aufleben lassen. Ihn sich zunutze machen.

Er war bereit, alle erforderlichen Mittel einzusetzen, um diese Schlacht zu schlagen.

KAPITEL NEUNZEHN

Flagstaff, Arizona
Am nächsten Tag

Hutch stellte den Topf auf den Brenner und entzündete die Gasflamme darunter. Er brühte seinen Kaffee immer noch am liebsten auf die altmodische Art auf und gab stets ein paar Messlöffel Kaffeemehl extra hinein, ganz gleich, wie viele Tassen er kochte.

Während der Fernseher auf dem Regal in der Ecke schlechte Nachrichten herausplärrte, schlug er Eier in eine Pfanne und gab etwas kleingehackten Schinken dazu. Aber mit den Gedanken war er nicht bei dem Essen, das er zubereitete, sondern bei den beiden Gästen, die er in dem freien Zimmer im hinteren Teil der Hütte beherbergte.

Er hatte Stacy zu später Stunde hineingetragen und Meredith eingeschärft, wenn sie ihn brauche, solle sie ihn sofort rufen, ganz gleich um welche Uhrzeit. Im Laufe der Nacht hatte er mehrmals gehört, wie das Mädchen im Schlaf aufschrie, aber jedes Mal ertönte gleich darauf Merediths beruhigende Stimme. Jetzt war es schon fast Mittag, und er hatte in den letzten zwei Stunden keinen Laut mehr aus dem Gästezimmer vernommen.

Hutch hatte damit gerechnet, dass sich David gleich am frühen Morgen melden würde, doch bisher hatte er nicht angerufen. Hutch seinerseits hatte den ganzen Morgen über in regelmäßigen Abständen die Wahlwiederholungstaste gedrückt, seinen Freund jedoch nicht erreicht. Jetzt erfuhr er den Grund über CNN.

«… Alle fünf Stadtbezirke New Yorks und Teile von New Jersey bleiben auch heute ohne Strom, nachdem während des Jahrhundertunwetters am vergangenen Abend an der Ostküste mehr als siebenundzwanzig Zentimeter Niederschlag gefallen sind. Blitzeinschläge haben das zentrale Elektrizitätswerk außer Betrieb gesetzt und ein Chaos verursacht, das mit dem Zusammenbruch der Stromversorgung im August 2003 vergleichbar ist. Außerdem hat das gestrige Unwetter einen Ausfall des Mobilfunknetzes verursacht. Aus informierten Kreisen ist zu hören, dass es selbst nach der Wiederherstellung der Stromversorgung noch Wochen dauern könnte, bis das Wasser aus dem überfluteten U-Bahn-System abgepumpt ist …»

Der Sprecher setzte seine Berichterstattung fort, während Hutch die gebratenen Eier auf einen Teller schaufelte. Solange David in New York festsaß, blieb ihm nichts anderes übrig, als hier stillzuhalten, Stacy und Meredith zu beschützen und zu verhindern, dass Meredith das Kind in noch größere Panik versetzte.

«Ich rieche Rauch.»

Als Hutch die Stimme des Mädchens hörte, wandte er sich rasch um. Stacy stand in der Küchentür, das schulterlange Haar zerzaust und die Augen noch immer gerötet vom Weinen. Sie trug dieselbe graue Trainingshose und das T-Shirt wie auf der Autofahrt.

«Die Waldbrände sind weit entfernt, Liebes. Nur der Rauch zieht bis hier herüber. Was darf ich dir zum Frühstück anbieten? Eier? Oder magst du lieber Müsli?»

«Ich will mit David reden», sagte Stacy mit zitternder Stimme.

Ich auch, dachte Hutch.

«Als er mir gestern gesagt hat, dass ich euch beide abholen soll, war er in Brooklyn. Und gestern Abend hat es in ganz New York ein schlimmes Unwetter gegeben.» Hutch wies mit einer Kopfbewegung auf den Fernseher, wo Bilder von Menschen in überschwemmten Straßen zu sehen waren. «Sie haben dort einen totalen Stromausfall, Stace, und selbst das Handynetz funktioniert nicht. Wir müssen uns wohl für eine Weile gedulden und abwarten, bis David eine Möglichkeit findet, sich mit uns in Verbindung zu setzen.»

«Ich verstehe das alles nicht.» Stacys Stimme klang bedrückt, und Hutch sah wieder die Angst in ihren Augen.

«Hier gibt es Waldbrände, und in New York steht alles unter Wasser. Das ist so unheimlich!»

Stacy trat ans Fenster und starrte hinaus auf den Rauch, der über dem orangefarbenen Leuchten fern am Horizont aufstieg. Als sie sich wieder zu Hutch umwandte, standen Tränen in ihren Augen.

«Hutch … Ich muss ständig an all die Tiere denken, die in dem Feuer eingeschlossen sind. Können die überhaupt entkommen?»

Hutch räusperte sich. «Manchmal schon.»

«Und wenn nicht?» Sie schwieg einen Moment lang. «Ich verstehe nicht, warum Gott das alles zulässt.»

In diese haselnussbraunen Augen zu blicken war, als schaute man in Seen reinen Schmerzes. Das unschuldige junge Gesicht war von Leid gezeichnet. Hutch wünschte sich, er hätte eine Antwort auf ihre Fragen.

«Ich kenne mich mit Gott nicht so gut aus», sagte er schließlich. «Aber mit der Zubereitung von Eiern dafür umso besser. Was darf's sein, junge Dame: Rühreier, pochierte Eier oder Spiegeleier?»

Stacy schluckte mühsam und wischte sich mit den Handrücken über die feuchten Augen. «Rühreier, bitte.» Sie wandte sich wieder dem Fenster zu, den Blick fest auf den rötlichen Schein in der Ferne gerichtet.

«Was meinst du, wie lange es dauert, bis die Brände gelöscht sind?»

KAPITEL ZWANZIG

New York

David brauchte geschlagene zwei Stunden, um durch die überfüllten Straßen zu Judd Wanamakers Büro zu laufen. Ganz New York schien sich auf den Gehwegen zu tummeln, um Radios versammelt, auf der Suche nach Lebensmitteln oder nach einem funktionierenden Geldautomaten – und natürlich nach einem Hinweis darauf, wann die Stromversorgung und damit die Normalität wiederhergestellt sein würde.

David bahnte sich unermüdlich einen Weg durch das Gedränge, wobei er seine Umgebung wachsam im Auge behielt und mit allen Sinnen in höchster Alarmbereitschaft war, bis er die Sicherheit des UN-Gebäudes erreicht hatte – nur um festzustellen, dass es verschlossen war und nirgendwo Licht brannte.

Er stand vor der Tür und fluchte über sein nutzloses Handy. Zu allem Übel war die Telefonleitung im Hotel ebenfalls tot gewesen. Wieder und wieder hatte er versucht, Judd oder Hutch zu erreichen – es war unmöglich.

In seiner Wut und Enttäuschung konnte David nur hoffen, dass Stacy bei Hutch in Sicherheit war. Die Ungewissheit, ob er sie jemals wiedersehen würde, krampfte ihm das Herz zusammen.

Ihm blieb nichts anderes übrig, als zum Hotel zurückzukehren. Doch er war erst ein paar Straßenblocks weit gekommen, als ihn die Schaufensterauslage einer Bäckerei lockte. Der Laden war gedrängt voll und nur von dem Tageslicht erhellt, das von draußen hereindrang.

«Das ist alles von gestern», erklärte der Verkäufer, als David an die Reihe kam. «Alles im Angebot, drei Teile zum Preis von einem. Sobald die Ware ausverkauft ist, mache ich Feierabend. Wir können schließlich nichts backen, solange wir keinen Saft haben.»

David kaufte ein halbes Dutzend Muffins, mehrere Scheiben Biscotti und eine Zweiliterflasche lauwarme Cola. Dann setzte er seinen Weg über die nassen Straßen fort. Obwohl das Wasser über Nacht zurückgegangen war, herrschte noch immer gespenstisch wenig Verkehr. Unterwegs sah sich David immer wieder argwöhnisch nach allen Seiten um. Er konnte sich nicht erklären, wie ihre Verfolger sie letzte Nacht aufgespürt hatten.

Es gab bestimmt tausend Tarot-Kartenlegerinnen in New York – woher hatten die Dunklen Engel gewusst, dass sie ausgerechnet *dort* waren? Es war schließlich eine völlig spontane Entscheidung gewesen.

Oder aber jemand war ihnen vom Restaurant aus gefolgt. Geradewegs vom Yotsuba. Wenn die Dunklen Engel beobachtet hatten, dass sie mit Judd zu Abend aßen, schwebte Wanamaker vielleicht ebenfalls in Gefahr.

Und es gab keine Möglichkeit, ihn zu warnen – ebenso wenig, wie es eine Möglichkeit gab, die übrigen Lamedwowniks davon in Kenntnis zu setzen, in welcher Gefahr sie schwebten. David konnte nicht einmal sicher sein, dass er alle ihre Namen kannte – vielleicht waren noch immer welche in seinem Gedächtnis vergraben.

Zum ersten Mal zog es ihn selbst nach Zefat. Seine einzige Waffe gegen die Gnoseos waren die Namen in seinem

Kopf, in seinem Notizbuch. Er verfügte weder über Yaels Wissen oder ihre Kontakte noch über Rabbi ben Moshes Weisheit; er hatte nichts weiter als den Nachhall einer Erfahrung, die jedem rationalen Erklärungsversuch trotzte. Wenn die Stadt Zefat so heilig und mystisch war, wie Yael behauptete, würde sie vielleicht die Stimmen der Seelen in seiner Erinnerung freisetzen, die ihn angefleht hatten, ihrer zu gedenken.

Er beschleunigte seine Schritte, froh über die Gelegenheit, sich zu bewegen. Es half ihm, seine Muskeln zu lockern und seine Gedanken zu ordnen. Ihm schien, als seien Ewigkeiten vergangen und nicht erst fünf Tage, seit er Tom zuletzt beim Squash geschlagen hatte. Er konnte es einfach nicht fassen, wie sein Leben seitdem aus den Fugen geraten war.

Jetzt war er ein Flüchtling, der in einem stickigen Hotelzimmer festsaß, von der Außenwelt abgeschnitten und drauf und dran, den Verstand zu verlieren. Mit jedem Augenblick, der verstrich, schien das Zimmer zu schrumpfen, und dennoch hatte sich Yael nicht ein einziges Mal beklagt. Sie hatte sich sofort bereiterklärt, den Vormittag über dort zu bleiben, während er sich hinauswagte, um sich den Pass zu beschaffen. Meredith wäre die Wände hochgegangen, hätte lauthals lamentiert, ihr fiele die Decke auf den Kopf.

Hutch hat sicher alle Hände voll zu tun, dachte David und vergewisserte sich, dass das Treppenhaus leer war, ehe er den Aufstieg begann. Wenn sie überhaupt bei ihm ist.

Sie muss bei ihm sein.

Als er das Hotelzimmer erreichte, hörte er von drinnen Stimmen. David erstarrte, dann lauschte er an der Tür. Eine Männerstimme. Entschlossen schob er die Karte in den Schlitz, stieß die Tür auf – und blickte geradewegs in die Mündung eines Pistolenlaufes.

KAPITEL EINUNDZWANZIG

Villa Casa della Falconara, Sizilien

Der Butler des Premierministers betrat die Terrasse, auf der DiStefano und seine Frau in seidenen Morgenröcken bei Espresso und kleinen Plätzchen saßen – ihrem gewohnten Frühstück.

«*Scusi, Signore e Signora.*» Er wandte sich mit einer knappen Verbeugung an den Premierminister und sagte in entschuldigendem Ton: «Ein junger Mann aus dem Dorf bittet darum, Sie sprechen zu dürfen. Es scheint sehr dringend zu sein, er lässt sich nicht abweisen. Er behauptet, seine Mutter habe früher hier in der Küche gearbeitet, während Sie beim Militär waren, und ich erinnere mich tatsächlich an die Frau. Der junge Mann ist überzeugt, dass nur Sie ihm helfen können.»

DiStefano faltete die Zeitung zusammen und legte sie neben seinen Teller. Seine Frau nippte an ihrem Espresso. «Bringen Sie ihn her, Carlo», sagte er gleichgültig.

Augenblicke später stürmte Mario Bonfiglio auf die Terrasse, ein junger Mann mit dunklem Teint und der Statur eines Arbeiters. Seine Miene zeugte von großer Not, und die Muskeln an seinem Körper traten vor Anspannung hervor.

«*Mi dispiace* … Es tut mir leid, *Eccellenza*. Ich würde Sie nicht belästigen, wenn ich nicht so verzweifelt wäre. Die Polizei unternimmt nichts, weiß nichts … Die Familie meiner Verlobten und ich ertragen die Ungewissheit nicht länger, es ist die reinste Folter! Meine Verlobte …» Er schluckte krampfhaft. Unter den durchdringenden Augen des Premierministers und dem kühlen, prüfenden Blick von dessen Frau brach ihm der Schweiß aus.

«Ihre Verlobte?», half der Premierminister nach.

«*Si,* meine Irina, meine Liebe, mein Herz. Wir wollten vorige Woche heiraten. Aber sie ist verschwunden! Ihr Vater hat sie zur Post geschickt, sie sollte etwas für ihn erledigen, und seitdem wurde sie nicht mehr gesehen. Wir haben überall gesucht, *Signore* – auf den Höfen, in den Feldern, überall. Die Polizei winkt nur ab und unternimmt nichts. Die lachen mich sogar aus, sagen, sie ist wahrscheinlich mit einem anderen durchgebrannt! Aber das ist nicht wahr, ich weiß es! Meine Irina und ich hatten uns doch die Ehe versprochen. Wir konnten es gar nicht erwarten, zu heiraten und eine Familie zu gründen!»

«Und was glauben Sie, was *ich* tun könnte, was die Polizei nicht kann?» Der Premierminister sah seinen Besucher fragend an.

«Sie könnten der Polizei befehlen, Nachforschungen anzustellen, *Eccellenza*, und die Polizeistationen in den umliegenden Städten zu verständigen. Seit Irina verschwunden ist, sind schon drei Wochen vergangen, wir haben so viel kostbare Zeit verloren! Bitte – wenn Sie es befehlen, wird die Polizei uns helfen, nach ihr zu suchen.» Mit flehentlich ausgestreckten Händen wandte sich Mario nun an die Frau des Premierministers, die gerade ihre Tasse absetzte.

«Signora, Sie wissen, wie die Liebe ist! Sie ist wunderbar und schmerzlich zugleich. Ich muss meine Liebe zurückhaben! Ihr ist sicher etwas Schreckliches zugestoßen, sie hätte mich doch niemals verlassen!»

Mario suchte im Gesicht der Frau nach einem Zeichen

von Mitgefühl, von Bedauern. Doch in den stahlblauen Augen unter dem hochgesteckten goldenen Haar sah er nichts als Kälte. Flora Dondi legte ihre Serviette ab und erhob sich mit einem mehr als dünnen Lächeln.

«Ach, aber manchmal ist die Liebe wankelmütig, junger Mann. Und manchmal flieht die Liebe auch. Vielleicht möchte Ihre Irina gar nicht gefunden werden.»

Zorn verdüsterte Marios Gesicht, seine Augen glühten wie Kohlen, aber er verbiss sich eine respektlose Erwiderung.

Nachdem Flora Dondi an ihm vorbei ins Haus stolziert war, wandte er sich erneut an ihren Mann. «Niemals!», sagte er leise und eindringlich. «Niemals hätte meine Irina mich willentlich verlassen.»

«Es tut mir leid für Sie.» Der Premierminister beugte sich ein wenig vor, und zu Marios unaussprechlicher Erleichterung erschien auf seinem würdevollen Gesicht ein Ausdruck von Sorge. «Wenn Sie mir Ihren Namen aufschreiben und den Ihrer Freundin, außerdem den Namen ihres Vaters und das Datum des Tages, an dem sie verschwunden ist, werde ich die Polizei anweisen, in vollem Umfang zu ermitteln – jeder Weinberg und jedes Dorf soll nach ihr durchsucht werden.» DiStefano reichte dem jungen Mann einen Füllfederhalter und befahl dem Butler, Papier zu bringen.

«Sie haben recht getan, zu mir zu kommen, mein Sohn», sagte er, nachdem Mario die Angaben hingekritzelt hatte und ihm das Blatt voller Dankbarkeit über die Tischdecke zuschob.

DiStefano erhob sich, um ihn zu verabschieden. Mario schüttelte die fleischige Hand seines Wohltäters, von neuer Hoffnung erfüllt, und dankte im Stillen der Madonna, dass sie ihm den Mut geschenkt hatte herzukommen.

«Gott segne Sie, *Signore*, Gott segne Sie.» Dann zog er sich so hastig zurück, dass er beinahe einen Stuhl umgerissen hätte, und lief auf den Butler zu, der ihn hinausgeleitete.

DiStefano nahm das Papier zur Hand und warf einen flüchtigen Blick auf die ungelenke Handschrift. Dann zog er ein silbernes Feuerzeug mit Monogramm aus einer Tasche seines Morgenrocks. Er betrachtete einen Moment lang den doppelten Ouroboros, der darauf eingraviert war, ehe er die Flamme zündete und Mario Bonfiglios Hoffnungen zu Asche verbrennen ließ.

KAPITEL ZWEIUNDZWANZIG

David packte in Sekundenschnelle den Lauf der Pistole und versuchte, ihn zur Seite zu richten. Doch der Schütze hatte einen eisernen Griff. Bevor er allerdings den Abzug drücken konnte, warf sich David mit der Schulter gegen die Brust des Mannes und brachte ihn so aus dem Gleichgewicht. Sie gingen gemeinsam zu Boden und rangen um die Waffe, wobei David die Tüte mit dem Gebäck fallen ließ und sein Seesack ihm gegen den Rücken prallte.

«*Lo* Avi!», schrie Yael auf Hebräisch. «Nein, nicht schießen, das ist David!»

Als ihre Worte in Davids Bewusstsein drangen, erstarrte er, die Faust zum Schlag erhoben. *Avi.* Das Adrenalin, das sein Körper beim Anblick der Pistole ausgeschüttet hatte, verebbte, doch sein Herz schlug noch immer wie rasend.

Scheiße. Er lockerte seinen Griff um die Waffe und rappelte sich auf. Der andere kam ebenfalls mit finsterer Miene auf die Beine.

«Was zum Teufel ist das für eine Begrüßung?», fragte David und funkelte den Israeli an, der erheblich kleiner war als er selbst.

«In meinem Beruf ist das die Art, wie man am Leben bleibt», versetzte der Mann ruhig. Er sprach Englisch mit Akzent.

Yael verriegelte die Tür und hob die Bäckereitüte auf. «Wenn Sie beide damit fertig sind, sich gegenseitig umzubringen, können wir David vielleicht auf den neuesten Stand bringen.»

Avi streckte David die Hand entgegen. «Sie schlagen sich recht gut.» Der Israeli hatte rötliches, drahtiges Haar, Koteletten und die dunkelsten Augen, die David je gesehen hatte. Es lag etwas Kühnes in seiner Haltung und den aschkenasischen Zügen, eine Aura der Selbstsicherheit und Stärke.

«Selbsterhaltungstrieb ist ein guter Lehrmeister», versetzte David.

«Haben Sie Ihren Pass?», fragte Yael.

Er schüttelte den Kopf. «Ich konnte nicht zu Wanamaker, das gesamte UNO-Gebäude ist geschlossen. Es gibt immer noch keinen Strom.»

«Das merke ich.» Sie wischte sich mit einem Taschentuch den Schweiß vom Gesicht. Im Zimmer war es mindestens siebenundzwanzig Grad warm.

«Aber es gibt gute Neuigkeiten, David: Avi hat einen Pass für Sie. Es ist mir zwar ein Rätsel, wie er das bewerkstelligt hat», fügte sie hinzu und lächelte den anderen Mann flüchtig an, «aber er schafft es immer wieder.»

David hörte die Bewunderung in ihrem Tonfall und war verstimmt, auch wenn er selbst nicht recht wusste, warum. Allerdings musste er zugeben, dass der Pass, den der Israeli ihm aushändigte, eine perfekte Fälschung war. Nicht zu unterscheiden von demjenigen, der in seinem Schlafzimmer gelegen hatte und der von dort verschwunden war.

«Unterschreiben Sie ihn.»

Ganz schön autoritär, wie?, dachte David, während Avi ihm einen Stift vom Schreibtisch reichte.

«Jetzt muss nur noch der Flughafen den Betrieb wiederaufnehmen», sagte Yael.

«Und das verdammte Handynetz wieder funktionieren.» David verstaute den unterschriebenen Pass in seiner Brieftasche. «Ist inzwischen jemand von Ihren Leuten bei meiner Tochter angekommen?», fragte er Avi.

Der Israeli setzte sich auf den einzigen Stuhl im Zimmer, den am Tisch, auf dem er seine Pistole abgelegt hatte. «Noch nicht. Unser Mann müsste irgendwann morgen früh in Flagstaff eintreffen. Mein letzter Stand ist, dass Newark geschlossen wurde – anscheinend hat der Stromausfall zuerst New Jersey erwischt –, sodass er die längere Route nehmen musste, von Tel Aviv nach London und von dort weiter nach Phoenix. Eine Reise von wenigstens einundzwanzig Stunden.»

David konnte seine Enttäuschung und Ungeduld nicht verbergen. «Und dann noch die Fahrt nach Flagstaff …»

«Yael hat uns berichtet, dass Ihr Mann dort ziemlich kompetent ist.»

«Stimmt.» Dennoch fragte sich David, ob Hutch nötigenfalls im Alleingang ein Kommando Dunkler Engel abwehren könnte. *Sie wissen nicht, wo Stacy ist,* versuchte er sich selbst zu beruhigen. Andererseits hatte er auch geglaubt, sie wüssten nicht, wo er und Yael sich aufhielten. Unruhig lief er in dem erstickend heißen Zimmer auf und ab, er fühlte sich, als müssten seine Adern jeden Moment platzen.

«David.» Yael schien seine Gedanken lesen zu können. Sie legte ihm eine Hand auf den Arm. «Ihre Aufgabe ist es jetzt, *Ihr* Buch der Namen zu vervollständigen – und damit auch unseres. Wir kennen noch nicht alle Namen. Viele Fragmente aus Adams Buch fehlen noch, liegen verschüttet in Höhlen oder in der Wüste. Aber wenn dieselben Namen auch in Ihrem Gedächtnis verschüttet sind, können wir sie hervorlocken.»

«Das ist die einzige Möglichkeit, etwas gegen die Gnoseos auszurichten», ergänzte Avi, und seine dunklen Augen bohrten sich wie Laser in Davids. «Wir müssen so viele Lamedwowniks wie möglich am Leben erhalten. Und niemand außer Ihnen ist imstande, uns zu verraten, wer sie sind.»

David starrte zu Boden. Er wünschte sich nichts sehnlicher, als New York verlassen zu können und endlich bei Stacy zu sein. Aber er durfte nicht riskieren, die Dunklen Engel auf ihre Spur zu bringen. Er fühlte, wie ihm der Schweiß über die Brust rann, und das lag nicht allein an der drückenden Hitze im Raum.

Yael, die sein Dilemma zu spüren schien, sprach mit sanfter Stimme auf ihn ein.

«In Zefat können die Mystiker Ihnen helfen, sich an alles zu erinnern, was Ihnen offenbart wurde. Sie müssen versuchen, sich zu konzentrieren! So werden Sie Stacy am besten helfen. Noch ist die Welt nicht am Ende, David – Sie dürfen nicht aufhören, daran zu glauben, dass Ihre Tochter noch lebt.»

Ein kurzes Schweigen entstand. Schließlich brach Avi die Stille, indem er die Tüte mit dem Gebäck ergriff und unter Papierrascheln ein Stück von einem zerbröckelten Blaubeermuffin herausnahm. Nachdem er es in den Mund gesteckt hatte, reichte er die Tüte an Yael weiter.

«Was ist mit Percy Gaspard?», fragte David, an Avi gerichtet. «Was haben Sie über ihn herausgefunden?»

«Bisher recht wenig. Wir konnten nur eine Person dieses Namens identifizieren: einen Mann, der 1939 in Montreal geboren wurde. Das war jedenfalls der letzte Kenntnisstand, bevor der Strom ausfiel. Inzwischen wissen unsere Quellen vielleicht schon mehr. Ich fahre von hier aus weiter nach Pennsylvania, oder wie weit ich eben fahren muss, um die Zivilisation zu erreichen – anders ausgedrückt: eine Stadt mit funktionierenden Mobilfunksendern. Sobald ich wieder

Kontakt zu meinen Kollegen aufnehmen kann, werden wir sicher viel mehr wissen.»

«Dann sollten Sie schnellstmöglich aufbrechen», schlug Yael vor.

Avi nickte und stand von seinem Stuhl auf. «Eines noch», sagte er und ging ein paar Schritte auf David zu. «Die Steine. *Ich* werde sie jetzt übernehmen.»

«Warum?», fragte David.

«Bei mir sind sie sicherer aufgehoben, selbst wenn Sie beide vor mir in Israel ankommen. Diese Steine sind von entscheidender Bedeutung für das jüdische Volk, und sie waren schon viel zu lange in den falschen Händen.» Er warf Yael einen raschen Blick zu. «Haben Sie ihm von unserer Vermutung erzählt, dass der Elitezirkel der Gnoseos bereits mehrere der Steine in seinen Besitz gebracht hat?»

An David gewandt, fuhr er fort: «Diese Leute werden vor nichts zurückschrecken, um auch diese beiden in die Hände zu bekommen. Sie sind fast so gierig hinter den Steinen her wie hinter den Namen der Sechsunddreißig. In diesen Steinen liegt nämlich eine Kraft, die das Gleichgewicht der Welt beeinflusst.»

David musste wieder an Crispin denken, daran, wie er damals den Achat hochgehalten und ihm und Abby versprochen hatte, sie würden nicht abstürzen. Woher hatte Crispin gewusst, dass der Stein magische Kräfte besaß? Und wie in aller Welt war er in seinen Besitz gelangt?

«Das Letzte müssen Sie mir näher erklären», verlangte David in scharfem Ton. «Die Sache mit dem Gleichgewicht.»

Avi zog sein Khakihemd zurecht, das ihm feucht an der Brust klebte. «Die Weisen haben von den mystischen Eigenschaften der Steine berichtet. Jeder Stein vom Brustschild des Hohepriesters trägt den Namen eines der zwölf Stämme

Israels, und seine Farbe entspricht der des Banners, das über dem Lager des jeweiligen Stammes wehte. Der Hohepriester trug den Brustschild, wann immer er das Heiligtum betrat. Wissen Sie, warum?» Noch bevor David eine Vermutung äußern konnte, beantwortete Avi seine Frage selbst.

«Weil es für das jüdische Volk stand. Es sollte Gott an die zwölf Stämme erinnern und Seine Gnade beschwören. Und es gibt noch einen weiteren Grund», fügte Avi hinzu.

«Wissen Sie, wie ein Ouijabrett funktioniert?», schaltete sich Yael ein. Als David nickte, fuhr sie fort: «Der Brustschild des Hohepriesters war so etwas wie das Hexenbrett des alten Israel: ein Mittel, um mit Gott zu kommunizieren. Wenn Gott dem jüdischen Volk gewogen war, erstrahlten die Steine hell. Wenn Israel Krieg führte und die Steine leuchteten, kündigte das also den bevorstehenden Sieg an.»

«Im Prinzip kann man den Brustschild tatsächlich mit einem Ouijabrett vergleichen», sagte Avi, während er seine Waffe ins Halfter schob. «Die Menschen kamen mit Fragen zum Hohepriester, damit er Gott um eine Antwort bat. Nachdem Aaron eine Frage gestellt hatte, blickte er in die Steine auf seinem Brustschild und meditierte über die verschiedenen Namen Gottes. Währenddessen leuchteten nacheinander einzelne Schriftzeichen auf den Steinen auf, sodass er daraus Gottes Antwort lesen konnte.»

David schwieg. Er dachte daran zurück, wie er den Stein gefunden hatte, damals, nachdem der Schnee getaut war. Von dem Achat war ein so strahlendes Leuchten ausgegangen, dass es ihn in den Augen schmerzte. Er hatte es für eine Reflexion des Sonnenlichtes gehalten. Während er über Avis Worte nachdachte, zog er die beiden Steine aus der Tasche und betrachtete sie.

Ein Achat und ein Bernstein. Naftali und Levi. Im Augenblick leuchteten sie nicht, sondern sahen ganz unscheinbar aus. Aber was wäre, wenn …

«Ich bringe sie selbst nach Israel», verkündete er, schloss die Faust um die Steine und begegnete Avis Blick.

«Nein, das werden –», setzte der Israeli an, doch David schnitt ihm das Wort ab.

«Wir reden hier von mystischen Geschehnissen – auf dem Gebiet habe ich wohl etwas mehr Erfahrung als Sie. Ich habe diesen Stein gefunden, und nach allem, was ich bisher erfahren habe, gibt es wahrscheinlich einen verdammt guten Grund dafür. Davon abgesehen hat Rabbi ben Moshe *mir* die beiden Steine anvertraut, unmittelbar bevor er ermordet wurde.»

«Ich glaube, er hat recht, Avi.» Yael trat zwischen die beiden Männer. «Er hat Naftali gefunden, bald nach dem Sturz, der zu seiner Vision geführt hat. Der Stein hat dort auf ihn *gewartet*. Ich glaube nicht, dass das ein Zufall ist. Er war all die Jahre über in seinem Besitz. David war dazu bestimmt, ihn aufzubewahren», erklärte sie mit Nachdruck. «Und möglicherweise gibt es dafür einen Grund, den wir noch nicht kennen.»

Avi starrte die beiden abwechselnd an, die Stirn gefurcht, die Kiefermuskeln angespannt. Schließlich zuckte er die Schultern. «Vielleicht haben Sie recht. Also gut.»

Er reichte David die Hand zum Abschied. «Sobald wir wieder telefonieren können, werde ich Sie über Ihre Stieftochter informieren – und über Percy Gaspard. Beten wir darum, dass der Flughafen binnen vierundzwanzig Stunden wieder öffnet. Die Zeit arbeitet gegen uns.»

KAPITEL DREIUNDZWANZIG

Los Angeles

Alberto Ortega war verstimmt. Und das brachte Raoul LaDouceur in Rage.

Es kam nicht oft vor, dass etwas Raoul aus der Ruhe brachte, doch als er jetzt das Sofitel Hotel verließ und in das gelbe Firebird Cabrio stieg, das er zuvor bei Avis gemietet hatte, kochte er innerlich vor Wut.

Sein erster Impuls war gewesen, den weißen Lieferwagen einfach irgendwo stehenzulassen, doch dann hatte er es sich anders überlegt und ihn zurück zur Autovermietung am Flughafen gebracht, als sei nichts gewesen. Unter all den gleich aussehenden Fahrzeugen dort auf dem Parkplatz würde er bestimmt nicht identifiziert werden. Jetzt hatte er unter anderem Namen einen neuen fahrbaren Untersatz gemietet. Die Cops würden ihn niemals mit Stacy Lachman in Verbindung bringen.

Aber Ortegas Zornesausbruch hallte noch immer in Raouls Kopf wider. *Er ist nicht erfreut! Denkt er etwa,* ich *bin erfreut?* Raoul unterdrückte den Drang, das Gaspedal des Firebird durchzutreten. Stattdessen stellte er das Radio auf volle Lautstärke, um die unliebsamen Gedanken aus seinem Kopf zu vertreiben.

Die Sache heute Abend hätte eigentlich ein Kinderspiel sein müssen. Dieses Mädchen hätte jetzt bereits im Death Valley liegen und mit den Kojoten heulen sollen. *Verdammt.*

Noch ein Tag, höchstens zwei, sagte sich Raoul, dann wird mir dieser elende Ortega nicht mehr im Nacken sitzen. Ein zweites Mal geht mir die Kleine nicht durch die Lappen. In ganz Arizona gibt es kein Versteck, wo ich sie nicht finden würde.

Der alte Ortega erinnerte ihn immer mehr an seinen eigenen Großvater. Fordernd, undankbar. Als Ortega noch jünger gewesen war, damals, zu seiner Zeit als UNO-Generalsekretär, hatte er nicht mit Lob gegeizt. Er hatte Raoul zu einem schnellen Aufstieg in den Rängen der Dunklen Engel verholfen. Jetzt, da das Ende nahe war, wurde er allmählich zänkisch wie ein altes Weib.

Obwohl ich schon so viele Feinde für ihn aus dem Weg geschafft habe, braucht nur mal eine Kleinigkeit nicht nach Wunsch zu laufen, und schon kommt er mit Drohungen und Warnungen daher. Als ob mir, dem fähigsten und erfolgreichsten aller Dunklen Engel, der Zugang zur Arche verweigert werden könnte! Jetzt, da der Aufstieg unmittelbar bevorsteht …

Sie warteten nur noch darauf, dass die Schlange ihre Arbeit vollendete, die letzten zwei Namen entschlüsselte.

Also, warum hackt Ortega auf mir herum? Wie kann ich diese Leute umbringen, bevor die Schlange mir sagt, wer sie sind?

Diese eine, das Mädchen, würde keine weiteren Probleme bereiten. Der Zwischenfall heute Abend war nur ein kleiner Ausrutscher gewesen. Raoul warf einen finsteren Blick auf den blutigen Verband an seiner Hand. Für ein so zartes kleines Mäuschen hatte sie ganz schön scharfe Zähne! Aber damit hatte sie sich letzten Endes nicht mehr als ein paar Stunden erkauft.

Und sie würde dafür bezahlen.

Sein Handy piepte, der Signalton für eine eingegangene SMS.

Schon wieder Ortega, von seinem Palast in Buenos Aires aus. An dem würde er nicht mehr lange Freude haben, dieser verschlagene Bastard. Raoul wusste, dass Ortega nur aus einem einzigen Grund so eilig nach Argentinien zurückgekehrt war: um seine Frau und seine Kinder abzuholen und sie zur Arche zu bringen.

Er überflog die SMS.

Neues Szenario. Wünsche das Exemplar persönlich in Augenschein zu nehmen. Bringen Sie es in den sicheren Hafen. Unversehrt.

Raoul versteifte sich. Ortega hatte seine Pläne geändert, wollte das Mädchen jetzt lebend? Welchen Wert konnte sie schon haben, solange sie nicht tot war?

Es sei denn, er wollte jemand anderem die Ehre zuteil werden lassen, sie zu töten.

Raouls Miene verfinsterte sich, während er sich mit hoher Geschwindigkeit der Staatsgrenze von Arizona näherte. Nun, das würde man ja sehen.

KAPITEL VIERUNDZWANZIG

Brooklyn, New York

Rabbi Tzvi Goldsteins Witwe, eine zierliche, rehhaft wirkende Frau, war unter der Last ihrer Trauer völlig in sich zusammengefallen. Dennoch sah sie aus, als habe sie kaum die dreißig überschritten, dabei hatte sie ihrem Mann in sieben Jahren ebenso viele Kinder geboren. Die Jüngste, gerade erst fünf Monate alt, konnte noch nicht begreifen, welche Bedeutung der absichtlich angebrachte Riss an der linken Schulter ihres gelben Baumwollhemdchens hatte. Und ebenso wenig konnte sie begreifen, dass sie nie wieder das Gesicht ihres Vaters sehen würde, wie er auf sie herunterschaute, wenn er zu Beginn jedes *Schabbes* seine Kinder segnete.

Sarah Leah Goldstein und ihre Kinder saßen im Halbdunkel in ihrem bescheidenen Apartment. Wie die Hühner auf der Stange hockten sie auf einem Sofa, von dem die Polster entfernt worden waren. Auf dem Konsolentisch hinter ihnen brannte in einem roten Glas eine große Gedenkkerze, die wegen des Unwetters die einzige Lichtquelle im Raum war. Daneben lag ein Stapel Gebetbücher für die Andachten, zu denen sich die Männer zweimal täglich im Haus versammelten.

So würde es sieben Tage lang bleiben, denn Tzvi Goldsteins nächste Angehörige befolgten die Trauervorschriften genau.

Als Sarah Leah von der Ermordung ihres Mannes erfuhr, hatte sie eine Schere genommen und den Kragen von ihrer

Bluse abgeschnitten. Anschließend hatte sie an der Kleidung aller Kinder ebenfalls Schnitte oder Risse angebracht. Während dieser sieben Tage, *Schiba* genannt, blieben sämtliche Spiegel im Haus verhängt, die Familie saß auf niedrigen Hockern oder Sofas ohne Polster, und Tzvis Vater und seine Brüder verzichteten darauf, sich zu rasieren.

Andere Verwandte und Freunde kamen in einem stetigen Besucherstrom, um den Trauernden mit Speisen, Gebeten und tröstlicher Gesellschaft beizustehen.

David und Yael fühlten sich fehl am Platz inmitten dieses enggeknüpften Netzes der Unterstützung, doch ihr Eindringen war unumgänglich.

Als eine Nichte von Sarah Leah ihr das Baby abnahm und ihr zuredete, sich vom Esstisch ein Glas Saft zu holen, berührte Yael die Witwe am Arm.

«Mrs Goldstein, Professor Shepherd und ich waren bei Rabbi ben Moshe, als der Überfall geschah», begann sie behutsam. «Wir möchten Sie wirklich nicht noch mehr belasten, aber wenn Sie ein paar Minuten für uns erübrigen würden, könnten Sie uns möglicherweise helfen herauszufinden, wer für Ihren Verlust verantwortlich ist.»

Die Witwe blickte sie aus schmerzerfüllten Augen an. «Folgen Sie mir.» Sie führte die beiden in ein kleines Arbeitszimmer mit Regalen voller Bücher. Schwaches Tageslicht drang durch die Schlitze der Jalousien und beleuchtete einen schlicht, aber gemütlich eingerichteten Raum, in dem es nach Pfeifentabak und Möbelpolitur roch.

«Mein Mann, er möge in Frieden ruhen, hat hier viele Stunden mit Studieren und Arbeiten zugebracht.»

Hilflos ließ sie den Blick durchs Zimmer schweifen, suchte nach etwas, das nicht mehr da war. «Was kann ich für Sie tun?»

David zog die Tarotkarte hervor. «Diese Karte war unter den Gegenständen, die Rabbi ben Moshe mir zur Aufbewahrung übergeben hat. Haben Sie eine Ahnung, woher sie stammt oder was es damit auf sich hat?»

Als er ihr die Karte zeigte, wich sie zurück und sah ihn erschrocken an. «Auf diese Karte folgt Tod.»

Sie schwankte ein wenig. Yael ergriff ihren Arm, um sie zu stützen.

«Wie meinen Sie das?», fragte sie, während sie und David einen verwirrten Blick wechselten.

«Mein Mann hat mir von der Karte erzählt. Rabbi Lazar aus Krakau hatte sie Rabbi ben Moshe, sein Andenken zum Segen, erst vor zwei Wochen geschickt. Er hatte gehofft, Rabbi ben Moshe könnte wissen, wer zweitausend identische Exemplare von dieser Karte bestellt hat.» Ihre Lippen zitterten, es fiel ihr sichtlich schwer weiterzusprechen. «Und wer dann einen Mann getötet hat, um die Druckplatten an sich zu bringen.»

«*Wen* getötet?», fragte David verblüfft.

«Den Drucker. Den Drucker in Krakau.» Sarah Leah befeuchtete ihre Lippen. «Sein Sohn war im Hinterzimmer und füllte gerade die Farbe in der Druckerpresse nach, als es geschah. Sein Vater hat ihn sein Handwerk gelehrt. Tzvi sagt, der Junge habe gehört, wie sein Vater mit einem Mann stritt, der Polnisch mit starkem ausländischem Akzent sprach. Er erinnerte sich an die Stimme, weil der Mann erst zwei Tage zuvor ins Geschäft gekommen war und die doppelte Bezahlung angeboten hatte, wenn der Drucker den Auftrag binnen achtundvierzig Stunden fertigstellte. Der Mann wollte zweitausend von diesen Karten gedruckt haben.»

David sog scharf die Luft ein. «Dann gibt es also noch 1999 davon …»

«Wissen Sie, worum es bei dem Streit ging?», erkundigte sich Yael.

«Der Kunde verlangte die Druckplatten. Der Drucker hat sich geweigert, sie herauszugeben, und gesagt, so etwas sei bei ihm noch nie vorgekommen. Der Mann wurde wütend und bestand darauf. Dann ging der Drucker unter einem Vorwand in das Hinterzimmer und schickte seinen Sohn nach Hause, weil er nicht wollte, dass er das Streitgespräch mit anhörte. Kaum war der Junge zur Hintertür hinaus, da ertönte ein Schuss, und als er sich umdrehte, schlugen bereits Flammen aus den Fenstern.»

Sarah Leah schüttelte kummervoll den Kopf. «Der arme Junge wollte zu seinem Vater, aber die Hitze war zu groß. All das Papier, die Farbe, die Chemikalien – es muss ein wahres Höllenfeuer gewesen sein.»

Ihre Haut wirkte grau. «Rabbi Lazar sagt, der Drucker war ein guter Mensch, wie mein Mann ...» Sie verstummte.

Eine Welle des Mitgefühls überkam David. Er konnte nachempfinden, wie hilflos sich der Junge gefühlt haben musste. «Wissen Sie, wie Rabbi Lazar in den Besitz dieser Karte gekommen ist?», fragte er behutsam weiter.

«Der Sohn des Druckers interessierte sich leidenschaftlich für Schlangen. Als er seinem Vater half, die gedruckten Karten zuzuschneiden, war er ganz fasziniert von den ineinander verschlungenen Schlangen auf der Rückseite. Der Drucker hatte die Angewohnheit, von jedem Auftrag ein paar Exemplare für seine Unterlagen aufzubewahren, wie das so üblich ist. Als Rabbi Lazar der Familie des Druckers einen *Schiba*-Besuch abstattete, sprach der Junge ihn an und gestand ihm zitternd, dass er die Karte heimlich aus den Unterlagen seines Vaters genommen habe.» Um ihren Mund zuckte es. «Das arme Kind hat sich für den Tod seines Vaters verantwortlich gefühlt und geglaubt, das sei die Strafe dafür gewesen, dass es die Karte gestohlen hatte!»

«Was für eine schwere Bürde für einen Jungen», murmelte Yael. «Kein Kind sollte eine solche Last tragen müssen.» Ihre Stimme wurde härter. «Hätte der Kunde gewusst, dass der Junge im Hinterzimmer war, dann hätte er auch ihn umgebracht, um die Karten geheimzuhalten.»

Geheim ... David versuchte die Einzelteile zusammenzufügen. «Die Karten sollten unter keinen Umständen zurückverfolgt oder nachgedruckt werden können – deshalb hat er für die Druckplatten gemordet.»

«Wird Ihnen das helfen, den Mörder meines Mannes zu finden?» Die Augen der Witwe glänzten feucht. Sie blinzelte hastig, um die Tränen zurückzuhalten. «Glauben Sie, dieser Kunde hat die Karte von Polen bis hierher verfolgt und Rabbi ben Moshe und meinen Mann getötet, um sie wiederzubekommen?»

«So ähnlich.» Davids Finger hielten die Karte fester. «Das alles hängt miteinander zusammen, aber es geht nicht nur um einen einzelnen Mann, sondern um viel größere Dimensionen.»

Sarah Leah presste beide Hände auf die Brust. Es entstand Schweigen, bis plötzlich Babygeschrei die Stille im Arbeitszimmer durchbrach.

«Ich glaube, Bayla hat Hunger», sagte die Nichte, die mit dem brüllenden Kind in der Tür erschien.

«Ich muss wieder zu den anderen.» Sarah Leah nahm ihre kleine Tochter auf den Arm und begann sie zu wiegen.

«Danke für Ihre Hilfe, Mrs Goldstein», sagte David. Die Frau schenkte ihnen ein trauriges Lächeln, dann folgte sie ihrer Nichte hinaus.

David und Yael schlängelten sich durch die Besucherschar, die sich im Wohnzimmer versammelt hatte. Gerade als Yael nach dem Türknauf griff, durchlief ein tiefes Summen den Raum, und im nächsten Moment leuchteten die Lampen hell auf.

«Es werde Licht», murmelte David mit einem Gefühl, als sei der grausige Limbus, in dem er bis zu diesem Moment gelebt hatte, endlich aufgehoben.

Sobald sie ins Freie traten, schalteten er und Yael ihre Handys ein, stellten jedoch fest, dass sie noch immer keinen Empfang hatten.

«Dann telefonieren wir eben vom Hotel aus, um unsere Flüge zu buchen.» Yael ging mit raschen Schritten an die Kreuzung, um ein Taxi anzuhalten.

«Sofern die Leitungen nicht überlastet sind.» David folgte ihr. Im Gehen wollte er die Karte wieder einstecken, als er plötzlich stutzte. Etwas an der Abbildung fiel ihm auf.

Warum hatte er das nicht schon eher bemerkt? Dort, im Hintergrund hinter dem berstenden Turm mit den herabstürzenden Gestalten, war eine Brücke mit zwei Türmen zu sehen, von denen der eine durch das Bollwerk im Vordergrund halb verdeckt wurde. Auf den ersten Blick wirkte das Ganze daher eher wie eine Festungsanlage, doch wenn man es näher betrachtete, war es eindeutig eine Brücke.

Schlagartig wurde David bewusst, dass er genau so eine Brückenkonstruktion schon einmal gesehen hatte. Er hatte sogar darauf gestanden, und zwar Anfang des Jahres bei seinem London-Aufenthalt, und hatte auf die Themse und die Lichter der nächtlichen Stadt hinuntergeschaut. Es war an jenem Abend gewesen, an dem er mit Tony Blair diniert hatte. Ein paar seiner Gastgeber hatten nach dem Essen darauf bestanden, ihn in einen der privaten Räume in der Tower Bridge zu führen. Die Aussicht war wirklich spektakulär gewesen. Und ganz besonders hatte ihn die Tatsache überrascht, dass man die Räumlichkeiten im Inneren der Türme für besondere Festivitäten oder Konferenzen mieten konnte.

David starrte die Tarotkarte an, studierte eingehend die künstlerische Darstellung der Brückenarchitektur. Die Ähnlichkeit zur Tower Bridge war auffallend: derselbe neugotische Stil, die Basküler, die Trägerkonstruktion, die gemauerten Türme …

Es war keine exakte Abbildung, aber dennoch …

London Bridge is falling down.

Im Geiste hörte er die Strophe des bekannten Kinderliedes. Obwohl er wusste, dass sich das Lied auf eine andere Brücke bezog, nicht auf diejenige beim Tower of London, ging ihm der Vers immer wieder durch den Kopf.

London Bridge. *Falling down.* Die Gestalten auf dem Bild, die in die Tiefe stürzten …

Die Turm-Karte. Die Tower Bridge?

David überlief es kalt. Stellte die Karte eine Warnung dar? Planten die Gnoseos einen Anschlag auf London? Oder von dort aus?

Und – ob Warnung oder nicht – wozu ließ jemand zweitausend Exemplare dieser Karte anfertigen?

«Hier ist ein Taxi – kommen Sie!», rief Yael, als vor ihr ein Wagen mit quietschenden Reifen am Bordstein hielt.

Während sie schon einstieg, lief David auf das Taxi zu. Seine Gedanken schwirrten in unzählige Richtungen gleichzeitig, kreuzten sich, bildeten ein Muster, einen Plan, den er allerdings noch nicht verstand.

KAPITEL FÜNFUNDZWANZIG

Gerade als der Taxifahrer auf die Hupe drückte, weil ein Bus plötzlich auf seine Spur schwenkte, ertönte der vertraute Klingelton von Davids Handy. *Endlich!*

«Hi, Kumpel», dröhnte Hutchs Stimme in sein Ohr. «Ich habe hier jemanden, der dich dringend sprechen möchte.»

«Nicht so dringend wie ich sie.» David wurde leicht ums Herz, als er Stacys leise, aber klare Stimme hörte.

«David, Mom sagt, du hast versucht, uns zu warnen, dass jemand mir was tun wollte. Woher wusstest du das?»

Er schloss die Augen, fand keine Worte. Wie sollte er ihr etwas erklären, das er selbst nicht verstand?

«David? Bist du noch da?»

«Ich bin da, Munchkin. Ich kann dir im Augenblick nicht die ganze Geschichte erzählen, aber du musst genau auf das hören, was Hutch sagt. Bleib im Haus, halte dich immer in seiner Nähe. Keine Ausflüge, okay?»

«Kommt der Mann wieder?»

«Er oder ein anderer.» Als Stacy zu weinen begann, verzog David schmerzlich das Gesicht.

«Ich hab Angst. Warum kannst du nicht hierher zu uns kommen?»

Ihr flehentlicher Ton tat ihm in der Seele weh.

«Ich wünschte, das ginge, Liebes. Ich würde alles darum geben, jetzt bei dir zu sein. Aber ich muss woandershin, weit fort von hier. Es ist sehr wichtig – und es hat etwas mit deiner Sicherheit zu tun.»

«Wie w-weit?», setzte sie mit zittriger Stimme an. Dann hörte David, wie Meredith nach dem Telefon verlangte.

«David, was zum Teufel geht hier vor? In was bist du da hineingeraten? Ist dir klar, dass jemand Stacy in unserem eigenen Garten fast zu Tode gewürgt und dann versucht hat, sie in einen Wagen zu zerren?»

David wollte etwas erwidern, doch Meredith ließ ihn nicht zu Wort kommen.

«Und ist dir klar, dass wir hier in Arizona sind, verdammt nochmal, abgeschnitten von aller Welt und überall um uns herum Waldbrände? Ich kann Len nicht erreichen, und dabei wollten wir doch in die Familien-Flitterwochen fahren, verdammt! In was zum Teufel hast du uns da reingeritten –»

«Meredith, lass mich mit Hutch sprechen», unterbrach David in scharfem Ton.

«Nicht bevor du mir sagst, was du angestellt hast. Ich habe ein Recht darauf, es zu erfahren, du hast schließlich *meine* Tochter in Gefahr gebracht.»

«Meredith, der Weltuntergang steht bevor, okay? Ich versuche ihn zu verhindern. Und jetzt gib mir Hutch.»

Er hörte, wie sie heftig einatmete, und konnte sich bildlich die Wut, den Unglauben in ihrem Gesichtsausdruck vorstellen. «Der Weltuntergang. Klar. Er will *dich* sprechen.» Ihre Stimme triefte vor Sarkasmus.

«Was ist los, Kumpel? Dein Verstärkungsteam ist noch nicht aufgekreuzt.»

Hutch war wieder am Apparat. Die Stimme der Vernunft.

«Das liegt daran, dass die Leute tot sind. Jemand hat sie über dem Atlantik in die Luft gejagt, aber ein Ersatzmann müsste sehr bald eintreffen. Meinst du, dass du so lange die Stellung halten kannst?»

«Das fragst du noch? Eine meiner leichtesten Übungen.»

«Hör zu. Ich muss ins Ausland verreisen, und zwar mit dem nächsten Flug, den ich bekommen kann. Es ist nur für ein paar Tage. Dein Verstärkungsmann ist Israeli. Lass ihn zur Sicherheit ein paar Gebete auf Hebräisch sprechen, bevor du ihn reinlässt.»

«So was wie *‹Hava Nagila›, Schalom* und *oy*?»

«Witzbold. Das sind keine Gebete.» David schloss die Augen, während das Taxi scharf rechts abbog und um ein Haar einen Fahrradkurier gestreift hätte. «Ich verlasse mich auf dich, Hutch. Das weißt du doch?»

«So sicher wie meine eigene Blutgruppe.»

David steckte das Handy wieder ein.

«Sie hat geweint», sagte er.

Yael legte sanft ihre Hand auf seine. «David, es tut mir leid. Das alles ist wirklich furchtbar.»

Ihre Berührung war federleicht, aber aus ihren Fingerspitzen strömte eine Wärme, die ein wenig von dem kalten Grauen in seinem Inneren zu schmelzen schien.

«Mit etwas Glück bekommen wir noch heute einen Flug», sagte sie.

Glück. War es das, worauf alles hinauslief? Glück? Hufeisen und vierblättrige Kleeblätter?

Das weiß Gott allein, dachte er düster, während der Riverside Tower in Sicht kam.

Georgetown University

Tom McIntyre sprang von seinem Stuhl auf, als zwei uniformierte Polizisten in das Büro stürmten. Dabei hätte er beinahe den Inhalt seines Kaffeebechers über die Klausuren verschüttet, die er gerade korrigierte.

«Sind Sie David Shepherd?» Der jüngere Officer marschierte auf seinen Schreibtisch zu. Dabei winkte er mit einem Durchsuchungsbefehl.

Was für ein dreister Mistkerl. Tom war sofort auf hundertachtzig. Ein Bulle durch und durch, mit seinen rosigen Wangen, dem militärischen Haarschnitt und der Figur eines Rettungsschwimmers.

«Nein. Tom McIntyre», entgegnete er, ohne den Durchsuchungsbefehl eines Blickes zu würdigen. «Was soll das hier?»

«Wissen Sie, wo sich David Shepherd zurzeit aufhält?»

«Warum interessiert Sie das?», konterte Tom ungerührt. Er vermochte sich keinerlei Reim darauf zu machen, dass die Polizei nach seinem Bürokollegen suchte, und sogar mit einem Durchsuchungsbefehl. Immerhin war Davids bester Freund ein Pfarrer, um Himmels willen, und sein Vater war US-Senator gewesen!

«Wann haben Sie ihn zuletzt gesehen?»

Tom überlegte kurz.

«Hm, das ist schon ein paar Tage her. Ich glaube, letzten Montag oder Dienstag … Genau weiß ich es nicht mehr.»

«Dies hier ist doch sein Büro?»

«Ja. Das heißt unser gemeinsames Büro. Können Sie mir jetzt vielleicht mal erklären, worum es überhaupt geht?»

«Um Mord.» Der zweite Cop machte endlich auch den Mund auf.

Tom hoffte, dass ihm der Schock nicht allzu deutlich anzusehen war.

«David Shepherds Haushälterin wurde in seinem Haus ermordet aufgefunden, Professor McIntyre», fuhr der zweite

Officer fort. Seine Stimme war ebenso resolut wie seine äußere Erscheinung – er hatte ein kantiges Kinn und eine aggressive Körperhaltung.

«Wir müssen sicherstellen, dass Professor Shepherd nichts zugestoßen ist.»

Der dreiste Officer ergriff wieder das Wort. «Wir erreichen ihn nicht über sein Handy. Wissen Sie, ob das hier die richtige Nummer ist?» Er hielt Tom einen Zettel unter die Nase.

Es war Davids Handynummer.

«Ja, die Nummer stimmt.» Erschüttert und zugleich bemüht, es sich nicht anmerken zu lassen, fuhr sich Tom mit der Zunge über die Lippen. Sein Mund war plötzlich ganz trocken. «Er ist für ein paar Tage nach New York gefahren – in einer persönlichen Angelegenheit. Und wie Sie ja wissen, ist dort der Strom ausgefallen, das Handynetz, alles. Wahrscheinlich ist das der Grund, weshalb Sie ihn nicht erreichen.»

Der junge Polizist musterte ihn gleichmütig. «Wahrscheinlich.»

Der zweite Cop hatte bereits begonnen, Davids Schreibtischschubladen zu durchsuchen. Er hielt das gerahmte Foto von Stacy hoch und zeigte es seinem Kollegen, der es mit einem Kopfnicken zur Kenntnis nahm.

«Wissen Sie, wer das ist?», wollte der zweite Cop wissen.

«Ja, das ist seine Stieftochter.»

Tom nannte den Beamten die Namen von Stacy und Meredith. Als die Polizisten ihn fragten, wo die beiden wohnten, bekam er ein flaues Gefühl in der Magengegend.

«Hören Sie, ich kann Ihnen versichern, dass David Shepherd niemals jemanden umbringen würde. Ich meine, er ist ein ziemlich harter Gegner im Squash, aber das ist auch schon die äußerste Gewalttätigkeit, zu der dieser Bursche fähig ist.» Tom ließ sich auf seinen Stuhl zurücksinken.

«Professor», versetzte der Dreiste voller Herablassung, «wir beschuldigen Ihren Kollegen ja gar nicht, einen Mord begangen zu haben. Wir wollen nur mit ihm reden, okay? Uns vergewissern, dass er nicht womöglich selbst Opfer eines Verbrechens geworden ist. Sollten Sie also wissen, wo er sich aufhält, dann wäre es in seinem eigenen Interesse – und in Ihrem –, wenn Sie es uns mitteilen.»

«Ich weiß nur, dass er nach New York wollte.» Tom kam nicht besonders gut damit zurecht, dass David ihn regelmäßig im Squash schlug und ihn beim Klettern übertrumpfte. Zugegeben, es gab Zeiten, da hatte er sich insgeheim gewünscht, David möge einmal auf die Nase fallen. Aber diese Situation hier wünschte er ihm wahrhaftig nicht. Officer Dreist sah aus, als legte er es darauf an, sich möglichst rasch seine Streifen zu verdienen. *Oder David in Streifen zu sehen.*

Beinahe eine Stunde lang durchwühlten die beiden Davids Schreibtisch, seine Akten, die Bücherregale, sogar die Klausuren in der obersten Schublade.

Als sie fertig waren, händigten sie Tom eine Karte mit einem Aktenzeichen und ihren Kontaktdaten aus. Der Dreiste gab Tom noch die eindringliche «Empfehlung», sie sofort zu verständigen, wenn er etwas von David hörte.

Er sah den beiden nach, bis sie auf der Treppe waren, dann schloss er die Tür und griff zum Telefon.

KAPITEL SECHSUNDZWANZIG

Officer Scott Conrad trug das Datum in die Fahndungsausschreibung ein. Zwischendurch biss er von dem Sandwich mit Schinken und Käse ab, das er sich in der Cafeteria der Universität gekauft hatte, ehe er zur Wache zurückkehrte.

Sein Kollege, Lou Minelli, war wieder zum Haus des Mordopfers gefahren, um noch einmal mit der erwachsenen Tochter zu sprechen. Conrad wünschte ihm insgeheim viel Glück. Die erste Befragung hatten sie gemeinsam durchgeführt, und seine Geduld war dabei auf eine harte Probe gestellt worden, denn die Tochter hatte so heftig geschluchzt, dass sie kaum einen verständlichen Satz herausbrachte.

Ihren Aussagen zufolge hatte Eva Smolensky einen Eintopf im Langsamkocher köcheln lassen, als sie zu Shepherds Haus aufbrach. Das Abendessen für die Tochter. Die Hinterbliebene war dreißig Jahre alt und in der Fotoabteilung eines großen Drugstore angestellt. Die Mutter hatte sie am Arbeitsplatz angerufen, um Bescheid zu geben, dass sie zu Shepherd putzen ging und die Tochter nicht mit dem Abendessen auf sie warten solle. Das war das letzte Mal gewesen, dass die Tochter die Stimme ihrer Mutter gehört hatte.

Conrad gefiel dieser Fall. Er gefiel ihm sogar sehr. Und er würde ihm noch besser gefallen, wenn Dr. Shepherd ihm erst im Vernehmungszimmer gegenübersaß.

Mit zusammengekniffenen Augen tippte er auf die Tastatur ein.

Wichtige Mitteilung an alle Behörden und Polizeidienststellen. Gesucht wird eine Person, die zu einem Mord im Haus 233 D Street NE, Washington, D. C., vernommen werden soll.

Bei dem Gesuchten handelt es sich um Professor David Shepherd, männlich, weiß, dreiunddreißig Jahre alt, Größe 188 cm, Gewicht 85 kg, Haarfarbe braun, Augenfarbe grünbraun, keine besonderen Kennzeichen. Geboren am 15 August 1972. Wohnhaft 233 D Street NE, Washington, D. C.

Conrad trank einen Schluck Dr Pepper und wischte sich mit einer billigen Papierserviette den Mund ab. Er überflog den Text auf dem Bildschirm auf der Suche nach Tippfehlern, ehe er weiterschrieb.

Angeblich hält sich der Gesuchte zurzeit in New York City auf. Mögliche Fortbewegungsmittel: Flugzeug, Eisenbahn oder Mietfahrzeug. Bitte festhalten und umgehend die Polizei von Washington, D. C., verständigen.

Officer Conrad klickte auf SENDEN. Die Mitteilung ging an die Polizei von New York City sowie an die Behörde für Verkehrssicherheit zur sofortigen Weiterleitung an alle Flughäfen der Bundesstaaten New York und New Jersey.

Wenn die Kommunikationszentralen dort die Fahndungsausschreibung erst einmal in Umlauf brachten, würde es nur noch eine Frage der Zeit sein, sagte sich Conrad.

KAPITEL SIEBENUNDZWANZIG

«David …» Yael bemerkte seinen entgeisterten Gesichtsausdruck, und ihre Stimme wurde scharf vor Anspannung. «Wer war das? Was wollte er?»

Er schüttelte ungläubig den Kopf, öffnete den Mund, um etwas zu sagen, biss dann jedoch nur stumm die Zähne zusammen.

«Nun verraten Sie mir schon, was los ist», drängte sie und sprang aus dem Sessel auf, von wo aus sie die nicht enden wollenden Katastrophenmeldungen auf CNN verfolgt hatte. Während sie auf David zuging, blickte sie forschend in sein aschfahles Gesicht.

«Eva ist tot.»

«Wer ist Eva?»

«Meine Haushälterin. Jemand hat sie ermordet – in meinem Haus.»

Er schloss für einen Moment die Augen, sah das runzelige Gesicht mit den Tränensäcken vor sich, das müde Lächeln dieser gewissenhaften Frau, die seit sieben Jahren einmal wöchentlich sein Haus aufgeräumt und gereinigt hatte.

David schlug die Augen wieder auf und begegnete Yaels Blick. «Die Polizei sucht nach mir.»

«O nein.» Sie schwieg für einen Moment, ehe sie mit verbissener Miene fragte: «Wann wurde die Leiche gefunden?»

«Ich habe keine Ahnung. Der Anruf gerade kam von Tom McIntyre – wir teilen uns ein Büro in Georgetown. Die Cops sind mit einem Durchsuchungsbeschluss angerückt und haben meinen Schreibtisch auseinandergenommen. Sie wissen, dass ich in New York bin.» Übelkeit stieg in ihm auf.

«Das heißt, wir können nicht bis morgen früh warten. Wir müssen sofort zum Flughafen, damit Sie durch die Sicherheitskontrollen kommen, ehe Ihr Bild an jeder Säule hängt.»

David starrte sie ausdruckslos an, noch immer so sehr unter Schock, dass er kaum klar denken konnte. «Erst muss ich mich bei der Polizei melden –»

«Nein!» Yael drückte ihn in den Sessel. «Denken Sie doch mal nach, David. Derjenige, der Eva ermordet hat, hatte es womöglich auf *Sie* abgesehen. Wenn Sie sich jetzt bei der Polizei melden, wird man Sie nicht außer Landes lassen, bis der Täter gefasst ist.»

Ihm war klar, dass sie recht hatte. Dennoch zögerte er.

Yael sammelte bereits mit raschen, zielstrebigen Bewegungen ihre Toilettensachen ein. «Wir müssen die Nacht im Flughafen verbringen. Ich dusche noch schnell, während Sie packen.»

Nachdem sich die Badezimmertür hinter ihr geschlossen hatte, ging David im Zimmer auf und ab. Seine Gedanken rasten.

Es ist meine Schuld – ich habe Eva gebeten, Dillon hereinzulassen, dachte er. Aber Dillon hat gesagt, sie sei nicht mehr da gewesen, als er ankam. Nur der Staubsauger stand noch herum …

Weil sie bereits tot war, begriff David. Er blieb am Fenster stehen, starrte ins Leere.

Warum hatte Dillon dann nicht die Leiche gefunden?

Schweiß rann ihm aus den Achselhöhlen. Dillon und der Mörder hatten sich wahrscheinlich nur um Augenblicke verpasst. Dillon war derjenige, der der Polizei am ehesten helfen konnte …

Aber Dillon ist außer Landes, erinnerte er sich.

Ihm wurde flau im Magen. Dillon war sein bester Freund. Er hätte getötet werden können, ebenso wie Eva. *Weil sie hinter mir her waren?*

Er holte seinen Seesack und warf ihn aufs Bett. Dann rollte er das Hemd zusammen, das er am Vortag getragen hatte, und steckte es hinein. Als sein Blick auf die stumm flackernde Mattscheibe des Fernsehers fiel, griff er zur Fernbedienung und schaltete den Ton ein.

«Hier in Arizona hat der Wind gedreht», berichtete eine langhaarige Korrespondentin. «Vierzigtausend Hektar wurden bereits von den Flammen verwüstet, und nun hat das Feuer die Richtung geändert und nähert sich Flagstaff. Dabei entfernt es sich von den Gegenfeuern, die gelegt wurden, um eine weitere Ausbreitung der Brände zu verhindern. Das ist ein immenser Rückschlag für die Feuerwehrleute, die seit sechsunddreißig Stunden rund um die Uhr die Flammen bekämpfen. Das Sheriff's Department empfiehlt den Bewohnern der gefährdeten Gebiete, sich auf eine mögliche Evakuierung vorzubereiten. Es berichtete Dana Landau live aus Flagstaff.»

Entsetzen packte David. Meredith hatte etwas von Waldbränden gesagt, doch er hatte ihr kaum zugehört.

Hutch würde mit seinen Schützlingen den Standort wechseln müssen, und David wusste, was das bedeutete. Damals, als Hutch für den Schutz seiner Familie zuständig gewesen war, hatte er ihm beigebracht: Jeder Standortwechsel erhöhte den Gefährdungsquotienten.

Plötzlich empfand David das dringende Bedürfnis, Stacys Stimme zu hören. Noch ein Mal, bevor er morgen früh ins Flugzeug stieg.

Es gab etwas, das er ihr nicht gesagt hatte. Meredith hatte ihr das Telefon abgenommen, ehe er dazu gekommen war.

Noch ein Mal, bevor er das Land verließ, bevor die Welt unterging, wollte er sich vergewissern, dass Stacy wusste, wie sehr er sie liebte.

Yael drehte die Dusche voll auf. Dabei dachte sie darüber nach, was es bedeutete, dass David von der Polizei gesucht wurde. *Sein brandneuer Pass ist wertlos.*

Während sie darauf wartete, dass sich die Wassertemperatur stabilisierte, lehnte sie sich an die Wand und überlegte, was jetzt zu tun war. Sie kannte Avi seit fünfzehn Jahren, und seit fünfzehn Jahren hörte sie sich an, wie er sich seiner grenzenlosen Genialität brüstete.

Es war an der Zeit, dass er sie unter Beweis stellte.

KAPITEL ACHTUNDZWANZIG

David starrte aus dem Hotelfenster hinunter zu den Frachtern auf dem Hudson. Die Muskeln in seinen Schultern waren so verkrampft, dass sie schmerzten. Erneut waren weder Hutch noch Meredith oder Stacy über ihre Handys zu erreichen.

Er hatte den Fernseher wieder auf stumm geschaltet, doch die Bilder von lodernden Waldbränden und schwarzem Rauch standen noch immer vor seinem inneren Auge.

Die Gegenfeuer waren nutzlos geworden. Nichts half mehr. Er konnte nur hoffen, dass es Hutch gelang, sich und seine Schützlinge aus der Gefahrenzone zu retten.

David vernahm, wie Yael im Bad das Wasser abdrehte. In einem anderen Teil seines Bewusstseins jedoch hörte er, wie Stacy angstvoll seinen Namen schrie.

Nein. Er schaltete diesen Albtraum-Film ab und rief sich in Erinnerung, dass Karl Hutchinson in seinem Job der Beste war. Niemand würde an Hutch vorbeikommen, um Stacy und Meredith etwas anzutun, nicht einmal ein Dunkler Engel.

«Sie gehen alle drei nicht ans Telefon!», rief er Yael zu. «Ich habe eine böse Ahnung …» Er wandte sich vom Fenster ab und erstarrte.

Yael stand am Fußende ihres ungemachten Bettes. Der hoteleigene Frotteebademantel hing halb offen, ihre grünen Augen wirkten durchscheinend vor Angst. Und neben ihr der blonde Monolith, der ihr ein zehn Zentimeter langes Jagdmesser an die Kehle hielt.

Ich habe keinen Laut gehört.

Aus der Nähe erkannte David, dass der Kerl noch ein Junge war – ein riesiger Junge allerdings. Breit wie ein Footballspieler, mit dem kampflustigen Gesicht eines Offiziersanwärters. Etwas an seinen Augen kam David merkwürdig vor: Sie waren blassblau, beinahe farblos, und so gefühlsleer wie zwei Tischtennisbälle. *Er sieht aus wie eine Kreuzung aus dem Verteidiger einer College-Footballmannschaft und einem Profikiller.*

«Lassen Sie sie los», verlangte David. Er fuhr sich mit der Zunge über die trockenen Lippen. Die beiden Edelsteine in seiner Hosentasche brannten plötzlich wie glühende Kohlen, versengten ihm durch den Stoff hindurch schier den Oberschenkel. Er starrte auf die pulsierende Ader an Yaels Hals, auf die Messerklinge, die sich nur Millimeter davon entfernt in die Haut eindrückte.

Wie verhandelt man mit einem Dunklen Engel?

«Ich bin sicher, wir werden zu einer Einigung kommen, vorausgesetzt, Sie tun ihr nichts», begann er und ging vorsichtig einen Schritt auf die beiden zu. «Zuerst einmal müssen Sie sie loslassen.»

«Das überlege ich mir – *nachdem* Sie mir Ihr Notizbuch gegeben haben.»

Er weiß von meinem Buch. David war verblüfft. *Dabei dachten wir die ganze Zeit, dass er hinter den Steinen her ist oder hinter dem Beutel des Rabbi.*

Mit einem tiefen Atemzug musterte David den Koloss. *Nimm dir Zeit. Geh die Sache überlegt an. Er ist nicht älter als einer deiner Studenten, und danach zu urteilen, wie er schwitzt, auch genauso unsicher.*

«Erzählen Sie mir doch erst mal, wer Sie sind und worum es hier überhaupt geht.» Zu seiner eigenen Überraschung klang Davids Stimme eine Oktave tiefer als gewöhnlich.

«Ich bin nur ein Botenjunge, Professor.» Er wies mit einer Kopfbewegung zum Schreibtisch. «Legen Sie Ihr Handy da auf den Tisch und sagen Sie mir, wo das Buch ist. Außerdem nehme ich alles mit, was Sie von dem Rabbi haben.»

David fing Yaels Blick auf. Schmerz pulsierte in seinen Schläfen. Er hätte dem Jungen am liebsten erwidert, er solle sich zum Teufel scheren, doch er biss sich auf die Zunge und zwang sich, seinen Gegner mit eisernem Blick zu durchbohren.

Es muss etwas hinter diesen verschleierten Augen sein. Aber wie erreiche ich es? Ich könnte ihm einen der Steine anbieten, vielleicht lässt er Yael im Austausch dagegen frei.

Es war, als hätte sie seine Gedanken gelesen. «Tun Sie es nicht, David.» Ihre Stimme war beinahe so panisch wie das Chaos in seinem eigenen Kopf. «Er wird mich so oder so umbringen. Verschwinden Sie von hier – *schnell*!»

Der Hüne lächelte dünn, drückte die Klinge fester gegen ihren Hals und wies mit dem Kopf auf das ungemachte Bett. «Sie haben sie letzte Nacht gevögelt. Sieht aus, als ob ich heute dran bin, sie zu vögeln.»

Yael schnappte nach Luft, als das Messer ihre Haut ritzte. Aus einem winzigen Schnitt quoll Blut.

«Da sieht man, warum Körper so unpraktisch sind», bemerkte der Koloss verächtlich. «So eklig. So beschwerlich. Und ein solches Hindernis auf dem Weg zum spirituellen Aufstieg.» Er zog das Messer einen halben Zentimeter über Yaels Kehle. Sie zuckte zusammen. Blut begann in den Kragen ihres Bademantels zu tröpfeln. «Beeilung, Professor. Oder wollen Sie mehr sehen?»

«Dreckskerl», stieß Yael mit zusammengebissenen Zähnen hervor. Mit einem gezielten Tritt nach hinten rammte sie ihre Ferse kräftig gegen das Schienbein des Hünen. Im selben Moment stürzte sich David auf den Angreifer, um das Messer zu packen. Das Zimmer schien unter ihm wegzukippen. Yael wand sich verzweifelt, es gelang ihr, sich loszureißen, doch ein einziger Schlag ihres Gegners schleuderte sie gegen die getäfelten Holztüren des Wandschranks. Dann wirbelte der Mann zu David herum. Ein perfekt gezielter Karatetritt in den Magen, und David fiel hilflos auf die Knie.

Er konnte nicht mehr atmen, konnte sich nicht einmal vorstellen zu atmen. Seine Lunge brannte wie Feuer. Übelkeit stieg in seiner Kehle auf, während er sich am Kopfteil des Bettes hochzog und mühsam wieder auf die Beine kam.

Alle drei sahen im selben Augenblick den Bernstein auf dem Boden liegen. Er war David aus der Tasche gefallen und blinkte nun wie eine winzige Sonne neben einer von Yaels flachen Sandalen. Die uralte Inschrift schien ein düsteres Geheimnis zu bergen.

Der muskelbepackte Arm des Blonden schoss nach vorn. Gleichzeitig warf sich Yael über den Stein, während David das metallene Gepäckregal zu fassen bekam und es mit einem widerlichen Krachen auf den Kopf des Mannes schmetterte. Der Dunkle Engel stürzte wie ein erlegter Elefant zu Boden.

«Yael, ist alles in Ordnung mit Ihnen?» David rang nach Luft. Allmählich wurde sein Gehirn wieder mit Sauerstoff versorgt.

«Es wird mir noch besser gehen, wenn wir hier raus sind», erwiderte sie und band den Gürtel ihres Bademantels zu. Mit zitternder Hand tastete sie nach ihrem Hals und zuckte zusammen, als sie das Blut fühlte. «Was ist mit Ihnen? Irgendwas gebrochen?»

«Wahrscheinlich», entgegnete er und verzog das Gesicht. «Aber wenn ich es nicht beachte, vergeht es sicher von selbst.»

Mit einem matten Lächeln hob sie den Bernstein auf und reichte ihn David.

Er schob ihn wieder in die Hosentasche, wo der Stein mit einem leisen Klick an den Achat stieß.

«Mal sehen, ob er etwas Brauchbares bei sich hat – und dann nichts wie weg hier.» David kniete sich neben den Bewusstlosen. In der Brieftasche fand er einen Führerschein, der in New Jersey ausgestellt worden war und den Mann als James Gillis auswies.

«Das Ding ist möglicherweise gefälscht. Wenn wir es von Avi untersuchen lassen könnten, würde er vielleicht in Erfahrung bringen, wer uns diesen Kerl auf den Hals gehetzt hat», murmelte Yael, während sie die Gesäßtaschen von Gillis' Hose durchsuchte.

«Sie halten wohl große Stücke auf Avi, wie?»

«Wir kennen uns schon sehr lange.» Sie inspizierte die Brieftasche gründlicher. «Er wurde im selben Jahr vom Mossad rekrutiert wie mein Mann.»

«Ihr Mann?», fragte David nach und wandte sich gleichzeitig der Ausbeulung in Gillis' Kniestrumpf zu.

«Wir waren erst seit drei Monaten verheiratet, als er bei einem Einsatz ums Leben kam. Wir hatten unsere Flitterwochen aufgeschoben …»

David überkam Mitgefühl, doch bevor er es äußern konnte, wechselte Yael das Thema und richtete ihre Aufmerksamkeit auf die kleinkalibrige Pistole, die er gerade aus Gillis' Strumpf gezogen hatte.

«Wir sollten lieber nicht versuchen, das Ding durch die Sicherheitskontrollen zu bringen. Geben Sie es mir.»

David wischte sich mit einer Hand den Schweiß von der Stirn und sah zu, wie sie die Kammer leerte und die Patronen unter der Matratze versteckte. Dann überprüfte er Gillis' anderen Strumpf, in dem er eine Tarotkarte fand.

«Jetzt sehen Sie sich das mal an: genau die gleiche Abbildung.»

Yael nahm die Karte näher in Augenschein. «Die Nummer auf der Rückseite ist eine andere», stellte sie fest.

Sie hatte recht. Auf dieser Karte stand die Zahl 1098. Wir werden später herausfinden, was es damit auf sich hat, dachte David. Zuerst musste er Gillis fesseln, ehe der Mann wieder zu sich kam. Er wollte dem Kerl dringend ein paar Fragen stellen.

Mit raschem Griff zerrte er das Laken von seinem Bett und riss es in Streifen.

«Yael, holen Sie ein Glas kaltes Wasser aus dem Bad.»

Sie sah ihn sekundenlang schweigend an, dann verschwand sie, während David mit den Stoffstreifen zuerst Gillis' Arme fest hinter dem Rücken zusammenband und dann die Beine fesselte.

«Fertig?» Yael hielt das Wasserglas über Gillis' Kopf.

«Los!»

Gillis regte sich nicht, auch nicht, als David ihm eine Ohrfeige versetzte. «Wach auf, Blondie.» Doch Gillis zuckte nicht einmal mit den Augenlidern.

Yael ging neben ihm in die Hocke und legte ihm die Finger an den Hals. «Sein Puls ist schwach. Es dürfte noch eine ganze Weile dauern, bis er wieder zu sich kommt, und wir haben keine Zeit zu verlieren.»

David steckte den Führerschein des Mannes und die Tarotkarte in seinen Seesack, während Yael sich anzog. Dann schulterte sie ihre Tasche und sah sich noch einmal in dem Hotelzimmer um. Im Fernsehen wurde jetzt gezeigt, wie türkische Rettungskräfte weitere Erdbebenopfer aus den Trümmern bargen.

Gillis stöhnte auf, bewegte sich jedoch nicht. David wollte auf ihn zugehen, aber Yael hielt ihn am Arm zurück. «Bitte, David, die Zeit drängt.»

Sie hatte recht. Es würde womöglich Stunden dauern, Gillis zum Reden zu bringen. In der Zwischenzeit hatte die Polizei garantiert das Sicherheitspersonal am Flughafen benachrichtigt, und man würde sehr daran interessiert sein, mit *ihm* zu reden.

Er öffnete vorsichtig die Tür und spähte den Flur entlang. Niemand da.

David konnte nicht wissen, dass der stämmige Puerto Ricaner unten in der Lobby an einer Wand lehnte und die Aufzüge scharf im Blick behielt für den Fall, dass Professor David Shepherd und Yael HarPaz Gillis entwischen sollten und versuchten auszuchecken.

«So viel zum Thema moderne Technik.» Hutch schob verächtlich seine Sonnenbrille über die Stirn hoch und musterte den großen, stämmigen Verkäufer in Charlie's Gemischtwarenladen, während Stacy das Süßigkeitensortiment in den hölzernen Schauregalen in Augenschein nahm.

«Das können Sie laut sagen.» Der stoppelbärtige Verkäufer schob seinen Kautabak in die Backe. «Diese Waldbrände treiben ihr Spielchen mit uns. Mutter Natur ist der Technik doch allemal überlegen.»

«Das ist ja absurd. Sie wollen uns also erzählen, dass es in ganz Flagstaff nicht ein einziges funktionierendes Handy gibt?», fragte Meredith. Ihr gereizter Ton trug ihr ein unwirsches Knurren von dem Verkäufer ein. Stacy verdrehte die Augen.

«Genau so ist es, Ma'am – jedenfalls keins, das über den zentralen Sender läuft. AT&T, Verizon, Cingular und so weiter, die haben hier alle kein Signal.»

«Und das Festnetz ist völlig überlastet», ergänzte ein sonnengebräunter Mann, der gerade ein Sixpack Getränkedosen aus der Kühltruhe nahm. Stacy starrte auf seine schwarzen Stiefel, die mit kunstvollen Stickereien und Prägemustern verziert waren.

Hutch beachtete den Mann nicht. Seine Aufmerksamkeit galt Stacy, und zugleich behielt er die Eingangstür und den Parkplatz im Blick, der von Sträuchern und Felsbrocken begrenzt war. Niemand war ihnen von seiner Hütte in Walnut Creek hierhergefolgt. Nicht einmal die Verstärkung, die jederzeit eintreffen musste. Hutch hatte keine Ahnung, wie er mit dem Mann in Kontakt kommen sollte, doch ihm war nichts anderes übriggeblieben, als die Hütte zu verlassen – sie mussten sich vor dem Feuer in Sicherheit bringen.

«Und was, wenn es irgendwo einen Notfall gibt?» Merediths erhobene Stimme schrillte durch den kleinen Laden, in dem es nach abgestandenem Kaffee und Putzmittel roch.

«Die ganze Welt ist ein einziger Notfall, Mom», murmelte Stacy, deren Wangen den gleichen Rotton angenommen hatten wie der Schriftzug auf ihrem grauen Sweatshirt. «Hast du nicht die Nachrichten gesehen?»

Der Verkäufer grinste spöttisch und ging dann an die Kasse, wo zwei kleine Jungen mit Limonade und Chips warteten.

Hutch überlegte, welche Möglichkeiten er jetzt hatte. Im Grunde nur eine, stellte er fest: Sie mussten einen sicheren Ort erreichen und dann schnellstmöglich versuchen, David zu kontaktieren und dem Verstärkungsmann ihren Aufenthaltsort durchzugeben.

«Kommt, Ladys, sehen wir zu, dass wir weiterkommen. Wir werden schon noch irgendwo eine Möglichkeit finden, Großmutter anzurufen und ihr zum Geburtstag zu gratulieren.»

Stacy warf ihm einen raschen Blick zu, dann begriff sie und schlug die Augen nieder. Armes Kind. Wahrscheinlich vergaß sie hin und wieder für eine Weile, worum es bei diesem kleinen Abenteuer überhaupt ging. Für eine Dreizehnjährige war sie bemerkenswert gefestigt, aber trotzdem musste all dies ihr zusetzen. Heute Morgen hatte er beobachtet, wie sie fieberhaft in ihr Tagebuch schrieb, eingerollt in dem großen Sessel mit der hohen Lehne, in dem sein Großvater immer gesessen und ihm aus dem *Rancher*-Magazin vorgelesen hatte. In der kurzen Zeit mit Stacy hatte er erkannt, dass sie warmherzig und einfühlsam war, eine liebe, verängstigte Dreizehnjährige, die keine Ahnung hatte, dass man ihr ihre Gemütsverfassung deutlich vom Gesicht ablesen konnte.

Meredith legte ein Päckchen Marlboro Light 100 und einen Zehndollarschein auf die Theke. Hutch setzte indessen seine Sonnenbrille wieder auf und ging zur Tür. Stacy folgte ihm.

«Geht ruhig schon vor, ich komme gleich nach!», rief Meredith.

Während Hutch Stacy zum Explorer eskortierte, suchte er mit den Augen die Straße und das verwilderte Hügelland rings um den Laden ab. Er bemerkte nichts Ungewöhnliches, ließ aber dennoch eine Hand leicht auf der Schulter des Mädchens ruhen.

Raoul LaDouceur grinste. Er hatte den Bodyguard genau im Visier. In drei Minuten würde das Mädchen in seinem Kofferraum träumend im Chloroformrausch liegen, unterwegs zu dem Privatflugzeug, das sie erwartete.

«Nicht weitergehen, Ma'am.» Der sonnengebräunte Mann packte Meredith am Arm und riss sie zurück, als sie gerade die Tür erreicht hatte.

«Lassen Sie die Finger –» Merediths Blick fiel auf die Pistole in seiner Hand, und alles Blut wich aus ihrem Gesicht.

«Stacy! Lauf!», kreischte sie.

Doch noch während sie die Warnung hinausschrie, drängte sich der Mann an ihr vorbei und feuerte seine Waffe mehrmals in so rascher Folge ab, dass es klang wie ein Feuerwerk. Es dauerte einen Moment, ehe Meredith bewusst wurde, dass aus einer anderen Richtung ebenfalls Schüsse ertönten.

«Runter auf den Boden, Lady, schnell!», brüllte der Verkäufer, der bereits hinter dem Tresen lag. Im selben Augenblick sah Meredith Hutch zusammengekrümmt am Boden, eine Pistole in der Hand. Stacy kroch schluchzend unter ihm hervor.

«Lauf!» Meredith stürzte schreiend aus dem Laden. «Lauf, Stacy!»

Eine Kugel riss ihr das Päckchen Marlboros aus den Fingern. Sie stolperte, fing sich wieder und rannte weiter auf den Explorer zu. Währenddessen schlängelte sich der Mann zwischen den parkenden Autos hindurch, wobei er immer wieder Schüsse in Richtung der Felsen abgab, die etwa hundert Meter entfernt waren.

«Mom, du musst ihm helfen, er blutet so! Du musst Hutch helfen!» Stacy kauerte neben dem Bodyguard, vor Entsetzen kreidebleich im Gesicht, als der Mann mit dem dunklen Teint plötzlich kehrtmachte und auf sie zugerannt kam.

«Nicht schießen», flehte sie. «Bitte nicht schießen.»

Er ging in die Hocke, ergriff Hutchs rechte Hand, nahm

ihm die Waffe aus den Fingern und legte sie neben Meredith auf den Boden. «Ich bin auf Ihrer Seite, Ladys. Garrick Rix, Hutchs Verstärkung», erklärte er, während er nach dem Puls tastete.

Er versetzte Hutch eine Ohrfeige – keine Reaktion. «Komm schon, Kumpel, stirb mir jetzt nicht weg.»

Rix zog den Gürtel aus seiner Jeans und warf ihn Meredith zu. «Wickeln Sie ihm das hier um sein Bein, so fest Sie können, und halten Sie es, bis ich zurückkomme. Und was auch immer geschieht, rühren Sie sich nicht von der Stelle. Ich hoffe, ich habe den Dreckskerl verwundet, aber sicher weiß ich es nicht. Ich werde mich vergewissern, dass er nicht noch irgendwo lauert, um uns nacheinander abzuknallen, und dann machen wir, dass wir hier wegkommen. Sie sorgen in der Zwischenzeit dafür, dass Hutch nicht verblutet.»

KAPITEL NEUNUNDZWANZIG

Stacy nahm den Ledergürtel und band Hutchs Bein ab, wobei sie tapfer das Blut ignorierte, das seine Jeans durchtränkte. Die Schießerei hatte aufgehört, doch der Lärm hallte immer noch in ihren Ohren wider. Ihr war übel, aber wenn sie sich jetzt nicht zusammennahm, würde Hutch womöglich sterben. Sie fühlte sich, als sei das alles ihre Schuld.

«Bitte, du darfst nicht sterben», flehte sie mit erstickter Stimme und starrte auf den Mann hinunter, dessen Gesicht die Farbe des Tons angenommen hatte, den sie im Kunstunterricht zum Töpfern verwendeten.

«Lass mich das machen, Stacy.» Meredith zitterte so heftig, dass ihre Zähne klapperten. Sie versuchte den Lederriemen aus den verkrampften Händen ihrer Tochter zu lösen. «Kriech unter den Explorer, *schnell*!»

Stacy umklammerte den Gürtel fester. «Ich bleibe hier bei dir und Hutch. Ich will helfen.»

«Stacy, sie sind hinter dir her. Versteck dich unter dem –»

Von dem felsigen Gelände hinter dem Parkplatz her ertönte ein Schuss. Stacy wimmerte.

Plötzlich hörten sie vom Laden her das heisere Flüstern des Verkäufers.

«Kommen Sie hier rein, Sie beide, schnell! Ich kann uns mit meinem Gewehr verteidigen.»

«Er blutet zu stark. Ich will ihn nicht allein lassen», rief Meredith leise zurück. «Stacy, geh du», drängte sie ihre Tochter verzweifelt. Das Haar hing ihr wirr ins Gesicht, sie fühlte Hutchs Blut warm und klebrig an den Knien. «Versteck dich im Laden, Liebes, ich bitte dich! Ich kümmere mich um Hutch, versprochen.»

Stacy war hin- und hergerissen zwischen dem Wunsch, ihrer Mutter zu gehorchen, und dem Drang, sie zu beschützen. Sie konnte nicht aufhören zu weinen. Konnte sich nicht von der Stelle rühren. Und dann war es auch schon zu spät.

Garrick Rix robbte bäuchlings über den Boden, die Pistole auf den Mann gerichtet, der keine zwanzig Meter von ihm entfernt stand. Er war angeschossen, doch das Adrenalin dämpfte den Schmerz. Er würde nur einen Schuss benötigen, einen einzigen wohlgezielten Schuss.

Der Mann kam näher. Dieser Hurensohn grinste wie einer, der gerade einen Royal Flush auf den Tisch gelegt hatte. Rix blinzelte gegen den Schweiß an, der ihm in die Augen lief, während er versuchte, den Arm ein wenig anzuheben und nach links zu bewegen. Er spuckte das Blut aus, das sich in seinem Mund sammelte, um sich nicht daran zu verschlucken und sich so zu verraten. *Er denkt, er hätte mich wie ein Kaninchen in der Falle. Aber ich habe noch einen Schuss, einen einzigen Schuss.*

Das Mündungsfeuer blendete ihn, als sein Finger den Abzug drückte. Die Welt wurde rot. Dann schwarz.

Raoul stieß mit dem Fuß die Pistole aus den Händen des leblosen Mannes und schoss ihm noch einmal in den Kopf, nur um sicherzugehen, dass er auch wirklich tot war.

Ohne eine weitere Sekunde zu verlieren, sprintete er zu dem Firebird, zum ersten Mal seit Tagen in heiterer Stimmung. Wenn er getötet hatte, fühlte er sich immer wie beflügelt.

Kies und Splitt spritzten hörbar unter den Reifen auf, als ein gelbes Firebird Cabrio schleudernd um die Felsen kurvte und zum Stehen kam. Mit schnurrendem Motor hielt es quer vor dem Explorer und versperrte ihm so den Fluchtweg.

Der Verkäufer feuerte einen Schuss ab, doch die Kugel verfehlte den Vorderreifen des Cabrio und prallte gegen den unteren Rand der Beifahrertür.

Stacy erkannte den Mann, der aus dem Firebird stieg.

«Mom, das ist er!», schluchzte sie und stürzte zu dem Explorer.

Meredith packte Hutchs Waffe und versuchte zu zielen, aber ihre Arme zitterten unkontrollierbar. Sie hatte sich so fest auf die Unterlippe gebissen, dass sie Blut schmeckte. Der Mann beachtete sie nicht. Er hantierte mit etwas an seinem Gürtel.

Wie betäubt sah sie zu, als er ausholte und etwas in Richtung des Ladens warf.

Erschieß ihn, los! Schieß!, schrie eine Stimme in ihrem Inneren. Sie kniff die Augen zusammen und drückte den Abzug. Der Rückschlag war so heftig, dass sie das Gleichgewicht verlor und rücklings auf Hutch stürzte. Im selben Moment erschütterte eine ohrenbetäubende Explosion den Laden, und Flammen schlugen aus den Fenstern.

Der Schock lähmte sie für einige Sekunden. Dann rappelte sie sich wieder auf, wollte einen weiteren Schuss abgeben.

«Gib mir … die Pistole.» Hutchs Stimme war kaum vernehmbar. «Lass sie einfach fallen», flüsterte er. «Als ob du aufgibst.»

Sie ging in die Knie und ließ die Pistole in Hutchs offene Handfläche fallen. Ihr Blick begegnete dem von Stacy, die mit entsetzt aufgerissenen Augen zitternd unter dem Explorer lag. *Bleib da, Baby,* betete sie im Stillen. *Bleib, wo du bist.*

Hustend wandte sich der dunkelhaarige Mann von dem Inferno ab und kam mit langen, energischen Schritten auf Meredith zu. Als er kaum drei Meter vor ihr stehenblieb, pulsierte das Entsetzen durch jede Faser ihres Körpers. Doch alles, was sie deutlich wahrnahm, waren seine seltsamen Augen. Sie hatten unterschiedliche Farben: Eins war braun, das andere blau.

Meredith war so darauf fixiert, dass sie nicht bemerkte, wie Hutch den Arm hob. Sie hörte nur den Schuss und sah, wie der Mann mit den sonderbaren Augen rückwärts taumelte.

Für einen Augenblick schöpfte sie Hoffnung. *Nochmal, Hutch. Schieß noch einmal. Diesmal ins Herz.*

Doch obwohl sich an der rechten Schulter des Mannes ein Blutfleck ausbreitete, reagierte er bemerkenswert schnell.

«Nein!», schrie Meredith, als er in rascher Folge vier Schüsse auf Hutch abfeuerte. «O Gott, nein!»

«Stacy!», brüllte der Mann.

Als Meredith aus seinem Mund den Namen ihrer Tochter hörte, gefror sie bis ins Mark. Unvorstellbare Bosheit lag in dieser Stimme.

«Lassen Sie sie in Ruhe!»

«Klappe halten!» Er richtete die Pistole auf ihren Kopf. «Stacy, wir wissen doch, dass du ein braves kleines Mädchen bist. Und wenn du jetzt nicht herkommst wie ein braves kleines Mädchen, ist deine Mutter gleich genauso tot wie dein Bodyguard.»

«Hör nicht auf ihn, Stacy!», schrie Meredith.

Der Wind trieb Rauch und glühende Asche von dem brennenden Laden herüber. Der Mann hustete erneut, dann zielte er tiefer, auf Merediths Herz. Doch im letzten Moment verriss er den Schuss um Zentimeter nach rechts. Vom Boden dicht neben ihr stoben Steine und Staub auf.

«Mom!», kreischte Stacy und kroch hastig unter dem Explorer hervor, um sich schützend über ihre Mutter zu werfen.

«Lassen Sie uns in Ruhe!», schluchzte Meredith. «Was wollen Sie von uns?»

«Ich will *sie.*» Er zeigte mit der Waffe auf Stacy. Dann drehte er die Pistole blitzschnell um und packte sie am Lauf.

Das Letzte, was Meredith sah, bevor der Mann sie bewusstlos schlug, waren diese eigenartigen, unterschiedlich gefärbten Augen.

Das Mädchen brach schluchzend neben seiner Mutter zusammen. Raoul brauchte nicht länger als sechs Sekunden, um das Chloroformfläschchen zu entkorken und den Lappen, den er aus der Tasche zog, zu tränken. Diesmal würde die kleine Maus mit den scharfen Zähnen keinen Pieps mehr machen können.

KAPITEL DREISSIG

7 … 6 … 5 … Der Aufzug glitt abwärts. Als er sich der vierten Etage näherte, verlangsamte er und hielt. David zog Yael näher zu sich heran für den Fall, dass sie schnell verschwinden mussten. Angespannt beobachteten sie, wie die Tür zur Seite glitt, doch die adrett gekleidete Geschäftsfrau, die mit ihrem Rollkoffer hereinkam, würdigte sie kaum eines Blickes.

Während sich die Kabine wieder in Bewegung setzte, spürte David, wie sich Yael neben ihm entspannte. Plötzlich kam ihm ein Gedanke, und er drückte schnell den Knopf für die erste Etage.

«Das hätte ich beinahe vergessen, Schatz: Ich habe deinen Eltern versprochen, dass wir sie von ihrem Zimmer abholen.»

Yael warf ihm einen verwirrten Blick zu. «Ach … warten sie nicht in der Lobby auf uns?» Noch während sie das sagte, stieg sie mit ihm aus. Sie wartete, bis sich die Aufzugtür wieder geschlossen hatte, ehe sie weitersprach.

«Was bitte sollte das, *Schatz*?»

«Mir ist etwas eingefallen: Gillis arbeitet nicht allein. Womöglich lauert sein Partner uns in der Lobby auf.»

Yaels Augen wurden schmal. «Ich schlage vor, wir nehmen die Treppe.»

David sah sich um. An beiden Enden des Ganges markierten Hinweisschilder die Ausgänge. «Wissen Sie noch, ob wir rechts oder links abbiegen mussten, als wir gestern Abend vom Treppenhaus zu unserem Zimmer gegangen sind?»

«Rechts … glaube ich.»

«Dann gehen wir jetzt nach links. Das ist die Treppe, die weiter vom Haupteingang entfernt ist.»

Yael rückte den Schulterriemen ihrer Tasche zurecht. «Hoffen wir, dass es einen Hinterausgang gibt», murmelte sie auf dem Weg zum Treppenhaus.

Vorsichtig schlichen sie nach unten. David atmete tief durch, bevor er die Tür zum Erdgeschoss öffnete.

So weit, so gut. Der Flur war leer. Mit einem raschen Blick nach links stellte er fest, dass dort ein weiterer Gang abzweigte, und sie eilten darauf zu.

Doch es war nur eine Nische, in der Stühle aus dem Speisesaal bis zur Decke hoch gestapelt standen. Daneben befand sich eine Tür mit der Aufschrift NUR FÜR PERSONAL.

«Hier rein.» David stieß die Tür auf. Im selben Moment drehte sich Yael um – hinter ihnen im Flur ertönten hastige Schritte.

Ein dunkelhäutiger Mann kam auf sie zugerannt. Gillis' Partner, der Hispanier, der gestern auf sie geschossen hatte.

«Schnell! Weiter!» Yael schob David durch die Tür und schlug sie hinter sich zu.

David stöhnte auf – er hatte sich das Schienbein an einem auf der Seite liegenden Banketttisch gestoßen. «Shit!»

Sie befanden sich in einem Lagerraum, der vollgestellt war mit langen Tischen, noch mehr aufgestapelten Stühlen, Rednerpulten, Projektionsgeräten und sogar einem Klavier.

David lief humpelnd zu dem Klavier. «Fassen Sie mit an!»

Schon drückte er mit beiden Händen, stemmte sich mit aller Kraft dagegen. Das Klavier bewegte sich nicht von der Stelle. Yael eilte ihm zu Hilfe, und gemeinsam schafften sie es, das Instrument ein Stück in Richtung Tür zu schieben.

«Nochmal! Los!» David rann der Schweiß von den Schläfen. Sein Gesicht lief vor Anstrengung rot an. Yael schob mit verzerrtem Gesicht, die Hände gegen das glänzende Holz gepresst. Diesmal gelang es ihnen, das Klavier fast bis zur Tür zu schieben.

«Noch einmal», keuchte er und machte sich bereit für eine letzte Anstrengung.

In diesem Moment wurde die Tür einen Spalt weit geöffnet. Eine behaarte Hand umfasste die Kante der Tür.

«Jetzt!», schrie Yael.

David schob, alle Muskeln aufs äußerste gespannt. Das Klavier rammte gegen die Tür und stieß sie zu. Die dicken Finger wurden in dem Spalt eingeklemmt. Von der anderen Seite hörten sie animalisches Gebrüll, gefolgt von einem lauten Poltern.

«Los, weg hier!» David packte Yaels Hand und zog sie im Zickzack zwischen diversen Bankettmöbeln und einer Kiste Porzellan hindurch in einen angrenzenden Raum: eine riesige Edelstahlküche, in der ein Portier in roter Livree gerade ein Sandwich aß. Als er sie erblickte, ließ er es fallen.

«Entschuldigen Sie, Sir!» Der Mann sprang auf und lief ihnen mit abwehrend ausgestreckten Armen entgegen. Mehrere Köche blickten erschrocken von ihrer Arbeit auf.

«Es tut mir leid, Sir, aber zu diesem Bereich haben Gäste keinen Zutritt –»

«Wo ist der Hinterausgang?», schrie David.

Der Portier war zu verblüfft, um zu antworten. Ein asiatischer Koch jedoch, der gerade Zwiebeln geschnitten hatte, deutete mit seinem Kochmesser zur Seite.

Die beiden folgten dem Hinweis, während der Portier in die Richtung lief, aus der das Geschrei des Hispaniers ertönte. «Was zum Teufel …»

«Nicht die Tür öffnen – er ist bewaffnet!», rief Yael über die Schulter zurück. «Holen Sie die Security!»

«Was wird das denn?», fragte der zweite Chefkoch grinsend. «Reality-TV? Wollen Sie uns auf den Arm nehmen, Mann?»

Draußen fanden sich David und Yael im hellerleuchteten Liefereingang wieder. Sie umrundeten das Gebäude und rannten weiter, bis sie ein freies Taxi entdeckten.

Gerade als es zum Stehen kam, klingelte Yaels Handy.

«Zum JFK», keuchte David, während er in den Wagen stieg. «Aber warten Sie noch auf die Dame.»

Er rang noch nach Luft, als sich Yael neben ihn setzte, das Handy am Ohr.

«Aus diesem Hotel rauszukommen war der einfache Part», stieß sie schließlich atemlos hervor, während sich das Taxi in den Verkehr einfädelte. Sie beugte sich zu David hinüber, um ihm ins Ohr zu flüstern: «Dieser Anruf war der erste Schritt dazu, Sie durch die Sicherheitskontrollen zu schleusen.»

KAPITEL EINUNDDREISSIG

Die Schlange arbeitete die ganze Nacht wie hypnotisiert vor dem Bildschirm.

Als der Morgen dämmerte, hatte er die letzten zwei Namen immer noch nicht entschlüsselt.

Er ging die Formeln noch einmal durch. Sein schmutzig blondes Haar war schon länger nicht mehr gewaschen worden, und seine Achselhöhlen verströmten einen Schweißgeruch. Mit fliegenden Fingern bearbeitete er die Tastatur. Sein Verstand arbeitete noch schneller als die CPU seines Rechners.

Seit Tagen hatte er vergessen, sich zu waschen, zu essen, sogar seinen Gehstock zu benutzen. Einmal hatte er seinen Stuhl zurückgeschoben und war ohne den Stock aufgesprungen, woraufhin er hilflos zu Boden stürzte.

Fluchend hatte er sich wieder aufgerappelt, den verdammten Stock gepackt und ihn mit aller Wucht gegen eine seiner kostbaren Skulpturen geschmettert.

Allmählich begann er die Zahlen zu hassen, die Graphen, die übereinandergeschobenen Transkriptionen. Statt seinen brillanten Verstand zu bezeugen, schienen sie ihn zu verhöhnen, indem sie ihm ihre Geheimnisse vorenthielten, ihm nicht gestatteten, den Vorhang zu teilen und das Mysterium zu enthüllen.

Es hatte keine weiteren Erfolge mehr gegeben. Allerdings waren auch keine weiteren Papyrusfragmente gefunden worden, schon seit Sommer 2001 nicht mehr.

Alles, was ich brauche, steckt hier drin. Es *muss* hier drin stecken. Ich bin so dicht dran!

Wir sind so dicht dran.

Und jetzt hängt alles an mir. Der Sturz Gottes. Das Ende der Welt. Der Sieg der Gnoseos.

Sie hatten so hart darauf hingearbeitet. So viele Versuche unternommen. Die Geschichte vergangener Generationen von Gnoseos rührte ihn immer wieder an.

Er dachte daran, wie sie zum ersten Mal kurz davor gestanden hatten, die Verborgenen auszulöschen. Wie das Ungleichgewicht, das dadurch in der Welt entstanden war, den Ausbruch des Vesuvs und die Vernichtung Pompejis ausgelöst hatte. Und er dachte an Attila den Hunnen, den großen Helden, der im fünften Jahrhundert so viele Menschen brutal abgeschlachtet hatte, dass man ihn die «Geißel Gottes» nannte.

Die Gnoseos hatten über die Pest frohlockt, den Schwarzen Tod, der im vierzehnten Jahrhundert fast die halbe Bevölkerung Westeuropas dahingerafft hatte. Sie hatten gebetet, die Epidemie möge sich über die ganze Welt ausbreiten.

Die spanische Inquisition unter Torquemada, die Massaker in Armenien hatten viele der Verborgenen das Leben gekostet, aber nie genug. Niemals sechsunddreißig in einer Generation.

Es hatte so viele Momente der Hoffnung gegeben! 1887 in China, als der Gelbe Fluss über die Ufer trat und fast eine Million Menschen umkamen. Der Untergang der *Titanic*. Der Kommunismus und die Roten Khmer, deren Massakern in Kambodscha an die zwei Millionen zum Opfer fielen.

In vielen Ländern und zu vielen Zeiten war Sklaverei ihr Werkzeug gewesen, die Hoffnung, den menschlichen Geist zu ersticken, jene mit reinen Seelen zu vernichten wie Ungeziefer.

Die Nazis hatten auch ihren Teil beigetragen. Und eine

Zeit lang hatte sein Urgroßvater den Zirkel seiner Generation angeführt in einem tapferen Feldzug mit dem Ziel, die Welt in den Untergang zu stürzen. Sie waren so nahe dran gewesen …

Aber wir sind jetzt noch näher dran, sagte er zu sich selbst, *näher als jemals zuvor in der Geschichte.* Er dachte an die Arche, an die Vorräte, die frisch in dieser unterirdischen Festung eingelagert worden waren, und an die zweitausend Gläubigen, die auf das Zeichen warteten – das Zeichen, in ihre neue Welt einzutreten, das Zeichen, das erst gegeben werden konnte, wenn *er* seine Aufgabe erfüllt hatte.

Noch zwei Namen. Warum fand er sie nicht? Was machte er falsch?

Er versuchte es mit einem anderen Algorithmus, veränderte eine weitere Sequenz, führte eine weitere Intervallsuche durch.

Müll. Auf dem Bildschirm erschien nichts als Müll.

Er biss sich auf die Zunge, bis sie blutete. Verdammtes Blut, was kümmerte es ihn? Geduld war das, worauf es ankam.

Er hatte sie in seiner Jugend gelernt, in den Jahren, die er in Finsternis gefangen gewesen war. Er hatte immer gewusst, dass das Licht wiederkommen würde. Auch jetzt wird es wiederkommen, dachte er. Das Licht und die Antworten. Geduld.

Doch es fiel schwer, Geduld zu üben, wenn der Zirkel ihn unter Druck setzte. Selbst sein Vater wirkte mit jedem Tag, der verstrich, distanzierter, enttäuschter. Wie viel mehr würde er mich verachten, wenn er die Wahrheit erführe – die ganze Wahrheit?

Ich darf nicht versagen. Ich *werde* nicht versagen.

Er musste seinen Geist klären. Wieder in die Stille dieses

dunklen, friedvollen Ortes eingehen, den Klang des Nichts hören.

Die Antwort lag in ihm. Er besaß die Kraft, aufzusteigen, mit der Quelle in Verbindung zu treten. Es geschah intuitiv – das war er gelehrt worden seit dem Tag, an dem er sein Amulett empfing.

Seine Hand tastete nach dem Goldmedaillon, das er um den Hals trug. Während seine Finger über den eingravierten doppelten Ouroboros strichen, stellte er sich vor, wie die Welt in Scherben ging. Mit gesenktem Kopf sang er wieder und wieder die uralte Meditation, bis er in Trance zu Boden glitt.

Elende Welt, Sphäre der Illusion,
Ich verfluche deine Fesseln,
Verachte das Fleisch, das böse, das meinen Geist gefangen hält.
Wie eine Kerzenflamme aufwärts strebt, suche ich die Quelle,
Steige auf gen Himmel,
Um mich mit meinem Göttlichen zu vereinen.

Es war später Vormittag, als er die Augen wieder aufschlug. Sein Geist ruhte, seine Schultern waren zum ersten Mal seit Wochen entspannt.

Plötzlich wusste er, was er übersehen hatte. Eine geringfügige Variation an der Intervallsuche, doch sie konnte alles verändern.

Und sie tat es.

Diesmal hatte er das Programm erst eine halbe Stunde lang über die unzähligen Dateien auf dem Server laufen lassen, als endlich etwas Neues in der obersten Zeile seines Bildschirms erschien.

Er kritzelte die Buchstaben auf ein Blatt Papier und ließ

die Variation noch einmal durchlaufen. Das Ergebnis war dasselbe.

Es war ein Name. Ein Name, den er bisher noch nicht herausgefiltert hatte.

Jack Cherle.

Zwei Minuten später jagte er den Namen über das Netzwerk. Es würde nicht lange dauern, bis die Dunklen Engel die Informationen erhielten, die sie brauchten.

Wenn Jack Cherle gegenwärtig lebte, würde sich das sehr bald ändern.

Ohne sich die Zeit zu nehmen, zu duschen oder etwas zu essen, stürzte sich die Schlange erneut in die Arbeit.

KAPITEL ZWEIUNDDREISSIG

Queen Mary 2

Jack Cherle stieß die Türen zu seinem Balkon auf und ließ den Blick über die mondbeschienenen Wellen des Atlantiks schweifen. Es blieben noch zwei ganze Tage, ehe das Schiff Southampton erreichte, und er war entschlossen, die Zeit in vollen Zügen zu genießen.

Dies war die Reise seines Lebens. Seine Frau hatte oft von einer Kreuzfahrt auf der *Queen Elizabeth* geträumt, doch deren Nachfolgerin, die *Queen Mary 2*, war ein Schiff jenseits von allem, was sie sich jemals hätten vorstellen können.

Er genoss es, wie Yasmin jeden Nachmittag beim High Tea, zu dem eine Musikkapelle aufspielte, vor Entzücken seufzte. Genoss es, die Aufregung in ihrer Stimme zu hören, wenn sie verkündete, es sei beinahe Zeit für ihren Fernkurs aus Oxford. Genoss es, mit ihr jeden Abend eng aneinandergeschmiegt auf diesem Balkon zu stehen, gesättigt von den unsäglichen Köstlichkeiten des Abendessens.

Er hatte beschlossen, bei dieser Reise, mit der sie ihren dreißigsten Hochzeitstag feierten, an nichts zu sparen. Sie hatten ihre drei Söhne mit deren Frauen und Kindern zu sechs Tagen auf See und einer anschließenden Woche in London eingeladen. Yasmin konnte vor Begeisterung kaum an sich halten. Dies war der erste gemeinsame Familienurlaub, seit ihr Ältester nach Cornell gegangen war.

Sie führten ein annehmliches Leben in St. Louis, doch die

Zeit, die sie sich von ihrer gutbesuchten Kinderarztpraxis freinahmen, verbrachten sie mit anderen Kindern als den eigenen. Jedes Jahr packten Jack und Yasmin ihre Sonnencreme, die Shorts und die Sandalen ein, dazu das Impfserum, sagten ihren Enkelkindern Lebewohl und flogen für Ärzte ohne Grenzen in unterschiedliche Teile der Welt, die durch Kriege und Katastrophen gebeutelt waren.

Jack dachte an die unterernährten Kinder in Darfur, die sie im letzten Sommer behandelt hatten, und an die fünf Kollegen, die im Jahr davor in Afghanistan, nur eine Meile von ihnen entfernt, ermordet worden waren. Hier auf diesem Balkon mit Ausblick auf die endlose Weite von tintenblauem Meer und Himmel konnte Jack das Chaos in der Welt beinahe vergessen. Beinahe.

Ein wenig bedrückte es ihn dennoch. Nach dem jüngsten Tsunami in Japan hätten sie die Reise fast storniert. Wären da nicht ihre Kinder und Enkelkinder gewesen, die sie nicht enttäuschen wollten, und hätten sie die Reise nicht bereits ein Jahr zuvor gebucht, dann wären sie sofort nach Asien aufgebrochen. Stattdessen hatten er und Yasmin sich auf den Kompromiss geeinigt, ihre Rückreisetickets umzubuchen und von London aus direkt nach Tokio weiterzufliegen, statt wie vorgesehen mit British Airways nach Hause zurückzukehren.

An manchen Tagen malte sich Jack aus, sie beide würden ihre Praxis einfach schließen und monatelang um die Welt reisen, um überall dort Kindern beizustehen, wo ihre Hilfe am dringendsten gebraucht wurde.

Vielleicht eines Tages …

Ein Klopfen an der Kabinentür riss ihn aus seinen Gedanken. Yasmin putzte sich gerade die Zähne, deshalb verließ er den Balkon, um zu öffnen. Vor ihm stand seine elfjährige Enkelin Emily, die grinsend zu ihm aufsah, ein Strandhemd über dem Pyjama.

«Ich möchte noch einen Gutenachtkuss, Poppa. Und Timmy bringt Mommy zur Verzweiflung, weil er unbedingt beim Kabinenservice bestellen will. Er behauptet, er *verhungert.*»

«Gott sei Dank wird dein Bruder nie erfahren, wie es ist, zu verhungern», erwiderte Jack und strich Emily den langen braunen Pony aus dem Gesicht. «So ist es besser, so kann ich deine schönen Augen sehen.» Er bückte sich und küsste die frisch geschrubbte Wange seiner Enkeltochter.

«Nur noch zwei Tage auf dem Schiff», seufzte Emily. «Ich wünschte, wir könnten alle für immer hierbleiben. Du nicht auch?»

Jack schmunzelte. «Das meinst du doch nicht ernst, Em. Auf dich warten noch so viele Abenteuer im Leben.»

«Ja, schon.» Sie zuckte die Schultern. Dann hellte sich ihr Gesicht auf. «Auf dich aber auch, Poppa.»

«Natürlich», setzte Jack an. Doch da hatte er auf einmal das Gefühl, als striche ein eisiger Hauch über seinen Rücken. Es dauerte nur einen kurzen Moment. *Was war das?*

Schaudernd blickte er sich zu der offenen Balkontür um, durch die man die gischtgekrönten Wellen des Meeres sah. Aber das Frösteln verschwand so plötzlich, wie es gekommen war.

Yasmin kam aus dem Badezimmer, und Emily warf sich ihr in die Arme. Als Jack sie durch den Gang zurück zu ihrer Kabine begleitete, hatte er das seltsame Gefühl bereits wieder vergessen. Er hatte alles vergessen bis auf das sanfte Schaukeln des Schiffes und die kostbaren Tage mit seiner Familie, die noch vor ihm lagen.

Pjönjang, Nordkorea

Eine halbe Weltreise entfernt identifizierte ein Computer, der verborgen in einem Gebäude der Zentralbank der Demokratischen Volksrepublik Korea stand, Jack Cherles Aufenthaltsort. Augenblicke später brach ein Kommando Dunkler Engel, das in Wales stationiert war, auf, um die *Queen Mary 2* in Empfang zu nehmen, wenn sie in Southampton anlegte.

KAPITEL DREIUNDDREISSIG

Der John F. Kennedy Airport war überfüllt mit Reisenden, die aufgrund der Ausfälle und Verzögerungen am Flughafen festsaßen. Unter dem Gezeter Tausender verärgerter Fluggäste arbeitete das Schalterpersonal fieberhaft daran, Tickets umzubuchen oder andere Reisemöglichkeiten zu finden. David stand in einer mit Seilen abgegrenzten Warteschlange vor dem Schalter, um ein Hin- und Rückflugticket nach Israel zu buchen. Seine Nerven waren zum Zerreißen gespannt; er fragte sich, ob das Schalterpersonal da vorn bereits nach ihm Ausschau hielt.

In einer anderen Schlange stand Yael, äußerlich ruhig und gelassen, zwischen einer Mutter mit zwei ungezogenen Kindern und einer Gruppe Teenager in Fußballtrikots. Dass sie sich in unterschiedlichen Reihen angestellt hatten, war eine Vorsichtsmaßnahme für den Fall, dass David aufgehalten wurde.

Er warf einen Blick auf den Pass in seiner Hand und bewunderte wieder einmal die ausgezeichnete Fälschung, die Avi in so kurzer Zeit beschafft hatte. Jetzt konnte er nur noch darum beten, dass die geplagten Flughafenangestellten nicht bereits ein Foto von ihm neben ihren Computermonitoren hängen hatten.

«Der Nächste.»

Die blonde Ticketverkäuferin, die solche Ähnlichkeit mit Kate Wallace hatte, dass er zweimal hinsah, strich sich eine Haarsträhne hinters Ohr und sah ihn aus geröteten Augen an. «Was kann ich für Sie tun?»

David verlangte ein Ticket über London nach Tel Aviv mit Rückflug. Er wusste bereits, dass der nächste Flug dorthin am folgenden Morgen ging. Yael würde einen Platz im selben Flieger buchen.

«Mal sehen ... Die nächste Maschine startet morgen früh um neun. Sie landen um fünf Uhr fünfunddreißig Ortszeit in Tel Aviv, mit nur zwei Stunden Aufenthalt in Heathrow. Und Sie haben Glück», fügte sie hinzu, ohne den Blick vom Bildschirm zu lösen. «Es sind noch fünf Plätze frei. Die meisten Fluggäste bekommen heute nicht die erste gewünschte Verbindung. Wie lautet Ihr Name, bitte?»

Für einen Moment war Davids Kopf völlig leer. Eisiges Grauen durchströmte seinen ganzen Körper. Für einen Mann, der besessen von Namen war, fiel es ihm bemerkenswert schwer, diesen herauszubringen.

«Alan Shiffman.» Er stieß langsam den Atem aus und hoffte, dass die Ticketverkäuferin nicht sein Herz pochen hörte. Sie gab den Namen in ihren Computer ein.

«Würden Sie sich bitte ausweisen, Mr. Shiffman?»

David bemerkte mit Schrecken, dass seine Hand leicht zitterte, als er den Pass über die Theke schob. Die Kate-Wallace-Doppelgängerin nahm das Dokument gründlich in Augenschein, ehe sie es zurückgab.

«Zahlen Sie mit Kreditkarte?»

«Nein, bar.»

Superagent Avi Raz hatte «Alan Shiffman» einen Pass besorgt, jedoch versäumt, ihm auch eine passende Kreditkarte zu beschaffen.

David war sprachlos gewesen, als Yael ihm auf dem Weg zum Flughafen mitteilte, sie würden sich dort in der Bar mit einer Kontaktperson treffen und seinen neuen Pass in Empfang nehmen. Sie hatte ihm eingeschärft, sich ganz natürlich zu verhalten – als seien sie geschäftlich miteinander bekannt und genehmigten sich vor dem Abflug einen Cocktail.

Dennoch war er verwirrt gewesen, als ihre «Bekannte», eine Frau mittleren Alters mit kinnlangem Haar, die beim Lächeln die Zähne zeigte, plötzlich ausrief: «Hoppla, Alan, Sie haben Ihren Pass fallen lassen!»

David hatte widersprechen wollen, doch Yael hatte ihn mit einem verstohlenen Tritt gegen das Schienbein zum Schweigen gebracht. Während die Frau von ihrem Barhocker glitt und einen Pass vom Boden aufhob, hatte sich David wieder gefangen.

«Den sollten Sie nicht verlieren», bemerkte die rothaarige Frau schmunzelnd, während sie ihm den aufgeklappten Pass reichte.

Er sah exakt so aus wie der erste, den Avi ihm beschafft hatte, nur dass er auf einen anderen Namen ausgestellt war.

Alan Shiffman.

Der war er jetzt also: Alan Shiffman, dessen Reisepass vor sieben Jahren in Chicago ausgestellt worden war.

Er zwang sich zu einem Lächeln und trank sein Glas leer. «Vielen Dank. Ohne den wäre ich wohl nicht weit gekommen.»

Natürlich war er dankbar für den Pass. Allerdings – unter falschem Namen zu reisen, insbesondere ins Ausland, insbesondere wenn man von der Polizei gesucht wurde, stellte gewiss einen nicht unerheblichen Straftatbestand dar.

David wollte gar nicht an die möglichen Konsequenzen denken. Im Augenblick musste er sich darauf konzentrieren, den Namen Alan Shiffman in sein Gedächtnis einzuhämmern – als ob in seinem Kopf nicht schon genug Namen herumschwirrten.

Er wandte sich vom Ticketschalter ab, erstaunt, dass er es

tatsächlich geschafft hatte. Yael hatte sich inzwischen in der Nähe einen Sitzplatz gesucht und tat, als ordnete sie etwas in ihrer Tasche. Als sich ihre Blicke trafen, stand sie auf und ging auf die Warteschlange vor der Sicherheitskontrolle zu. David folgte ihr in geringem Abstand.

Alan Shiffman, schärfte er sich auf dem Weg zum ersten Checkpoint immer wieder ein, den Pass fest in der Hand. Als er sich der Herrentoilette näherte, kam aus dem Eingang ein auffallend gebräunter, äußerst arrogant wirkender junger Mann herausgestürmt, der ein T-Shirt mit dem Aufdruck «Coors Light», eine Baseballkappe sowie Leder-Flipflops trug und sein Handy ans Ohr hielt. In seiner Hast wäre er um ein Haar über einen flachsblonden kleinen Jungen gestolpert, der sich über einen Trinkbrunnen beugte.

«Na, dann nimm sie auseinander, Mann! Such dir einen Anwalt und mach sie fertig, bevor sie dich fertigmacht. Ich hab dir doch gesagt, die ist nur auf –»

«Hey!», rief David scharf, als Mr. Sonnenbank in unvermindertem Tempo weiterlief, dabei fast einen gebrechlichen alten Mann umrannte und im letzten Moment mit einer so hastigen Bewegung auswich, dass er mit einer Flugbegleiterin zusammenstieß, die ihr Bordgepäck in einem Rollkoffer hinter sich herzog. Die Frau verlor das Gleichgewicht und wäre gestürzt, wenn David sie nicht rasch am Ellenbogen aufgefangen hätte. Dabei ließ er seinen Pass fallen.

«Pass auf, wo du hinrennst, Freundchen!», rief er dem Rüpel, der unbeirrt seinen Weg fortsetzte, erbost nach.

«Hier, Sie haben etwas verloren», sagte die Flugbegleiterin und bückte sich, um seinen Pass aufzuheben. Lächelnd blickte sie zu ihm hoch. «Gute Reaktion.»

Davids Finger schlossen sich fest um den Pass. Verdammt, jetzt hatte er Yael aus den Augen verloren. Hastig ging er weiter und entdeckte sie wenig später in der Menge. Sie war stehengeblieben. Ihre Blicke trafen sich kurz, doch als er sie erreichte, wartete sie scheinbar unbeteiligt, bis er an ihr vorbeigegangen war. Sie will mir den Vortritt lassen, stellte er fest. Ich soll vor ihr die Sicherheitskontrollen passieren.

Er ließ den Blick über die Menge der wartenden Passagiere gleiten und stellte sich in der nächstgelegenen Reihe an.

Noch zwei Kontrollen. Noch zwei Gelegenheiten, erwischt zu werden.

Jeff Fortelli schlürfte in der Personallounge der Transportation Security Administration einen letzten Becher Kaffee, bevor er sein Namensschild anklipste. Seine Zwölf-Stunden-Schicht begann in ungefähr neunzig Sekunden. Und auch wenn sein Vorgesetzter ein Idiot war, der seine Meinung bezüglich der Vorgehensweisen täglich änderte, wusste Jeff, dass Pünktlichkeit wichtig war. Fast so wichtig wie ein scharfes Auge und ein klarer Kopf. Das und ein Sinn für Disziplin waren die Eigenschaften, die einen guten Security-Mann ausmachten.

Erst recht einen, der an einem großen internationalen Flughafen für die Verkehrssicherheitsbehörde arbeitet, dachte er und zog seine dunkle Hose über die Hüften zurecht. Der JFK zählte zu den größten Verkehrsknotenpunkten der Welt, eine Tatsache, die sein Vorgesetzter und seine Kollegen allerdings des Öfteren aus den Augen verloren. Die halbe Zeit schienen sie mehr an einer schnellen Abfertigung der Fluggäste interessiert zu sein als an einer gründlichen Überprüfung.

Teufel auch, seine Kumpel unten in der Gepäckabteilung erzählten ständig, dass sich die Fluggesellschaften darüber beschwerten, wie viele Gepäckstücke nicht rechtzeitig vor dem Start abgefertigt wurden. Sie lamentierten, was für Kosten das Nachsenden verursachte, und drängten die Mitarbeiter der Gepäckkontrolle, schneller zu arbeiten, damit die Koffer pünktlich an Bord kamen. Auch wenn das bedeutete, dass das eine oder andere Gepäckstück nicht die Röntgenscanner durchlief.

Wie konnte man in Zeiten wie diesen die Sicherheitsvorschriften derart salopp handhaben?

Jeff warf seinen Styroporbecher in den Mülleimer und ging zum Schwarzen Brett, wie er es jeden Abend vor Dienstantritt tat. Gewissenhaft studierte er die Mitteilungen, suchte nach neuen Namen von Personen mit Reiseverbot.

Heute keine Neuigkeiten.

Dann fiel sein Blick auf die Fahndungsausschreibung aus D. C. Seine breiten Schultern strafften sich, als er sich vorbeugte und mit dem Daumen eine imaginäre Linie unter den Namen des Gesuchten zog.

David Shepherd. Gesucht zwecks Vernehmung in Zusammenhang mit einem Mord, der in seinem Haus begangen worden war.

Nur schade, dass es zu dem Namen noch kein Foto gab.

Jeff las die Mitteilung noch einmal durch, um sich die Personenbeschreibung einzuprägen. David Shepherd – der Name war leicht zu merken.

Wenn ich derjenige wäre, der diesen Burschen identifiziert, könnte das für mich der Durchbruch sein. Man muss einen bedeutenden Fang machen, um sich zu profilieren. Und das wird mir gelingen, wenn nicht heute, dann jedenfalls bald. Und dann – tadaa –, dann wird die *Times* den adleräugigsten und verdammt nochmal unentbehrlichsten Screener vom JFK interviewen.

Bei dieser Vorstellung schlug Jeff Fortellis Herz schneller. Mann, wie er seinem alten Herrn diese Titelstory unter die Nase halten würde! Ihm beweisen, dass sein zweiter Sohn keine Lusche war – nicht einmal im Vergleich mit Sohn *numero uno,* dem Goldjungen Tony, dem sie in Afghanistan den verdammten Fuß weggeschossen hatten und der dafür mit dem Purple Heart ausgezeichnet worden war.

Tja, Pop, ich stehe hier nämlich auch an der Front. In der ersten Verteidigungslinie der inneren Sicherheit – gleich hier vorn, noch bevor jemand durch das Röntgenscreening geht oder seine stinkigen Schuhe auszieht.

Fortelli gab den Code ein und marschierte zum Security Gate, bereit, sich dem endlosen Strom gesichtsloser Fluggäste zu stellen, die darauf warteten, von ihm durchgewunken zu werden.

Okay, David Shepherd. Komm nur her, ich bin bereit.

Während David in der Schlange vorrückte, erhaschte er einen Blick auf die erste TSA-Screenerin: eine junge Frau mit schulterlangem blondem Haar, das zu einem stummeligen Pferdeschwanz zurückgebunden war. Ihr fransiger Pony wurde an den Schläfen von violetten Haarspangen zurückgehalten. David vermutete, dass sie auch ein Zungenpiercing hatte, den Metallstecker jedoch herausnahm, wenn sie im Dienst war.

Nicht sehr bedrohlich, dachte er, als er sah, wie sie jeden Pass lächelnd zurückgab. Nicht für einen Burschen wie Alan Shiffman.

Während sich die Warteschlange langsam vorwärtsbewegte, blickte sich David nach Yael um. Sie stand sieben Plätze hinter ihm, genau vor Mr. Sonnenbank, der immer noch in das verdammte Handy plapperte.

David machte einen weiteren Schritt nach vorn, beobachtete, wie die Reisenden vor ihm ihre Laptops, Schuhe und Schlüssel in Plastikbehälter legten, in denen sie über das Förderband transportiert wurden. Er spürte ein seltsames Kribbeln in der Magengegend, gab sich jedoch alle Mühe, einen gelassenen Gesichtsausdruck aufzusetzen.

Vielleicht hätte ich all die Jahre statt Squash lieber Poker spielen sollen.

In dem Moment marschierte ein etwa zwanzigjähriger Mann mit einem kräftigen Stiernacken auf das vordere Ende der Warteschlange zu. Er trug die Uniform der Transportation Security Administration. Als die Blonde mit den Haarspangen ihn kommen sah, erschien ein erleichterter Ausdruck auf ihrem Gesicht, der nur eines bedeuten konnte: Er war ihre Ablösung.

Na großartig.

Etwas am Auftreten dieses Mannes erinnerte David an einige seiner ehrgeizigsten Studenten. Als der Mann den Platz seiner Kollegin eingenommen hatte, baute er sich breitbeinig vor den wartenden Fluggästen auf. Seine Haltung hatte etwas Aggressives. Die Ausweispapiere, die ihm gereicht wurden, nahm er gründlich in Augenschein und gab sie dann mit einem knappen, unwirschen Nicken zurück.

Nicht gerade der Typ, der einem eine gute Reise und einen angenehmen Aufenthalt wünscht.

David beobachtete den Mann aufmerksam. Gleich darauf rutschte ihm das Herz in die Hose. Der Reisende fünf Plätze vor ihm hatte dem Screener seine Papiere gegeben, die dieser auffallend lange inspizierte. Doch das war es nicht, was David Sorgen bereitete. Statt dem Mann Pass und Bordkarte zurückzugeben, verlangte der neue Screener, dass er sich noch durch ein zweites Dokument auswies.

Alan Shiffman besaß nur eins.

David spürte, dass seine Handflächen feucht wurden. Er zwang sich, tief durchzuatmen.

Nach ein paar Sekunden, die ihm endlos lang vorkamen, gab der Screener dem Fluggast widerwillig seine Papiere zurück und winkte ihn durch.

Davids Anspannung wuchs. Er sah dem davoneilenden Mann nach. Wir sind ungefähr gleich groß und schwer, dachte er unbehaglich. Und wir haben dieselbe Haarfarbe.

Er sucht nach mir.

Er unterdrückte den Impuls, aus der Warteschlange herauszutreten. Damit würde er erst recht Aufmerksamkeit auf sich ziehen. Jetzt gab es nur noch einen Weg: vorwärts. Er musste die Kontrolle passieren.

Das Blut rauschte in seinen Ohren, als der Screener nach seinem Pass griff. Die Augen des Mannes bohrten sich in seine, der Blick war kalt und argwöhnisch.

Er brauchte schier eine Ewigkeit, um den Pass und die Bordkarte zu überprüfen. Und er machte keine Anstalten, sie zurückzugeben. Stattdessen richtete er den Blick erneut fest auf Davids Gesicht und wollte etwas sagen. David kam ihm zuvor.

«Ich muss Ihnen etwas mitteilen», sagte er mit gesenkter Stimme. «Es geht um den Mann etwa acht Personen hinter mir in dieser Reihe. Er trägt ein Coors-Light-T-Shirt und eine Baseballkappe. Ich war gleichzeitig mit ihm auf der Toilette. Es hat vielleicht gar nichts zu bedeuten, aber er verhielt sich irgendwie komisch.»

«Was meinen Sie mit ‹komisch›?»

Die Augen des Sicherheitsbeamten durchbohrten ihn wie Röntgenstrahlen.

«Ich kann es nicht beschwören – möglicherweise habe ich

mich getäuscht», fuhr David hastig fort, «aber ich glaube gesehen zu haben, wie er etwas Kleines, Glänzendes unter seine Baseballkappe gesteckt hat. Wie gesagt, ich kann mich irren», setzte er rasch hinzu, «aber ich fand, ich sollte es jemandem sagen. Man weiß ja nie, heutzutage.»

Er sah, wie der Blick des Screeners für eine Millisekunde von ihm wich und über die Warteschlange glitt. Sah, wie ein Muskel in seinem Kinn kaum wahrnehmbar zuckte, als er Mr. Sonnenbank entdeckte.

«Sie haben sich richtig verhalten, Sir.»

Ohne weiteres Zögern reichte der Mann David seine Papiere zurück und streckte die Hand nach dem nächsten Pass aus. Dabei huschte sein Blick zwischen der Frau, die er gerade kontrollierte, und dem Typen mit der Baseballkappe hin und her.

David zwang sich, ruhigen Schrittes auf den Röntgenscanner und das Förderband zuzugehen. Sein Hosenbund war feucht von Schweiß. Erst nachdem er seine Schuhe wieder zugebunden hatte und sich dem Gate näherte, durchströmte ihn die Erleichterung heiß wie ein Schluck Sake.

Ein paar Minuten später kam Yael durch die Halle geschlendert und ließ sich auf den Sitz neben ihm fallen. Ihr Gesicht verzog sich zu einem Grinsen, dann lachte sie hell auf.

«Darf ich fragen, was genau Sie dem Screener erzählt haben, dass er sich so eingehend für den armen Teufel hinter mir interessiert hat?»

KAPITEL VIERUNDDREISSIG

Marylebone, London

Es ergab keinen Sinn. Absolut überhaupt keinen Sinn. Er sollte alles stehen- und liegenlassen und auf der Stelle nach Heathrow fahren, um seinen Vater abzuholen? Der konnte sich doch verdammt nochmal ein Taxi nehmen, oder nicht? Oder er konnte sich von Gilbert abholen lassen. Aber nein – die E-Mail war unmissverständlich.

Ich muss dich sprechen, Crispin. Unter vier Augen. Mir ist etwas zu Ohren gekommen, worüber nur du mich aufklären kannst. Treffe um 21.47 Uhr in Heathrow ein. Erwarte dich, sobald ich durch den Zoll bin. Enttäusche mich nicht.

Er behandelt mich wie einen Zehnjährigen. Klar, dass es ihm nicht passt, welchen Einfluss ich auf den Zirkel habe. Was ich in den vergangenen zwölf Jahren geleistet habe, übertrifft bei weitem alles, was er während seiner gesamten illustren Karriere erreicht hat. Und jetzt stehe ich unmittelbar vor dem Durchbruch zu wahrem Ruhm und muss mich von ihm herbeizitieren lassen wie ein Schuljunge vor den Direktor.

Die Schlange schloss angewidert die Mail und tastete nach dem Gehstock. Zu Befehl, Vater.

Eine Schande. Jetzt würde er den Moschusgeruch abduschen müssen, der seit seinem Zusammensein mit Chloe an seiner Haut haftete. Die vergangene Nacht war lang und abenteuerlich gewesen, eine mächtige Befreiung von dem Druck, die Namen zu entschlüsseln. Als er sich unter der Dusche einseifte, brannten die Kratzspuren, die Chloe an seinem Körper hinterlassen hatte. Er genoss den züngelnden Schmerz und erinnerte sich wieder daran, wie sie mit weitgeöffnetem Mund seinen Namen geschrien hatte.

Die liebe Chloe, die raubtierhafteste Frau, die er je gehabt hatte, und eine der erotischsten. Eine Schande, dass er sie nie wiedersehen würde. Dies war die letzte Unterbrechung, die er sich gestattet hatte, die letzte Befriedigung fleischlicher Gelüste, bevor er sich wie die Übrigen in die Arche zurückzog und Chloe und dieser Welt des Bösen den Rücken kehrte. Sobald er seinen Vater im Club abgesetzt hatte, würde es für ihn keine Ruhepause mehr geben, bis es vollbracht war. Der letzte Name, das letzte Hindernis. Der Abstieg in die Arche.

Während er einige Zeit später den Ferrari mit durchgetretenem Gaspedal in Richtung Heathrow steuerte, stieg der Ärger über seinen Vater in gleichem Maß wie seine überhöhte Geschwindigkeit.

Etwas, worüber nur du mich aufklären kannst. Ein unbehagliches Kribbeln überlief sein lahmes Bein. Geistesabwesend rieb er sich mit einer Hand die knotigen Muskeln.

Mit zehn Minuten Verspätung bog er auf den Kurzzeitparkplatz ein.

KAPITEL FÜNFUNDDREISSIG

Als das Flugzeug in Heathrow über die Landebahn rollte, fühlten sich Davids Beine an, als hätten sie sich in versteinertes Holz verwandelt. Er und Yael humpelten zwischen ihren Mitreisenden an Terminal 4 aus dem Flieger. Sie lechzten nach etwas Bewegung, um ihre Muskeln zu lockern, und so kam ihnen der kleine Fußmarsch zum Terminal 1 sehr gelegen, wo ihr Anschlussflug mit El Al starten würde.

Es überraschte David, wie müde er war, obwohl er nach dem Abendessen im Flugzeug ein Nickerchen gehalten hatte. Außerdem musste er unentwegt daran denken, dass er jetzt noch viel weiter von Stacy entfernt war.

«Holen wir uns doch eine Cola zum Wachwerden», schlug Yael vor.

«Ich muss mir erst britische Pfund besorgen – aber ich kann nicht riskieren, meine Visa Card zu benutzen.»

«Unten im Ankunftsbereich der internationalen Terminals kann man Bargeld wechseln.»

Nachdem David hinter einem halben Dutzend anderer Reisender angestanden hatte, die offenbar die gleiche Idee gehabt hatten, schob er die Pfund in die Hosentasche. Dabei berührte er mit den Fingern unabsichtlich die Edelsteine. Ein eigenartiges Gefühl überlief ihn, als gleite eine Schlange hinten in seinen Hemdkragen und über seine Schulterblätter hinweg. *Jemand beobachtet mich.*

Der Gedanke kam aus dem Nichts. David fuhr mit einem Ruck herum.

Der Mann stand völlig reglos inmitten der geschäftigen

Menge. Obwohl er ein Dutzend Meter entfernt war, ruhten seine Augen auf David, als seien sie beide die einzigen Menschen im gesamten Terminal.

Das kann nicht sein. Das ist völlig unmöglich.

Das Blut schoss David in den Kopf, und ihn schwindelte. Die Zeit schien einen Sprung rückwärts zu machen: Er war wieder ein Junge, klein, unsicher. Starrte einen anderen an, der älter, stärker und weitaus selbstsicherer war. Jemanden, der ihn herausforderte, sein Leben zu riskieren …

Doch das konnte nicht sein. Dieser weltgewandt aussehende Mann mit dem üppigen dunkelblonden Haar konnte nicht …

Entgeistert, von einem Gefühl der Unwirklichkeit überwältigt, starrte David den Mann an, bis Yaels Stimme durch den Nebel in sein Bewusstsein drang.

«Nein, David, falsche Richtung. Da ist der Sammelpunkt für den Ankunftsterminal. Zum Selbstbedienungsrestaurant geht es dort entlang.»

«Er ist es, Yael.» Davids Stimme war ein heiseres Krächzen. «Mein Gott, er ist es!»

KAPITEL SECHSUNDDREISSIG

Sie folgte seinem Blick. «Der mit dem Gehstock? Wer ist das?»

Bevor David antworten konnte, drängten sich Leute zwischen ihn und den Mann, sodass sie sich aus den Augen verloren. Als sich die Menge wieder teilte, war der andere nicht mehr allein. Ein älterer Mann hatte ihm von hinten eine Hand auf die Schulter gelegt, und der Jüngere drehte sich hastig zu ihm um. David erkannte auf den ersten Blick Erik Mueller. Er sah wütend aus und schien seinem Sohn, der wild gestikulierend auf ihn einredete, gar nicht zuzuhören.

«Entweder ist das ein Doppelgänger, oder es ist Crispin Mueller mit seinem Vater.» David schüttelte benommen den Kopf. «Aber das ist unmöglich. Er lag in irreversiblem Koma!»

Yaels Augen weiteten sich. «Das ist der Junge, der den Stein hatte?»

«Ich könnte es beschwören! Aber das ist doch völlig undenkbar. Niemand hatte damit gerechnet, dass er sich je wieder erholt. Mein Vater hat sich noch oft nach ihm erkundigt, die ersten zwei Jahre nach dem Unfall und zuletzt noch einmal weitere zwei Jahre später, und Crispin war nach wie vor in der Privatklinik in Stockholm, in die seine Eltern ihn hatten verlegen lassen, sobald er stabil genug war.»

«Ich habe gelernt, nicht an Zufälle zu glauben», sagte Yael alarmiert und zog David vom Geldwechselschalter fort in die geschäftige Menge, in Richtung des Terminals 1. «Und im Moment glaube ich weniger denn je daran.»

«Wir müssen herausfinden, in welcher Verbindung er zu dem Stein steht. Und zu den Gnoseos», murmelte David und warf über die Schulter einen Blick zurück. Doch das wogende Meer der Reisenden nahm ihm die Sicht, er konnte Crispin und seinen Vater nicht mehr entdecken.

«Ganz meine Meinung. Aber erst einmal müssen wir von hier verschwinden», entgegnete sie, «bevor er eine Möglichkeit findet, die Bekanntschaft zu erneuern.»

Während der Wagen vom Parkplatz rollte, tippte Erik Mueller bereits auf die Tasten seines Handys ein.

«Bist du sicher, dass es David Shepherd war?»

«Absolut. Wenn du im Flughafen auf mich gehört hättest, dann hättest du dich selbst vergewissern können. Es war dasselbe Gesicht, das ich vor ein paar Monaten zusammen mit dem von Tony Blair in der *Daily Mail* gesehen habe. Derselbe Idiot, der mich damals vom Dach gestoßen hat, als er seine kleine Freundin retten wollte, und mir dabei vier Jahre meines Lebens gestohlen hat.»

«Eduardo!» Erik Mueller sprach hastig in das Telefon. «David Shepherd und die Frau wurden soeben in Heathrow gesehen.»

Crispin wandte sich ruckartig zu seinem Vater um. «Warum sagst du DiStefano –?»

«Still!», fuhr Erik ihn an und hob gebieterisch die Hand.

Crispin knirschte mit den Zähnen. Wieso interessierte sich DiStefano dafür, wo sich Shepherd aufhielt?

Die Stimme seines Vaters wirkte auf ihn wie das Kratzen von Metall auf Glas. Ihn überkam ein unwiderstehlicher Drang, wieder hineinzugehen und Jagd auf Shepherd zu machen.

Zorn, Verachtung und das widerliche Gefühl, etwas nicht

zu Ende gebracht zu haben, ließen einen sauren Geschmack in Crispins Kehle aufsteigen. Wenn sein verdammtes Bein nicht gewesen wäre …

Seine Gedanken rasten.

Wer war diese Schönheit an Shepherds Seite? Seine kleine Freundin, die inzwischen erwachsen geworden war?

«Crispin, es ist an der Zeit, dass du offen zu mir bist.» Erik klappte das Handy zu, während Crispin aufs Gas trat. «Alles, worauf wir hingearbeitet haben, steht in diesem Moment auf dem Spiel, und ich muss jetzt die Wahrheit wissen. Der Achat, der vor neunzehn Jahren aus unserem Haus verschwunden ist – hast du ihn genommen?»

Crispin hielt den Blick fest auf die Straße gerichtet. «Mein überaus scharfer Verstand sagt mir, dass du mir dieselbe Frage schon einmal gestellt hast, zwei Wochen nachdem ich aus dem Koma erwacht war.»

«Willst du damit sagen, deine Antwort ist immer noch dieselbe?»

«Selbstverständlich. Aber ich warte noch darauf, dass du *meine* Frage beantwortest: Warum interessiert sich DiStefano für David Shepherd?»

Erik Mueller wandte den Kopf und musterte seinen Sohn forschend. «Wie es scheint, ist der Stein wiederaufgetaucht.»

Für einen Sekundenbruchteil umklammerte Crispin das Lenkrad fester. Er hoffte, sein Vater möge es nicht bemerkt haben.

«Tatsächlich? Dann weißt du ja jetzt, dass ich nichts damit zu tun hatte.»

«Ich weiß, dass der Sohn des verstorbenen Senators Shepherd im Besitz des Steins ist.»

Crispins Gedanken überschlugen sich. *David Shepherd hat den Edelstein?* «Wir fahren zurück», entschied er und sah sich nach einer Möglichkeit zum Wenden um. «Ich werde diesen Hurensohn finden.»

«Nein, das wirst du nicht», widersprach Erik. «Das ist Aufgabe der Dunklen Engel. Also, bleiben wir beim Thema. Findest du es nicht auch seltsam, dass Shepherd den Stein hat? Insbesondere, da er genau zu dem Zeitpunkt verschwunden ist, als wir dort zu Besuch waren – und als du deinen Unfall hattest?»

Shepherd hat mir also nicht nur vier Jahre meines Lebens gestohlen, sondern auch den Stein, der seit dem zwölften Jahrhundert unentdeckt im Besitz meiner Familie war. Und der Dieb ist hier, hier in London.

In diesem Moment wusste Crispin mit der Klarheit eines Kristalls, dass seine heutige Begegnung mit Shepherd Schicksal gewesen war.

Eigentlich ist das gar nicht schlecht, sagte er zu sich selbst, während er noch um Fassung rang. Im Gegenteil, es ist sogar eine glückliche Fügung. Shepherd war bei mir, als der Stein verlorenging, und jetzt – auf dem krönenden Höhepunkt meines Werks – wird er ihn mir zurückgeben. Nur dass er noch nichts davon weiß.

Crispin heuchelte Erstaunen. «Warum sollte ich das seltsam finden?»

«Weil Shepherd mit unseren Feinden zusammenarbeitet», versetzte Erik zornig. «Das ist der Grund dafür, dass ich dich heute so dringend sprechen wollte. Er hat den Achat zu unserem gefährlichsten Gegner gebracht, Rabbi ben Moshe, am selben Tag, an dem die Dunklen Engel den Rabbi getötet haben. Irgendwie ist es Shepherd gelungen, mit dem Stein zu entkommen – und mit dem gesamten Inhalt von ben Moshes Safe. Aber nicht für lange. Die Dunklen Engel werden ihn finden. Jetzt erst recht.»

«Was hat DiStefano noch gesagt?»

«Er hat mir ein paar Details von den Abhörbändern aus ben Moshes Büro mitgeteilt. Beunruhigende Neuigkeiten: Die Vollendung unserer Arbeit ist erneut bedroht. Shepherd arbeitet jetzt mit einer israelischen Expertin für alte Schriften zusammen, einer gewissen Yael HarPaz. Und irgendwie hat er ein Buch mit Namen zusammengestellt – den Namen der Verborgenen.»

Crispin hatte gerade die Spur gewechselt, als sein Vater diese Bombe platzen ließ. Die Vorstellung erfüllte ihn mit einem solchen Zorn, dass er gar nicht wahrnahm, wie der Wagen vor ihm abbremste, bis er ihm fast hinten aufgefahren wäre. Er machte eine Vollbremsung und riss das Steuer nach links, um auf den Seitenstreifen auszuweichen. Sein Vater stützte sich fluchend am Armaturenbrett ab.

Ich habe mehr als ein Jahrzehnt lang gearbeitet, Jahre mit stumpfsinnigen Berechnungen zugebracht, um die Verborgenen zu identifizieren, *und er kennt dieselben Namen, die ich im Schweiße meines Angesichts entschlüsselt habe?*

«Woher hat er die Namen? Wie viele kennt er?»

«Beruhige dich, ehe du uns noch beide umbringst! Bislang haben wir seine Aufzeichnungen nicht, aber wir werden sie bald in die Hände bekommen. DiStefano glaubt, dass er möglicherweise *alle* kennt.»

Crispin schlug mit der Faust auf das Lenkrad. «Und wann gedachtest du mir das mitzuteilen?»

«Von dem Buch habe ich eben erst erfahren. Die Angelegenheit mit dem Stein ist etwas anderes. Hast du dazu immer noch nichts zu sagen?»

Nichts, außer dass David Shepherd nicht die Gelegenheit bekommen wird, noch einmal mein Leben zu ruinieren.

Aber diesen Gedanken behielt Crispin für sich. Er weigerte sich zu antworten, obwohl sein Vater eine ganze Weile lang erwartungsvoll schwieg.

«Ich verstehe.» Erik lehnte sich mit versteinerter Miene zurück. «Nun, da wäre noch etwas: DiStefano hat mir außerdem mitgeteilt, dass die Existenz dieser Aufzeichnungen uns zwingt, unsere Pläne zu ändern. Die Dunklen Engel haben nicht mehr den Befehl, Shepherd zu töten.»

«Und warum nicht?» Crispin spie die Frage geradezu aus.

«Der Zirkel will, dass er lebend in die Arche gebracht wird. Wegen des Mädchens, Stacy Lachman. Der Name ist dir sicher vertraut.»

«Selbstverständlich. Ich habe ihn dem Zirkel vor nicht einmal einer Woche geliefert.»

«Shepherd ist der Name Stacy Lachman ebenfalls vertraut. Die beiden stehen sich sehr nahe – sie ist seine Stieftochter. Raoul bringt sie gerade hierher nach London.»

«Und Shepherd wird versuchen, sie zu retten.» Crispin dachte unwillkürlich an Abby Lewis, das rotwangige Mädchen, für das David Shepherd sein Leben riskiert hatte, als er versuchte, sie vor dem Sturz zu bewahren.

«Davon ist der Zirkel überzeugt. Wenn er das versucht, haben wir ihn – mitsamt seinem Buch der Namen. Und wenn wir David erst einmal um den Bernstein erleichtert haben und auch der Achat wieder in unseren Händen ist» – Erik warf seinem Sohn einen vorwurfsvollen Blick zu –, «vereint mit dem Smaragd und dem Amethyst, die wir bereits in die Arche gebracht haben, wird das Kräftegleichgewicht sich noch stärker zu unseren Gunsten verschieben.»

Crispin fühlte sich, als kämpfe er gegen eine gewaltige Macht an. Gerade jetzt, da er dem Erfolg so nahe gekommen war, lenkte David Shepherd – derselbe verfluchte David Shepherd, der ihn von dem Dach gestoßen hatte – die Aufmerksamkeit des Zirkels von seinen Leistungen, seinen einzigartigen Fähigkeiten ab.

Jahrelang habe ich mich abgemüht, um die ultimative Vernichtung möglich zu machen. *Ich* war derjenige, auf dem die Erwartungen des Zirkels, uns zum Sieg zu führen, ruhten. Und jetzt kommt Shepherd daher, um mich zu Fall zu bringen. Wieder einmal.

Hass durchströmte ihn, brodelnde Wut. Er sah wie durch einen roten Schleier.

«Ich muss wieder an meinen Computer», sagte er tonlos. «Ich muss meine Arbeit *heute* noch vollenden.»

«Aber nicht in Marylebone. DiStefano will, dass du deine Sachen packst und deine Operationsbasis in die Arche verlegst. Die Zeit ist nahe. Der Zirkel zieht sich nach und nach in den Untergrund zurück.»

Endlich eine erfreuliche Nachricht, dachte Crispin. Shepherd wird ebenfalls in den Untergrund gebracht werden.

«Vielleicht bietet sich dann eine Gelegenheit für mich, meinen alten Kletterkumpan wiederzusehen.»

«Ganz gewiss. Wenn es den Dunklen Engeln nicht gelingt, ihn zu uns zu bringen, wird das Flehen seiner Stieftochter ihn schon herbeirufen.»

Der Kreis schließt sich, dachte Crispin, und seine Stimmung hellte sich schlagartig auf. Nach all den Jahren endlich ein Wiedersehen.

KAPITEL SIEBENUNDDREISSIG

Bei Tagesanbruch durchbrachen Strahlen opalisierenden Lichtes den bleiernen Himmel über London, doch Stacy Lachman sah es nicht.

Meilentief unter der geschäftigen Stadt schlief sie zusammengerollt auf einer Pritsche, eingeschlossen in einer schwach beleuchteten Zelle. Der Raum war klein, kaum größer als eine Speisekammer, fensterlos und unmöbliert bis auf einen Stuhl mit Sprossenlehne, eine winzige Holzkommode und das schmale Bett, auf dem sie im Betäubungsschlaf lag.

Diese Zelle, in der Raoul LaDouceur sie – nach mehreren Flugetappen mit einem Privatjet – untergebracht hatte, war kalt und feucht trotz des unterirdischen Heizungssystems, das in den Katakomben installiert war.

Stacy lag zitternd unter der Wolldecke, die ihr Entführer über sie geworfen hatte, ehe er hinausging und die Tür hinter sich verriegelte. Es würde noch Stunden dauern, bis die Wirkung der Betäubungsmittel nachließ. Stunden, ehe sie sich erinnerte, was ihr zugestoßen war, ehe sie in Angst und Panik zu sich kam.

Ihr Atem ging seufzend, verstörende Bilder flackerten an der Schwelle ihres Bewusstseins. Mit jeder Erinnerung trieb das Adrenalin ihre schlaffen Gliedmaßen an zu fliehen.

Doch sie war so stark betäubt, dass sie nicht einmal einen Finger rühren konnte.

Eine Stimme tief in ihr befahl ihr stillzuhalten. Sie gehorchte, spürte, dass sie gar nicht in der Lage war, auch nur mit der Wimper zu zucken, selbst wenn sie es gewollt hätte.

KAPITEL ACHTUNDDREISSIG

Schottland, nördlich von Glasgow

Dillon eilte die steilen Stufen zum alten Gemäuer der Abtei hinauf, die Räder seines Rollkoffers klackerten hinter ihm. Oben an der geschnitzten Holztür empfing ihn Cornelius McDougall. Cornelius' hochgewachsene, sehr aufrechte Gestalt war unverändert, aber in den Jahren, seit Dillon ihn zuletzt gesehen hatte, war sein rotes Haar ergraut, und er trug jetzt einen kurzen, sorgfältig getrimmten Bart.

«Auf Sie wartet ein Krug Belhaven.» Er begrüßte Dillon und nahm ihm den Koffer ab. «Erst einmal löschen Sie Ihren Durst, und dann können Sie sich zum Abendessen frischmachen. Wir haben eine lange Nacht vor uns.»

Dillon nahm den Geruch der Abtei wahr, eine Mischung aus Kerzenwachs, Weihrauch und dem Modergeruch, den die feuchten Wände ausströmten. Er erinnerte ihn an seinen ersten Sommer im Priesterseminar und an seine Entschlossenheit, dem Weltlichen abzuschwören, um zu Gott zu finden.

Es drängte Dillon, sich nach dem Bischof zu erkundigen, doch das musste warten, bis er und Cornelius gemeinsam ihr erstes Bier getrunken hatten. Es war ein heikles Thema, selbst zwischen ihnen beiden. Außerdem warteten sicher noch andere Mönche darauf, ihn zu begrüßen, und auch der Abt würde ihn an seinem Tisch willkommen heißen wollen.

Dillon bemühte sich, seine Ungeduld zu zügeln, die Gedanken an den Stein aus seinem Kopf zu verbannen, obwohl er auf dem Flug über den Atlantik an nichts anderes gedacht hatte. Und auch als er und Cornelius sich mit ihren schaumgekrönten Krügen zuprosteten, war er in Gedanken noch bei dem Stein – dem Stein, dessentwegen er hergekommen war.

KAPITEL NEUNUNDDREISSIG

Jerusalem, Israel

David war gebannt von seinem ersten Blick auf Jerusalem. Wie die alten Gemäuer im Schein der aufgehenden Sonne blassrosa glühten – ein ätherisches Bild, wie nicht von dieser Welt.

«Jetzt weißt du, warum wir es das ‹Jerusalem aus Gold› nennen.» Yael, die neben ihm stand, schien die Ausstrahlung der uralten Stadt in sich aufzusaugen. Trotz der Erschöpfung, die ihr deutlich anzusehen war, leuchtete ihr Gesicht. «Man sagt, Gott habe der Welt zehn Maß Schönheit zugeteilt, und neun davon gab er Jerusalem.»

Als David vom Straßenrand aus die in Licht gebadete Stadt betrachtete, fiel es ihm nicht schwer, das zu glauben.

Ein paar Meter vor der Stadtgrenze hatte Yael den Fahrer, den sie in Tel Aviv angeheuert hatten, gebeten anzuhalten.

«Komm mit, es dauert nur eine Minute.» Sie öffnete die Wagentür und forderte David mit einer Handbewegung auf auszusteigen.

«Dürfte ich fragen, was wir hier tun?»

«Eine alte Tradition befolgen: Wer zum ersten Mal nach Jerusalem kommt, soll die Stadt zu Fuß betreten.» Sie ergriff seine Hand und führte ihn an dem Ortsschild vorbei, das die Stadtgrenze markierte.

Obwohl er schrecklich müde war, überlief David unvermittelt ein belebendes Prickeln, als er auf den betonierten Gehweg stieg und zum ersten Mal in die alte Stadt eintrat, die sich über die Hügel erstreckte.

Der Wagen hielt neben ihnen, und sie stiegen wieder ein. «Jetzt müssen wir meinen Vater abholen», sagte Yael zu dem Fahrer.

Sie waren kurz vor Tagesanbruch in Tel Aviv gelandet, aber David hatte kaum etwas von der modernen Küstenstadt zu sehen bekommen, weil sie ihre Reise gleich mit dem Taxi fortsetzten. Das Einzige, was er wirklich wahrgenommen hatte, war das Klima: Trotz der frühen Stunde war die Luft bereits heiß und trocken, sodass er dankbar gewesen war, dass der Fahrer sie mit gekühlten Wasserflaschen empfangen hatte.

Die Fahrt über die Autobahn 1 nach Jerusalem hatte durch steiniges Hügelland geführt, aus dem da und dort Kirchtürme, Felsbrocken und Zypressen aufragten. Außerdem hatten sie rechts und links der Straße mehrere ausgebrannte Autowracks und Lastwagen gesehen, die man, wie Yael erklärte, zum Gedenken an den Unabhängigkeitskrieg von 1948 dort liegengelassen hatte. David war sich nicht recht im Klaren darüber, was er in Israel zu sehen erwartete, aber trotz allem, was er in den vergangenen Tagen durchgestanden hatte, und trotz seiner verzweifelten Sorge um Stacy war er überwältigt von der Aussicht, die sich ihm bot.

Auf wundersame Weise war dieses kleine Land eine beeindruckende Mischung aus Alt und Modern, eine nahtlose Verbindung jahrtausendealter Steinarchitektur und moderner Hochhäuser, biblischer Schauplätze und koscherer Burger-King-Restaurants, luftiger Cafés und eleganter Geschäfte.

David versuchte, so viel wie möglich davon in sich aufzunehmen. Er starrte andächtig zum Turm der Davidszitadelle empor, während sie durch das Jaffator in die Altstadt fuhren, wo Yaels Vater, Yosef Olinsky, im Haus seines Cousins übernachtet hatte. Der Professor für Altertumskunde war zwei Tage zuvor mit dem Bus nach Jerusalem gekommen, um im Schrein des Buches seinen Studien nachzugehen – dem Gebäude mit der weißen Kuppel nahe der Knesset, in dem die Schriftrollen vom Toten Meer aufbewahrt wurden, zusammen mit weiteren antiken Dokumenten und archäologischen Artefakten. Das Museum beherbergte auch die jüngst aufgefundenen Fragmente von Adams Buch, die Yosef persönlich in Augenschein nehmen wollte.

«Hat dein Vater gesagt, ob er in den neuesten Fragmenten etwas Bedeutsames gefunden hat?», erkundigte sich David. Er hielt sich an der Lehne des Vordersitzes fest, weil der Fahrer auf der Davidstraße mit heftigen Lenkbewegungen mehreren Fußgängern auswich.

«Leider nein. Aber er ist überzeugt, dass wir auf dem richtigen Weg sind. Es ist, als arbeite man an einem gigantischen Puzzle», erklärte Yael, während der Wagen nun über die farbenfrohe Kettenstraße, die Haupteinkaufsstraße, holperte. «In unserem Beruf hat man selten das Glück, dass mehrere Teile zur selben Zeit auftauchen oder auch nur am selben Ort. Die Antiquitätenbehörde bestimmt zunächst das Alter der Schriftstücke. Dann suchen wir nach Ähnlichkeiten in Tinte und Handschrift, um zuordnen zu können, welche Fragmente von derselben Schriftrolle stammen.»

Der Fahrer machte eine Vollbremsung wegen einer Katze, die über die kopfsteingepflasterte Straße huschte. Yael fuhr erschrocken zusammen.

Mit einem tiefen Atemzug fuhr sie fort: «In diesem Fall

wollte mein Vater die neuen Schriftstücke im Original untersuchen. Auf den Kopien, mit denen wir in Zefat arbeiten, sind minimale Abweichungen in der Schrift manchmal nicht zu erkennen.»

Während sie sich weiter durch die Stadt schlängelten, nahm David den Geruch von Gewürzen und gekochtem Fleisch wahr, und ihm wurde bewusst, dass er völlig ausgehungert war.

«Wir hatten die zuletzt gefundenen Fragmente einer der Schriftrollen zugeordnet, die bereits in Teilen zusammengesetzt wurden – der bislang vollständigsten. Mein Vater hat sich jetzt vergewissert, dass wir damit richtiggelegen haben.»

«Tut mir leid, ich verstehe nicht, was das bedeutet.»

«Es bedeutet, dass wir anhand dieser neuen Fragmente möglicherweise die Namen, die wir brauchen, entschlüsseln können.» Yael schraubte ihre Wasserflasche auf und trank einen Schluck. «Für den Fall, dass in deinem Notizbuch nicht die Namen aller Lamedwowniks stehen.» Sie beugte sich zum Fahrer vor. «An der nächsten Ecke bitte rechts ... Da! Die rote Tür.» Mit einem verlegenen Lächeln wandte sie sich wieder David zu. «Wappne dich. Jetzt wirst du meinen Vater kennenlernen.»

Während David Yael in das schmale Haus und über eine Stiege aus dunklem Holz nach oben folgte, dachte er an sein Notizbuch, an die Seiten voller Namen. Plötzlich konnte er es kaum noch erwarten, dass Yosef Olinsky und seine Kollegen seine Aufzeichnungen selbst in Augenschein nahmen. Wenn es ihnen gelänge, alle Namen aus seinem Buch denen zuzuordnen, die sie aus den alten Handschriften entschlüsselt hatten ...

Würde das bedeuten, dass ihm *tatsächlich* die Namen der

Lamedwowniks offenbart worden waren? Und dass die Gnoseos tatsächlich im Begriff waren, die Welt zu vernichten?

Ein junges Mädchen trat aus einem Apartment und lief polternd die Treppe hinunter. Als sie an ihnen vorbeikam, lächelte sie ihnen zu. David hielt den Atem an – für einen Moment sah sie aus wie Stacy.

Ob sie noch am Leben ist? Das Herz wurde ihm schwer. Er dachte an Stacys Bat-Mizwa zurück, an die Zeremonie, bei der der Rabbi sie zum ersten Mal als erwachsene Jüdin zur Tora-Lesung aufgerufen hatte. Dabei hatte er ihren hebräischen Namen genannt, *Schoschana.*

So viele Namen, die im Judentum eine Rolle spielen, sinnierte er. So viele Namen in meinem Kopf ... Könnte ich doch nur jetzt diejenigen aus meinem Gedächtnis heraufholen, die ich brauche!

Vor ihm betrat Yael ein kleines Wohnzimmer, dessen Wände mit unzähligen bunten Gemälden bedeckt waren, großen und kleinen, verworrenen und solchen mit klaren Formen. Auf dem niedrigen Tisch sah David auf einem Tablett aus getriebenem Messing eine Teekanne, daneben Teller mit Gebäck, Oliven und Melonenscheiben. Dann richtete er seine Aufmerksamkeit auf Yael, die einen hochgewachsenen, sonnengebräunten Mann umarmte. Er hatte tiefe Furchen im Gesicht, und um seine großen Ohren ringelten sich graumelierte Locken.

Der scharfe Blick und die aufrechte Haltung erinnerten David an einen General, und er konnte sich den Mann ebenso gut auf dem Schlachtfeld vorstellen wie bei einer Ausgrabung.

«*Baruch haba,* David Shepherd. Willkommen.» Yosef Olinsky durchquerte den Raum und streckte David seine ledrige Hand entgegen. Sein Gesicht jedoch blieb düster.

«Bitte.» Er deutete auf die niedrige Couch, auf der allerlei bunte Kissen lagen. «Setzen Sie sich und frühstücken Sie ein wenig, bevor wir aufbrechen. Es wird ein langer und anstrengender Tag werden.»

Während sich David Essen auf einen kleinen Teller lud, führten Yael und ihr Vater einen schnellen Wortwechsel auf Hebräisch. Obwohl er kein Wort verstand, spürte er die Spannung, die in der Luft lag.

Ein paar Minuten später gesellte sich ein Mann zu ihnen, der wie eine jüngere Ausgabe von Yosef aussah. Er war mit einer Khakihose, einem weiten Leinenhemd und Sandalen bekleidet.

«David, das ist Eli, der Cousin meines Vaters.» Yael begrüßte den jungen Mann mit einem Kuss auf die Wange, dann nahm sie neben David Platz.

«Keine Oliven?», fragte Eli ihn mit hochgezogenen Augenbrauen.

«Die fische ich normalerweise lieber aus Martinis», erwiderte David.

Yael und die beiden Männer lachten. «Wenn Sie die Wüstenhitze hier überstehen wollen, tun Sie gut daran, welche zum Frühstück zu essen», sagte Eli.

«Hier in Israel essen wir am Morgen salzig, um Durst zu bekommen», belehrte Yosef ihn. «Auf diese Weise müssen wir uns nicht immer daran erinnern, tagsüber viel Wasser zu trinken. Wir tun es ganz von selbst.» Er steckte sich zwei grüne Oliven in den Mund.

«In dieser Gegend kann man leicht gefährlich dehydrieren, ohne es zu merken», ergänzte Yael.

«Also essen Sie viele Oliven», schloss Yosef mit Nachdruck. «Wir brauchen Sie in Zefat, nicht im Krankenhaus.»

Kein Wunder, dass Yael so willensstark ist, ihr blieb gar nichts anderes übrig, als so zu werden. David häufte sich eine Handvoll Oliven auf den Teller.

Sie aßen in Eile und machten sich dann zum Aufbruch bereit. Während David Eli für seine Gastfreundschaft dankte, kramte Yaels Vater in seinem Rucksack und schob David dann ein kleines Plastikkästchen zu.

«Machen Sie es auf», befahl er, «und legen Sie es um.»

Yael trat näher, um besser sehen zu können.

David zog eine Goldkette mit einem Anhänger aus dem Kästchen. Er erkannte auf den ersten Blick, was es war – ein ähnliches Amulett hatte er damals zu seiner Bar-Mizwa bekommen, aber er hatte keine Ahnung, wo es geblieben war.

«Ein *Chaj.*» Er sah Yosef fragend an. Die beiden miteinander verbundenen Buchstaben aus Gold – *chet* und *jod* – ergaben zusammen *chaj*, das hebräische Wort für «Leben».

«Das Leben ist im Judentum das höchste Gut», sagte Yael. «Alles dreht sich um das Leben. Das Hier und Jetzt. Die Weisen haben uns gelehrt, wenn man ein einziges Leben rettet, ist es, als rette man die ganze Welt. Und wenn man ein einziges Leben vernichtet, ist das so, als vernichte man die ganze Welt.»

Yosefs tiefliegende Augen ruhten auf David. Sie waren von einem viel dunkleren Grün als die seiner Tochter und wirkten düster. «Diese Überzeugung ist jetzt wahrer denn je. Denn wenn es den Gnoseos gelingt, die Leben der letzten verbliebenen Lamedwowniks auszulöschen, bedeutet es das Ende der Welt. Nach dem, was Rabbi ben Moshe und meine Tochter uns berichtet haben, können Sie sie retten, David. Aber es muss bald geschehen.» Damit wandte er sich abrupt ab und ging die Treppe hinunter.

Nicht dass ich mich unter Druck gesetzt fühle … Davids

Magen krampfte sich zusammen, und der Nachgeschmack der Oliven brannte bitter in seiner Kehle.

Yael verfolgte seufzend den brüsken Abgang ihres Vaters. Dann nahm sie David die Kette aus der Hand. «Fass es nicht persönlich auf, das ist eben seine Art.»

Geschickt legte sie ihm das Amulett um. Dabei nahm er sehr bewusst wahr, wie ihre Finger federleicht seine Haut streiften. Er versuchte, sich stattdessen auf die Berührung des Metalls zu konzentrieren, als das *Chaj* sich auf seine Brust legte.

In diesem Moment schoss ihm eine Erinnerung durch den Kopf, etwas lange Vergessenes aus seiner Kindheit. Er konnte nicht älter als sieben oder acht gewesen sein. Deutlich sah er vor sich, wie sein Großvater sein eigenes *Chaj*-Amulett abnahm, um es ihm, dem Enkel, zu zeigen.

Leben. Und Tod. Während David schweigend Yaels Vater die hölzerne Stiege hinunter folgte, empfand er die Last von beidem.

Die Fahrt nach Norden dauerte fast drei Stunden. Der Trick mit den Oliven wirkte hervorragend: David war sehr durstig, und bald wuchs auf dem Rücksitz ein Berg leerer Wasserflaschen.

Seine Anspannung wuchs ebenfalls, denn sooft er auch versuchte, Stacy, Meredith oder Hutch anzurufen, er erreichte keinen der drei. In seinem Magen bildete sich ein schmerzhafter Knoten.

Schließlich fuhren sie hinter einem Reisebus in die Stadt Zefat hinein. Das Gefährt holperte die Jerusalemstraße entlang. Sie wand sich um den Berggipfel, auf dem das ursprüngliche Stadtgebiet lag. Im Laufe der Zeit hatte sich die Stadt auf benachbarte Anhöhen ausgebreitet. David wusste wenig über Zefat, nur das, was Yael und Yosef ihm während der Fahrt erzählt hatten. Zu seiner Überraschung hatte er erfahren, dass Zefat eine der vier heiligen Städte Israels war, neben Jerusalem, Tiberias und Hebron.

Er betrachtete das Panorama der herrlichen Berglandschaft, die sich nach Süden zum Kinneret – dem See Genezareth – erstreckte, und empfand Ehrfurcht angesichts des Alters von Zefat. Gegründet im Jahre 70 christlicher Zeitrechnung, etwa um dieselbe Zeit, zu der die Römer mit dem Bau des Kolosseums begannen, sinnierte David. Fast ein Jahrzehnt bevor der Vesuv Pompeji zerstörte. Damit lag ihr Ursprung fünf Jahrhunderte vor dem Untergang des Römischen Reiches, wurde ihm klar.

Doch nach Yaels Bericht hatten sich die jüdischen Mystiker erst im sechzehnten Jahrhundert hier angesiedelt. Viele von ihnen waren Flüchtlinge, die durch die Inquisition aus Spanien vertrieben worden waren.

Das heißt, während Michelangelo die Fresken in der Sixtinischen Kapelle malte und Henry VIII. Anne Boleyn köpfen ließ, machten die Mystiker von Zefat die Stadt im höchsten Bergland Galiläas zum weltweiten Zentrum für das Studium der Kabbala.

«Stell es dir als das Sedona Israels vor», hatte Yael gesagt. «Hier gibt es eine ganz ähnliche Verbindung von Gegensätzen: eine rege Künstlerkolonie, Scharen religiöser Suchender und den Sog unsichtbarer mystischer Kräfte.»

David dachte daran zurück, wie er vor Jahren mit Hutch die roten Felsen von Sedona besucht hatte, und glaubte zu wissen, was ihn erwartete. Die Felsformationen in Arizona waren berühmt für ihre Schönheit und ihre mystischen Kraftorte. Doch als der Wagen der gewundenen Straße hinauf in die aus weißem Stein erbaute Stadt folgte, die sich elegant wie die Stufen einer Hochzeitstorte am Berghang erhob, empfand er etwas völlig Neues, etwas, das er noch nie gefühlt hatte.

Anders als Sedona mit seinen Erdtönen, seiner Verbundenheit mit der Landschaft und den Kraftwirbeln, die tief aus dem Grund strömten, wirkte Zefat, als beziehe es seine Aura aus dem Himmel. Selbst die Luft schien von einem klaren Licht zu leuchten, strahlend wie das Herz eines Diamanten. Als sie die Kuppe erreichten, deutete Yael auf den Park der Zitadelle, und David lehnte sich zum offenen Fenster hinüber.

«Dort stand damals die Festung der Kreuzfahrer. Als sie die Stadt einnahmen, vertrieben sie die Juden aus Zefat. Später hielten andere, darunter auch die Tempelritter, die Stadt, bis sie 1266 von den Muslimen erobert wurde. Erst im sechzehnten Jahrhundert wurde sie dann unter osmanischer Herrschaft zur jüdischen Stadt.»

Im Zentrum eilten chassidische Juden durch die Straßen, bekleidet mit Kaftanen und breitkrempigen Hüten ähnlich denen, die ihre Vorfahren im Polen des neunzehnten Jahrhunderts getragen hatten. Touristen in Shorts, T-Shirts und Baseballkappen schlenderten von einer Kunstgalerie zur nächsten. Die meisten von ihnen ließen die historischen Synagogen, die entlang der kopfsteingepflasterten Straßen zwischen modischen Geschäften und Cafés standen, links liegen.

«Das Gabrieli Kabbalah Center ist gleich da vorn links.» Während der Wagen hielt, deutete Yael auf ein Tor, von dem aus eine gebogene Auffahrt zu einem langgestreckten Steinbau mit Bogenfenstern führte. Blühende Kakteen und andere Pflanzen wucherten zwischen den Metallstangen eines dekorativen Zauns hindurch. Mit seinem umbrafarben geziegelten Dach erinnerte das Gebäude eher an ein toskanisches Restaurant als an ein internationales Zentrum für Studien der Mystik.

Als David hinter Yael und Yosef durch das Tor trat, klingelte sein Handy. Er zuckte zusammen.

Hastig zog er es hervor und starrte es einen Moment lang ungläubig an.

«Gott sei Dank! Es ist Stacy!»

Yael fuhr zu ihm herum, während er sich schon meldete.

«Stace! Ist alles in Ordnung? Geht –»

Ihm stockte das Herz.

KAPITEL VIERZIG

Elizabeth Wakefield erhob sich von ihrem luxuriösen Bett und sah sich mit einem zufriedenen Lächeln in dem gemieteten Apartment in Bloomsbury um.

Das extragroße Bett aus Kirschholz mit hohen, geschwungenen Kopf- und Fußteilen, ein wahr gewordener Kindheitstraum von ihr, wirkte so pompös und überladen wie eine mit Erdbeeren garnierte Schokoladen-Rum-Torte im Schaufenster einer Konditorei. Kein Vergleich zu dem langweiligen Schlafzimmer mit den adretten weißen Laken bei ihr zu Hause.

Ihr Liebhaber hatte jedes einzelne der bestickten, von ihr persönlich ausgesuchten Kissen bewundert, jede Garnitur feinster Satinlaken aus ägyptischer Baumwolle, selbst das creme- und goldfarben bezogene Federbett. Als sie zusammen darin lagen, hatte er gesagt, dieses Bett sei fast so schön wie sie.

Elizabeth wusste, dass sie nicht schön war. Ihr Kinn war zu spitz, ihr braunes Haar zu glanzlos, und das einzig Besondere an ihr waren ihre langen, schmalen Finger und die dunkelhaselnussbraunen Augen. Er jedoch fand sie schön, und hier in diesem Zimmer glaubte sie ihm.

Natürlich war er verheiratet. Und reich. Und mächtig. Und sie ebenfalls. Sie hatten sich zufällig im Old Vic kennengelernt, als sie beide in der Pit Bar unter dem Theater auf ihre jeweiligen Ehepartner warteten.

Gleich auf Anhieb hatte es zwischen ihnen gefunkt. Bis zu jenem Moment wäre es ihr nie in den Sinn gekommen, eine

Affäre anzufangen. Sie war schließlich eine anständige Frau, Seniorpartnerin in der Anwaltskanzlei, die ihr Großvater gegründet hatte. Ihre Ehe war solide und annehmlich, ihr Mann, von Beruf Chirurg, ein umgänglicher Partner.

Entsprechend überrascht war sie über sich selbst gewesen, als sie dem eleganten, zuvorkommenden Fremden gestattete, ihr einen Drink auszugeben, und dann, noch ehe sie ausgetrunken hatten, seine Einladung zu einem gemeinsamen Abendessen eine Woche später annahm.

Was war schon dagegen einzuwenden, mit einem so faszinierenden Mann essen zu gehen? Ihr Mann lehrte an dem betreffenden Abend ohnehin an der Universität.

Eigentlich hatte es bei dieser einen Verabredung bleiben sollen, doch aus einem gemeinsamen Abendessen hatten sich vier Jahre heimlicher abendlicher Treffen ergeben – Abende voller wunderbar angeregter Unterhaltung – und dieser Zufluchtsort, wo sie zusammen die elektrisierende sexuelle Hemmungslosigkeit genossen, die nur eine heimliche Liebe entfachen konnte.

Irgendwann zwischen dem langen Wochenende, das sie unter Vorwänden zusammen in Lyon verbracht hatten, und ihren mitternächtlichen Spaziergängen am Strand von San Tropez, wo sie offiziell an einer Konferenz zum Thema geistiges Urheberrecht teilnahm, hatte sie sich in ihn verliebt.

Wie hätte sie auch anders gekonnt? Er war großzügig, zärtlich und brillant.

Jetzt zündete sie die schmalen goldenen Kerzen auf dem Nachttisch an und sprühte die Bettwäsche mit Lavendelduft ein.

Ihr Herz schlug schneller, als wenige Augenblicke später die Türklingel ertönte. Sie warf rasch einen prüfenden Blick in den Spiegel, um den Rubinanhänger an ihrer Halskette zurechtzurücken und den Saum ihres kleinen Schwarzen glattzustreichen, dann öffnete sie lächelnd die Tür. Doch ein einziger Blick in sein Gesicht verriet ihr, dass etwas nicht stimmte.

«Was ist? Du siehst betrübt aus.»

Er schüttelte den Kopf. «Ach, nichts. Es ist nur – ich habe eine Nachricht erhalten und muss dringend nach Genf. Ich fürchte, ich kann nicht bleiben.»

Enttäuschung durchfuhr sie wie ein Messerstich.

«Komm doch herein und erzähl mir, was los ist.» Sie zog ihn an der Hand ins Zimmer, schloss die Tür und lehnte sich dagegen.

«Elizabeth, bitte. Unten wartet mein Wagen. Ich muss gleich weiter zum Flughafen und wollte nur kurz vorbeischauen, um es dir persönlich zu sagen.» Er warf einen Blick auf die Uhr, ehe er bedauernd hinzufügte: «Ich werde einige Wochen lang fort sein.»

«Einige *Wochen?*» Allmählich beschlich sie ein unbehagliches Gefühl. «So lange?»

«Ich fürchte, das entzieht sich meinem Einfluss.»

«Ich verstehe.» Und sie verstand in der Tat. Er verheimlichte ihr etwas. Sie kannte ihn gut genug, um das zu erkennen. «Tja, wenn das so ist», sagte sie mit einem leichten Schulterzucken, «dann werde ich wohl reichlich Zeit haben, um mich auf das Mandat im Fall Penobscot vorzubereiten.»

Er zog sie in die Arme und bedeckte ihr Gesicht mit Küssen. «Ich werde dich vermissen, Elizabeth. Jede Stunde des Tages.»

«Ich dich auch.» Sie küsste ihn ebenfalls, dann sah sie ihm forschend in die Augen. «Eine gute Reise, Liebling.»

Er zögerte. «Ich rufe dich an.»

In diesem Moment wusste sie, dass er nicht anrufen würde.

«Lass den Fahrer nicht warten.» Sie wappnete sich gegen den Schmerz, der ihr die Brust durchbohrte, und gab die Tür frei.

Nachdem das Schloss mit einem leisen Klacken eingerastet war, blieb sie noch einen Moment lang schweigend stehen. Dann straffte sie die Schultern und machte sich auf den Heimweg.

KAPITEL EINUNDVIERZIG

Tief unter der City von London, weit unter den U-Bahn-Schächten, mit deren Bau im neunzehnten Jahrhundert begonnen worden war, wand sich ein weitläufiges Labyrinth unterirdischer Gänge durch das uralte Felsgestein. Ehemals rege genutzt, heute von den meisten vergessen, lagen manche dieser Schächte seit den 1930ern still und verlassen. Andere wurden abgesperrt, wieder andere als riesige Lagerräume genutzt. Viele Tunnel wurden im Zweiten Weltkrieg noch einmal geöffnet, um als Bunker zu dienen, gerieten dann jedoch erneut in Vergessenheit.

Nur wenige Einwohner Londons kannten noch die steilen Wendeltreppen, die von der Erdoberfläche hinab in die Katakomben führten. Und noch weniger Menschen wussten, dass unter dem Tower of London, unter dem Bett der Themse, die riesigen Ventilatoren des Belüftungssystems wieder in Betrieb gegangen waren.

Eduardo DiStefano geleitete seine Frau am Ellenbogen eine der spiralförmigen Treppen hinunter. Er sah es als seine Pflicht an, ihr zu helfen, sich dort unten einzurichten, auch wenn er am liebsten auf der Stelle umgekehrt wäre. Er musste die Schlange finden. Und zwar schnell.

Der Zirkel hatte großen Aufwand betrieben, um die unterirdische Kammer zu konstruieren, in der Crispin die letzte Phase seiner Forschungsarbeit durchführen würde – aber er war nirgends zu finden. Der verdammte Computer hätte längst auf Hochtouren laufen sollen, um den letzten der Namen zu entschlüsseln, stattdessen war er jedoch bisher nicht einmal eingeschaltet worden. Niemand in der Arche hatte die Schlange gesehen, und Erik war noch immer nicht eingetroffen.

«Du wirst dich an das Leben unter Tage gewöhnen, *bella*. Wir müssen hier jetzt schnell alles für dich herrichten. In einer Stunde tritt der Zirkel zusammen.»

«Zeig mir nur das Zimmer, *caro* – du brauchst mir nicht beim Auspacken oder beim Eingewöhnen zu helfen.»

Floras Absätze klackten unerschrocken auf dem Metall. Fasziniert sah sie sich in der majestätischen und doch primitiven Umgebung um. Eduardo war schon viele Male hier gewesen und hatte ihr davon erzählt, aber heute sah sie die Arche zum ersten Mal mit eigenen Augen.

Ihre Kinder und Enkel würden heute Abend ebenfalls herkommen; kurz nach Einbruch der Dunkelheit sollten sie aus Mailand eintreffen. Flora dachte daran zurück, wie sie sie früher die Lieder gelehrt und sie auf die Reise vorbereitet hatte, die sie zur Wiedervereinigung mit der Quelle führen sollte. Was für Abenteuer lagen vor ihnen!

Lächelnd hielt sie auf dem ersten Treppenabsatz inne, um Atem zu schöpfen. In der Arche würden sie jeden Abend singen, so viele Abende, wie es dauerte, bis alle Verborgenen tot waren und die Seelen der Gnoseos befreit wurden. Befreit von den Fesseln des Leibes, frei, zur Quelle aufzusteigen.

Sie konnte es kaum erwarten zu hören, wie sich ihre Stimmen im Gesang erhoben, umgeben von festem Gestein, das ihre geheimen Worte sicher bewahrte.

Eduardo glaubte, sie sei beunruhigt darüber, ihre Villa auf dem Hügel verlassen zu müssen. Aber nein, es gab nichts, was sie gefürchtet hätte. Dies war ein erhabener Moment. Schon bald würden sämtliche Mitglieder des Zirkels mit ihren Familien hier versammelt sein.

«Denk nur, Eduardo», sagte sie atemlos. «Jetzt wird das wahr, worauf wir seit Jahrhunderten hingearbeitet haben.» Begeisterung lag in ihrer Stimme, die von den Felswänden widerhallte. «Endlich – die Verborgenen stehen kurz vor der Auslöschung. Unsere Befreiung ist greifbar nahe.»

Er liebkoste mit warmer Hand ihre Schulter, während sie den Abstieg vorsichtig fortsetzten. «Ohne dich hätte ich all das nicht erreichen können, *bella*. Du hast mich an Eifer beinahe noch übertroffen. Du warst und bist mein Glück.»

«Und dies ist erst der Anfang.» Sie lächelte ihm zu. Mit jedem Schritt wuchs ihr Hochgefühl darüber, diesen Tag des Triumphes miterleben zu dürfen.

Um jene, die sie zurückließ, tat es ihr nicht leid. Sie hatte noch kurz vor dem Aufbruch mit ihrem Bruder telefoniert, diesem elenden Toren. Alfonso hatte nicht geahnt, dass sie zum letzten Mal miteinander sprachen. Er gehörte nicht zu den Gnoseos, war nutzlos – sie hatte nie auch nur mit dem Gedanken gespielt, ihn und seine fromme protestantische Frau in den Orden einzuführen. Niemand in ihrer großen Mailänder Familie wusste von ihrer Konversion oder von den geheimen Praktiken, die sie kurze Zeit nach ihrer Heirat mit Eduardo aufgenommen hatte.

Alle glaubten, sie sei Atheistin geworden. Nichts konnte der Wahrheit ferner sein – sie wusste, dass Gott existierte, aber sie liebte oder verehrte ihn nicht. Sie kannte jetzt die Wahrheit: Er hatte eine Welt der Illusion und des Bösen erschaffen. Die wahre, eigentliche Welt war eine spirituelle, und diese Sphäre hatten ihr Mann und der Zirkel ihr eröffnet.

Die überlieferten Praktiken, die Eduardo ihr nach und nach enthüllte, hatten etwas tief in ihrem Inneren zum Leben erweckt, hatten es entfesselt und ihm die Möglichkeit gegeben zu wachsen.

Jede Woche, wenn sie und Eduardo den mit Drogen versetzten Trunk einnahmen, um ihr spirituelles Bewusstsein in der Meditation zu steigern, hatte sie eine immer tiefere Verbindung zum Ursprung ihrer Seele empfunden.

Und einen stärkeren Drang, sich gegen die grausame, niedere Gottheit der Quelle zu erheben, den Demiurgen, der gemäß ihrem Glauben alles Leibliche und Materielle erschaffen und die Seelen darin eingefangen hatte, die sich doch danach sehnten, frei zu schweben. Eduardo hatte sie aus der sklavischen Haltung konventioneller Religiosität befreit. Und nun war sie, gemeinsam mit der Elite ihrer Sekte, nur noch Stunden davon entfernt, ihren Geist aus dieser trügerischen, einengenden und bösen Welt zu befreien.

Welche Ironie, dachte sie, als sie den Fuß der Treppe erreicht hatte, dass der Aufstieg ausgerechnet tief unter der Erde beginnen würde.

Sie ließ den Blick durch den riesigen Empfangsbereich schweifen, wobei sie sich bewusst war, dass weder Fels noch Stahl ihre Seelen einschließen konnten, wenn die Welt erst einmal in Scherben ging.

Gott hatte seine Welt erstmals selbst mit der Sintflut vernichtet. Jetzt waren die Gnoseos am Zug.

KAPITEL ZWEIUNDVIERZIG

Zefat

«Tut mir leid», klang die männliche Stimme höhnisch in Davids Ohr. «Dein kleines Mädchen kann gerade nicht ans Telefon kommen.»

David spürte, wie alles Blut aus seinem Gesicht wich. «Wer spricht dort? Wo ist meine Tochter?»

«Du weißt ganz genau, wer ich bin, David», versetzte der Mann. «Du hast etwas, das mir gehört. Und ich habe etwas, das dir gehört.»

David begriff. Er wusste nicht, wie es kam, dass ihm in diesem Moment ein Name durch den Kopf schoss – es geschah auf die gleiche Weise wie bei all den anderen Namen zuvor.

Crispin Mueller.

«Was willst du, Mueller?»

Als Antwort ertönte ein gehässiges Lachen. Dann piepte es einmal, und die Leitung war tot.

«Was ist los?» Yael packte David am Arm. Er starrte mit offenem Mund das Handy an.

«Mueller hat Stacy», brachte er heiser heraus. «Und ich weiß nicht, wo. Der Dreckskerl hat einfach aufgelegt!»

Hastig versuchte er zurückzurufen. Als das Besetztzeichen in sein Ohr tutete, war ihm, als ob sich sein Körper in einen Eisblock verwandelte.

Es bestand kein Zweifel mehr. Crispin war ein Gnoseos.

Und Stacy … Stacy ist eine Lamedwownik. Wie die Übrigen in meinem Buch.

Er war wie betäubt. Betäubt durch den Schock und die Erkenntnis, dass Yael und ihr Vater recht hatten: Die Gnoseos drohten die Welt zu vernichten.

Was, wenn sie Stacy schon umgebracht hatten? Sein Herz hämmerte vor Panik wie rasend.

Nein. Crispin wird sie am Leben lassen – bis er den Stein hat. Bis ich ihn zu ihm bringe.

Yael schien seine Gedanken zu lesen.

«Er spielt mit dir», sagte sie rasch. «Er wird ihr nichts antun, David, nicht bevor er bekommt, was er will. Aber du kannst ihm jetzt nicht –»

«Den Stein zurückgeben? Und warum kann ich das nicht?» Rasende Wut überwältigte ihn. Er packte das goldene *Chaj* an seinem Hals und schloss die Faust so fest darum, dass sich das metallene Amulett in seine Handfläche grub.

«Ist nicht das Leben das Allerwichtigste? Hat dein Vater das nicht selbst zu mir gesagt? Dann ist doch wohl das Leben eines Kindes wichtiger als alles andere.»

«Und die Welt, David?», mischte sich Yosef ein, die Arme zu einer umfassenden Geste ausgebreitet. Sein Gesicht war aschfahl, sein Ton jedoch fest und energisch. «Ist das Leben eines einzigen Kindes wichtiger als die gesamte Welt?»

«Sie ist eine Lamedwownik.» David fuhr zu ihm herum. «Wenn ich ihr Leben rette – nur *ihr* Leben –, werde ich die Welt retten. Ist es nicht das, was Sie gesagt haben?»

Mit zitternden Händen klappte er das Handy erneut auf. «Wir haben Mueller in London gesehen. Ich fliege noch heute Abend dorthin, mit dem nächsten Flug, den ich bekomme. Ihr könnt mein Notizbuch behalten», sagte er zu

Yael, zerrte es aus seinem Seesack und drückte es ihr in die Hand, ohne ihren schmerzerfüllten Gesichtsausdruck zu beachten. «Nur zu – analysiert es, zerreißt es, macht damit, was ihr wollt. Dazu braucht ihr mich nicht.»

Er schwenkte sein Telefon. «Wie erreiche ich El Al? Sag mir die Nummer.»

«David, kommen Sie mit hinein.» Yosef sprach in beherrschtem Ton. «Wir werden Ihnen einen Flug buchen, aber Sie müssen diese Angelegenheit erst überdenken. Die Lage spitzt sich zu. Und zwar rasant.»

David starrte abwechselnd den Vater und die Tochter an. Er konnte nicht glauben, dass die beiden nicht begriffen, wie sehr ihn seine Verbundenheit zu Stacy zum Handeln antrieb.

Eine Million Horrorvisionen schossen ihm durch den Kopf.

Was ist aus Hutch geworden? Und Meredith? Sind sie beide tot?

Unfähig, die albtraumhaften Bilder seiner Vorstellung zu ertragen, drängte er sich an Yael und ihrem Vater vorbei in das Gebäude.

Ein Schwall kühler Luft schlug ihm in dem geräumigen Foyer entgegen, dessen Boden mit beige gemasertem Linoleum ausgelegt war. Plötzlich stieg eine Erinnerung in ihm auf, und er glaubte ein Flüstern zu hören.

Der Berg scheint *nur unbezwingbar.*

David erstarrte.

Hutchs Stimme, ruhig und ermutigend, am Fuß des Granite Mountain. Du besteigst ihn auf die gleiche Weise, wie du ein T-Bone-Steak isst, Kumpel: Stückchen für Stückchen, und immer nur so viel abschneiden, wie du auf einmal kauen kannst.

Eine eigentümliche, erzwungene Ruhe überkam David; dieselbe Art erzwungener Ruhe, wie er sie bei seinen ersten Klettertouren mit Hutch vorgespielt hatte. Vorgespielt, bis die Angst, die in seinen Eingeweiden wühlte, echtem Selbstvertrauen wich. Er atmete tief durch, wie Hutch es ihm immer wieder eingeschärft hatte, und versuchte, seine Wut zu ersticken.

Vage nahm er Yaels Stimme wahr. Sie telefonierte mit der Fluggesellschaft.

Und Crispin Mueller hält die Fäden in der Hand.

David nahm die beiden Edelsteine aus der Hosentasche und betrachtete sie. Yosef ging an ihm vorbei, um mit mehreren Männern zu sprechen, die aus angrenzenden Büros in die Eingangshalle gekommen waren, doch David beachtete den älteren Mann nicht.

Der Achat und der Bernstein wogen jetzt schwerer in seiner Hand, und seine Augen schmerzten von der Helligkeit, die von den Cabochons abstrahlte. Er schloss die Faust um das Leuchten und schob die Steine wieder in die Tasche.

Ich habe mich einmal von Crispin leiten lassen. Impulsiv gehandelt. Ich brauche nicht ein weiteres Mal seinen Spielregeln zu folgen.

Diesmal, dachte David, werde ich mich auf mich selbst verlassen. Und mir jeden meiner Schritte gut überlegen.

«Was soll das heißen, der gesamte Flugverkehr wurde eingestellt?» David unterdrückte den Impuls, Yael das Telefon aus der Hand zu reißen.

«Du glaubst mir nicht? Versuch doch selbst, El Al dazu zu bewegen, während einer Sicherheitswarnung Flieger starten zu lassen. Ich bezweifle ernsthaft, dass du Erfolg haben wirst.»

David atmete tief durch. *Reiß dich zusammen,* befahl er sich selbst.

An Yael gewandt, fragte er: «Was für eine Sicherheitswarnung?»

«Der Iran bereitet möglicherweise einen Atomangriff vor.» Ihre Stimme verriet Furcht. «Wir sollten die Fernsehmeldungen verfolgen.»

Sie eilten in die Cafeteria für das Personal, einen Raum voller langer Tische, an denen rote Stühle standen. Er sah aus wie der Speisesaal einer beliebigen Schule, nur dass an der Rückwand ein großer Fernsehbildschirm angebracht war. David und Yael stellten sich neben Yosef, der bereits zusammen mit rund einem Dutzend schweigender, verbissen aussehender Israelis die Berichterstattung verfolgte.

«Sie machen die Vereinigten Staaten und Israel für die Tankerexplosion letzte Woche im Hafen von Deyyer verantwortlich», teilte eine zierliche Frau, die ihre Brille an einer Kette um den Hals trug, Yael mit.

David versteifte sich. Der Sprecher berichtete, die Zahl der Toten liege inzwischen bei dreihundert. War es wirklich erst ein paar Tage her, dass er im Flughafen auf dem Weg nach New York die Fernsehberichte über das Tankerunglück verfolgt hatte? Ihm schien, als sei eine Ewigkeit vergangen, seit er Washington verlassen hatte.

«Und wegen dieses Unfalls sollen Millionen Menschen sterben?», grummelte ein rundlicher, ledergesichtiger Israeli. «Wir brauchen ein Wunder», fügte er verzweifelt, beinahe im Flüsterton hinzu.

«Rabbi, das hier ist der Mann, der dieses Wunder möglicherweise herbeiführen kann.» Zehn Köpfe fuhren herum, zehn Augenpaare richteten sich vom Bildschirm auf Yosef Olinsky, der David eine Hand auf die Schulter legte. «Dies ist

David Shepherd, Rabbi Cardoza. Er ist mit seinen Aufzeichnungen nach Zefat gekommen, und mit zwei kostbaren Steinen vom Brustschild unseres *Kohen Gadol.*»

Während alle im Raum hörbar einatmeten, beobachtete Yael, wie ein Muskel in Davids Kinn vor Anspannung zuckte. Ihr war klar, dass er sich in die Enge getrieben fühlte. Ihr war klar, wie hilflos er sich fühlen musste, weil er keine Möglichkeit hatte, sein Kind zu retten.

«Hilf uns, David, arbeite mit uns zusammen», bat sie ihn leise, während der Rabbi mit ausgestreckter Hand auf sie beide zukam. «Das ist im Augenblick das Einzige, was du für Stacy tun kannst. Sobald der Flughafen wieder öffnet, steht es dir frei zu gehen, das verspreche ich dir. Aber jetzt brauchen wir nicht nur deine Aufzeichnungen. Wir brauchen *dich.* Womöglich trägst du noch mehr verschüttetes Wissen in dir. Hier ist der Ort, an dem du jetzt sein musst. Für Stacy – für die verbliebenen Lamedwowniks. Für die Welt.»

Habe ich überhaupt eine Wahl?, dachte David. Verzweiflung mischte sich in sein Gefühl der Hilflosigkeit, doch er wusste, dass sie recht hatte.

Er blickte geradeheraus in das gegerbte Gesicht des Rabbi, der nicht viel älter schien als er selbst, und ergriff die dargebotene Hand. «Wo fangen wir an?», fragte er knapp.

Während sie das riesige Computerlabor in der oberen Etage durchquerten, erklärte Rabbi Cardoza David in Kürze, was es mit dem Gabrieli Kabbalah Center auf sich hatte.

«Hier studieren wir die Papyrusfragmente, die von der Antiquitätenbehörde als echt eingestuft werden», sagte er, schwer atmend vom Treppensteigen. «Wenn die Archäologen alte Schriftstücke entdecken, stellt zunächst die Antiquitätenbehörde in Jerusalem die Echtheit der Funde fest und datiert sie. Anschließend scannen wir digitale Kopien in die Computer ein, um in den Handschriften nach verborgenen Botschaften von *HaSchem* zu suchen.»

«David ist ein säkularer Jude, Rabbi», unterbrach Yael ihn. «Möglicherweise ist er sich der vielen Namen Gottes, etwa *HaSchem,* und der Kräfte, die ihnen innewohnen, nicht bewusst.»

Noch mehr Namen? Wie kommt es, dass mich das nicht überrascht?, dachte David. «Und wie viele gibt es?», fragte er laut.

«Zweiundsiebzig», antwortete Yael prompt. «*HaSchem, Adonai, Elohim* zählen zu den geläufigeren. *Schekhina* bezeichnet die weibliche Präsenz Gottes in der Welt. Die Mystiker meditieren über jeden einzelnen dieser heiligen Namen und visualisieren dabei seine hebräische Schreibweise.»

Rabbi Cardoza lächelte Yael anerkennend zu. «Wie ich sehe, haben Sie während Ihrer Zeit hier eine Menge gelernt.»

Dann wandte er sich wieder David zu. «Als Mystiker glauben wir außerdem, dass die gesamte Tora – wenn man die Wortzwischenräume herausnimmt – einen weiteren Namen Gottes ergibt.»

«Der vermutlich unaussprechlich ist?», murmelte David.

Der Rabbi zog eine Augenbraue hoch, verzichtete jedoch auf eine Antwort. Durch eine große Glastür betraten sie die Bibliothek. Darin saßen zwischen hohen Bogenfenstern Männer mit Kippot und brüteten über Kopien von Fragmenten alter Handschriften, die wie Inselkontinente über lange Arbeitstische ausgebreitet lagen. Andere Männer studierten, umgeben von Bücherstapeln, haufenweise Computerausdrucke.

Hier haben sie die ersten Namen aus meinem Notizbuch mit denen aus ihren Fragmenten verglichen, erkannte David.

«Binyomin und Rafi werden Sie später kennenlernen», sagte Rabbi Cardoza und bat ihn in ein separates Studierzimmer. «Wir beginnen zunächst hier. Sie haben die vielen Bücher in unseren Regalen gesehen … Aber es gibt ein ganz bestimmtes Buch, mit dem ich mich jetzt sehr gern beschäftigen würde.»

Cardoza rückte einen Stuhl von einem runden Tisch ab, auf dem stapelweise Computerausdrucke und ein Dutzend frisch gespitzter Bleistifte lagen. «Dürfte ich Ihr Notizbuch sehen, David?»

Mit einem Seitenblick zu Yael händigte David ihm den roten Lederband aus.

Der Rabbi zog eine Brille aus seiner Brusttasche und ließ sich schwerfällig auf dem Stuhl nieder. «Setzen Sie sich doch, alle drei. Machen Sie es sich bequem. Wir haben viel zu besprechen, aber leider nur sehr wenig Zeit.»

Seite für Seite blätterte er das Buch durch und glich es rasch mit einer Liste ab, die er von einem der Papierstapel genommen hatte. Wonach sucht er?, fragte sich David voller Ungeduld.

Die Minuten verstrichen, und noch immer saß der Rabbi über Davids Notizen gebeugt, tief versunken in die Namen. Als er das Buch endlich zuklappte und seine Brille absetzte, wäre David vor Nervosität am liebsten aufgesprungen. Doch Cardozas nächste Worte bannten ihn auf seinen Sitz.

«Dieses Buch ist womöglich noch bedeutsamer, als Rabbi ben Moshe angenommen hat.»

Yosef horchte auf und beugte sich gespannt vor. Yael rührte sich nicht, atmete jedoch scharf ein vor Überraschung.

«Inwiefern?», fragte David. «Haben Sie die fehlenden Namen gefunden?»

«Nein, dazu müssen wir erst den gesamten Inhalt Ihrer Aufzeichnungen in den Computer eingeben. Auf den ersten Blick ist mir allerdings etwas Seltsames daran aufgefallen, *wie* Ihnen die Namen offenbart worden sind, Professor –»

«David, bitte.»

«Gut, also dann David. In sämtlichen Fragmenten unterschiedlicher Schriftrollen, die wir bisher entdeckt haben, sind die Namen immer in derselben Reihenfolge enthalten. In Ihren Aufzeichnungen hingegen nicht. Warum ist also die Reihenfolge in Ihrem Notizbuch eine andere als die der Namen, die chiffriert in Adams Buch stehen? Vielleicht steckt in Ihrem Buch» – er hielt den roten Lederband hoch – «der Schlüssel, der uns zum ersehnten Durchbruch verhilft.»

«Sie glauben, Davids Buch könnte eine chiffrierte Botschaft enthalten», flüsterte Yael aufgeregt. Cardoza verschränkte die Hände vor dem Bauch und nickte.

«Ich glaube, es hat einen bestimmten Grund, dass David die Namen ausgerechnet in *dieser* Reihenfolge ins Bewusstsein gekommen sind. Sie wurden ihm während seiner mystischen Vision massenhaft offenbart, ebenfalls aus einem bestimmten Grund: Er sollte die Namen der Lamedwowniks kennen, damit sie gerettet werden können. Aber ich glaube, in der Reihenfolge, in der er diese Namen empfangen hat, steckt noch eine weitere Botschaft. Eine Botschaft, zu der David bisher keinen Zugang hat.»

Aller Augen richteten sich auf David. Er spürte, wie die Last auf seinen Schultern noch schwerer wurde.

«Was kann ich tun, um Zugang dazu zu finden, Rabbi? Die Zeit drängt – können Sie mir vielleicht auf die Sprünge helfen, mich in Trance versetzen oder etwas in der Art?»

«Wenn es doch nur so einfach wäre.» Cardoza seufzte. «Sie sind kein Mathematiker, ich bin es ebenso wenig. Aber gerade die Mathematik war es, die zur Entschlüsselung unserer heiligen Tora geführt hat, der fünf Bücher Mose: Genesis, Exodus, Leviticus, Numeri und Deuteronomium. Hier im Gabrieli Kabbalah Center arbeiten wir mit den gleichen Computerprogrammen wie die israelischen Wissenschaftler, die die Tora erforschen. Nur dass wir sie hier dazu verwenden, die Namen der Lamedwowniks zu entschlüsseln, die chiffriert in Adams *Buch der Namen* enthalten sind.»

David nickte. Er erinnerte sich an das, was Rabbi ben Moshe ihm von dem Buch erzählt hatte, das von Adam an seine Söhne und über unzählige nachfolgende Generationen weitervererbt wurde, bis es schließlich verlorenging …

Rabbi Cardoza fuhr fort: «Denn Adam hat zwar die Namen *aller* Geschöpfe aufgeschrieben, die Namen der Lamedwowniks aber wurden tief in dem Text verborgen, sodass ihre Identität geheim blieb –»

«Aber ich habe nur die Namen der Lamedwowniks aufgeschrieben. Wollen Sie sagen, dass darin wiederum etwas anderes verschlüsselt steckt?» David umklammerte die Armlehnen seines Stuhls so fest, dass seine Knöchel weiß wurden.

«Das werden wir herausfinden.» Der Rabbi ergriff das Notizbuch und ging zur Tür. «Binyomin!», rief er leise, woraufhin einer der Männer mit den Kippot aufsprang und herbeieilte. Seine kahle, glänzende Stirn bildete einen scharfen Kontrast zu dem schwarzen Käppchen.

«Binyomin, fertigen Sie eine Kopie von Professor Shepherds Buch an und beginnen Sie mit der Suche. Wie Sie sehen werden, hat er die Namen in einer anderen Reihenfolge niedergeschrieben, als wir sie in den Papyrushandschriften gefunden haben – versuchen Sie herauszufinden, was hinter dieser Reihenfolge steckt. Ich brauche Sie wohl nicht eigens auf die Dringlichkeit hinzuweisen.»

Der Mann nahm das Buch in seine kurzen, rundlichen Finger und hastete wortlos davon.

«Wie sucht er nach der verschlüsselten Botschaft?» David hatte keinerlei Vorstellung davon, wie ein Dechiffrierprogramm funktionierte.

«Es ist ein kompliziertes Verfahren, aber ich werde versuchen, es Ihnen möglichst kurz und einfach zu erklären.» Cardoza setzte sich wieder an den Tisch, rückte die Kippa auf seinem Kopf zurecht und räusperte sich, ehe er Davids Blick begegnete.

«Zunächst einmal müssen Sie verstehen, welche besondere Bewandtnis es mit dem hebräischen *Alef-Bet* hat. Jedem Buchstaben wohnen nämlich eigene mystische Kräfte inne.»

«Wie bei den Edelsteinen.» David beugte sich vor. Plötzlich sehnte er sich verzweifelt danach, glauben zu können, dass alle diese angeblichen Kräfte zusammen etwas zu bewirken vermochten. Dass sein Notizbuch noch ein weiteres Kapitel hatte und dass die Mystiker in dieser Stadt ihm helfen würden, es zu enthüllen.

«Ganz genau, wie die Edelsteine.» Rabbi Cardozas Blick ruhte fest und durchdringend auf ihm. «Und da wir gerade von den Steinen sprechen: Ich werde sie jetzt in meine Obhut nehmen.»

KAPITEL DREIUNDVIERZIG

Eine ländliche Gegend in Schottland

«Noch ein wenig Tee, mein Sohn?»

Bischof Ellsworths geäderte Hand zitterte, als er Ceylon-Tee in Dillon McGraths Porzellantasse nachschenkte. Dillon fiel auf, wie gebrechlich der alte Bischof, der inzwischen im Ruhestand lebte, geworden war.

«Ich bedaure sehr, dass ich Sie nicht einladen kann, zum Abendessen zu bleiben – erst recht, nachdem Sie so eine weite Reise auf sich genommen haben, um mich zu besuchen. Aber leider geht mein Flug nach London in weniger als drei Stunden …»

Der Bischof zuckte entschuldigend die Achseln, wobei er Dillon aus gütigen grauen Augen ansah. «Es widerstrebt mir wirklich, in solcher Eile aufbrechen zu müssen. Wir hätten nach all den Jahren so vieles zu besprechen.»

«Sie brauchen sich nicht zu entschuldigen, Exzellenz. Ich bedaure, unangekündigt zu einem so ungelegenen Zeitpunkt erschienen zu sein.» Dillon nippte von seinem Tee mit Milch. In Wahrheit bedauerte er überhaupt nichts. Er nahm sich ein Zitronentörtchen von dem Tablett, das die Haushälterin des Bischofs auf dem niedrigen Tisch vor den beiden abgestellt hatte, ehe sie dem Bischof eine gute Reise wünschte und nach Hause ging.

Die zwei Geistlichen waren allein in dem hübschen alten Cottage zurückgeblieben. Das Haus wirkte klein und bescheiden, wie es da in den langen Schatten des verfallenden Schlosses stand, das früher der königlichen Familie im Sommer als Jagdresidenz gedient hatte.

Doch Dillon entging nicht, dass das Porzellan von Spode war, die Tischdecke das feinste irische Leinen, das man mit Geld kaufen konnte, und dass die Kleidung des alten Bischofs eher für einen Abend in der Oper angemessen gewesen wäre als für einen Herbsturlaub in Südfrankreich. An den Fenstern hingen Gardinen aus handgefertigter Spitze, und die achteckige Uhr an der Wand bestand aus echtem Gold, mit Zeigern und Ziffern aus Obsidian.

Unter all den Kostbarkeiten, die das schlichte Cottage zierten, war es jedoch der Ring an Bischof Ellsworths rechtem Zeigefinger, der die Aufmerksamkeit seines Besuchers fesselte. Allerdings hütete sich dieser, es sich anmerken zu lassen.

Der Rubin schimmerte wie ein Blutstropfen in der getriebenen Goldfassung. Er sah genau so aus, wie Dillon ihn von der Konferenz in Rom etliche Jahre zuvor in Erinnerung hatte. Damals hatte er keine Ahnung gehabt, was die eingravierte Inschrift auf der polierten Oberfläche bedeutete. Ein Cabochon, genau wie der Stein, von dem David ihm erzählt hatte. Und wie die übrigen zehn, deren Beschreibung er in seinem Nachschlagewerk gefunden hatte.

Dillon schluckte den letzten Bissen von dem Törtchen hinunter und leckte sich die Lippen. Als der Ältere begann, die Teller zusammenzustellen, musste er sich beherrschen, um nicht ständig den Ring anzustarren.

«Lassen Sie mich das tragen.» Dillon erhob sich, nahm das schwere Silbertablett und folgte seinem Gastgeber in die Küche, wo er das Tablett auf der Arbeitsplatte neben der Spüle abstellte. Der Bischof murmelte einen Dank.

Doch statt mit ihm ins Zimmer zurückzukehren, um das restliche Gebäck zu holen, ergriff Dillon die schwere Teekanne und schmetterte sie dem Bischof an den Hinterkopf.

Ein widerliches Krachen war zu hören. Dann kippte der hagere alte Geistliche vornüber, schlug im Fallen mit der Nase gegen das Spülbecken und brach auf dem polierten Holzboden zusammen.

Dillon empfand nichts als Verachtung, als er rasch neben dem Bischof niederkniete, nach dessen rechter Hand griff und energisch an dem Ring zog.

Doch der Ring saß fest und ließ sich nicht über den wulstigen Fingerknöchel ziehen. Dillon sprang auf, nahm das Geschirrspülmittel von der Spüle und goss einen Spritzer auf den Knöchel. Mit einem einzigen kräftigen Ruck glitt der Ring vom Finger wie ein Korken aus einer Sektflasche.

Dillon gestattete sich einen kostbaren Moment, um den sagenumwobenen Edelstein zu betrachten, ehe er den Rubin-Cabochon an seinen eigenen Finger steckte. *Ruben.* Er konnte den hebräischen Namen jetzt deutlich lesen.

«Ich fürchte, Sie werden Ihren Flug verpassen, Exzellenz.» Er stieg über den reglos daliegenden Körper hinweg und griff nach dem Umschlag, den der Bischof auf seinem gepackten Koffer abgelegt hatte. An einer Ecke war das Lufthansa-Logo aufgedruckt. Dillon überprüfte rasch den Inhalt, lächelte und schob den Umschlag in seine Brusttasche.

«Ich hoffe, Sie haben nicht versäumt, eine Reiserücktrittsversicherung abzuschließen, Exzellenz.»

Augenblicke später schwang er sich auf das geliehene Moped und machte sich auf den Rückweg, die baumgesäumte Straße entlang. Seine Koffer standen fertiggepackt in der Abtei bereit.

Sein Flug ging in weniger als drei Stunden.

KAPITEL VIERUNDVIERZIG

Rabbi Cardoza schwieg erwartungsvoll, während David langsam die Steine aus der Hosentasche zog.

Jetzt war also der Moment gekommen, sie aus der Hand zu geben. Es widerstrebte David, auch wenn er wusste, dass sie hierhergehörten. Aber immerhin befand sich der Achat seit fast zwei Jahrzehnten in seinem Besitz. Es war ein eigenartiges Gefühl, sich jetzt von ihm zu trennen.

Mit einem tiefen Atemzug legte er die beiden Steine in Cardozas fleischige Hand.

Der Rabbi betrachtete sie, als habe er die kostbarste Gabe der Welt empfangen.

«Wo werden Sie sie aufbewahren?», fragte David.

Der Rabbi sah mit vor Dankbarkeit leuchtenden Augen zu ihm auf. «An einem sehr sicheren Ort. Zusammen mit den anderen Steinen vom Brustschild des Hohepriesters, die wir bereits gefunden haben. Wir müssen darum beten, dass ihre vereinten Kräfte den Kampf zu unseren Gunsten beeinflussen.»

Cardoza zog einen kleinen Beutel aus der Tasche seines langärmeligen weißen Hemdes und ließ die Steine hineingleiten. Nachdem er den Beutel wieder in die Tasche gesteckt hatte, rückte er noch einmal seine Kippa zurecht. In diesem Moment klingelte Davids Handy. Der Rabbi runzelte die Stirn.

David zog das Gerät aus der Tasche. Sein Herz krampfte sich zusammen.

«David … o David …»

Meredith. Ihre Stimme bebte so heftig, dass er Schwierigkeiten hatte, sie zu verstehen. Während er zuhörte, verstärkte sich das beklemmende Gefühl in seiner Brust, bis ihn schwindelte.

«In welchem Krankenhaus bist du?», brachte er heraus, als sie geendet hatte. «Okay, du musst jetzt versuchen, dich zu beruhigen. Ich rufe dich zurück, sobald ich etwas weiß. Ich werde sie befreien, Meredith, das verspreche ich dir. Ich werde sie befreien.»

Benommen klappte er das Handy zu. *Hutch war tot. Meredith schwer verletzt. Und Stacy ...*

Allmählich wurde ihm bewusst, dass alle im Raum ihn anstarrten.

«David?» Yael war bleich geworden.

«Er hatte ein blaues und ein braunes Auge», sagte er mit heiserer Stimme vor sich hin.

«Wer, David?» Yael stand auf und ging auf ihn zu. «Von wem sprichst du?»

Er schloss die Augen und sah etwas vor sich, das nur er allein sehen konnte: seine Stacy in den Händen eines Monsters.

«Der Mörder, der Stacy entführt hat.»

Eine Stunde später stand er erneut Rabbi Cardoza gegenüber, der ihn mit einer Mischung aus Mitgefühl und Dringlichkeit musterte. «Ich verstehe, dass Sie jetzt mit Ihren Gedanken woanders sind, aber wir müssen handeln, ehe es zu spät ist. Sind Sie bereit, etwas über die Kräfte der Buchstaben und Zahlen zu erfahren?»

Etwas anderes werde ich im Augenblick wohl nicht unternehmen können, dachte David, noch immer wie betäubt. Solange sämtliche Flughäfen im Nahen Osten gesperrt sind, kann ich nicht nach London, um Crispin Mueller aufzuspüren und ihn mit bloßen Händen in Stücke zu reißen.

«Ich höre.»

«Gut.» Der Rabbi beugte sich auf seinem Sessel vor und lud David mit einer Handbewegung ein, sich neben ihn zu setzen. «Wir arbeiten hier tagtäglich mit Buchstaben und Zahlen, um Rätsel zu lösen. Erinnern Sie sich an das hebräische *Alef-Bet?* Zweiundzwanzig Buchstaben, von denen fünf am Wortende eine andere Form haben», setzte er hinzu.

David nickte. «So viel ist noch aus meinem Bar-Mizwa-Unterricht hängengeblieben. Viel mehr allerdings nicht, fürchte ich.»

«Was Sie wahrscheinlich nicht gelernt haben», fuhr der Rabbi fort, «ist, dass jeder hebräische Buchstabe eine eigene mystische Kraft besitzt, eine ganz besondere Energie oder Schwingung. Außerdem ist jedem Buchstaben ein Zahlenwert zugeordnet.»

Er nahm eine Seite Blanko-Druckerpapier und begann die ersten Buchstaben des hebräischen Alphabets zu schreiben: *alef, bet, gimel, dalet, he.* Hinter jedem Schriftzeichen notierte er die fortlaufende Nummer.

«Die Lehre von den Zahlenwerten der Buchstaben und Wörter nennt man *Gematrie.* Die ersten zehn Buchstaben entsprechen den Zahlen Eins bis Zehn. *Alef* hat also den Zahlenwert eins, *bet* zwei und so weiter.»

«Und über zehn hinaus?» David betrachtete die Tabelle.

Yael schaltete sich ein: «Danach zählt man in Zehnerschritten weiter. Und dann in Hunderterschritten. Nach diesem Prinzip sind übrigens schon früh in der Geschichte einfache Verschlüsselungstechniken entwickelt worden. Auch Julius Cäsar hat während seines Gallien-Feldzugs ein Chiffrierverfahren benutzt, das auf der Reihenfolge der Buchstaben im Alphabet beruhte.»

David fuhr sich mit einer Hand durchs Haar. «Ich hoffe, ich muss nachher keinen Test darüber schreiben.»

«Keine Sorge. In dieser kurzen Zeit können wir Ihnen ohnehin nur die elementarsten Grundlagen vermitteln», beruhigte Cardoza ihn.

David zog die Tabelle mit dem *Alef-Bet* zu sich heran und studierte sie eingehender.

«Der Buchstabe *lamed* entspricht der Zahl Dreißig», stellte er fest. «Und *vav* ist gleich sechs.» Er blickte auf. Ein Funke des Verstehens war entzündet. «*Lamed vav.* Sechsunddreißig. Die Gerechten – deshalb heißen sie die Lamedwowniks.»

«Völlig richtig.» Yael umrundete den Tisch, um ihm über die Schulter zu schauen. «Die Kabbalisten glauben außerdem, dass zwischen unterschiedlichen Wörtern in der Tora, die denselben Zahlenwert haben, eine mystische Beziehung besteht. Und dass man, indem man diesen Beziehungen nachgeht, verborgene Bedeutungen enthüllen kann, die an der Oberfläche nicht erkennbar sind.»

«Verborgene Bedeutungen?»

«Einen tieferen Sinn», erklärte sie und strich eine Haarsträhne hinters Ohr. «Das Verständnis der Tora kann auf mehreren Ebenen erfolgen. Manche liegen an der Oberfläche der Texte, andere jedoch so tief verborgen, dass die Mystiker sie trotz jahrhundertelanger Studien bis heute nicht entdeckt haben.»

«Wir Juden sind nicht die Einzigen, die Gematrie anwenden», schaltete sich Yosef ein. «Die Araber arbeiten ebenfalls damit. Und die Sufis – sie benutzen sie dazu, die tieferen Bedeutungsschichten des Korans zu erforschen.»

«Manche behaupten, sogar Ihre Gründerväter hätten sich

der Gematrie bedient, als sie den Wahlspruch *E pluribus unum* prägten – ‹Aus vielen eines›», fuhr der Rabbi fort. «*Echad,* das hebräische Wort für ‹eins›, hat den Zahlenwert dreizehn. Die Vereinigten Staaten – *eine* Nation, zusammengefügt aus den *dreizehn* Gründerstaaten.»

«Das ist bemerkenswert.» David schüttelte den Kopf. «Mein Vater war US-Senator. Ihn hätte das sicher brennend interessiert.»

Ein leises Klopfen an der Tür unterbrach das Gespräch.

«Rafi, kommen Sie herein!», rief der Rabbi dem hochgewachsenen, hageren Mann zu, der zögernd im Türrahmen erschien.

«Gerade ist eine E-Mail von Avi Raz gekommen. Der einzige Percy Gaspard, den wir ausfindig machen konnten, ist vor sechs Monaten unter zweifelhaften Umständen bei einem Brand ums Leben gekommen.»

David und Yael wechselten einen raschen Blick. Ein weiterer ermordeter Lamedwownik. Rabbi Cardoza räusperte sich mit betroffener Miene.

«Danke, Rafi.»

Während sich sein Mitarbeiter wieder an die Arbeit machte, sah Cardoza auf die Uhr. «Wir dürfen keine Zeit verlieren», stellte er bedrückt fest. «Kommen wir jetzt zu den Tora-Codes.»

Er vergewisserte sich, dass David wieder bei der Sache war, ehe er weitersprach. «Tora-Codes sind nichts Neues. Schon seit Jahrtausenden kursieren Theorien über solche verborgenen Botschaften. Bereits im Jahr 1291 hat Rabbeinu Bachya in seinem Kommentar zum Buch Genesis über etwas Derartiges geschrieben. Und im sechzehnten Jahrhundert vertrat Rabbi Mose Cordovero die Theorie, dass jeder einzelne Buchstabe der Tora göttliche Bedeutungen enthält.»

«Selbst Sir Isaac Newton glaubte an verschlüsselte Botschaften in der Bibel», warf Yael ein. «Aber es ist ihm nie gelungen, den Beweis zu erbringen.»

«Weil er zu früh gelebt hat», sagte Yosef mit einem trockenen Kichern. «Er hätte einen Computer gebraucht, um den Beweis zu finden.»

Cardoza schraubte eine Wasserflasche auf und trank in großen Zügen. «Das ist wahr, David», sagte er dann. «Und das ist der Grund, weshalb die verborgenen Botschaften bis ins zwanzigste Jahrhundert hinein unentdeckt geblieben sind: Die Chiffren sind so kompliziert, dass man sie manuell nicht knacken kann.»

«Und hier kommt KBF ins Spiel», bemerkte Yosef.

David runzelte die Stirn. *KBF?* «Und das bedeutet …?»

«Konstante Buchstabenfolgen – Intervallworte.» Der Rabbi lehnte sich zurück. «Mit diesem Verfahren findet der Computer Wörter und Sätze, die in der Tora und anderen Texten versteckt sind. Sie können aus einem Manuskript herausgefiltert werden, weil die Intervalle zwischen den Buchstaben, die die versteckten Wörter bilden, gleich groß sind.»

David runzelte die Stirn. «Bitte nochmal langsam zum Mitschreiben.»

«Nehmen wir an, Sie beginnen an einer beliebigen Stelle in der Tora.» Rabbi Cardoza war ein geduldiger Lehrer, das musste David einräumen. «Von dieser Stelle aus lassen Sie ein Computerprogramm laufen, das in jedem Schritt x Buchstaben überspringt – sagen wir zum Beispiel, Sie wählen den Intervallwert zehn. Dann springt der Computer also weiter zum zehnten folgenden Buchstaben, dann zum zwanzigsten, dreißigsten und so weiter. Das Ergebnis ist eine Buchstabenfolge, in der jeder zehnte Buchstabe des Ausgangstextes enthalten ist.»

Zu seiner Erleichterung begann David das Prinzip zu begreifen. «Und dann überprüft man, ob in der unsinnigen Aneinanderreihung von Buchstaben Wörter oder Sätze zu erkennen sind?»

«Genau», bestätigte Yosef anerkennend. «Mit Hilfe von Computern kann man die KBF-Suche in jeder beliebigen Weise durchführen – vorwärts oder rückwärts, diagonal, horizontal oder vertikal. Man kann sowohl die Intervalllänge als auch die Suchrichtung beliebig wählen, ebenso wie den Ausgangspunkt. Sie verstehen sicher, dass eine Suche in solchem Umfang mit Stift und Papier nahezu unmöglich ist, selbst wenn man jahrelang daran arbeitet.»

«Aber ein Computer kann das in null Komma nichts», ergänzte David nickend. «Und welche Intervalle haben Sie verwendet, als Sie die Papyrusfragmente von Adams *Buch der Namen* nach den Lamedwowniks durchsucht haben?»

Die Augen des Rabbi leuchteten auf. Yosef lächelte, doch es war Yael, die seine Frage beantwortete. Ihre Stimme klang in der Stille des Studierzimmers voll und kehlig.

«Sechsunddreißig. Die KBF-Suche, mit der die Namen der Lamedwowniks entschlüsselt wurden, lief mit einem Intervall von sechsunddreißig Buchstaben.»

Für einen Moment war David sprachlos. Er ließ die schiere Einfachheit dessen, was er soeben erfahren hatte, in sein Bewusstsein dringen. Plötzlich kam er sich sehr klein vor, und die Vorstellung unbegrenzten Wissens – der unfassbaren Größe von Gottes Brillanz und der Ordnung aller Dinge, durch alle Zeiten hindurch – traf ihn wie ein Blitzschlag. Adam hatte allen Kreaturen der göttlichen Schöpfung einen Namen gegeben und sie eigenhändig in einem Buch aufgezeichnet, Gott selbst jedoch hatte noch ein Geheimnis in diesem Text versteckt: die Namen aller wahrhaft gerechten Seelen.

Davids Kopf schmerzte von der Anstrengung, all das zu verarbeiten.

«Gott weiß alles», sagte der Rabbi leise. «Also kannte Er auch immer schon – von Anfang an, bereits als Adam sein Buch schrieb – die Identitäten der Lamedwowniks einer jeden Generation.»

David stand auf und begann im Zimmer auf und ab zu gehen. Die Übrigen beobachteten ihn schweigend.

«Wir haben einen freien Willen, ebenso wie Adam», fuhr Cardoza schließlich fort. «Gott hat seine Hand nicht mit Zwang geführt, und doch steht alles in Adams Buch.»

«Die Namen aller Lamedwowniks vom Beginn der Zeit an …» David stieß die Luft aus. «Versteckt in Adams Auflistung aller lebenden Geschöpfe.» Er hatte durch die Glastür zu den Männern hinausgestarrt, die in der Bibliothek arbeiteten, doch jetzt fuhr er abrupt herum.

«Wenn Gott die Namen der Lamedwowniks kannte, muss er auch die Namen der Gnoseos und aller anderen Feinde Gottes gekannt haben!»

«Amalek.» Yaels Augen weiteten sich. «In jeder Generation erheben sie sich gegen das jüdische Volk und gegen Gott.»

«Amalek?» David schüttelte den Kopf. Diesen Ausdruck hatte er noch nie gehört.

«Der Stamm, der die Kinder Israel verfolgte, als sie nach ihrer Flucht aus Ägypten durch die Wüste zogen», erklärte Rabbi Cardoza. «Sie sind den Israeliten in den Rücken gefallen und haben Tausende getötet. Das Buch Exodus berichtet von der Schlacht, davon, wie die Israeliten Amalek zurückschlugen, solange Moses die Arme zu Gott erhob. Doch wenn er vor Erschöpfung die Arme sinken ließ, gewann Amalek wieder die Oberhand. Dann eilten Aaron und Hur Moses zu Hilfe. Sie stellten sich zu beiden Seiten neben ihn und stützten seine Arme, und die Israeliten besiegten Amalek.»

Yosef stieß einen matten Seufzer aus. «Israel hat Amalek damit letztendlich zwar entscheidend geschwächt, aber unsere Rabbis lehren dennoch, dass man die Feinde Gottes nie vergessen darf. Sehen Sie, David: Amalek erhebt sich in jeder Generation aufs Neue, um die Juden zu vernichten. Das ist schon viele Male geschehen. Haman, Herodes, Hitler, und auch gerade jetzt –»

In jeder Generation. Die Worte ließen David erstarren.

«Welchen Zahlenwert hat Amalek?», platzte er heraus.

«Zweihundertvierzig», antwortete Rabbi Cardoza. «Warum?»

David lief zur Tür und sah sich hastig in der Bibliothek um. «Wo ist Binyomin? Ich brauche mein Buch.»

Der Rabbi starrte ihn verblüfft an, dann drängte er sich wortlos an ihm vorbei, um nach seinem Mitarbeiter zu suchen. Yael wandte sich an David. «Wozu brauchst du es zurück? Was hast du vor?»

«Habt ihr schon mal versucht, aus den Fragmenten von Adams Buch mit einem Intervall von zweihundertvierzig die Namen der Gnoseos herauszufiltern?»

«Nicht dass ich wüsste –» Yael brach ab. «Einen Versuch ist es wert. Womöglich hast du recht.»

Als Rabbi Cardoza mit Binyomin und dem Notizbuch zurückkehrte, erklärte David ihnen hastig seine Theorie.

«Ich denke, wir sollten eine KBF-Suche mit einem Intervall von zweihundertvierzig durchführen, an den alten Handschriften und an meinen Aufzeichnungen. Vielleicht können wir so herausfinden, wer die Gnoseos sind, und *ihnen* in den Rücken fallen, bevor sie Gelegenheit haben, ihren Plan auszuführen.»

Rabbi Cardozas Augen leuchteten hoffnungsvoll auf.

«Binyomin, schnell! Verteilen Sie Kopien von Davids Aufzeichnungen an das gesamte Forschungsteam und beginnen Sie sofort mit der Suche.»

Er ließ sich auf seinen Sessel sinken und rieb sich die Augen. «Während wir warten, würde ich gern von Ihnen beiden hören, was Sie alles von Rabbi ben Moshe, *alaw ha-schalom* – Friede über ihn –, erfahren haben.»

David kramte den Lederbeutel des Rabbi aus seinem Seesack und legte ihn auf den Tisch.

«Mein Buch ist nur ein Teil dieses Rätsels, Rabbi. Yael und ich haben versucht, die Verbindung zwischen ben Moshe, dieser Tarotkarte» – er legte die Turm-Karte auf den Tisch – «und einem jüdischen Drucker in Krakau zu erkunden, der kürzlich ermordet wurde, weil jemand die Druckplatten an sich bringen wollte.»

David griff noch einmal in seinen Seesack. «Und diese Karte haben wir in New York einem Dunklen Engel abgenommen, der versucht hat, uns umzubringen», ergänzte er finster. «Sie ist identisch mit der des Rabbi, bis auf die Zahl, die auf der Rückseite aufgedruckt ist.»

David breitete den Inhalt des Lederbeutels auf dem Tisch aus. Zugleich bemühte er sich, nicht darüber nachzudenken, wo Stacy jetzt war – und was Crispin Mueller mit ihr anstellen mochte.

KAPITEL FÜNFUNDVIERZIG

Southampton, England

Für Geoffrey Bales und die beiden anderen Dunklen Engel war es ein Leichtes, durch die Sicherheitskontrolle zu kommen. Ihre Referenzen waren untadelig – Lord Hallister hatte sich für sie verbürgt und ihnen die erforderlichen Papiere verschafft. Und warum auch nicht? Einen Dunklen Engel dabei zu unterstützen, einen der letzten Verborgenen zu eliminieren, war ein Verdienst, das Lord Hallister noch zustattenkommen würde, wenn die Gnoseos erst einmal aus der Arche aufstiegen. Er würde zu den Helden gezählt werden – so wie wir, dachte Bales, während er in der Stille seines gemieteten Apartments die dunkelgrüne Uniform eines Gepäckträgers anzog.

Die Hosenbeine waren etwas zu lang, aber es musste so gehen. Für Änderungen blieb jetzt keine Zeit. Heute Abend würde Lionell die letzte Waffe in der Wand der Herrentoilette am Pier verstecken. Niemand würde auf den Gedanken kommen, dass in einem Hohlraum hinter dem großen metallenen Papierhandtuchspender ein ganzes Arsenal verborgen war. Niemand würde ahnen, dass sich drei der Gepäckträger, die beim Einlaufen der *Queen Mary 2* Dienst taten, um das Privileg rissen, einen ganz bestimmten Passagier zu empfangen, wenn er von Bord ging.

Bales hatte ein gutes Gefühl, wenn er an seinen letzten Auftrag dachte. Er schlenderte zu dem Spiegel, an dessen verstaubtem Glas er das Hochglanzfoto von Cherle mit Klebeband befestigt hatte, und nahm sich Zeit, sich jede Furche und jede Falte im lächelnden Gesicht des Mannes einzuprägen.

Er grinste zurück und empfand die unerklärliche Gewissheit, dass er derjenige sein würde, der Cherle eine Kugel in den Kopf jagte, kaum dass der alte Mann wieder festen Boden unter den Füßen hatte.

Die Arche

Crispin saß wartend vor der Pritsche, auf der sich Stacy allmählich zu regen begann. Die Luft in der engen unterirdischen Kammer roch muffig und leicht medizinisch. Crispin mochte den Geruch nicht; er erinnerte ihn zu sehr an die verlorenen Jahre seiner Jugend, die er in der Klinik zugebracht hatte, gefangen in Schwärze. In gewisser Weise fand er es passend, dass dieses Kind, das David Shepherd so am Herzen lag, nun halb bewusstlos hier auf dieser Pritsche lag.

Wie du säest ... Jetzt würde Shepherd ernten.

Ironie des Schicksals, dachte Crispin. David Shepherds kostbare «Tochter» schien im selben Alter zu sein wie diese Abby damals. Haarfarbe und Teint waren unterschiedlich, aber beide hatten dieselbe knospende Reife eines Mädchens an der Schwelle zum Frausein. Das gleiche gewellte, schulterlange Haar, die vollen, unschuldigen Lippen – etwas Verheißungsvolles, wenn auch noch Unbeholfenes.

Eine Idee kam ihm in den Sinn, die seinen Puls beschleunigte. *Vielleicht wäre die größte Strafe für David Shepherd nicht ihr Tod, sondern das Wissen, dass ich sie mit in die neue Welt nehme – ein weiteres Gefäß, das gebraucht wird, zusammen mit den anderen auserwählten Frauen ...*

Crispin schrak auf. Wie konnte er so denken? Sie war nicht Abby, sie war eine der Verborgenen. Sie *musste* sterben, damit die Gnoseos lebten – und aufsteigen konnten, um zur ursprünglichen Quelle zu finden.

So sei es. Shepherd der Edle würde genug darunter leiden, dass er machtlos war, unfähig, sie zu retten – und die Welt.

Gedämpfte Schreie drangen durch die Wände. Die Frauen. Die unwilligen Gefäße. Es belustigte ihn, dass sie sich einbildeten, jemand werde ihnen Beachtung schenken. Sie würden noch früh genug aus ihrem Verschlag geholt werden. Und er, die Schlange, würde die erste Wahl haben, welches Gefäß er benutzte, um die Welt neu zu bevölkern. Er lachte, ein kehliger Laut, der tief aus seiner Brust aufstieg.

Das Mädchen schlug die Augen auf.

Stacy verzog das Gesicht vor Schmerz. Es fühlte sich an, als bekäme ihr Gehirn Stromstöße entgegen dem Rhythmus ihres Herzschlags. Im ersten Moment sah sie nichts als Grau. Erst nachdem sie mehrmals geblinzelt hatte, erkannte sie über sich eine niedrige Decke aus grob behauenem Stein.

Beweg dich. Versuch es. Setz dich auf.

Sie schaffte es, den Kopf vom Kissen zu heben, sank jedoch sofort wieder auf die Pritsche zurück, von Übelkeit geschüttelt.

Gelächter. Gelächter drang an ihre Ohren. Dasselbe Lachen, das sie im Traum gehört hatte. Unter Schmerzen wandte sie den Kopf der Geräuschquelle zu. Alles um sie herum drehte sich.

Der Mann, der sie anstarrte, erinnerte sie an den Löwen, den sie einmal im Wildpark von San Diego gesehen hatte:

Langes, goldblondes Haar fiel ihm bis in die Augen, und sein Grinsen wirkte raubtierhaft. Sie wollte vor ihm zurückweichen, rückte dichter an die Wand, woraufhin er erneut lachte.

Dann stand er von seinem Stuhl auf und kam auf sie zu.

«Na, was ist denn so Besonderes an dir? Ich habe gelesen, dass die Verborgenen nicht wie gewöhnliche Menschen in ihrem Körper gefangen sind. Nichts trennt sie von der göttlichen Sphäre.»

Stacy presste sich unter seinen bohrenden Blicken fester gegen die Wand. «Was … wovon … reden Sie?»

Er straffte den Rücken, einen verbissenen Zug um den Mund. «Ach ja. Du weißt es gar nicht, stimmt's? Ihr alle wisst nichts davon. Wozu vergeude ich meine Zeit?»

Er wandte sich ab, ging zur Tür.

«Dein Stiefvater kommt, um dich zu retten, Stacy», sagte er von dort aus. «Gute Neuigkeiten, wie? Aber für mich, nicht für dich. Denn ich werde mir zurücknehmen, was er mir gestohlen hat, und dann werde ich ihn töten.»

Crispin hob beschwichtigend die Hände. «Keine Sorge. Ich werde ihn nicht sofort umbringen. Erst soll er zusehen, wie ich *dich* umbringe.»

KAPITEL SECHSUNDVIERZIG

David erwachte vom Klingelton seines Handys. Mit einem Ruck richtete er sich in dem Sessel auf. Wann war er eingedämmert? Als die Benommenheit nachließ, erkannte er, was ihn tatsächlich geweckt hatte: das Summen eines Druckers, der das Ergebnis der neuesten KBF-Suche ausspuckte. Sein Handy lag auf dem Tisch vor ihm, stumm wie ein Stein.

Warum meldete sich Crispin nicht mehr?

Diese Warterei war unerträglich, und das Gefühl, nutzlos zu sein, trieb David schier in den Wahnsinn. Er hatte nichts mehr beizutragen, ganz gleich, was die anderen glauben mochten. Ihm waren keine weiteren Namen eingefallen, er hatte alles gegeben. Cardoza und die Übrigen hatten die ganze Nacht hindurch daran gearbeitet, seine Aufzeichnungen zu entschlüsseln. Aber er verstand nichts von Dechiffrierprogrammen, ebenso wenig wie von Meditation und heiligen Gebeten. Hier gab es für ihn nichts mehr zu tun. Stacy jedoch brauchte ihn.

London war der Ort, an dem er Crispin Mueller zuletzt gesehen hatte. Das war der einzige Ansatzpunkt, den er hatte.

Die Iraner hatten endlich doch einen Rückzieher gemacht, die Sicherheitswarnung war aufgehoben worden, und der Flughafen hatte gegen vier Uhr früh den Betrieb wiederaufgenommen. Davids Flug ging um zwei Uhr nachmittags.

Er streckte sich, um seine verspannten Muskeln zu lockern, und ging zur Tür. Nebenan in der Bibliothek wurde angestrengt gearbeitet. Er sah, wie Yael ihrem Vater über die Schulter schaute, das Haar locker mit einer Spange hochgesteckt. Die Strapazen der langen Nacht hatten deutliche Spuren in ihrem Gesicht hinterlassen, aber sie strahlte noch immer dieselbe Mischung aus Entschlossenheit und Anmut aus, die ihm schon bei ihrer ersten Begegnung in Rabbi ben Moshes Büro aufgefallen war.

In diesem Moment hob sie den Kopf, als spürte sie seinen Blick, und lächelte ihm matt zu.

«Du siehst aus, als könntest du etwas frische Luft gebrauchen», stellte sie fest.

«Geh mit David hinaus, damit er den Sonnenaufgang in Zefat sieht», sagte Yosef. «Es ist ein wahrhaft spektakulärer Anblick, und womöglich ist dies die letzte Gelegenheit, ihn zu genießen.»

David ging schweigend neben ihr die Treppe hinunter. In der Cafeteria war ein kleines Büfett mit Obst, Käse, Oliven und Säften angerichtet. Während David zwei Thermobecher mit Kaffee füllte, nahm Yael eine Orange und ein Schälmesser vom Tisch. Als sie mit ihrem spärlichen Imbiss ins Freie traten, wo sich der Schleier der Nacht allmählich hob, klangen ihnen noch Yosefs düstere Worte in den Ohren.

«Kannst du beide Becher tragen, während wir ein Stück gehen?», fragte Yael. «Ich möchte dir gern etwas zeigen.»

Sie spazierten schweigend die kopfsteingepflasterten Straßen entlang, sahen zu, wie das Grau allmählich bleichem opalisierendem Licht wich und die Stadt Zefat unter dem Hauch eines neuen Tages zum Leben erwachte.

«Wer weiß, wie viel Zeit uns noch bleibt», murmelte Yael, bog um eine Ecke und führte David durch eine schmale Gasse. «Tage, Stunden? Und trotzdem ...»

«Ich weiß. Wir dürfen nicht aufgeben, nicht wahr?»

«Mein Mann hat nie aufgegeben.» Sie steckte David einen Schnitz von der Orange, die sie geschält hatte, in den Mund. «Yoni hatte einen Traum, bevor er in den Libanon geschickt wurde. Er träumte von Frieden. Einem Frieden, der erst eintreten würde, nachdem er selbst schon lange tot war.»

Sie blieb am Eingang zu einem Friedhof stehen, auf dem die Gräber – manche grasbewachsen und eben, andere erhöht – in ordentlichen Reihen zwischen Fußwegen und Feigenbäumen lagen. David bemerkte, dass die erhöhten Grabstätten von dekorativen Ziegeleinfassungen umgeben und reichlich bepflanzt waren.

«Er liegt hier auf dem Militärfriedhof begraben. Er war erst achtundzwanzig, als er starb.» Yael wandte sich David zu, und in ihren übermüdeten Augen standen Tränen.

«Das tut mir leid», sagte David leise.

Sie steckte das Schälmesser in die Tasche ihrer Khakihose und bückte sich, um ein paar Kieselsteine aufzuheben.

Aus einem Impuls heraus ergriff David ihre Hand. Ihre Finger fühlten sich warm und stark an, so voller Leben … «Und es tut mir auch leid wegen gestern – dass ich so grob war. Das hattest du nicht verdient.»

«*Lo davar* – vergiss es. Du weißt doch, ich bin eine Sabra. Wir gebürtigen Israelis sind wie der Kaktus, nach dem wir uns nennen – nach außen hart und stachelig, innen weich und sentimental. Aber sag es nicht weiter.»

«Weich und sentimental … tatsächlich?», versetzte David mit einem schiefen Lächeln, erstaunt, dass sie so leicht verzeihen konnte. Zu einer anderen Zeit, an einem anderen Ort hätte er sie vielleicht geküsst. Stattdessen ließ er ihre Hand los und folgte ihr über die schmalen Pfade des Friedhofs.

Sie gingen schweigend weiter, bis Yael an einem Grabstein mit der Inschrift *Yonaton HarPaz* stehenblieb. «Seine

Seele ist noch hier», sagte sie, den Blick auf das von Gras umwucherte Grab gerichtet. «Die Kabbalisten glauben, dass *Nefesch,* die niederste der drei Seelendimensionen, am Grab eines Verstorbenen bleibt. Rabbi Cardoza hat mir erklärt, Nefesch bleibt in der irdischen Welt zurück, um die Lebenden in schweren Zeiten zu beschützen, während die beiden höheren Dimensionen der Seele – *Ruach* und *Neschama* – in die oberen Sphären aufsteigen.»

«Schwere Zeiten haben wir jetzt allerdings», bemerkte David. «Wie können die Seelen helfen?»

«Der Rabbi sagt, wenn die Lebenden auf den Friedhof kommen und die Hilfe der Verstorbenen erbitten, erhebt sich Nefesch bis an die Sphäre von Ruach und berichtet von den Gefahren, die unten auf der Welt drohen. Ruach wiederum eilt hinauf zur Sphäre von Neschama – die Gott am nächsten ist –, und Neschama bittet Gott, der Welt gnädig zu sein.»

«Deshalb sind wir hier, nicht wahr? Um Yonis Nefesch zu bitten, Gott unsere Gefahr vorzutragen. Um ihn um Hilfe zu bitten.» David betrachtete nachdenklich die anmutigen Farne auf Yonis Grab. Es fiel ihm schwer, die Vorstellung einer solchen Hierarchie mit der von der Einheit der Seele zu vereinbaren. Man hatte ihn immer gelehrt, jeder Mensch habe eine direkte Verbindung zu Gott und es seien keine Vermittler nötig. Man konnte den Gottesdienst in der Synagoge besuchen und die überlieferten Gebete sprechen, oder man konnte irgendwohin gehen und aus dem eigenen Herzen heraus beten. Gott würde das eine wie das andere erhören.

Das besagte die Lehre des traditionellen Judentums. Diese mystischen Überzeugungen der Kabbalisten waren David fremd. Doch als er sich seine eigene Nahtoderfahrung ins Bewusstsein rief und alles, was er in diesen spannungsgeladenen letzten Tagen erfahren hatte, erschien ihm die Vorstellung, dass Yael die Seele ihres Mannes um Fürsprache in der himmlischen Sphäre bitten konnte, nicht abwegiger als die von den Seelen der Lamedwowniks, die ihn anflehten, für sie in der materiellen Sphäre einzugreifen.

Er sah zu, wie sich Yael bückte und Kiesel auf Yonis Grab ablegte, wo bereits einige Steinchen lagen. David kannte den Grund; er selbst hatte diesen Brauch befolgt, als er die Gräber seiner Eltern besuchte. Yael hinterließ ein Zeichen des Gedenkens.

Er legte ihr kurz eine Hand auf die Schulter und entfernte sich dann, um sie ein wenig allein zu lassen. Langsam wanderte er zwischen den Gräbern hindurch, bis er an eine betonierte Treppe kam, die abwärts führte. Er stieg die Stufen hinunter und gelangte auf einen weiteren, tiefer gelegenen Friedhof, der älter und weniger gepflegt, aber ebenso friedvoll war. Mehrere Besucher beteten an himmelblau gestrichenen Grabmälern, auf denen sich Steine häuften.

Erst als er begann, die Namen auf den Grabsteinen zu entziffern, wurde ihm klar, dass auf diesem alten Friedhof berühmte Kabbalisten lagen.

Tief beeindruckt von der Geschichtsträchtigkeit dieses Ortes, wanderte er für eine Weile über den inzwischen sonnenbeschienenen Friedhof, bis er einen Ausgang erreichte. Von dort aus schlenderte er durch die Straßen, jetzt wieder bergan. Unversehens stieß er in einer schmalen Gasse auf ein blaues Schild mit weißer Schrift, das den Weg zur Abuhav-Synagoge wies.

David überquerte im Schatten der Bäume den kleinen, mit braunen Steinen gepflasterten Hof und trat ins Innere der alten *Schul*.

Der riesige Raum war leer. David legte den Kopf in den

Nacken und blickte zu der Kuppel auf, die sich vier Galerien hoch über ihm wölbte. An den Wänden unterhalb der Kuppel verliefen ringsherum rechteckige Fenster, durch die Tageslicht auf den steinernen, mit Mosaiken verzierten Boden fiel. Das Sonnenlicht schmerzte David in den Augen, und sein Kopf begann zu pochen.

Er ließ den Blick über die Wände gleiten, die in einem beruhigenden Himmelblau gestrichen waren. Von den Deckengewölben darüber hingen zahllose Leuchter, und anmutig geschwungene Rundbögen, deren Ränder gemalte Farne wie eine Spitzenborte schmückten, spannten sich unter der freskenverzierten Kuppel.

«Prachtvoll, nicht wahr?»

Er erschrak nicht, als Yaels Stimme hinter ihm ertönte.

«Allerdings. Sehr beeindruckend», erwiderte er, ohne sich umzudrehen.

«Dabei hast du noch nicht einmal die Hälfte wahrgenommen.» Sie trat neben ihn, um die friedvolle Schönheit des Ortes in sich aufzunehmen.

«Diese Synagoge steckt voller kabbalistischer Symbolik. Die Kuppel ist nicht nur aus architektonischer Sicht bemerkenswert, sondern sie symbolisiert auch den jüdischen Glauben an einen einzigen Gott. Und diese vier Säulen» – Yael deutete nacheinander auf die Säulen, die die Kuppel trugen – «stehen für die vier Elemente der Schöpfung: Erde, Luft, Wasser und Feuer, ebenso wie für die vier Welten der Kabbala – die physische, die intellektuelle, die emotionale und die spirituelle.»

David ging an den Wänden entlang und berührte mit der Hand eine der Säulen, dann die blaugestrichenen Geländer um die *Bima* – das Podium, auf dem die Torarollen vorgelesen wurden.

«Hast du die sechs Stufen bemerkt, die zur Bima hinaufführen?», fragte Yael. «Sie stehen für die sechs Wochentage, während die Bima – die höher liegt als die Stufen – für den siebten, den heiligsten Tag steht: den Sabbat.»

Davids Kopfschmerzen wurden stärker. Schweigend durchquerte er den Raum, um ein Gemälde in Augenschein zu nehmen, das die Klagemauer in Jerusalem darstellte. Es bedeckte die Wand zwischen drei hohen hölzernen Toraschreinen. Zu seiner Überraschung schien die Straße im unteren Teil des Bildes immer geradewegs auf ihn zuzuführen, ganz gleich, wie er sich vor das Fresko stellte. Es erweckte den Eindruck, als stünde er mitten auf dieser Straße.

«Und das ist noch nicht alles.» Yael deutete lächelnd auf die drei Toraschreine. «Es sind ganz bewusst drei, einer für jeden der Patriarchen: Abraham, Isaak und Jakob. Und die Bögen» – sie schwang ihren Arm anmutig über dem Kopf in die Runde – «sind neun, für jeden Monat der Schwangerschaft einer.»

David fühlte sich umfangen von tiefen Bedeutungen, überlieferter Symbolik, die ihn in ehrfürchtiges Staunen versetzte. Jedes Detail an diesem majestätischen Gotteshaus war von mystischer Ordnung erfüllt. Er hatte sich selbst immer für einen gebildeten Mann gehalten, aber er war nur gebildet, was Theorien über Politik, Regierungsformen und internationale Beziehungen betraf. Rabbi ben Moshe, Yael und die Kabbalisten in Zefat hingegen hatten eine Welt erschlossen, mit der er sich noch nie beschäftigt hatte.

Sein Großvater war, nach den Berichten seiner Mutter, in dieser Welt zu Hause gewesen. Für David war sie Neuland. Aber vielleicht, dachte er unter dem Eindruck dieser mächtigen spirituellen Symbolik, trage ich mehr von meinem Großvater in mir, als ich mir jemals hätte träumen lassen.

Er dachte an Stacy, an die Dunklen Engel, an Crispin Mueller und die Lamedwowniks, deren Zahl dahinschwand, und betete, es möge so sein.

Sein Kopf hämmerte inzwischen heftig. Er schloss die Augen, versuchte den Schmerz zu verdrängen und die Namen aus seinem Gedächtnis heraufzubeschwören. Die Kabbalisten hatten unter den Tausenden Namen in seinen Aufzeichnungen vierunddreißig Lamedwowniks dieser Generation ausfindig gemacht. Aber zwei fehlten noch. Hatte er sie bereits aufgeschrieben? Oder schlummerten sie noch in seinem Unterbewussten?

Kannten die Gnoseos diese Namen? Warum konnte er nicht –

Schmerz, glühend wie ein Blitz, nahm ihm plötzlich die Sicht. Er fiel stöhnend auf die Knie, presste die Handballen in die Augenhöhlen.

«David! Was ist, was hast du?»

Yaels Stimme drang wie von weit her zu ihm, als stünde sie draußen vor der Synagoge auf der Straße. Er war allein unter der gewölbten Kuppel mit ihren Fresken von Harfen und Palmen und biblischen Szenen. Allein an dieser heiligen Stätte. Und der Schmerz füllte seinen ganzen Schädel aus.

David versuchte aufzustehen. Er musste zurück zum Kabbalah Center und irgendwo Schmerztabletten auftreiben. In ein paar Stunden ging sein Flug. Aber ehe er auf die Beine kam, überwältigte ihn der Schmerz erneut, und er brach wieder zusammen.

Hilflos, sich windend lag er auf dem steingefliesten Boden der Synagoge. Es gab nur noch den Schmerz.

Und die Gesichter ... die Stimmen ... Sie waren wieder da, schreiend, flehend, fordernd.

David strengte sich an, auf sie zu hören, doch die Qual

steigerte sich, bis sein Schädel zu zerspringen drohte. Sie versuchten ihn zu erreichen –

«David! Kannst du mich hören?»

Yael beugte sich über ihn, aber er schien sie nicht zu sehen. Er starrte blicklos an die Decke, das Gesicht qualvoll verzerrt.

Schweiß rann ihm von den Schläfen, sickerte in seinen Hemdkragen.

Yael legte ihm erschrocken eine kühle Hand auf die Stirn. Ihr selbst schlug das Herz bis zum Hals, sie war hin und her gerissen, ob sie Hilfe holen oder bei ihm bleiben sollte. Seine Haut war schweißbedeckt. Dann plötzlich bemerkte sie in seinen Augen eine Veränderung. Ein friedvoller Ausdruck trat an die Stelle der Qual, und die Gesichtsmuskeln entspannten sich. Während sie den obersten Knopf an seinem Hemd öffnete, erschlaffte sein Körper.

David schloss erschöpft die Augen. «Jack Cherle», murmelte er mühsam. «Guillermo Torres.» Yael hielt die Luft an.

Mit matter Stimme sprach David den Namen aus, der ihn am meisten verfolgte: «Stacy Lachman …»

Er setzte sich mühsam auf, fühlte sich leer und benommen. Die Kopfschmerzen waren verschwunden, als hätten sie nie existiert. Sein Geist war plötzlich ganz klar.

In seinem Kopf waren keine weiteren Namen.

«Wir müssen … zurück. Ich muss ihnen … die Namen sagen.»

Yael half ihm auf. Er kam schwankend auf die Beine, stützte sich schwer auf sie, und sie legte ihm einen Arm um die Taille.

«Willst du nicht lieber noch etwas ausruhen? Du bist furchtbar blass.»

«Keine … Zeit», brachte David heiser heraus und ging schwerfällig auf die Tür zu.

Er kannte die Namen. Die letzten Namen. Und doch wurde er das Gefühl nicht los, dass da noch mehr war. Etwas, das sich ihm noch immer entzog.

Vielleicht, wenn ich noch einmal mit den Mystikern spreche …, dachte er und blinzelte benommen, während er sich auf unsicheren Beinen dem Ausgang näherte. Vielleicht können sie mir auf die Sprünge helfen.

Als sie hinaus in den sonnenbeschienenen Hof traten, hörte Yael von der Gasse her Schritte. Gleichzeitig sank David schwer gegen ihre Schulter. Sie musste ihn unbedingt hinüber zu der Bank lotsen.

«Wir brauchen Hilfe!», rief sie.

Und dann sah sie sie in den Hof kommen.

Sie waren zu zweit. Ein Mann und eine Frau. *Touristen,* dachte sie beim Anblick der Polohemden und Shorts erleichtert. «Bitte, können Sie mir helfen, ihn zu der Bank zu bringen –»

Die beiden kamen auf sie zugelaufen, doch Yaels Erleichterung verflog schlagartig, als sie sah, dass der hochgewachsene, sehnige Mann ein Metallrohr in der Hand schwang und die Frau, die die Statur einer bulgarischen Diskuswerferin hatte, ein geknotetes Seil zwischen ihren gewaltigen Fäusten spannte.

Yael warf einen verzweifelten Blick zurück zur Synagoge. Zu weit, sie würden es nicht schaffen, rechtzeitig die Tür hinter sich zu verriegeln.

«David, sie haben uns gefunden!»

David schwankte, als sie ihn losließ und herumwirbelte, um den Dunklen Engeln zu begegnen. Er taumelte mit weichen Knien ein paar Schritte vorwärts und stützte sich an der sonnenwarmen Steinmauer ab. Mit verzweifelter Entschlossenheit zwang er sich, seinen Körper wieder unter Kontrolle zu bringen.

Adrenalin strömte in seine Blutbahn, feuerte ihn an zu kämpfen, aber seine Muskeln fühlten sich noch immer an wie Wachs. Er sah, wie sich Yael auf die Frau stürzte, die ihr um mindestens zwanzig Kilo überlegen war. Ehe er einen weiteren Schritt tun konnte, hatte der Mann ihn bereits erreicht und schwang das Rohr gegen seine Knie.

Schmerz durchfuhr seine Schienbeine, und er stürzte mit einem Aufschrei zu Boden. Wie durch einen Nebel sah er, dass Yael rechts von ihm der Frau einen gezielten Tritt in den Bauch versetzte, der die Gegnerin aus dem Gleichgewicht brachte.

Der Dunkle Engel, ein Gesicht wie ein Schlächter, hob das Rohr erneut zum Schlag. Diesmal zielte er auf Davids Brustkorb, doch es gelang David, sich rechtzeitig zur Seite zu wälzen. Der Schlag traf ihn an der Hüfte, und glühender Schmerz zuckte durch seine Knochen.

Er hörte eine Frau schreien. *Yael!*

Die Panik verlieh ihm Kraft, und als der Dunkle Engel ihn am Kragen hochzerrte, rammte David ihm seine Faust mit Wucht in die Magengrube. Das Schlächtergesicht stieß alle Luft aus seiner Lunge aus, sodass David ein Gestank wie von gekochter Leber entgegenschlug. Bevor sein Gegner wieder zu Atem kam, setzte er nach und rammte seine Faust noch einmal so weit unter die Rippen des Mannes, wie er nur konnte.

Yael lag am Boden, einen Arm verdreht unter ihrem Körper. Die andere Frau saß rittlings auf ihr, spannte das Seil straff über Yaels Hals und drückte ihr so die Luft ab. Yaels Gesicht war bereits aschgrau. Erschrocken wollte David ihr zu Hilfe eilen.

Doch bevor er sie erreichte, sprang ihn sein Gegner von hinten an. Unter dem Ansturm von hundertdreißig Kilo ging David zu Boden wie ein Sandsack. Der Schlächter war sofort über ihm, und beide schlugen und boxten wie von Sinnen. Fäuste krachten gegen Knochen, Ellenbogen bohrten sich in Nervenenden, Speichel und Blut spritzten über den Hof.

Durch den rasenden Schmerz hindurch, der seinen ganzen Körper marterte, wurde David plötzlich bewusst, dass der Mann, so brutal er ihn auch zurichtete, seinen Kopf und sein Gesicht doch verschonte.

Keiner von beiden hatte eine Pistole gezogen, fiel ihm auf, während er einen Schlag gegen die Brust abwehrte. Dann begriff er den Grund.

Sie wollen mich lebend, sie wollen die Namen …

Er sah die Faust nicht, bis sie in seine Magengrube stieß. Noch ehe er sich zur Seite wälzen konnte, ehe er wieder Luft bekam, krachte das Rohr gegen seinen Ellenbogen. Unsäglicher Schmerz ließ hinter seinen Augen purpurrote Funken sprühen. Mit zusammengebissenen Zähnen und nach Luft ringend kämpfte er gegen die Schmerzkrämpfe an, krümmte sich zur Seite, um sich in eine günstigere Position zu bringen, während der Gegner mit einem Satz wieder auf die Beine kam.

Schlächtergesicht griff erneut an, das Rohr zum Schlag erhoben, als David in einer verzweifelten Anstrengung beide Knie an die Brust zog und die Beine dann mit aller Kraft vorschnellen ließ.

Der Tritt traf den Dunklen Engel genau ins Zwerchfell. Der Mann krümmte sich und griff sich im Reflex an die Rippen, wobei ihm das Rohr scheppernd aus der Hand fiel.

Mit einem Satz war David bei der Waffe und warf sich darüber. Yaels Gesicht färbte sich bereits lila, und ihre Augen traten hervor. Sie strampelte mit den Beinen, versuchte verzweifelt, die Angreiferin abzuschütteln.

Bevor David ihr zu Hilfe kommen konnte, sah er, wie Yael den Arm, der unter ihrem Körper eingeklemmt gewesen war, befreite. Ihr silbernes Armband funkelte in der Sonne, als sie mit geballter Faust nach ihrer Peinigerin schlug. Erst im letzten Moment erkannte David, dass es nicht ihr Armband war, das glänzte, sondern das Schälmesser, das sie aus der Hosentasche gezogen hatte. Yael stieß es der Frau mit aller Kraft seitlich in den Hals.

Blut sprudelte hervor wie Abwasser aus einem geplatzten Rohr. Während die Frau einen gurgelnden Schrei ausstieß, stach Yael ein zweites Mal zu, rammte die Klinge tief in die Halsgrube ihrer Angreiferin.

David löste sich aus seiner Erstarrung und packte das Metallrohr. Er kämpfte den alles verzehrenden Schmerz nieder und kam mühsam auf die Beine. Schweiß rann ihm in die Augen, während er zu dem Dunklen Engel herumfuhr, der sich keuchend wie ein Tier zum erneuten Angriff bereitmachte.

«Yael, lauf! Bring dich in Sicherheit!», schrie er, doch sie hörte nicht auf ihn. Stattdessen sprang sie zur Seite, das Messer zum Angriff gezückt, mit einem Ausdruck wilder Entschlossenheit im Gesicht.

Der Blick des Dunklen Engels huschte zwischen beiden hin und her: der geschmeidigen Frau mit dem blutigen Messer und dem Mann, der im Begriff war, seine eigene Waffe gegen ihn zu verwenden.

Mit einem Aufschrei rannte er schließlich auf Yael zu. David blieb beinahe das Herz stehen. *Er will sie als Schutzschild benutzen.*

Während der Dunkle Engel und David gleichzeitig auf sie zustürzten, schien Yael wie erstarrt.

Ich erreiche sie nicht rechtzeitig, erkannte David verzweifelt, doch dann bemerkte er Yaels stählernen Blick.

Sie wartete bis zum allerletzten Moment, dann kauerte sie sich blitzschnell zusammen und stieß dem Dunklen Engel das Messer zielsicher in den Unterleib.

Seine Schreie gellten über den Hof, bis David ihnen ein Ende machte, indem er das Metallrohr auf den Schädel des Mannes schmetterte.

KAPITEL SIEBENUNDVIERZIG

Die Atmosphäre im Gabrieli Kabbalah Center hatte sich verändert. Eine Dringlichkeit lag in der Luft, eine fieberhafte Aktivität, die wie elektrischer Strom durch die gesamte erste Etage zog. Dort suchten Rabbi Cardoza und seine Mitarbeiter an ihren Computern nach Jack Cherle und Guillermo Torres, wo auch immer auf der Welt sie sein mochten.

Niemand wusste, wo Stacy war, aber in wenigen Stunden würde David sein Möglichstes tun, um es herauszufinden.

Auch der Mossad fahndete mit allen Mitteln nach den drei Lamedwowniks, was einem einzigen Anruf von Avi Raz zu verdanken war. Rabbi Cardoza hatte Avi eine Stunde zuvor telefonisch die Neuigkeiten durchgegeben, und Avi hatte daraufhin endlose Dienstwege und wochenlangen Papierkrieg umgangen und binnen einer Viertelstunde die größte Personenfahndung in der Geschichte des israelischen Geheimdienstes in Gang gesetzt.

Von Schmerzen gequält, beugte sich David über den Computerausdruck einer weiteren KBF-Suche. Bisher hatte das Intervall zweihundertvierzig keinen Hinweis auf die Gnoseos erbracht, sondern nur sinnloses Kauderwelsch.

Trotz all seiner Prellungen und Platzwunden hatte David es abgelehnt, sich medizinisch versorgen zu lassen. Jetzt war keine Zeit, sich mit kleinen Schrammen aufzuhalten. Nachdem Yael und er zurück zum Kabbalah Center gehinkt waren, von wo aus sie die Polizei verständigten, hatte er nur hastig die schlimmsten Platzwunden verbunden und sich dann sofort in die Arbeit gestürzt.

David verzog das Gesicht, als sein Blick auf Yael fiel, die ihm am Tisch gegenübersaß und auf einen Monitor starrte. Ein zornig rotes Würgemal zog sich quer über ihren Hals, wo das Seil ihren Kehlkopf so stark gequetscht hatte, dass sie nur unter Schmerzen sprechen konnte.

Sie wäre beinahe gestorben. Sie beide wären beinahe gestorben.

Und auch Jack Cherle, Guillermo Torres und Stacy würden sterben, wenn nicht …

Wenn nicht der Mossad sie rechtzeitig fand. Oder Interpol oder die CIA oder sonst eine der Organisationen, von denen der israelische Geheimdienst internationale Unterstützung angefordert hatte.

Diese KBF-Suchen führen zu nichts, dachte David frustriert. Er warf einen Blick auf die Uhr; die Ungeduld, die sich in ihm staute, war fast so schmerzhaft wie seine geprellten Rippen und die geschwollenen Finger. In einer knappen Stunde würde ein Wagen kommen, der ihn nach Tel Aviv brachte. Und dann konnte er sich endlich auf die Suche nach Stacy machen.

Hier war er fertig, hatte seine Aufgabe erfüllt. Yael und Yosef hatten recht behalten: Zefat hatte tatsächlich die letzten Namen, die in seinem Gedächtnis verschüttet gewesen waren, zutage gefördert. Aber jetzt gab es für ihn in dieser mystischen Stadt nichts mehr zu tun. Im Gegenteil, wenn er hierblieb, würde er mehr Dunkle Engel anziehen und so die Kabbalisten in Gefahr bringen.

Dennoch nagte etwas an ihm. Er wurde das Gefühl nicht los, etwas übersehen oder vergessen zu haben. Aber was? Vielleicht musste er hier doch noch etwas erledigen. Rabbi Cardoza hatte es angedeutet: Die Namen in seinem Notizbuch – warum waren sie ihm gerade in dieser Reihenfolge eingefallen? War es Zufall oder gab es ein System, das er noch nicht erkannte?

Wenn eine Botschaft dahintersteckte, war die Gematrie des Wortes «Amalek» jedenfalls nicht der Schlüssel. *Was, wenn man ein anderes Intervall einsetzen muss ... den Zahlenwert eines anderen Wortes ... zum Beispiel «Gnoseos»?*

Rasch suchte er nach Binyomin und fragte ihn nach der Gematrie des Wortes Gnoseos. «Versuchen Sie eine Intervallsuche mit diesem Zahlenwert», drängte David.

Das Ergebnis steigerte seine Enttäuschung: Nichts Lesbares stand in den Zeilen, nur wieder das gleiche Kauderwelsch wie bei dem Zahlenwert von «Amalek».

Stöhnend hob David seinen Seesack auf, der jetzt um das Buch, den Beutel des Rabbi und dessen Inhalt erleichtert war, denn all diese Dinge hatte er, ebenso wie die Steine, Rabbi Cardoza übergeben.

Bei dem Gedanken an den Achat stutzte er.

Im Geiste hörte er noch einmal Crispins höhnische Worte: *Du hast etwas, das mir gehört. Und ich habe etwas, das dir gehört.*

Crispin wollte ihn glauben machen, er werde Stacy im Tausch gegen den Stein freigeben. David wusste, dass das ein Trick war, aber er würde sich wenigstens zum Schein darauf einlassen müssen. Doch wie sollte er das tun, wenn er den Achat nicht mehr hatte?

In diesem Moment sah Yael von dem Monitor auf. Ihre Blicke trafen sich einen Moment lang, dann umrundete sie den Tisch. Sicher um sich von mir zu verabschieden, dachte er.

«Ist es schon Zeit aufzubrechen?» Ihre sonst so klangvolle Stimme war ungewohnt heiser und gequält.

«Der Wagen muss jede Minute kommen. Hier kann ich sowieso nichts Nützliches mehr beitragen.»

Ihr forschender Blick machte ihn stutzig.

«Da wäre ich mir nicht so sicher. Mir ist etwas eingefallen, und ich wüsste gern, was du davon hältst. Es geht um die Tarotkarten. Du erinnerst dich doch noch an das Ringbuch mit Rabbi ben Moshes Aufzeichnungen?» Sie legte beim Sprechen eine Hand an den Hals, wie um den Schmerz zu lindern. «Er hat geschrieben, dass die Gnoseos viel mit geheimen Codewörtern und Talismanen arbeiten. Überleg mal – sie haben sich immerhin die Mühe gemacht, den Drucker zu ermorden, um die Platten an sich zu bringen. Die Karten müssen folglich ganz besonders geheim sein – und ganz besonders wichtig.»

David stellte seinen Seesack neben sich auf einen Stuhl. «Und der Dunkle Engel, dem wir eine abgenommen haben, trug sie im Strumpf versteckt bei sich», ergänzte er nachdenklich. «Warte – womöglich sind diese Karten eine Art Ausweis, ein Beweis dafür, dass der Besitzer zu den Gnoseos gehört. So etwas wie ein Führerschein –»

Yael nagte an ihrer Unterlippe. «Oder … ein Pass», sagte sie langsam.

Ein Pass.

«Ein Pass wofür? Wozu? Sie wollen diese Welt vernichten», wandte David ein, «und nicht bereisen.»

«Stimmt.» Sie kniff nachdenklich die grünen Augen zusammen. «Aber was, wenn sie sich irgendwo versammeln, um das Ende der Welt zu feiern? Alle Gnoseos gemeinsam an einem bestimmten Ort?»

Davids Herzschlag beschleunigte sich. «Und wie könnte man besser beweisen, dass man dazugehört – dass man zu der Siegesfeier eingeladen ist –, als indem man sich mit einem geheimen Pass ausweist?»

«Genau.» Yaels Augen funkelten. «Ein Ausweis, eine Einladung, wie auch immer. Sie brauchen einen handfesten Beweis. Eine Eintrittskarte.»

«Wie praktisch, dass ich die von Gillis habe.»

Yael reckte das Kinn und sah ihn fest an. «Ich brauche auch eine. Ich werde dich begleiten.»

«Nein, Yael.»

«Mein Flug ist schon gebucht. Ich sitze direkt hinter dir. Ich lasse dich bei der Suche nach Stacy nicht allein.» Sie senkte die Stimme. Wenn sie leise sprach, merkte man noch deutlicher, wie sehr das Reden sie anstrengte. David hatte Mühe, sie zu verstehen. «Warte hier. Ich hole Rabbi ben Moshes Tarotkarte. Ich habe gesehen, wo Rabbi Cardoza sie aufbewahrt.»

Als sie sich zum Gehen wandte, hielt David sie am Arm zurück.

«Ich brauche auch den Stein, Yael. Ich brauche den Achat.»

Sekundenlang sah sie ihn an, und er konnte die Unsicherheit, den inneren Konflikt an ihrem Gesicht ablesen. Dann hastete sie wortlos hinaus.

Yael flog mit ihm nach London. David war selbst überrascht, wie ermutigend diese Aussicht auf ihn wirkte. Und wenn sie recht hatten, was den geheimen Zweck der Tarotkarten betraf, besaßen sie zwei Eintrittskarten nach Gnoseosville – wo auch immer das sein mochte. Vielleicht würden die Karten sie zu Stacy führen. Oder wenigstens zu jemandem, der wusste, wo Crispin sie versteckt hielt.

Er zog die mysteriöse Karte aus der Brieftasche und studierte sie erneut, versuchte ihre Symbolik zu verstehen. Menschen stürzten von dem vom Blitz zerschmetterten Turm. *Selbstmord?* Nein. *Zerstörung, Tod, Chaos,* hatte die Kartenleserin gesagt. *Und Wiedergeburt.* Davids Blick blieb an dem

Blitz hängen, der den Himmel über dem Turm zerriss. Geblitzt hatte es in letzter Zeit reichlich – als bräche sich der Zorn von Mutter Natur in Form elektrischer Entladungen Bahn.

Und dann war da die Brücke im Hintergrund, die ihn an die Tower Bridge in London erinnerte.

London. Wo er erst kürzlich Crispin über den Weg gelaufen war ... Wo er mit seiner Suche nach Stacy beginnen wollte ...

Yael kam durch die Bibliothek auf ihn zu, ihre Ledertasche über der Schulter. «Ich habe es», raunte sie ihm mit unbewegter Miene zu. «Beides war genau da, wo ich es in Erinnerung hatte.»

Plötzlich lief ein Prickeln wie von Nadelstichen Davids Rückgrat hinauf. Seine Ohren summten, er hörte die Gespräche in der Bibliothek unnatürlich verstärkt.

Genau da, wo ich es in Erinnerung hatte. Erinnerung ... Gedenken ...

«Zakhor.» Aufgeregt packte er Yael am Handgelenk. «Gedenke.»

Sie sah ihn mit schiefgelegtem Kopf an. «Was gibt es noch, woran ich denken muss?», fragte sie sichtlich verwirrt.

«Nicht du. *Ich.* Sie haben mir aufgetragen, mich an sie zu erinnern. Immer wieder haben sie mir zugerufen, ich solle ihrer gedenken ... zakhor. Vielleicht ist es das, woran ich mich jetzt erinnern soll: das Wort zakhor.»

Yaels Augen weiteten sich. Sie lief zum nächsten Tisch und kritzelte Ziffern auf ein Blatt Papier. «Hier, der Zahlenwert von zakhor ist –»

Zweihundertdreiunddreißig. David kramte hastig sein Notizbuch hervor und schlug die erste Seite auf, las den ersten Namen.

«D», sagte er zu Yael. Dann zählte er so schnell er konnte mit dem Finger zweihundertdreiunddreißig Buchstaben ab. «Der nächste ist ein I», teilte er ihr mit.

Fieberhaft zählend nannte er ihr als Nächstes ein S, dann ein T. Seine Finger flogen nur so über die Seiten, sein Verstand arbeitete auf Hochtouren. Konnte das wirklich die Lösung sein? Der Schlüssel zu der geheimen Botschaft, die in seinen Aufzeichnungen steckte?

Yael schrieb die nächsten Buchstaben mit, die er ihr diktierte: E, F, A, N, O, E, D, U, A, R, D, O …

Sie schnappte nach Luft. «Aber das ist doch … David! Das ergibt zusammen DiStefano Eduardo – Eduardo DiStefano. Der Premierminister von Italien!»

«Rabbi Cardoza!», schrie David quer durch die Bibliothek. Der Rabbi schrak auf und kam besorgt herbeigeeilt.

«Lassen Sie eine Intervallsuche mit dem Zahlenwert von ‹zakhor› über meine Aufzeichnungen laufen, Rabbi! Ich glaube, so erfahren wir die Namen der Gnoseos. Yael und ich haben gerade schon den ersten entschlüsselt. Es müssen noch mehr zu finden sein!»

«Welchen Namen haben Sie gefunden?»

Davids Stimme bebte. «Eduardo DiStefano. Der Premierminister von Italien.»

Cardoza blieb vor Verblüffung der Mund offenstehen. Für einen Moment war er wie erstarrt, dann rief er über die Schulter: «Binyomin, kommen Sie schnell her!»

Während der Fahrt zum Ben-Gurion-Flughafen in Tel Aviv rief David noch einmal im Kabbalah Center an und ließ sich von Rabbi Cardoza die Liste vorlesen, die der Computer ausgespuckt hatte.

Als er den Rabbi sagen hörte: «Mueller, Crispin», durchfuhr es ihn wie ein Stromstoß. *Tatsächlich. Die Gnoseos. Eine Liste ihrer Namen, als Subtext in seinen Aufzeichnungen versteckt.*

Ihm waren nicht nur die Namen der Lamedwowniks offenbart worden, sondern auch die Namen ihrer Feinde. Durch das Telefon hörte er Rabbi Cardoza den nächsten Namen vorlesen: «Wanamaker …»

Ein Summen erfüllte Davids Ohren. *Judd? So haben die Dunklen Engel uns also bei der Kartenlegerin aufgespürt: Judd hat sie angerufen, sobald wir das Restaurant verlassen hatten …*

«David, hören Sie mich? Ich sagte, ich habe gerade mit Avi telefoniert.» Rabbi Cardozas Stimme drang nur schwach durch den Aufruhr seiner Gedanken zu ihm durch. «Er hat sämtliche Organisationen in Alarmbereitschaft versetzt. Laut Interpol ist DiStefano gestern in London eingetroffen.»

«Schalten Sie den MI6 ein», riet David ihm. «Ich habe so eine Ahnung, dass alle Gnoseos in nächster Zeit nach London kommen werden.»

Davids Handy klingelte erneut, während er und Yael im Flughafen auf den Shuttlebus warteten, der sie vom Terminal zu ihrem Flugzeug bringen sollte.

«Ich fürchte, das kleine Mädchen schläft nicht gut. Sie ruft immer nach dir, du sollst kommen und sie retten.»

«Du verdammter Hurensohn.» Rasende Wut überwältigte David. Es kümmerte ihn nicht, dass sich mehrere Leute befremdet nach ihm umsahen. «Wo ist sie?»

«Bei mir, wo denn sonst? Nicht weit von da, wo wir uns zuletzt gesehen haben.»

«London.» David wechselte einen Blick mit Yael.

«Du bekommst ein ‹Sehr gut› für deinen Scharfsinn, Professor», kommentierte Crispin spöttisch.

«Und du bekommst ein ‹Mangelhaft› für deine jüngsten Bemühungen. Für die zwei Dunklen Engel interessiert sich gerade der Leichenbeschauer.»

Crispin lachte. «Du schmeichelst mir, mein Freund. Du glaubst, ich hätte sie geschickt? Nein, die Dunklen Engel erhalten ihre Befehle von anderen. Dies ist eine Angelegenheit zwischen dir und –»

«Lass mich mit ihr sprechen, Mueller. Ich will einen Beweis dafür, dass sie noch am Leben ist.»

«Vertraust du mir etwa nicht?», höhnte der andere. Seine Schadenfreude war so offenkundig, dass David ihn am liebsten auf der Stelle erwürgt hätte.

«Ich will ihre Stimme hören.»

«Das sollst du auch. Nachdem du meine nun folgende Anweisung befolgt hast. Dann kannst du die liebliche Stimme deiner kostbaren Stacy hören. Und wenn du es schaffst, die Anweisungen korrekt zu befolgen, und mir zurückgibst, was mir gehört – wer weiß? Vielleicht verschone ich sie dann.»

«Wo finde ich dich?», stieß David hervor.

«Eins nach dem anderen», wies Mueller ihn zurecht. «Es gibt da noch etwas, wofür ich mich interessiere. Mir ist zu Ohren gekommen, dass du ein Buch geschrieben hast.»

«Mehrere.»

«Du weißt, welches ich meine. Ich hoffe für deine Tochter, dass du es bei dir hast. Ich würde es gern lesen.»

Davids Stimme klirrte vor Kälte. *«Wo finde ich dich?»*

«Geh zum Tower Hill Memorial bei den Trinity Gardens. Und dann ruf dein kleines Mädchen an.»

Klack.

Davids Eingeweide verkrampften sich so heftig, dass er kaum atmen konnte.

Er wartete ab, bis sie aus dem Shuttlebus gestiegen waren, dann brachte er Yael leise auf den neuesten Stand.

«Ich soll ihn vom Tower Hill Memorial bei den Trinity Gardens aus anrufen. Warst du da schon mal?»

Während sie in das Flugzeug stiegen, erwiderte sie ebenso leise: «Vor langer Zeit. Es liegt in der Nähe des Tower of London. Eine Gedenkstätte für die Seeleute der britischen Handelsflotte und der Navy, die in den beiden Weltkriegen umgekommen sind – die Männer, die kein anderes Grab haben als die See.»

Sie wartete ab, bis sich die Flugbegleiterin an ihnen vorbeigezwängt hatte, um einem älteren Passagier behilflich zu sein, ehe sie fortfuhr: «Ich habe es mir bei meinem ersten London-Aufenthalt angesehen. Eine interessante Parkanlage, und das Denkmal …» Sie brach ab.

«Was, Yael? Was ist mit dem Denkmal?»

«Crispin Mueller hat Sinn für Ironie. Zu dem Denkmal gehört eine Mauer, David – eine Mauer voll mit Namen.»

KAPITEL ACHTUNDVIERZIG

Die Arche

Crispins Muskeln verkrampften sich vor Wut, als DiStefano über ihn herfiel. Sein Vater stand bei der Tür des engen Computerraumes und sah aus, als sei er nicht bereit, einen Finger zu rühren, selbst wenn DiStefano mit einer Machete auf seinen einzigen Sohn losginge.

«Du hast hier eine Aufgabe zu erfüllen, *eine einzige*, meine liebe Schlange.» DiStefanos Worte waren scharf wie Säure. «Du sollst die letzten Verborgenen finden, nicht wertvolle Zeit damit vergeuden, um die eine herumzuschleichen, die hier ist. Wir hätten sie bereits aus dem Weg schaffen können, wenn du dich darauf konzentriert hättest, den letzten Namen zu entschlüsseln. Jack Cherle wird heute Nachmittag sterben, sobald sein Vergnügungsschiff in Southampton anlegt. Wir sind so verdammt dicht dran», zischte er wütend, «und du trödelst herum.»

Crispin öffnete den Mund, um etwas zu erwidern, aber DiStefano schnitt ihm das Wort ab.

«Setz dich wieder an deinen Computer und finde den verdammten letzten Namen!»

Crispins Gesicht nahm die Farbe neuen Weines an. Die Faust fester um seinen Gehstock geballt, malte er sich aus, wie er DiStefano den Stock mitten ins Gesicht schlug. Mehr als einmal.

«Du hast gehört, was der Oberste des Zirkels gesagt hat.»

Die Stimme seines Vaters klang gepresst und hölzern. Erik Mueller riss die Tür auf, dann sah er seinen Sohn mit ausdruckslosen Augen noch einmal an. «Setz dich hin und bring deine Aufgabe zu Ende.»

Die Tür schlug hinter ihm zu.

«Die Lamedwowniks *sind* meine verdammte Aufgabe», stieß Crispin hervor und hinkte in rasender Wut auf DiStefano zu. «Nach allem, was ich geleistet habe, ist es mein gutes Recht, mich zu vergewissern, was an diesen angeblichen Gerechten so Besonderes ist.»

«Der Umgang mit den Verborgenen ist ausschließlich Aufgabe der Dunklen Engel.» Das graue Haar an DiStefanos Schläfen war dunkel von Schweiß. «Wenn du den letzten Namen nicht finden kannst, werden wir ihn in David Shepherds Notizbuch suchen müssen. Willst du so in Erinnerung bleiben? Als die Schlange, der im letzten Moment die Luft ausgegangen ist? Die an der Schwelle zum Sieg versagt hat? Oder lieber als der Mann, der im Alleingang jeden einzelnen der sechsunddreißig Verborgenen entdeckt hat?»

Crispin stieß seinen Gehstock heftig auf den Boden. «Verschwinden Sie, damit ich arbeiten kann.»

DiStefanos Augen bohrten sich für einen endlosen Moment in seine.

«Lass dir nicht einfallen, diesen Raum zu verlassen, ehe du den Namen hast.»

Eine Ader an Crispins Hals pulsierte. Dann endlich ließ ihn DiStefano allein.

Was zum Teufel bildet er sich ein? Mich hier einzusperren wie ein Kind mit Stubenarrest? Meiner Arbeit ist es zu verdanken, dass wir in einer *einzigen* Generation so weit gekommen sind. Wann hat je zuvor jemand auch nur halb so viele Verborgene identifiziert? Die Welt gerät bereits aus den Fugen dank meiner Leistungen. Und durch meinen Beitrag ist das Ende unabwendbar.

Crispin lehnte seinen Gehstock an den Schubladenschrank und rief seine Logdatei auf. Es spielte keine Rolle, dass er nicht mehr die Gelegenheit haben würde, die Katakomben zu verlassen. Sein Plan war bereits geschmiedet. Alles, was noch zu tun blieb, konnte er von hier unten aus erledigen, aus der Arche.

Wenn Shepherd die Trinity Square Gardens erreichte und die Nummer seines geliebten kleinen Mädchens wählte, würde Raoul derjenige sein, der den Namen des Anrufers auf dem Display las. Raoul würde zusammen mit Enrique am Seefahrer-Denkmal auf der Lauer liegen – nur ein paar Schritte entfernt, hinter der Einfassungsmauer versteckt.

Sie ahnten nicht, dass die Anweisung von ihm gekommen war statt von DiStefano. Er hatte nur ein paar Befehle eingeben müssen, um sich in DiStefanos gesicherten Server einzuhacken und den Dunklen Engeln die Anweisung per Mail zu schicken. In Kürze würden Raoul und Enrique diesen Shepherd mitsamt seinem Notizbuch und den Steinen herunter in die Arche bringen.

Und dann war die Zeit gekommen für ein langersehntes – und sehr persönliches – Wiedersehen.

Wenn ich Shepherd erst hier unten habe, bin ich am Zug. Dann sitzt er in der Falle. Keine Chance mehr, seine Tochter zu retten. Keine Chance mehr, die Welt zu retten. Oder sich selbst. Dann werde ich öffentlich den letzten Namen verkünden, und der Zirkel – überhaupt jeder in der Arche – wird mich dafür feiern, dass ich den Triumph ermöglicht habe.

Er blickte auf seinen Monitor, wo der letzte Name rot hervorgehoben war.

Wenn sein Vater und DiStefano ihn mit der Achtung

behandelt hätten, die ihm gebührte, hätte er ihnen den Namen auf der Stelle mitgeteilt. Jetzt aber sollten sie zittern und bangen. Und sie würden David Shepherd freudig empfangen, wenn die Dunklen Engel ihn brachten, weil sie sich einbildeten, sie bräuchten ihn noch.

Doch in Wirklichkeit war er es, Crispin, der Shepherd brauchte – er brauchte die Genugtuung, endgültig mit ihm abrechnen zu können. Vor dem Aufstieg musste er Shepherd noch leiden sehen. So wie er gelitten hatte, all die Jahre in der Finsternis gefangen.

Mit ein paar Eingaben loggte er sich noch einmal in DiStefanos Server ein und tippte eine offizielle Anweisung, die das Ende einleiten würde.

Den sechsunddreißigsten Namen – und den Befehl, ihn aufzuspüren.

Guillermo Torres.

KAPITEL NEUNUNDVIERZIG

Flughafen Heathrow

Dillon starrte in den Spiegel über den Waschbecken der überfüllten Toilette. Er sah furchtbar aus, und ohne Zweifel war das Schicksal, das ihn erwartete, noch furchtbarer. Er würde in der Hölle enden, und zwar mit einiger Wahrscheinlichkeit ziemlich bald.

Während er sich die Hände wusch, betrachtete er wieder einmal den perfekt sitzenden Ring mit dem Rubin. War der Stein wirklich so schwer, oder bildete er sich das nur ein?

Jetzt war keine Zeit für Schuldgefühle oder Skrupel, sagte er sich und warf einen Blick auf die Uhr. Er musste in weniger als einer Stunde seinen Anschlussflug bekommen.

Doch als er fast an der Tür war, stürmte ein Mann herein, der es offenbar sehr eilig hatte, dem Ruf der Natur zu folgen. Er prallte gegen Dillon und rammte ihn mit dem Koffer an der Hüfte, wobei ihm Aktentasche und Regenschirm aus der Hand fielen.

Dillon bückte sich mit schmerzverzerrtem Gesicht, um den Schirm aufzuheben, während der schwitzende, breitschultrige Fremde begann, den Inhalt seiner Aktentasche aufzulesen, der auf dem gefliesten Boden verstreut lag.

Dillon erstarrte, als sein Blick auf eine Turmkarte fiel. Im nächsten Moment hob der Mann sie hastig auf und verstaute sie wieder in der Aktentasche, zusammen mit einer Brieftasche und einem Necessaire.

«Hier, mein Freund», sagte Dillon lächelnd und reichte ihm den Schirm.

«Meine Schuld, tut mir leid. Bin etwas in Eile.» Der Mann mit dem starken deutschen Akzent ging bereits raschen Schrittes auf das Pissoir zu.

Dillon lehnte sich draußen vor der Toilette an die Wand. Als der Deutsche eine Minute später wieder herauskam, schloss er sich ihm an.

«Mir scheint, wir haben etwas gemeinsam.» Er zog aus seiner Brusttasche die bunte Tarotkarte, die mit derjenigen des Deutschen identisch war.

Die tiefliegenden Augen des anderen leuchteten auf, seine feisten Wangen verzogen sich zu einem Lächeln, und er entspannte sich sichtlich. «Wir leben in ziemlich aufregenden Zeiten, wie?»

«Das kann man wohl sagen.» Dillon passte seinen Schritt dem Tempo seines neuen Bekannten an.

«Wenn wir schon beide dasselbe Ziel haben, wie wäre es, wenn wir uns gemeinsam ein Taxi nehmen?», schlug Dillon vor. Er stieß die Tür auf und trat hinaus in den feinen grauen Sprühregen.

«Dasselbe habe ich auch gerade gedacht.»

Ein Gepäckträger winkte eins der Taxis herbei, die in einer Schlange warteten, dann wuchtete er den voluminösen Koffer des Deutschen in den Kofferraum. Während Dillon die Wagentür zuschlug, beugte sich sein neuer Freund vor, um dem Fahrer Anweisung zu geben.

«Richtung Tower Hill. Lassen Sie uns am Monument raus.»

Er musste unablässig an sie denken, während er durch die Gänge in der tieferen Ebene des Tunnelsystems wanderte. *Elizabeth.*

Vielleicht war es die feuchtkalte Atmosphäre hier unten, der Geruch nach Erde und Felsgestein, das ununterbrochene Tröpfeln von Wasser.

Oder waren es die Schreie der Frauen, die er gedämpft hören konnte, wenn er in die Nähe des Bereichs kam, in dem sie gefangen gehalten wurden?

Er dachte an Anne Boleyn im Tower of London, dem erhabenen Bollwerk hoch über der Arche. Auch sie war eine Gefangene gewesen.

Als er den hinteren Treppenaufgang fast erreicht hatte, wechselte er unvermittelt die Richtung, angezogen von dem Schacht, der tief in den Schatten verborgen war. Er folgte einem dunklen Gang zu dem unterirdischen Brunnen, strich mit der Hand über das von Feuchtigkeit glitschige Geländer und empfand eine eigentümliche Erregung. Nicht einmal er hatte eine Vorstellung davon, wie tief dieser Schacht hinunterreichte.

Egal, rief er sich ins Bewusstsein. Sein Weg führte nicht in die Tiefe. Sein Weg und der seiner Gefährten führte aufwärts. In eine neue Welt hoch oben, endlich der Fesseln entledigt und wiedervereint mit ihrer spirituellen Quelle.

Das war es, was er gewünscht und worauf er hingearbeitet hatte, solange er denken konnte. Wonach seine Vorfahren vergeblich gestrebt hatten.

Eigentlich hätte er überglücklich sein müssen, dass dieses Wunder zu seinen Lebzeiten geschah. Er dachte an seine Frau, die sorgsam ihre wenigen Habseligkeiten in dem Zimmer auf der oberen Ebene verstaute, das ihnen zugewiesen worden war. Und empfand nichts.

Vielleicht, wenn Elizabeth mit ihm hier unten wäre …

Niemals hatte er seinen Glauben in Frage gestellt. Die Suche nach Erkenntnis, nach geistiger Erhöhung war etwas, womit er aufgewachsen war, etwas, dem er sich von Jugend an gewidmet hatte.

Nun jedoch, da der Aufstieg unmittelbar bevorstand und er im Begriff war, die materielle Welt hinter sich zu lassen, stellte er zu seinem eigenen Erstaunen fest, dass es ihm widerstrebte, alles, was ihm bekannt und vertraut war, aufzugeben. Und ihm wurde bewusst, dass er Elizabeth liebte.

Sie war für ihn realer als diese unterirdische Arche, realer als all die Pläne und Intrigen und Morde, die erforderlich gewesen waren, um diesen Tag herbeizuführen. Als er in die Schwärze des Schachtes blickte, sah er wieder Elizabeth vor sich, wie sie ihre Verunsicherung zu verbergen versucht hatte, als er ihr mitteilte, er müsse verreisen.

Doch es war zu spät, seine Meinung zu ändern. Er griff in die Tasche und zog den kleinen Silberanhänger von ihrem Armband hervor, den er eines Morgens bei Tagesanbruch von ihr bekommen hatte. Der Anhänger hatte die Form eines Champagnerglases und war ein Geschenk von ihrer älteren Schwester zum einundzwanzigsten Geburtstag gewesen. Elizabeth hatte gesagt, er solle ihn bekommen, weil er sie gelehrt habe, das Leben in vollen Zügen auszukosten. Er hatte den Anhänger stets mit dem Kleingeld in seiner Hosentasche bei sich getragen, und das Klimpern war eine ständige Erinnerung an ihre Liebe gewesen.

Er öffnete die Hand, starrte auf das winzige Champagnerglas. Es gehörte dieser Welt an, der bösen materiellen Sphäre, rief er sich ins Gedächtnis. In der nächsten Welt würde kein Platz sein für Champagner. Und kein Platz für Elizabeth.

Mit einem energischen Schwung aus dem Handgelenk schleuderte er den Anhänger in die klaffende Schwärze und lauschte. Er hörte keinen Aufschlag.

KAPITEL FÜNFZIG

Mexico City

Guillermo Torres lief nervös vor dem Operationsbereich der Entbindungsstation auf und ab, und sein Atem ging mit jeder Minute, die verstrich, schneller.

Seit neun langen Monaten hatte er auf diesen Tag gewartet, hatte um ein gesundes Baby gebetet. Nun sollten seine Gebete erhört werden, und sein Herz ging über vor Freude.

Rosa hatte bereits zwei Fehlgeburten gehabt, doch dank der Heiligen Jungfrau hatten die Blutungen diesmal im zweiten Monat aufgehört, und ihr Baby war nun bis zum Termin ausgetragen. Noch heute würde er sein Kind in den Armen halten.

Er blieb einen Moment lang stehen und sandte ein inniges Gebet zum Himmel: für die Ärzte, die den Kaiserschnitt durchführten, für die rasche Genesung seiner Frau und vor allem dafür, dass ihre Ehe mit einem gesunden Kind gesegnet werden möge.

Tränen brannten in seinen Augen, und er wischte sie mit dem Ärmel fort. Er war erst zweiundzwanzig, das Nesthäkchen der Familie, und seine Brüder hatten ihn immer damit aufgezogen, dass er sentimental war. Er hatte darüber gelacht, statt beleidigt zu sein. Er selbst war froh, dass er alles so tief empfand, und konnte nicht verstehen, warum sich nicht mehr Menschen so vom Leben angerührt fühlten wie er.

Guillermo warf einen Blick auf die Uhr über dem Stationszimmer. *Wann war es endlich so weit?* Fünfunddreißig Minuten waren verstrichen, seit er Rosa einen letzten Kuss gegeben hatte und sie in den OP geschoben wurde. Wann würden sie kommen und ihn holen, damit er sich einen Kittel überzog und am Bett seiner Frau stand, wenn das Wunder geschah?

Wann würde seine Mutter herkommen, um ihr jüngstes Enkelkind zu sehen? Die halbe Familie war auf dem Weg von Toluca hierher.

Im Erdgeschoss durchquerten zwei Ärzte mit Klemmbrettern die Notaufnahme des Nuevo Hospital Juarez und betraten den Aufzug.

Während der Fahrt zur zweiten Etage sprachen sie nicht miteinander – es gab nichts zu sagen. Oben angekommen, gingen sie durch ein Labyrinth gebohnerter, steriler Flure. Sie bewegten sich mit der Selbstverständlichkeit zweier Männer, die hierhergehörten.

Doch keiner von beiden hatte jemals einen Eid geschworen, Leben zu retten.

9500 Kilometer entfernt
Barcelona, Spanien

Die Bühne gehörte Guillermo Torres. Als er mit Samtstimme «What a Wonderful World» intonierte, spürte er, wie die Wärme der Zuhörer ihn umfing wie eine Geliebte. Sie fühlten mit, die Leute in der Tapas-Bar, und sie applaudierten nach dem ersten Stück lange und begeistert.

Er warf einen Blick hinüber zu Armando, dem Besitzer

der Bar, der ihm schon oft einen abendfüllenden Gig versprochen, ihn aber immer wieder vertröstet hatte. Wenn sein heutiger Auftritt den Chef nicht überzeugte, dass er ein Publikum für einen ganzen Abend in Bann schlagen konnte, dass es wie verzaubert sitzen bleiben, trinken und applaudieren würde, dann war es aussichtslos.

Guillermo liebte das Singen noch mehr als das Unterrichten. Die Musik war seine Leidenschaft. Die Sprache seiner Seele. Und seinen Schülern die Vielfalt und Komplexität dieser Sprache zu vermitteln bereitete ihm fast so großen Genuss, wie ein dankbares Publikum zu Standing Ovations hinzureißen.

Als der Applaus schließlich verebbte, nahm er auf einem Barhocker Platz. Wie üblich warteten ein Schuss Pernod und ein kleiner Teller marinierter *Boquerones*, ein Stück *Cabrales*-Käse und ein Glas Oliven auf ihn. Claudia kannte seine Vorlieben.

Doch gerade als er eine Olive in den Mund steckte, kam aus der Küche ein schlanker, schnurrbärtiger Barkeeper, der Servierplatten mit Pilzen in Knoblauchsoße, gebratenem Käse und Kümmelhähnchen balancierte.

Guillermo hatte den Mann noch nie gesehen. «Wo ist Claudia? Sie war doch vorhin noch hier.»

«Krank.» Der Mann zuckte mit den schmächtigen Schultern. «Frauenprobleme.» Er wies mit einer Kopfbewegung auf Guillermos leeres Pernod-Glas.

«Noch einen?»

Warum nicht?, dachte Guillermo und schob das Glas über den Tresen.

Im selben Moment schlenderte eine Frau aus dem Publikum auf ihn zu, strich mit einer Hand über seinen Arm und blieb etwas zu dicht neben ihm stehen, während sie ihm mit hauchiger Stimme versicherte, wie sehr sie seinen Gesang genossen habe. Er sah nicht, wie der Barkeeper sein Glas neu füllte, sah nicht, wie er einen Tropfen Flüssigkeit aus einem winzigen silbernen Fläschchen hineingab, das er sofort wieder in seiner Tasche verschwinden ließ.

Er wusste nur, dass die Tapas gut waren, der Pernod hervorragend und dass die Frau, die ihn so einladend anlächelte, ein tief ausgeschnittenes rotes Kleid und ein betörendes Parfüm trug.

Guillermo trank in vollen Zügen. Das Leben war schön.

Atlanta, Georgia
7400 Kilometer entfernt

Guillermo Torres lebte für den Baseball. Er hatte in ländlichen Clubs in Puerto Rico angefangen, sich nach und nach aus dem Dorfmilieu bis in die oberen Ligen hochgekämpft und blickte inzwischen auf fast dreitausend *Hits* zurück.

Allerdings war er heute nicht in Bestform. Ihm tat noch von gestern die Hüfte weh, weil er das Gleichgewicht verloren hatte, als er das *Home* erreichte, und heftig auf dem Schlagmal aufgeprallt war. Gut, dass es heute nur um ein Benefizspiel gegen die Mannschaft der örtlichen Polizei ging, dessen Erlös Opfern häuslicher Gewalt zugutekommen sollte.

Guillermo saß in den Vorständen von einem halben Dutzend nationaler Wohltätigkeitsorganisationen, aber dieses Thema lag ihm besonders am Herzen, weil er in seiner Kindheit hilflos hatte mit ansehen müssen, wie seine Mutter von seinem Stiefvater geschlagen wurde. Jetzt saß seine Mutter stolz auf ihrem Platz direkt hinter der Spielerbank und sah zusammen mit Guillermos Frau und seinen zwei Kindern zu, wie die Polizisten auf den Platz trabten.

Er bemerkte nicht den übergewichtigen Fan in dem Braves-Trikot, der sich mit einem Papptablett mit Bier und Pizza auf einen leeren Sitzplatz vier Reihen hinter seiner Familie zwängte. Guillermo lief hinaus auf das Spielfeld und winkte der jubelnden Menge zu.

Als gegen Ende des ersten Inning der tödliche Schuss knallte, glaubten alle, es sei das Krachen von Guillermos Schläger.

London

David starrte durch den Regen zu dem Mann hinüber, der vor dem Monument aus einem Taxi stieg. Er sah aus wie … das konnte doch nicht …

Dillon.

«Fahrer, halt. Lassen Sie uns hier aussteigen», befahl er und kramte hastig ein paar Pfund aus der Tasche.

«Was soll das, der Trinity Square ist dahinten», protestierte Yael.

Aber David sprang bereits auf das nasse Pflaster hinaus, den Blick fest auf die beiden Männer gerichtet, die sich dem Monument näherten.

Yael folgte ihm rasch. Als das Taxi davongefahren war, berührte sie ihn am Arm.

«Kennst du die beiden?»

«Einen von ihnen.» Seine Kiefermuskeln traten vor Anspannung hervor. «Es ist mein bester Freund, Dillon McGrath. Der Pfarrer, der mich zu Rabbi ben Moshe geschickt hat.»

Der Freund, der meinen Pass nicht finden konnte. Der Eva ebenfalls nicht finden konnte. Am selben Abend, an dem ich ihn zu meinem Haus geschickt habe, wurde sie umgebracht. Die Polizei sucht nach mir – und er hat mir nie erklärt, warum er ins Ausland verreisen musste.

«Was zum Teufel macht Dillon in London?», murmelte er.

«Wer ist der andere Mann – kennst du ihn auch?»

«Noch nicht.» David überquerte die Straße. Dillon und sein Begleiter gingen zügig die King William Street entlang in Richtung London Bridge. Der kleinere Mann spannte einen schwarzen Schirm auf, um sich vor dem Sprühregen zu schützen. Dillon schlug seinen Kragen hoch und zog den Kopf zwischen die Schultern.

David nahm den Regen, der sich in seinen Wimpern fing, ihm über die Wangen lief, gar nicht wahr. Yael passte sich seinem Schritt an, und er spürte ihre wachsende Spannung. Um sie herum hasteten Einheimische geschäftig durch den Regen.

«Ich nehme an, es hat einen bestimmten Grund, dass du ihn nicht ansprichst», sagte sie.

«Ich weiß nicht recht … ob ich ihm vertrauen kann.» David zögerte, das auszusprechen. Er hätte nie geglaubt, dass er so etwas einmal über Dillon sagen würde. Seine Worte hingen in der feuchten Luft, düster wie der Himmel über ihren Köpfen.

«Glaubst du, dass er etwas mit Evas Ermordung zu tun hat?»

David hatte den Verdacht bisher von sich geschoben, aber jetzt gelang es ihm nicht mehr. Dillon in London zu begegnen und gleichzeitig zu wissen, dass Crispin hier war … und Stacy …

«Ich frage mich sogar, ob er etwas mit ben Moshes Ermordung zu tun hatte. So unerträglich mir die Vorstellung auch ist – er wusste, dass ich den Rabbi an dem betreffenden Nachmittag aufsuchen würde.»

«Sie biegen auf die Arthur Street ab», unterbrach Yael ihn atemlos. «Wir sollten lieber etwas Abstand halten.»

David nickte. Hier in der Nähe der Docks waren weniger Fußgänger unterwegs. Er wollte nicht riskieren, dass Dillon ihn bemerkte. Während er die Verfolgung langsamer fortsetzte, sah er zwischen Gebäuden hindurch die Themse in einem düsteren Graublau schimmern. Sie entfernten sich mit jedem Schritt weiter vom Trinity Square.

Yael schien zu ahnen, was er dachte. Sie machte ein bedenkliches Gesicht und fragte: «Was ist mit Crispin und dem Anruf?»

David war hin und her gerissen und unterdrückte nur mühsam seine Panik. «Erst muss ich wissen, wohin er geht. Dann kehren wir um.»

Und wir können nur hoffen, dachte er verzweifelt, dass Mueller nicht bis dahin das Warten leid geworden ist.

Die Ungewissheit nagte an ihm, während er zusehen musste, wie Dillon und der andere Mann weiter der Straße folgten, die jetzt in die Swan Lane überging. *Bringe ich Stacy womöglich sinnlos in Gefahr?* Dillon war der aufrichtigste Mensch, den er je gekannt hatte. Vielleicht wurde er allmählich paranoid. Die Gnoseos hatten sein Leben derart aus den Fugen gebracht, dass er jetzt schon seinem engsten Freund misstraute. Einem Mann, der sein Leben dem Dienst an Gott gewidmet hatte – nicht dem Bösen.

Dillon könnte uns womöglich helfen. Ich brauche nur nach ihm zu rufen …

Doch er vermochte sich nicht dazu zu überwinden. Die Worte blieben ihm im Hals stecken wie Tonklumpen.

Dann sah er, in welche Straße Dillon und sein Begleiter

als Nächstes einbogen. Sofort schrillten bei ihm sämtliche Alarmglocken.

Angel Passage.

Angel – Engel … *Dunkle* Engel?

Yael packte ihn am Handgelenk. «Sie gehen dort in das Lagerhaus, David!»

«Ich auch. Bist du dabei?»

Sie beschleunigte ihren Schritt, ihre Stimme jedoch blieb leise und ruhig. «Hast du das immer noch nicht begriffen? Wohin du auch gehst.»

KAPITEL EINUNDFÜNFZIG

Die Arche

Woher kamen diese Geräusche?

Stacy legte das Ohr nacheinander an die vier Wände ihrer Zelle und lauschte angestrengt. Das Schluchzen war so schwach, so undeutlich, dass sie die Richtung, aus der es kam, nicht sicher feststellen konnte. Aber sie wusste, dass sie es sich nicht einbildete.

Jemand hatte Schmerzen oder Angst. Wenn sie nur hier herauskäme, könnte sie versuchen, demjenigen zu helfen!

Was für ein Witz. Sie konnte sich ja nicht einmal selbst helfen. Sie rüttelte zum hundertsten Mal an der Tür, drehte und zerrte an dem Knopf, doch mit jedem Versuch wuchs nur ihre Enttäuschung. Sie hatte keine Ahnung, wie lange sie schon hier war oder was als Nächstes mit ihr geschehen würde – sie wusste nur, dass der Mann mit der Löwenmähne sie letztendlich töten wollte.

David kommt her. Sie klammerte sich an diese Hoffnung wie ein Ertrinkender an einen Strohhalm. Wünschte sich, sie könnte sich darüber freuen, dass David kam, um sie zu retten, aber stattdessen ängstigte es sie fürchterlich. Der Mann hatte gesagt, er wolle erst sie töten und dann David, und sie wusste, dass es ihm ernst damit war. Ebenso wie sie wusste, dass ihr Entführer bereits ihre Mom und Hutch umgebracht hatte.

Die Tränen liefen schneller über ihr Gesicht, als sie sie abwischen konnte. *Mom.* Sie sah ständig das Bild ihrer Mutter vor sich, wie sie reglos im Staub lag und Blut aus der Wunde an ihrem Kopf sickerte. *Wo ist Mom jetzt?* Schluchzend wiegte sie sich vor und zurück. *Liegt sie immer noch so da? Weiß Len davon? Und David?*

Sie versuchte, das Weinen zu unterdrücken, und zwang sich, ihre Zelle zu durchsuchen.

Es muss hier irgendwas geben, womit ich diesen Mann angreifen kann, wenn er wiederkommt! Wenn es mir nur gelingt, ihn für einen Moment aus dem Gleichgewicht zu bringen und an ihm vorbeizuschlüpfen, solange die Tür offen ist! Dann kann ich weglaufen. Ich bin schnell. Ich habe hervorragende Reflexe und einen guten Instinkt. Das sagt Trainer Wilson immer. Ich werde ihm entkommen – er hat ein lahmes Bein, er ist langsamer als ich. Ich kann weglaufen, fliehen …

Sie blieb mitten im Raum wie angewurzelt stehen, als plötzlich der Schlüssel im Schloss klackte. *Nein, noch nicht!*

Fieberhaft sah sie sich in der spärlich eingerichteten Kammer um. Es gab nichts, womit sie ihn hätte zu Fall bringen können …

Die Tür schwang auf, ein Luftschwall strömte herein. Stacy wich zurück, und Angst schnürte ihr die Kehle zusammen.

Ein Mann trat ein, den sie noch nie gesehen hatte.

KAPITEL ZWEIUNDFÜNFZIG

Dillon und sein Begleiter waren durch die Tür des Lagerhauses an der Angel Passage Nummer 8 verschwunden, das sich in nichts von den übrigen verschlossenen zweistöckigen Gebäuden in der Umgebung unterschied.

David lief schneller. Der Regen hatte sich von einem Nieseln zu einem stetigen Prasseln verstärkt. Yael neben ihm schauderte.

«Ich denke, wir sollten noch etwas warten, David – lass uns erst lauschen, bevor wir hineingehen», schlug sie vor und blinzelte gegen den Regen an. «Es sei denn, du hast vor, einfach reinzuplatzen und ihn zur Rede zu stellen.»

«Noch nicht. Versuchen wir es mal am Liefereingang.» Sie umrundeten das Gebäude, wobei sie mehreren Pfützen ausweichen mussten.

Plötzlich blieb David so abrupt stehen, dass Yael von hinten gegen ihn prallte. Sie drückten sich beide eng an die Wand und beobachteten von dort aus die fieberhafte Geschäftigkeit an der Verladerampe. David musterte eingehend einen weißen Lastwagen. Die Arbeiter, die ihn entluden, hatten eine Kette gebildet und reichten Koffer und Kisten von Mann zu Mann weiter ins Innere des Gebäudes.

«Sieh dir ihre Ausweise an», flüsterte Yael.

David nickte ungläubig, mit einem flauen Gefühl in der Magengegend. Die Karten, die die Arbeiter an ihre Gürtel geklipst hatten, waren grausig vertraut. Trotz der Entfernung konnte er die Form des Turmes ausmachen, den Blitz, der den Himmel zerriss.

Die Tarotkarte.

«Wir haben die Gnoseos gefunden, David. Wir müssen hineingehen!»

Er duckte sich zum Schutz vor dem Regen. «Also dann, folgen wir Dillon.»

«Was ist mit Stacy?»

«Wenn das hier so etwas wie das Hauptquartier der Gnoseos ist, könnte Crispin auch hier sein – mit ihr. Vielleicht haben wir uns gerade einen Anruf erspart.»

«Und ein Überraschungsmoment gewonnen.» Noch während sie das sagte, zog David Gillis' Turmkarte hervor. Yael tat dasselbe mit der des Rabbi.

«Wir gehen durch die Vordertür hinein, als gehörten wir dazu», sagte er entschlossen, machte kehrt und steuerte auf den Haupteingang des Gebäudes zu. *Und beten wir, dass uns das zu Stacy führt.*

«Bist du sicher, dass du wirklich mitkommen willst, Yael? Du könntest auch umkehren, um dich am Trinity Square umzusehen –»

«Ich hatte gesagt, ich folge dir, wohin du auch gehst, hast du das etwa vergessen?» Sie schritt energisch an ihm vorbei zum Eingang und versuchte, die Stahltür aufzudrücken.

Abgeschlossen.

«Sesam, öffne dich», murmelte David und klopfte. Dann bemerkte er den Türspion, hob die Turmkarte und hielt sie vor die Linse.

Fast augenblicklich wurde die Tür geöffnet. Ein Mann, ungefähr von der gleichen Größe und Statur wie Gillis, stand vor ihnen wie ein Security-Posten vor einem Geldtransporter. Ein Security-Posten mit Maschinenpistole.

Mit unbewegter Miene streckte er die freie Hand nach den beiden Turmkarten aus.

Während der Mann ihre Karten inspizierte, kämpfte David dagegen an, sich wie in einem surrealen Traum zu fühlen. Dies war kein Traum. Es war ein Albtraum. Dillon war ein Gnoseos. Ein Verräter.

Dillon.

Er schluckte, um die Übelkeit zu unterdrücken, die in seiner Kehle aufstieg, und bemühte sich um eine gelassene Haltung. Der Wachmann gab ihnen die Karten zurück und trat zur Seite, um sie einzulassen.

«Den Gang entlang und dann rechts.» Er deutete mit der Maschinenpistole in die Richtung. «Gepäck?»

«Alles schon versorgt.» Eine Hand um Yaels Taille gelegt, ging David an ihm vorbei, als hätte er alle Zeit der Welt.

Der vordere Bereich des Lagerhauses war fast leer, bis auf ein weiteres halbes Dutzend bewaffneter Männer, die ebenso wachsam wie entschlossen wirkten. *Dunkle Engel.* Weiter hinten im Halbdunkel standen Kisten, Koffer und bis zur Decke hoch aufgestapelte Kisten mit Wasserflaschen. *Vorräte.*

Er hörte Yaels flache Atemzüge. Am Ende des Ganges stießen sie auf eine schlichte Holztür, die aussah, als führe sie zum Büro des Verwalters.

Doch dahinter lag kein Büro. Als David die Tür aufstieß, standen sie vor dem Abgang zu einer U-Bahn-Station. Eine zementierte Treppe mit Metallgeländer führte steil nach unten. Kleine Lämpchen leuchteten zu beiden Seiten der Stufen wie gespenstische Augen, die in der Ferne kleiner wurden, bis sie nur noch als blasse Lichtpünktchen die Dunkelheit durchdrangen. David hörte, wie Yael neben ihm scharf einatmete.

Es war ein verdammtes Glück, dass er seine Höhenangst überwunden hatte, sonst hätte er niemals den Mut aufgebracht, diese Stufen hinabzusteigen, erst recht nicht in fast völliger Dunkelheit. Nach unten verlor sich die Treppe in

Schwärze, sodass nicht zu erkennen war, wo – oder ob – sie endete.

Eine grausige Verzweiflung schnürte Davids Brust zusammen, als er den Abstieg begann. Yael folgte dicht hinter ihm. Dillon muss erst vor Minuten denselben Weg gegangen sein, dachte David. In der muffigen Luft hing noch der Geruch des Aramis-Aftershave, das sein Freund benutzte.

Hinter sich hörte er das Geräusch von Yaels Schritten. Sie wirkte gänzlich unerschrocken, was er von sich selbst nicht behaupten konnte. Seine Beklommenheit wuchs, als der Abstieg nach einer Weile noch steiler wurde.

Diese Treppe schien kein Ende zu haben.

«Der Aufstieg wird eine echte Schinderei», flüsterte Yael hinter ihm.

David konnte nur hoffen, sie würden auf dem Rückweg nicht rennen müssen, verfolgt vor einer Schar Dunkler Engel. Er behielt den Gedanken für sich.

Das Licht wurde noch schwächer, die Luft noch kälter.

Yaels Füße fühlten sich in den Sandalen an wie Eisblöcke. Sie hatte einen großen Teil ihres Erwachsenenlebens in unterirdischen Ausgrabungsstätten zugebracht, aber noch nie war ihr etwas so Sonderbares und Unheilverkündendes begegnet wie diese scheinbar endlose Treppe.

Gerade als sie zu dem Schluss gekommen war, sie seien dazu verdammt, bis in alle Ewigkeit tiefer hinabzusteigen, wurde ein zementierter Treppenabsatz sichtbar. Yael seufzte vor Erleichterung leise auf und eilte die letzten Stufen hinunter.

Doch als sie den Absatz erreichten, fanden sie nur eine Stahltür zu ihrer Rechten vor und eine weitere Treppe, die wiederum abwärts führte. Diesmal handelte es sich um eine enge metallene Wendeltreppe, die in einem senkrechten Schacht im Felsgestein unter dem Absatz verschwand.

«Lieber Himmel», hauchte Yael.

David hatte noch nie etwas Derartiges gesehen. Er fühlte sich, als sei er in die Unterwelt hinabgestiegen, und es hätte ihn nicht allzu sehr überrascht, wenn er sich am Ufer des Styx wiedergefunden hätte.

«Entscheide du … die Tür oder die Treppe?» Yael warf ihm einen fragenden Blick zu, während sie sich die schmerzenden Waden rieb.

David entschied sich für die Tür. Er zog und drehte am Knauf – vergebens.

«Wenn wir versuchen, sie aufzubrechen, machen wir zu viel Lärm – probieren wir unser Glück also mit der Treppe.»

«Ich frage mich, wie viele Jahre es gedauert haben muss, so tiefe Schächte anzulegen.» Yael fand es schrecklich, wie heiser ihre Stimme klang, aber wenigstens konnte sie überhaupt noch sprechen. Sie stützte sich an der Felswand ab und dehnte ihre verkrampften Muskeln, um sich auf den weiteren Abstieg vorzubereiten. Alle ihre Wunden brannten wie Feuer, und die Quetschung an ihrem Hals verursachte immer noch einen pochenden Schmerz.

Sie fragte sich, ob es David wohl in den Sinn gekommen war, dass sie keine einzige Waffe bei sich hatten.

«Ist es zu spät, darauf hinzuweisen, dass wir zwei gerade unbewaffnet gegen die Feinde Gottes antreten?»

«Warum? Wir haben doch das Gute auf unserer Seite», versetzte David, nur halb im Scherz. Er wünschte, er hätte daran gedacht, nach der Landung auf dem Flughafen ein Taschenmesser zu kaufen. Aber der Gedanke war jetzt müßig.

Im Schacht der Wendeltreppe roch die Luft noch abgestandener. «Pass auf», warnte David, während sein Kopf in der Öffnung verschwand. «Die Stufen sind glitschig.»

«Kondenswasser.» Yael konzentrierte sich darauf, nicht

abzurutschen, den Blick fest auf die jeweils nächste Stufe gerichtet.

Plötzlich hörten sie von oben Schritte und leise Stimmen. Andere stiegen hinter ihnen in die Tiefe.

Die wissen wahrscheinlich, wohin sie gehen, dachte sie.

David und Yael mühten sich weiter die schlüpfrigen Metallstufen hinunter. David war noch nie so tief unter der Erde gewesen. Er fragte sich, ob sie beide jemals wieder das Tageslicht sehen würden.

Doch er schob den Gedanken rasch von sich und konzentrierte sich stattdessen auf die Lamedwowniks. Solange auch nur einer der Sechsunddreißig noch atmete, bestand Hoffnung.

Von unten hörte er jetzt gedämpfte Stimmen und das Geräusch fließenden Wassers.

«Ich glaube, die Party hat schon ohne uns angefangen», murmelte Yael.

«Hoffentlich merkt niemand, dass wir uns selbst eingeladen haben.»

Augenblicke später öffnete sich der senkrechte Schacht zu einer großen, schwach beleuchteten Halle.

Während David die letzten zwei Stufen hinabstieg, fiel sein Blick auf die gegenüberliegende Wand. Dort standen zu beiden Seiten einer zweiflügeligen Tür zwei gewaltige Bronzeskulpturen in der Form des doppelten Ouroboros. Obwohl sie die Tür bei weitem überragten, wirkten sie in dem riesigen Raum geradezu winzig.

Als Nächstes fiel David die frei stehende Säule aus roh behauenem Stein zu seiner Rechten auf. Sie war groß und dick wie ein Turm und verbreiterte sich oben zu einer Art Balkon. Das Ganze wirkte wie ein primitiver Aussichtsposten. *Oder wie der Balkon des Papstes,* dachte David und rechnete halb damit, dass der Oberste der Gnoseos sich dort zeigte, um seinen Gefolgsleuten zuzuwinken.

Mit zusammengekniffenen Augen starrte er auf die Glastür an der Rückseite des Balkons. *Dahinter ist ein Raum. Dahin muss die Tür auf dem Treppenabsatz führen.* Er glaubte hinter dem Glas eine Bewegung wahrzunehmen – jemand war dort oben.

Dann richtete er seine Aufmerksamkeit auf die Empfangstheke zehn Meter vor ihnen. Eine sehr dünne Frau mit glänzendem schwarzem Haar starrte ihnen düster entgegen. Die große Kristallbrosche in Form eines Ouroboros, die an die Jacke ihres Hosenanzugs aus roter Wolle gesteckt war, funkelte wie Eis.

Was David jedoch mehr Sorgen bereitete, war der Dunkle Engel, der sich breitbeinig hinter ihr aufgebaut hatte: ein verschlagen aussehender Schwarzer, dessen Augen so stahlgrau glänzten wie die Pistole an seiner Hüfte.

Irgendwas sagt mir, dass wir nicht mehr in Kansas sind.

Die Frau schürzte die Lippen, die in der Farbe ihrer Kleidung geschminkt waren, und winkte sie mit einer ungeduldigen Geste zu sich heran.

«Hier entlang. Sie sind die Letzten, die einchecken. Wir müssen Ihre Ausweise überprüfen.»

KAPITEL DREIUNDFÜNFZIG

Crispin stürmte den Gang entlang, ohne auf die Menschen zu achten, die ihm weiträumig auswichen. Am Abgang zur unteren Ebene machte er eine scharfe Kehrtwendung und polterte Hals über Kopf hinunter, wobei sein Gehstock laut auf den Metallstufen der Wendeltreppe aufschlug.

Rasender Zorn brodelte in ihm. Wo zum Teufel steckte Shepherd? *Er spielt mit mir,* tobte Crispin innerlich. Raoul hatte soeben berichtet, Shepherd und die Frau aus Israel seien vor mehr als zwei Stunden in Heathrow eingetroffen. Warum waren sie noch nicht am Trinity Square und riefen die verdammte Handynummer an? Raoul und Enrique hatten den Park und das Memorial abgesucht – keine Spur von den beiden. *Und kein Anruf.*

Vielleicht würde sich Shepherd besinnen, wenn er das kleine Mädchen schreien hörte, dachte Crispin zähneknirschend. Er malte sich aus, dass er ihren Arm brechen würde wie eine Salzstange, während Shepherd ihre Schreie mit anhörte.

Vor der Zelle angekommen, zerrte er den Schlüssel aus der Tasche und steckte ihn ins Schloss, doch zu seiner Überraschung gab die Tür nach innen nach, noch ehe er aufgeschlossen hatte.

Was war das?

Eine leere Kammer. Ungläubig starrte Crispin auf die verlassene Pritsche, in die leeren Zimmerecken.

Dann stieß er einen unartikulierten Wutschrei aus.

Hastig drückte er die Tasten an seinem Handy. «Sie ist

verschwunden!», schrie er, sobald er mit der Kommandozentrale der Dunklen Engel auf der oberen Ebene verbunden war. «Die Zelle ist leer! … Was glaubt ihr wohl, von wem ich spreche? Von der letzten Verborgenen! *Findet sie!*»

Als er die Zelle verließ, begannen bereits Alarmglocken zu schrillen. Von glühendem Zorn erfüllt, humpelte Crispin durch den Gang und zur hinteren Treppe, das Gesicht wutverzerrt, während ein Dutzend Dunkler Engel an ihm vorbei die Treppe hinunterströmten.

Als er den Absatz erreichte, sah er sich DiStefano gegenüber.

«Auf ein Wort, Schlange.» DiStefanos Gesichtsausdruck war bemerkenswert gelassen.

«Wir müssen das Mädchen finden», fauchte Crispin.

«Oh, das werden wir. Hier kann sie sich schließlich nirgendwo verstecken, nicht wahr?» DiStefano legte den Kopf schief, und der Anflug eines Lächelns umspielte seine Lippen.

«Ich weiß nicht, was für Spiele du spielst oder warum du mit dem Namen Guillermo Torres nicht gleich zu mir gekommen bist», sagte er. «Und ich werde auch nicht danach fragen, wer von meinem Server aus den Auftrag zur Eliminierung erteilt hat, Schlange. Ich sage dir nur eins: Es ist vollbracht. Drei Männer namens Guillermo Torres wurden heute aus dem Weg geräumt.» Seine Augen glänzten vor Befriedigung. «Und Jack Cherles Schiff legt jetzt gerade, in dieser Minute, an – ein weiterer Verborgener wird also in Kürze beseitigt werden. Damit bleibt nur noch das Mädchen.»

«Ich will, dass man sie zu mir bringt, sobald sie gefunden wurde.»

Ein eisiges Funkeln trat in DiStefanos Augen. «Man wird

sie töten, wenn sie gefunden wird», konterte er aalglatt. «Es geht jetzt nicht mehr um dich, Schlange. Du hast deine Rolle zu Ende gespielt, und mit Erfolg, wie ich hinzufügen möchte. Unsere Zeit ist gekommen. Es besteht kein Grund mehr, Stacy Lachman am Leben zu lassen. David Shepherds Versuch, uns aufzuhalten, ist gescheitert. Sobald ihr Leben ausgelöscht ist, haben wir gesiegt. Du hast jetzt nur noch eine einzige Aufgabe: dich auf das Ende vorzubereiten – das Ende, das für uns der Anfang sein wird.»

Bei diesen Worten drang ein tiefes Grollen durch die Felsdecke über dem Tunnel. Beide Männer blickten auf.

«Cherle.» DiStefano warf einen Blick auf die Uhr und lächelte. «Er ist tot oder wird es zumindest sehr bald sein. Bleibt nur noch eine.»

Crispins Gedanken rasten. *Noch nicht.* Er war noch nicht bereit.

Früher einmal hatte er es genau so geplant. Aber jetzt war es völlig verkehrt – denn es fehlte etwas. Seit er wusste, in welcher Beziehung Shepherd zu Stacy stand, hatte sich die Situation für ihn grundlegend verändert. Jetzt wollte er alles: den Stein, der ihm gestohlen worden war, Vergeltung für seine verlorenen Jahre im Koma, die Befriedigung seiner Rachegelüste. *Dann* den Aufstieg. Keinen Augenblick eher.

Er wandte sich wortlos von DiStefano ab.

Wenn der Oberste des Zirkels glaubt, er könne mich aufhalten, ist er verdammt im Irrtum. Wenn ich das Mädchen zuerst in die Hände bekomme, gehört sie mir. Und *ich* werde entscheiden, wann es an der Zeit ist, dass sie stirbt.

Southampton

Drei Langstreckengewehre wurden in einem Abstand von wenigen Millisekunden abgefeuert.

Jack Cherle brach auf dem Gehweg zusammen. Seine Angehörigen schrien auf, während die anderen Passagiere in ihrer Nähe hastig in Deckung gingen.

«Sauber erlegt, Jungs. Wir sehen uns in London», ertönte Geoffrey Bales' Stimme, von statischem Knistern begleitet, in den Ohrhörern der anderen beiden Dunklen Engel, deren Fahrzeuge sich bereits von den Docks entfernten.

Bales zückte seinen BlackBerry und begann beim Fahren einhändig zu tippen.

«Erledigt.»

KAPITEL VIERUNDFÜNFZIG

David und Yael legten ihre Tarotkarten auf die Empfangstheke. Mit angehaltenem Atem beobachtete David, wie die Frau sie nacheinander aufhob und gründlich in Augenschein nahm, zuerst die Vorder- und dann die Rückseite. *Sie überprüft die Nummern.*

Sie gab die Zahlen rasch in ihren Computer ein, dann beugte sie sich vor und sah stirnrunzelnd auf den Bildschirm. Kurz darauf hob sie den Kopf und starrte Yael durchdringend an.

Sie fällt nicht darauf herein, dachte David, und sein Herz schlug wie rasend, während er tat, als betrachte er ganz fasziniert den riesigen Lichtenstein, der rechts von ihm an der Wand hing. *Jetzt wird dieser Dunkle Engel jeden Moment seine Pistole ziehen und uns abknallen.*

David spürte, wie auch Yael neben ihm sich anspannte. Ihm brach der Schweiß aus. Ich könnte ihn überwältigen, jetzt gleich, solange er nicht darauf gefasst ist …

Doch bevor seine Gliedmaßen reagieren konnten, blaffte die Frau Yael an: «Ihr Name! Wie heißen Sie?»

Der Dunkle Engel trat einen Schritt vor und zog seine Pistole. «Gibt es ein Problem?»

«Ganz und gar nicht», versetzte Yael kühl. «Das da ist meine Karte, und meinen Namen haben Sie in Ihrem Computer.»

«Das ist ja das Problem», konterte die Frau. «Diese Karte wurde an einen Mann ausgegeben.»

«Das kann nicht sein», mischte sich David ein.

«Da liegt offenbar ein Irrtum vor.» Yaels Ton war frostig. Hätte David es nicht besser gewusst, dann hätte er glauben können, sie sei tatsächlich empört. «Ich will mit Premierminister DiStefano sprechen. Oder mit Crispin Mueller. *Sofort.*»

Die Frau schien unsicher zu werden. Sie warf einen Blick über die Schulter, als suchte sie Rat bei dem Dunklen Engel.

David funkelte den Mann an und befahl gleichzeitig der Frau energisch: «Sagen Sie ihm, er soll die Waffe wegstecken. Es ist ihre Karte. Die Nummern müssen vertauscht worden sein. Wenn wir die Letzten sind, ist doch offensichtlich, dass sonst niemand mehr kommt.»

Er beugte sich vor, bis sein Gesicht nur noch eine Handbreit von ihrem entfernt war. «Glauben Sie etwa, ein Außenstehender hätte Zugang zu diesen Karten? Schalten Sie doch Ihren Verstand ein», schloss er in verächtlichem Ton.

Die Frau schien hin und her gerissen, konnte sich den Widerspruch, den sie vor sich sah, offenbar nicht erklären.

«Aber da steht Paul Wright –»

«*Paula* Wright.» Yael wandte sich zu David um. «Ist es zu fassen, dass sich jemand in einem solchen Moment derartige Inkompetenz erlaubt?», zischte sie mit zusammengebissenen Zähnen. «Tippfehler an diesem entscheidenden Tag? Inakzeptabel.»

David zeigte mit dem Finger auf den Dunklen Engel. «Holen Sie DiStefano her, sofort. Er kann diese Angelegenheit im Handumdrehen regeln.»

«Das wird nicht nötig sein.» Hastig zog die Frau eine Schublade auf und nahm zwei kleine Schlüsselringe heraus, an denen jeweils ein einzelner goldener Schlüssel hing. David hörte, wie Yael kaum merklich die Luft ausstieß, und sein eigener rasender Herzschlag beruhigte sich langsam.

«James Gillis, Sie haben Zimmer siebzehn auf Flur D auf der Hauptetage. Paula Wright, Zimmer zweiundvierzig auf Flur C.» Sie deutete mit dem Daumen nach rechts. «Untere Ebene, beim hinteren Treppenaufgang.»

Yael griff unwirsch nach ihrem Schlüsselring und marschierte erhobenen Hauptes den Gang entlang, der Inbegriff unversöhnlicher Entrüstung.

«Gehen wir, James. Wir sind inzwischen wirklich spät dran.»

David musste sich beherrschen, sich nicht noch einmal umzusehen. «Das war knapp», murmelte er, als er sie eingeholt hatte. «Dein Auftritt war ganz schön beeindruckend.»

«Pokern muss man können. Ist das alles hier nicht unglaublich?», erwiderte sie flüsternd, während sie sich einen Weg durch den Menschenstrom auf dem breiten Gang bahnten.

Der Tunnel war so überfüllt, dass sie sich vorkamen wie in New York. Doch dies hier war nicht der *Big Apple*. Es war ein fremder, gespenstischer Ort, schwach beleuchtet von nackten Glühbirnen und Stumpenkerzen, die auf hohen Simsen standen. Die Architektur bestand aus einer eigentümlichen Kombination von Metall und Naturgestein, und die Luft roch muffig und klamm von dem Sickerwasser, das überall entlang den Wänden Pfützen bildete. Die Atmosphäre jedoch knisterte vor Erregung und gespannter Erwartung.

David hätte sich etwas Derartiges nie träumen lassen. Diese unterirdische Anlage wirkte wie eine sonderbare Mischung aus einer Höhle und einem Atombunker. Sie war weitaus größer, als er erwartet hatte, selbst für die zweitausend Personen, an die die geheimen Tarotkarten ausgegeben worden waren.

Wo in diesem gottverlassenen Labyrinth steckt Stacy?, fragte er sich, während er in die freudig erregten Gesichter der Menschen blickte, die ihm entgegenkamen. Sie sahen ganz gewöhnlich aus, dabei waren sie alle Feinde. Seine Feinde, die Feinde der Welt.

Stacy war seine letzte Hoffnung, ihre Pläne zu vereiteln, aber wie sollte er sie finden?

Sie gingen zügig an einem großen Speisesaal vorbei, dann an einer Küche.

Hier im öffentlichen Bereich werde ich sie wohl kaum finden, dachte David und hastete weiter.

Bis auf ein gelegentliches Kopfnicken oder Lächeln schenkte ihnen zu seiner Erleichterung niemand viel Beachtung.

Plötzlich erschütterte ein tiefes Grollen den Fels. Die Kerzen wackelten auf ihren Simsen, und David und Yael blickten erschrocken auf.

«Was war das? Der Boden vibriert immer noch», murmelte Yael.

«Ich weiß nicht, aber es gefällt mir nicht. Das hätte uns gerade noch gefehlt, dass hier unten ein Feuer ausbricht», erwiderte David finster. «Wir müssen Stacy finden und dann zusehen, dass wir hier wegkommen.»

Ein leises, gespanntes Raunen lief durch die Menge. Gleich darauf schrillten nacheinander mehrere Signaltöne durch den Gang.

«Es muss so weit sein!», rief ein Mann aufgeregt.

«Zum Auditorium», ertönte eine Frauenstimme.

Weitere Rufe wurden laut. «Zum Auditorium! Zum Sieg!»

Während alle um sie herum in die Richtung strömten, aus der David und Yael gerade gekommen waren, setzten die beiden ihren Weg fort und näherten sich, nun im Laufschritt, dem hinteren Ende des Tunnels.

Davids Herz schlug heftig, nicht nur vor Anstrengung. Die Zeit lief ihnen davon, und er hatte keine Ahnung, wo in diesem gewaltigen, gottverlassenen Höllenloch er nach Stacy suchen sollte. Aber wenn sich jetzt alle im Auditorium versammelten, konnten er und Yael vielleicht in die entlegeneren Bereiche der Katakomben vordringen, ohne große Gefahr zu laufen, ertappt zu werden.

Der Gedanke war ihm gerade erst durch den Kopf geschossen, als ein Trupp Dunkler Engel mit gezogenen Waffen sie von hinten einholte.

Die beiden erstarrten. Doch zu ihrem Erstaunen liefen die Dunklen Engel geradewegs an ihnen vorbei, bis auf einen.

«Haben Sie ein junges Mädchen gesehen, blond, mit grauem Sweatshirt?», fragte er.

Stacy. David schüttelte den Kopf; sein Mund war so trocken, dass er nicht sprechen konnte, selbst wenn er es gewollt hätte.

Der Dunkle Engel deutete in die Richtung, aus der sie gekommen waren. «Gehen Sie ins Auditorium – die Gänge müssen frei sein, damit wir alles durchsuchen können. Falls Sie sie sehen sollten, halten Sie sie fest und bringen sie zum Empfang. Sie ist die letzte der Verborgenen.»

«Ach, du meine Güte. Selbstverständlich, das werden wir tun.» Yael sah ihn mit offenem Mund an, der Inbegriff der Gefügigkeit.

«Wie ist sie entkommen?», brachte David mühsam heraus.

«Das wüssten wir auch gern.» Der Dunkle Engel musterte ihn finster und kam plötzlich näher. «Wo wollen Sie beide eigentlich hin?»

David hielt seinen Schlüssel hoch. «Ich habe etwas in meinem Zimmer vergessen.»

«Lassen Sie es, wo es ist», befahl der Mann. «Diese Gänge müssen geräumt werden.»

Verpiss dich, dachte David, doch er und Yael machten gehorsam kehrt und setzten sich in die Richtung in Bewegung, aus der sie gekommen waren. Sobald der Dunkle Engel in die Gegenrichtung verschwunden war, packte David Yael an der Hand.

«Komm mit, da entlang!» Sie rannten Hals über Kopf tiefer in den Tunnel hinein, in der Hoffnung, dass sie nicht noch einmal aufgehalten wurden.

Als der Gang endete, kamen sie schlitternd zum Stehen. Eine Treppe führte tiefer nach unten, und daneben zweigten sechs schmale Gänge ab, die mit den Buchstaben A bis F gekennzeichnet waren.

«Das dürften die Flure mit den Schlafquartieren sein», keuchte Yael.

David verlor den Mut. Jeder der Gänge schien endlos, und Dutzende von Türen gingen davon ab. Was, wenn Stacy hinter einer von ihnen versteckt war?

Verzweifelt bemühte er sich, logisch zu denken. Sein Instinkt riet ihm, tiefer hinabzusteigen. «Sehen wir zuerst unten nach und arbeiten uns dann nach oben vor.» Er wandte sich der Treppe zu.

Die Signaltöne waren verstummt. David rannte zwei Stufen auf einmal nehmend die Wendeltreppe hinunter.

Auf der unteren Ebene hielten sich nur noch wenige Menschen auf. Einige Dunkle Engel durchsuchten die Räume an den Fluren, die genau wie die auf der Ebene darüber mit Buchstaben markiert waren.

«Hier!» Yael lief zu einem Lageplan, der auf die Felswand hinter der Treppe gemalt war. «Vielleicht hilft uns das weiter.»

Fieberhaft suchte David die Skizze ab. «Sieh mal, das ist der riesige Turm in der großen Halle. Hinter dem Balkon liegt ein Kontrollraum.»

«Sieht aus wie eine Kommandozentrale», murmelte Yael. «Hoch oben in dem Turm – wahrscheinlich ist es unmöglich, dort einzudringen.»

Sie sah sich nervös um. Hinter ihnen durchsuchten die Dunklen Engel systematisch den Gang D, wobei sie sich immer weiter von ihnen entfernten.

«In dem Raum sind wahrscheinlich die Obersten versammelt», sagte David. «Vielleicht hat Crispin Stacy dorthin gebracht.»

Ein perfekter Ort für eine Exekution, dachte er, schob die Vorstellung jedoch rasch von sich.

«Sie könnte aber auch irgendwo hier unten sein», entgegnete Yael. «Am Ende von diesem Hauptgang befindet sich ein Abfallcontainer, ein Raum für die Ventilationsanlage und … Was ist das denn?» Sie deutete auf einen kreisförmigen Bereich, der an einen weiteren Treppenaufgang grenzte und mit ZUTRITT VERBOTEN beschriftet war. «Zutritt verboten? Meinst du …»

Davids Lippen wurden schmal. «Wir werden es erfahren.»

Sie machten sich auf den Weg, doch in dem verbotenen Bereich hinter der Treppe entdeckten sie nur einen Brunnenschacht, der mit einem Geländer abgesperrt war.

«Sackgasse.» David starrte in die Tiefe des senkrechten Schachtes, dann fuhr er sich mit einer Hand durchs Haar. Seine geprellten Rippen quälten ihn unablässig, aber er weigerte sich, den Schmerz zuzulassen.

«Da ist die Lagerstätte für Abfälle.» Yael zeigte auf den

riesigen Metallcontainer, der im Halbdunkel des Tunnelsystems stand.

«Ich sehe nach», entschied David.

Die Tür war abgeschlossen, wie er erwartet hatte. Er packte die Leiter, die fest mit dem Container verbunden war, und kletterte hinauf, während sich Yael wachsam umsah. Außer ihnen beiden war niemand zu sehen. *Jedenfalls im Augenblick nicht.*

«Beeil dich», drängte sie. Dann beobachtete sie schweigend, wie er sich dem Dach des Containers näherte.

Sie verstand, dass er es nicht lassen konnte, alles zu durchsuchen. Aber je länger sie sich hier aufhielten, desto größer wurde das Risiko, erwischt zu werden. Mit angehaltenem Atem sah sie zu, wie er sich abmühte, die Luke an der Oberseite zu öffnen – und atmete erst aus, als er die Sprossen wieder hinunterstieg.

«Nichts drin außer Abfallsäcken. Wo könnte Mueller sie versteckt haben, verdammt nochmal?»

Beide zuckten gleichzeitig zusammen, als sie in der Nähe ein scharrendes Geräusch hörten. Yael fuhr herum und sah, wie eine große Ratte aus einer Nische huschte, die sie bisher nicht bemerkt hatte. Die Nische war kaum zu erkennen, nur eine kleine Höhlung, die unter einem Vorsprung in der Felswand verborgen war.

«Da muss etwas sein. Ratten treiben sich in der Regel da herum, wo es etwas Essbares gibt.»

David eilte zu der Nische, und Yael folgte ihm, die Hände zu Fäusten geballt bei der Vorstellung, dass seine Stieftochter womöglich allein hier unten an diesem grauenhaften Ort war.

Beide sahen gleichzeitig die Tür. Sie war so unauffällig in die Felswand eingelassen, dass man sie in diesem entlegenen Teil der Katakomben leicht übersehen konnte.

Der perfekte Ort, um eine Geisel versteckt zu halten, dachte Yael.

Die Tür war nur angelehnt. Als Yael sie weit aufstieß, bemerkte sie einen schwachen medizinischen Geruch. «Gütiger Himmel!»

Der alkovenartige Raum schien leer zu sein. David ertastete an der Wand einen Schalter, und ein blasses, fluoreszierendes Leuchten erhellte die Kammer. Sie sahen einen Stuhl, eine Kommode, eine Pritsche mit einer zerwühlten Decke darauf. Auf einem Tablett am Fußende des Bettes lagen die Reste von etwas, das aussah wie ein Käsesandwich.

«Sie war hier. Wir haben sie wahrscheinlich nur um Minuten verpasst.» David hatte das Gefühl, als täte sich der Boden unter seinen Füßen auf.

«Sieh mal, hier!» Yael ging neben der Pritsche in die Hocke und hob ein gelbes Armband vom Steinboden auf. In das elastische Gummi war ein Schriftzug eingeprägt: «Steck deine Ziele hoch.»

«Das gehört Stacy», sagte David tonlos. «Ich habe es ihr gekauft, als sie mich letzten Sommer besucht hat.»

Er starrte das schmale Bändchen einen Moment lang an, dann zog er es mühsam über seine geschwollene Hand. Es spannte unangenehm um sein Handgelenk, aber es gab ihm das Gefühl, Stacy näher zu sein. «Dieser Dreckskerl –»

«Was machen Sie denn hier? Warum sind Sie nicht oben bei den anderen?»

David und Yael fuhren herum, als die tiefe Stimme den engen Raum erfüllte.

David stutzte. Den Dunklen Engel, der mit einer Pistole auf sie zielte, hatte er noch nie gesehen, aber er erkannte auf den ersten Blick den kleinen, breitschultrigen Mann im Türrahmen.

Alberto Ortega, der ehemalige Generalsekretär der Vereinten Nationen.

David war ihm einmal begegnet, damals, als sein Vater noch lebte. Er war mit seinen Eltern, den Wanamakers und weiteren Senatorenfamilien zu einem Empfang im Weißen Haus eingeladen gewesen.

Wanamaker. Ich frage mich, wie weit diese Verbindung zurückreicht. Wer hat wen rekrutiert?

«David Shepherd.» Ortegas Augenbrauen schnellten in die Höhe. Er machte einen Schritt in den Raum hinein. «Wie sind Sie hier heruntergekommen? Nun, im Grunde spielt das keine Rolle.»

Er griff nach dem Piepser an seinem Gürtel. «In zwanzig Sekunden wird es hier von Dunklen Engeln nur so wimmeln», bemerkte er in beiläufigem Ton, den Finger über dem Tastenfeld. «Nicht dass mein Freund Domino nicht allein mit Ihnen beiden fertig werden könnte.»

Der Dunkle Engel mit dem strähnigen rötlichen Haar und dem kurzen Ziegenbärtchen entblößte die Zähne zu einem fiesen Grinsen. «Sogar mit Vergnügen – noch mehr Vergnügen, als es mir bereitet hat, Ihre Haushälterin aus dem Weg zu schaffen.»

David erstarrte, hin und her gerissen zwischen Wut und Verwirrung. *Dann war es doch nicht Dillon, der Eva getötet hatte?*

«Ich gehe davon aus, dass Sie Ihr *Buch der Namen* mitgebracht haben.» Ortega kam einen weiteren Schritt auf ihn zu.

«Hier ist es.» Mit diesen Worten schwang David seinen Seesack wie einen Baseballschläger und schlug Ortega den Piepser aus der Hand, der durch die Wucht des Aufpralls scheppernd in eine Ecke flog. Im selben Moment stürzte sich

David schon auf Ortega und schwang ihm mit voller Wucht seine rechte Faust in das selbstgefällige Gesicht. Ortega stürzte rücklings gegen Domino. David nutzte den Moment, in dem der Dunkle Engel aus dem Gleichgewicht gebracht war, um dessen Pistole zu packen.

Ein Schuss löste sich, und David hörte Yael hinter sich fluchen. Seine Finger schlossen sich um den glühend heißen Lauf. Er ignorierte den sengenden Schmerz und versuchte, dem Mann die Waffe zu entwinden. Domino wog gut und gern fünfzehn Kilo mehr als er selbst, und David musste all seine Kraft aufbieten, um die Waffe umklammert zu halten.

Doch im nächsten Moment verdrehte Domino mit einem Ruck die Pistole, sodass Davids Handgelenk nach hinten abgeknickt wurde. Ein scharfer Schmerz durchzuckte seinen Arm, und seine Knie drohten nachzugeben. Als ihm zwischen zusammengebissenen Zähnen ein Stöhnen entfuhr, grinste sein Gegner.

«Töte sie!», keuchte Ortega, der mühsam wieder auf die Knie kam. Sein Mund war so schlimm zugerichtet, dass er beim Sprechen Blut spuckte. Yael stürzte auf ihn zu und riss ihn erneut um, sodass er auf dem Rücken landete, in einer kleinen Lache seines eigenen Blutes.

Sie hockte sich rittlings auf ihn und stach ihm ihren Zimmerschlüssel ins linke Auge. Ortega versuchte sein Gesicht mit den Händen zu schützen. Blut quoll zwischen seinen Fingern hervor, aber sie stieß noch einmal zu, diesmal in seine Halsgrube. Seine Schreie gellten in ihren Ohren.

David hörte sie wie aus weiter Ferne, gedämpft durch seine eigene Qual, während er und Domino erbittert aufeinander einprügelten. Seine Rippen krachten, als rammte ihn ein Stier.

Die Pistole. Ich darf die Pistole nicht loslassen, dachte David durch einen Nebel der Verzweiflung. Domino landete einen weiteren brutalen Schlag.

Doch David schlug seine freie Faust gegen Dominos Adamsapfel und spürte, wie die Sehnen des Mannes kurz nachgaben. Seine Augen verdrehten sich vor Schmerz. Im nächsten Moment jedoch grinste Domino ihn an und ließ seine Faust auf Davids Schädel niederkrachen wie einen Hammer auf einen Amboss.

Lichtpünktchen tanzten vor Davids Augen, er sank auf die Knie, und seine Hand griff ins Leere. Er sah die Pistole auf seinen Kopf zuschnellen und befahl seinem Körper mit aller Willensanstrengung, sich zu ducken, die Waffe zu packen oder wenigstens dem Schlag auszuweichen.

Doch bevor seine verkrampften Muskeln ihm gehorchen konnten, erschien ein weiterer Mann hinter dem Dunklen Engel. Mit beiden Händen schmetterte der Neuankömmling einen Felsbrocken von der Größe einer Melone gegen Dominos Hinterkopf.

David blinzelte. Fragte sich, ob der Schlag auf den Kopf seine Sehkraft beeinträchtigt hatte. Mühsam fokussierte er seinen Blick.

Er konnte nicht glauben, was er da vor sich sah: Der Mann, der Domino niedergeschlagen hatte, war Dillon McGrath.

KAPITEL FÜNFUNDFÜNFZIG

Es war dunkel, so dunkel, dass Stacy die Hand nicht vor Augen sehen konnte, während sie durch die Röhre aus Metallblech kroch. Der Mann hatte ihr eingeschärft, so leise wie möglich zu sein, sich langsam, aber stetig vorwärtszubewegen. Doch bei jedem Zentimeter, den sie sich durch den engen Schacht wand, quietschte und knarrte das Metall unter ihrem Gewicht, und sie verkrampfte sich vor Angst, jemand unter ihr könnte sie hören.

«Der Belüftungsschacht ist eng und wahrscheinlich ziemlich staubig», hatte der Mann zu ihr gesagt. Er sprach hastig und sah sich nach allen Seiten um, während er sie durch eine Luke hinaufschob. Sie waren in einen Nebengang gelaufen, nicht weit von dort, wo der Löwenmann sie gefangen gehalten hatte.

«Nach einer Weile zweigt rechts ein Schacht ab, den musst du entlangkriechen. Es ist ein weiter Weg. Ich hole dich am anderen Ende ab. Ganz gleich, was du hörst, du darfst nicht anhalten. Kriech immer weiter, bis ans Ende, und warte dort auf mich. Hast du verstanden?»

Stacy verstand überhaupt nichts mehr. Als sie sich nun durch den schmalen Schacht schob, richteten sich plötzlich die Härchen in ihrem Nacken auf – sie hörte das Schrillen von Alarmglocken.

Der Löwenmann hat gemerkt, dass ich weg bin. Ihr Herz schlug so heftig, dass es schmerzte. Sie bemühte sich, nicht daran zu denken, dass er sie suchte. Auch nicht daran, wie sehr sie fror, wie einsam sie war, wie verängstigt. Sie hoffte, dass sie dem Mann trauen konnte, der sie herausgelassen hatte, hoffte, sie würde ihre Mom und David wiedersehen. Sie wollte einfach nur, dass alles wieder so war wie früher.

Zitternd zwang sie sich weiterzurobben, bis sie rechts keine Seitenwand mehr fühlte. Hier musste die Abzweigung sein. Minutenlang mühte sie sich ab, ehe es ihr gelang, mit angehaltenem Atem um die enge Biegung zu kriechen.

Ihr Mund war trocken von dem Staub, ihre Hände taub vor Kälte. Sie wollte so dringend hinaus aus diesem kalten Blechgefängnis, dass sie am liebsten geschrien hätte. Doch das kam nicht in Frage. Dann würde der Löwenmann kommen. Und der Mann mit den verschiedenfarbigen Augen. Sie durfte keinen Mucks von sich geben.

Sie hatte die Abzweigung noch nicht weit hinter sich gelassen, als sie glaubte, von unten Stimmen zu hören. *Sie suchen nach mir!* Stacy hielt inne und horchte, während sich ihr Magen vor Angst zusammenkrampfte.

Stimmen. Sie hatte richtig gehört. Sie lauschte angestrengter, versuchte Wörter aufzuschnappen.

Es waren Frauen. Sie klangen aufgebracht. *Die Frauen, die geweint hatten?* Jetzt weinten sie nicht.

«Sollen sie doch kommen und uns holen! Wir werden uns mit Klauen und Zähnen wehren.»

«Denkt an die Messer, die wir heimlich vom Essbesteck zurückbehalten und die wir an den Felsen geschärft haben!»

«Wenigstens ein paar von ihnen können wir töten, bevor sie uns töten!»

Doch zwischen den energischen Stimmen hörte Stacy noch andere Laute. Manche der Frauen weinten. Flehten.

«Wenn ihr sie angreift, werden sie uns alle umbringen!»

«O Gott, ich will nicht sterben!»

Stacy erstarrte. Wer waren diese Frauen? Gefangene? So wie sie? Was würde mit ihnen geschehen?

Sie hörte wieder die Stimme des Mannes in ihrem Kopf. *Ganz gleich, was du hörst, du darfst nicht anhalten. Kriech immer weiter, bis ans Ende.*

Ich kann nicht. Ein Schluchzen drang aus ihrer Kehle. *Ich kann diese Frauen nicht einfach da unten zurücklassen.*

KAPITEL SECHSUNDFÜNFZIG

David stürzte sich auf Dillon und stieß ihn grob gegen den Türrahmen.

«Was zum Teufel machst du hier?», fauchte er.

«Dir das Leben retten, um Himmels willen.» Dillons blaue Augen funkelten ihn an. «Schöne Art, mir zu danken, nebenbei bemerkt.»

«Wofür soll ich dir danken? Dafür, dass du versuchst, die Welt zu vernichten? Ist es das, worum es bei all deinen metaphysischen Studien in Wirklichkeit geht – *Pater*? Hast du meinen Pass konfisziert, als du dieses Monster ins Haus gelassen hast, damit es Eva umbringt?»

«Eva ist tot? Gott im Himmel!» Der Schock in Dillons Gesicht wirkte echt. Er schüttelte den Kopf, wie um zur Besinnung zu kommen, dann schob er David von sich.

«Nun, dein Freund hier ist möglicherweise noch lange nicht tot.» Er sprach energisch, klang jedoch tief erschüttert. «Ich schlage also vor, wenn du nicht scharf auf eine zweite Runde bist, sollten wir diese Angelegenheit lieber oberirdisch diskutieren – solange wir noch die Möglichkeit haben, hier rauszukommen.»

Yael, die neben David stand, hielt Dominos Pistole auf Dillon gerichtet. «David, er hat dir tatsächlich gerade das Leben gerettet», sagte sie, wenn auch in argwöhnischem Ton.

David schwirrte der Kopf, als er versuchte, all das miteinander zu vereinbaren: dass Dillon Domino bewusstlos geschlagen hatte, Evas Ermordung, den fehlenden Pass und die Tatsache, dass der Pater überhaupt hier unten war.

«Pass auf!», rief Dillon scharf, als Domino verstohlen einen Arm nach Davids Hosenbein ausstreckte.

David fuhr herum und trat dem Dunklen Engel gegen den Kiefer. Nachdem Dominos Kopf zur Seite gekippt war und sein Körper wieder in Bewusstlosigkeit erschlaffte, sprinteten sie alle drei zum hinteren Treppenaufgang.

«Und was machst du dann hier?», fragte David atemlos.

«Das ist eine lange Geschichte. Das, was du mir von der hebräischen Inschrift auf deinem Achat erzählt hattest, hat etwas in meinem Gedächtnis angestoßen. Ich hatte früher schon einmal etwas Ähnliches gesehen. Daraufhin habe ich in einem Buch über jüdische Magie nachgeschlagen, ob darin etwas über Edelsteine steht», berichtete Dillon im Laufen. Sie hatten jetzt den Fuß der Treppe erreicht. «Und ich habe einen ganzen Abschnitt über die magischen Steine auf dem Brustschild des Hohepriesters gefunden.»

«Erzähl weiter», keuchte David.

«Vor Jahren habe ich mal einen Bischof in Rom getroffen. Inzwischen ist bekannt geworden, dass er sich an kleinen Jungen vergangen hat – denselben armen Kindern, die er immer zu seinem wöchentlichen Bibelfrühstück einlud. Aber woran ich mich erinnert habe, war sein Ring. Er war ungewöhnlich: ein Rubin mit Rundschliff, in den hebräische Schriftzeichen eingraviert waren.»

«Der Rubin aus Aarons Brustschild?», stieß Yael atemlos hervor. Ihre Wangen waren gerötet von der Anstrengung, die Treppen hochzulaufen.

«Ich habe den Bischof in einer entlegenen Ecke von Schottland ausfindig gemacht und den Stein an mich gebracht, um ihn den Israelis zurückzugeben. Aber dann entdeckte ich bei den Reiseunterlagen des Mannes eine seltsame Tarotkarte.»

Dillon war außerordentlich gut trainiert, aber auch er atmete jetzt schwer. «Er hat dauernd davon gesprochen, er müsse einen Flug nach London bekommen. Also habe ich mich in den Flieger gesetzt. In Heathrow bin ich einem Deutschen über den Weg gelaufen, der die gleiche Karte hatte. Ich habe mich an ihn gehängt, und hier bin ich nun. Aber jetzt verrate *du* mir, was in aller Welt hier vorgeht!»

Sie waren auf halbem Weg zum Treppenabsatz. David blieb stehen, ignorierte den scharfen Schmerz, der jede Faser seines Körpers marterte.

Yael und Dillon lehnten sich neben ihm an das Geländer und rangen nach Luft.

«Stacy ist hier», begann David düster. «Diese Wahnsinnigen versuchen, die Welt zu vernichten. Die Stimmen … die Namen, die in meinen Kopf kamen … sie gehören zu den Menschen, die von diesen Monstern systematisch ermordet wurden. Stacy ist eine von ihnen – vielleicht die Letzte. Wir müssen sie finden und hier rausbringen!»

«Gott steh uns bei.» Dillon wurde trotz seiner kräftigen Gesichtsfarbe blass. «Wo ist sie?»

«Ich weiß es nicht. Vielleicht könntest du mal beim lieben Gott anfragen, ob er uns hilft, es in Erfahrung zu bringen», versetzte David mit zusammengebissenen Zähnen. «Und zwar bevor sie uns erwischen und ebenfalls umbringen.»

KAPITEL SIEBENUNDFÜNFZIG

Die Stimmen wurden lauter.

Die Richtung stimmt, dachte Stacy. Aber wie komme ich zu ihnen nach unten?

Sie kroch schneller, obwohl der Staub, den sie aufwirbelte, ihr das Atmen schwermachte. Auf dem Weg hatte sie an mehreren Stellen in dem Lüftungsschacht Schlitze ertastet, wie man sie aus Wohnhäusern kannte. Die Stimmen mussten durch Lüftungsschlitze ganz in ihrer Nähe kommen.

Jetzt klang es, als seien die Frauen direkt unter ihr. Sie tastete die Wände des Schachtes ab auf der Suche nach einem Lüftungsgitter – oder nach einer weiteren Luke. Es musste doch mehr als eine geben!

Sie robbte noch ein kleines Stück weiter und fand tatsächlich, was sie suchte: eine Luke, genau wie die, durch die der Mann sie in den Schacht gehoben und die sie danach auf seine Anweisung wieder geschlossen hatte.

Vorsichtig, mit angehaltenem Atem fasste sie die Ränder und begann, das Abdeckblech langsam zur Seite zu schieben. Es ging schwer, aber nachdem Stacy es einige Zentimeter weit verrückt hatte, konnte sie einen Blick in den Gang unter sich werfen. Sie hörte die Frauen jetzt ganz nahe.

«Mag sein, dass *du* kämpfen und sterben willst, Irina, aber ich will am Leben bleiben», schluchzte eine von ihnen.

Ein Mädchen mit kehliger Stimme erwiderte: «Du bist ein Feigling, Luisa! Ich will zurück zu meinem Mario. Und wenn ich bei dem Versuch umkomme.»

Stacy schob das Abdeckblech das letzte Stück zur Seite. Die Öffnung war genauso groß wie die, durch die sie hereingekommen war. Aber der Boden schien sehr weit entfernt.

Sie atmete tief durch und schob die Beine durch die Öffnung, wobei sie sich mit den Ellenbogen seitlich auf dem Boden des Schachtes abstützte, bis ihre Füße so tief baumelten, wie es ging.

Tu so, als wärst du Michael Jordan, der nach einem Dunking wieder landet, sagte sie zu sich selbst, während sie sich tiefer gleiten ließ, bis sie mit ausgestreckten Armen am Rand der Luke hing.

Stacy zögerte noch einen Moment, dann ließ sie sich fallen.

Sie landete unsanft, spürte ein Ziehen im Fußknöchel. Jetzt ist keine Zeit für die Verletztenbank, dachte sie und atmete scharf ein. Sie befand sich in einem Tunnel, der demjenigen vor ihrer Zelle sehr ähnlich sah. Der Gang war menschenleer.

Stacy rappelte sich auf und hinkte den Gang entlang in die Richtung, aus der die Stimmen ertönten. Dabei kam sie an mehreren unheimlich aussehenden Gemälden in düsteren Farben vorbei, auf denen Schlangen und eigenartige Symbole zu sehen waren. Sie hastete weiter, doch dann erstarrte sie, als sie am Ende des Tunnels ein schmiedeeisernes Gitter erkannte. Ihr wurde mulmig. Es sah aus wie ein Gefängnistor.

Stacy eilte darauf zu – und dann sah sie die Frauen: mehrere Dutzend, die hinter dem Gitter in einem großen Raum eingesperrt waren. Er war mit Betten eingerichtet wie ein Schlafsaal. Die Frauen sahen bleich und verhärmt aus, als hätten sie seit Jahren kein Sonnenlicht gesehen. Sie waren jünger als ihre Mom, stellte Stacy fest, und ein paar schienen kaum älter zu sein als sie selbst. Aber ihre Schultern waren gebeugt wie die von alten Frauen, und ihr Haar war lang und ungekämmt.

Was machten sie hier?

Eine der Frauen schnappte überrascht nach Luft, als sie Stacy auf das Tor zuhinken sah. Gleich darauf drängten sie sich alle ans Gitter und starrten sie aus hohlen Augen ungläubig an.

«Wer bist du?»

Es war die mit der kehligen Stimme. Sie war hübsch, mit dunklem Haar und großen, von langen Wimpern umrahmten Augen.

«Ich bin Stacy. Wer … wer seid ihr? Warum seid ihr alle hier drin?»

«Irina. Ich heiße Irina.» Die junge Frau umklammerte die Gitterstäbe. «Gnädiger Gott, ich danke dir», flüsterte sie mit einem Augenaufschlag nach oben. Dann sah sie wieder Stacy an, und ein Ausdruck verzweifelter Hoffnung trat auf ihr Gesicht. «Wir werden hier gefangen gehalten. Hilf uns! Du musst den Schlüssel holen.»

«Wo ist er?» Stacy blickte sich suchend um, doch an den Wänden waren weder Haken noch Ablagen zu sehen.

«Ein Stück den Gang entlang, hinter einem der Bilder. Schnell!»

«Hinter welchem?» Stacy hastete zurück zu den Gemälden, wobei ihr Knöchel mit jedem Schritt heftiger pochte.

«Wir wissen es nicht!», rief eine andere Stimme ihr zu. «Wir haben nur gesehen, wie sie ihn hinter einem davon hervorgeholt haben. Rasch, bitte, beeil dich!»

Stacy hob ein Bild nach dem anderen von der Wand. *Wo ist der Schlüssel?* Jede Sekunde glaubte sie jemanden kommen zu hören. Und dann würde sie hinter dem Gitter bei den anderen Frauen enden.

Die verhärmten, verzweifelten Gesichter vor Augen, mühte sie sich mit dem größten der Gemälde ab und wäre beinahe rücklings gestürzt, als es vom Haken sprang. Endlich: Ein großer schwarzer Schlüssel, geformt wie ein F, hing hinter dem Bild an einem Nagel.

Mit bebenden Fingern packte sie ihn und zwang sich, trotz der Schmerzen in ihrem verletzten Knöchel zu rennen. Ihre Hände zitterten so heftig, dass es ihr schwerfiel, den Schlüssel ins Schloss zu stecken. Endlich gelang es ihr. Als das Tor aufsprang, wurde sie beinahe niedergetrampelt.

Die Frauen stürmten in wilder Flucht an ihr vorbei und durch den Tunnel. Nur Irina blieb vor ihr stehen. Küsste Stacy unter leisem Schluchzen auf die Wange. Dann fasste sie ihre Hand.

«Komm mit uns, kleiner Engel – lauf!»

KAPITEL ACHTUNDFÜNFZIG

«Ich nehme an, du hast einen Schlachtplan.» Dillon spähte skeptisch die Treppe hinauf.

«Nun – ich bin für Vorschläge offen.» David wischte sich den Schweiß von der Stirn. «Wie lautet deiner?»

«Wir sollten die Steine an uns bringen, die sie haben.»

«Haben Sie welche gesehen?» Yael wandte sich ruckartig zu ihm um.

«Zwei. Sie liegen in einer beleuchteten Vitrine oben in dieser Kommandozentrale im Turm. Wo sich die hohen Tiere versammeln.»

«Du warst da oben?» Davids Augenbrauen zuckten in die Höhe.

Dillon verzog den Mund. «Kurz. Im Gefolge meines neuen besten Freundes. Als wir die Treppe runterstiegen, kam einer seiner Kollegen aus dieser Tür zum Vorschein und wollte ihn drinnen sprechen. Ich konnte nur einen Blick hineinwerfen, aber ich habe deutlich erkannt, was hinter dieser Glasscheibe lag.»

«Ist es möglich, die Steine da rauszuholen?», fragte David.

«Wenn es uns gelingt, die Vitrine aufzubrechen. Aber erst mal müssten wir uns Zutritt zu diesem Raum verschaffen …» Dillon schüttelte mit düsterer Miene den Kopf. «Ich war auf der unteren Ebene, um nach einer Waffe zu suchen. Einer Axt, einem Stück Metallrohr, irgendetwas. Stattdessen habe ich nichts als Freunde gefunden.»

Yael lächelte schwach und streckte ihm ihre blutverschmierte Hand entgegen. «Yael HarPaz.»

«Entschuldigung, wo habe ich nur meine Manieren», murmelte David, dann begegnete er Dillons Blick, und ihn überkam ein Bedauern, das er nicht einmal ansatzweise zum Ausdruck bringen konnte. «Ich hätte dir vertrauen sollen», sagte er betreten. «Verzeih mir.»

«Sagen wir, die nächsten drei Mal, wenn wir zusammen frühstücken gehen, bezahlst du die Rechnung, dann sind wir quitt.»

Plötzlich hörten sie unter sich auf der Treppe das Getrappel zahlreicher Füße.

«Weg hier», sagte David alarmiert. Sie rannten hinauf in die Hauptetage, aber als sie dort ankamen und den Weg zur Halle einschlugen, sahen sie sich einem halben Dutzend Dunkler Engel gegenüber, die ihnen entgegenliefen.

«Wen haben wir denn da?», sagte eine Frauenstimme hinter ihnen.

David erkannte sie sofort. In ungläubigem Entsetzen fuhr er herum und begegnete dem gebieterischen Blick von Katharine Wanamaker.

Katharine Wanamaker. Die Frau, die nach dem tödlichen Herzinfarkt seines Vaters monatelang seine Mutter getröstet hatte. Die Frau, die an Feiertagen zum Dinner immer Waldorfsalat gemacht hatte, weil David ihn so gern mochte.

«Hol Judd doch auch dazu», sagte er sarkastisch, «dann gibt es ein Familientreffen.»

Sie lachte hell und spöttisch. «Judd glaubt, ich sei in Georgetown, um eine große Spende für das Symphony Orchestra unter Dach und Fach zu bringen.»

Er weiß von nichts, begriff David. «Judd hat dich angerufen, als wir aus dem Restaurant in New York gekommen sind, nicht wahr? Nicht er hat uns ans Messer geliefert – *du* warst es.»

Er machte einen Satz nach vorn, packte sie und wirbelte mit ihr herum zu den Dunklen Engeln. Yael war mit einem Sprung bei ihm und drückte Katharine den Lauf von Dominos Pistole in den Nacken, während sich Dillon auf den Ansturm der Gegner gefasst machte.

«Keinen Schritt weiter, sonst ist sie tot!», schrie David.

Das Getrampel auf der Treppe kam immer näher. Panik trieb seinen Adrenalinspiegel in die Höhe.

Binnen Sekunden würden sie von beiden Seiten von Dunklen Engeln umzingelt sein.

Wo war Stacy?

Als Katharine versuchte, sich seinem Griff zu entwinden, packte er sie fester.

«Noch eine Bewegung, und ich schieße», warnte Yael sie.

«Wo ist meine Tochter?», zischte David Katharine mit schneidender Stimme ins Ohr, während sich seine Finger tiefer in ihr Fleisch gruben.

«Selbst wenn ich es wüsste, würde ich es dir nicht sagen. Gib auf, David.» Sie wandte den Kopf zu ihm um und setzte mit einem boshaften Ausdruck in den Augen hinzu: «Du kannst nicht gewinnen.»

«Wo ist Mueller –»

Ihr blieb keine Gelegenheit zu antworten, denn in diesem Moment kamen am oberen Ende der Treppe die ersten Frauen zum Vorschein.

«Was um alles in der Welt …?» Dillon starrte die heruntergekommenen Gestalten an, die in den Gang hineinrannten, als sei der Teufel hinter ihnen her.

«Fangt sie ein und bringt sie wieder nach unten!», befahl Katharine den Dunklen Engeln.

David brüllte sie an: «Ich will nur zweierlei von dir hören: wo sich Crispin Mueller versteckt! Und wo Stacy ist!»

In dem wilden Getümmel, das nun in dem Tunnel wütete, entsicherte Yael die Pistole.

«Stacy!», brüllte David erneut Katharine an. *«Wo ist Stacy?»*

Inmitten der Frauen auf der Treppe hörte Stacy durch den Lärm, der sie umgab, noch etwas anderes: Davids Stimme. Er rief ihren Namen.

«David!» Vor Aufregung geriet sie auf den Metallstufen ins Straucheln. Irina fing sie auf. Ihr Atem ging keuchend.

Sie nahm die letzten Stufen schneller, rang nach Luft, betete, es möge wahr sein, David möge tatsächlich hier sein …

Als sie die Treppe bewältigt hatte, fand sie sich in einem Gang wieder, der genauso aussah wie der auf der unteren Ebene, nur dass es hier von Menschen wimmelte.

Fieberhaft suchte sie mit den Augen das Getümmel ab – *David!*

Sie schrie seinen Namen, und er wandte den Kopf zu ihr um, einen Ausdruck des Erstaunens auf dem Gesicht. Es geschah wie in Zeitlupe. Dann sah sie die Freude in seinen Augen, riss sich von Irina los und stürzte auf ihn zu.

Aber jemand packte sie um die Taille und zerrte sie mit. Sie kreischte, wand sich und nahm dabei undeutlich wahr, wie David die Frau, die er festhielt, von sich stieß, um auf sie zuzurennen.

«Lass mich los!», schrie sie und drehte den Kopf, um den Mann, der sie umklammert hielt, ansehen zu können. Bei dem Anblick schrie sie, von Entsetzen gepackt, noch einmal auf. Es war der Mann mit den verschiedenfarbigen Augen. Derselbe Mann, der Hutch umgebracht hatte. Der auf ihre Mutter geschossen hatte.

«David, hilf mir!», kreischte sie, doch im nächsten Moment

sah sie, wie sich ein anderer Mann auf ihn stürzte, und hörte den ohrenbetäubenden Knall einer Pistole.

David ging zu Boden, schlug mit dem Kinn auf dem Steinboden auf. Schwarze Kreise wirbelten vor seinen Augen, und er hörte einen Schuss. Als er die Augen wieder öffnete und versuchte, den Kopf zu heben, drückten zwei Dunkle Engel ihn zu Boden. Er sah Yael, wenige Schritte entfernt, einen Arm hinter dem Rücken verdreht, sah Dominos Pistole in der Hand eines Dunklen Engels. Er hörte Dillons Stöhnen und das Geräusch von Faustschlägen. Verzweiflung überlagerte den Schmerz.

«Bringt die Verborgene in den Kontrollraum», befahl Katharine.

Der Mann, der Stacy festhielt, rief den anderen Kommandos zu. «Ihr da – haltet Shepherd und die anderen beiden im Empfangsbereich fest, bis ich herausgefunden habe, was der Oberste mit ihnen vorhat.» Er funkelte die übrigen Dunklen Engel an. «Die anderen bringen die Frauen wieder nach unten», schrie er, während er Stacy davonzerrte.

David nahm nur eines wahr: Stacy weinte. Es zerriss ihm das Herz, als ihr Schluchzen in dem Tunnel verklang, während er vergebens gegen die Männer ankämpfte, die ihn zu Boden drückten.

Er wollte das Monster umbringen, das Stacy gepackt hatte – fast so dringend, wie er Crispin Mueller umbringen wollte. *Was hat meine Vision nun genützt? Was hilft es, dass ich ihr Flehen gehört habe? Ich habe versagt und alle im Stich gelassen.*

Dann wurde er grob auf die Füße gezerrt und zusammen mit Yael und Dillon durch den Tunnel zur Empfangstheke gebracht.

Die Prellung an Yaels Wange schwoll an. Aus Dillons Nase

rann Blut. Und einige der flüchtenden Frauen, wer immer sie sein mochten, waren bereits wieder eingefangen worden.

Es ist vorbei.

Ein schwarzhaariger Mann kam ihnen aus dem Auditorium raschen Schrittes entgegen. Er war hoch gewachsen, eine gewandte, selbstsichere Erscheinung. Ein Boss, dachte David und durchbohrte ihn mit hasserfüllten Blicken. Er spürte, wie die Dunklen Engel Haltung annahmen, als sich der Mann näherte.

«Premierminister DiStefano, wir haben Shepherd gefunden. Was sollen wir mit ihm machen?»

DiStefano.

Bevor DiStefano etwas erwidern konnte, stürzte eine Gestalt mit einem Wutschrei unter der Empfangstheke hervor.

Eine Frau.

Sie hielt etwas Langes, metallisch Glänzendes in der Hand. Mit wenigen Schritten war sie bei DiStefano und stieß ihm die Waffe ins Herz. Die Kraft, mit der sie zustach, stand im krassen Gegensatz zu ihrer zierlichen Statur.

DiStefano riss entsetzt den Mund auf. Er brachte nur ein schwaches Gurgeln heraus, dann kippte er hintenüber.

Die Dunklen Engel standen für einen Moment wie erstarrt, dann ließen sie ihre Gefangenen los. Zwei riefen nach Verstärkung und eilten dem Verwundeten zu Hilfe, während die übrigen drei auf die Angreiferin zuliefen.

Sie schwang wie rasend das blutige Messer und hielt die Männer so auf Abstand. Dann wirbelte sie mit einem schrillen Schrei herum und rannte zur Treppe, die nach oben führte.

Yael rannte ebenfalls los. Heftig keuchend erreichte sie die nächstliegende der Ouroboros-Skulpturen und zwängte sich zwischen die Statue und die Felswand.

Es muss gehen. Du musst es schaffen.

Sie lehnte sich mit dem Rücken gegen die zerklüftete Wand, nahm all ihre Kraft zusammen und stemmte sich mit Händen und Füßen gegen den Ouroboros. Ächzend, ohne darauf zu achten, dass sich die Unebenheiten der Felswand ihr in den Rücken bohrten, mühte sie sich ab. Dillon kämpfte unterdessen mit dem Dunklen Engel mit militärischem Bürstenschnitt, der Yael losgelassen hatte.

Dillons Faust schnellte vor. Sein rechter Haken schleuderte den Gegner rücklings zu Boden, wobei der Rubinring einen blutroten Eindruck auf seiner Wange hinterließ.

Yael konzentrierte sich völlig auf die schwere Bronzeskulptur, die unter ihren verschwitzten Händen kalt und unbeweglich blieb.

In einer Bewegung, die er sich aus einem Steven-Seagal-Film eingeprägt hatte, sprang Dillon seinen Gegner an, landete mit beiden Füßen auf dessen Brust und zertrümmerte ihm so die Rippen. Ein schriller Schmerzenslaut zerriss die Luft, und der Mann wand sich am Boden.

Dillon verdrängte den Abscheu in seiner Seele und packte die Waffe des Mannes.

Er fuhr herum.

David rannte wie von Sinnen die Treppe hinauf. Als er die ersten Stufen hinter sich gelassen hatte, kamen fünf weitere Gnoseos von oben heruntergepoltert und versperrten ihm den Weg – eine undurchdringliche Mauer aus Pistolen und Muskeln. David schwang sich über das Geländer, hielt sich einen Moment lang an der Metallstange fest und ließ sich dann auf den Boden unter der Treppe fallen. Seine Knie gaben nach, seine Knochen und Gelenke schmerzten wie rasend, doch er achtete nicht darauf, sondern sprintete zur Rückseite des roh behauenen Felsturms, der den Balkon trug. Die Dunklen Engel rannten die letzten Stufen hinunter und verfolgten ihn. Dillon zielte mit der erbeuteten Pistole auf Davids Verfolger und feuerte einen Schuss nach dem anderen ab.

Der erste der Angreifer taumelte rückwärts, eine Hand an die Schulter gepresst, die anderen jedoch rannten unbeirrt weiter durch die Halle, hinter David her. Plötzlich hörte Dillon einen durchdringenden Schrei von Yael. Entsetzt und fasziniert zugleich sah er zu, wie der Ouroboros schwankte. Dann schwebte er einen nicht enden wollenden Moment lang schräg in der Luft, in einem unmöglichen Winkel auf der Kante stehend. Yael verzerrte das Gesicht in einer letzten gewaltigen Anstrengung, und endlich kippte die Skulptur. Mit einem Getöse, das durch den Bunker hallte wie eine Explosion, krachte das polierte Metall auf die Männer nieder, die David verfolgten.

Für einen Augenblick überwältigten Dillon die widersprüchlichsten Gefühle: Bedauern um den grausigen Verlust von Menschenleben und wilde Hoffnung, dass sie vielleicht doch noch lebend hier herauskommen würden.

Dann spürte er etwas anderes. Blut, warm und klebrig, quoll aus seiner Brust. Dillon starrte ungläubig an sich hinunter. Er nahm keinen Schmerz wahr, nur ein eigenartiges Summen in den Ohren. Taumelnd machte er einen Schritt, stürzte zu Boden. Und dann umfing ihn Stille.

Yael versuchte das Blutbad, das sie angerichtet hatte, aus ihrem Bewusstsein zu verdrängen. Sie löste eine Pistole aus den leblosen Fingern eines Dunklen Engels und sprintete auf die Treppe zu.

KAPITEL NEUNUNDFÜNFZIG

Was in aller Welt geht da unten vor?

Crispin Mueller stieß seinen Gehstock heftig auf den Boden des Kontrollraums und sprang von seinem Stuhl auf. Ohne Stacy Lachmans verängstigten Blick zu beachten, hinkte er auf den Balkon hinaus, beugte sich über die steinerne Brüstung und starrte ungläubig auf das Pandämonium hinunter.

Eine Ouroboros-Statue lag schräg zwischen den zerschmetterten Leichen mehrerer Dunkler Engel. Ein paar Meter entfernt lag ein weiterer lebloser Körper in einer Blutlache.

Es war ein Bild der Verwüstung. Menschen schrien, stürzten Hals über Kopf aus dem Auditorium, Verwirrung und Panik erfassten die Menge.

Mit zusammengekniffenen Augen überblickte Crispin das Getümmel im Empfangsbereich. Erst Augenblicke zuvor hatte er beobachtet, wie DiStefano auf David Shepherd zuschritt, den die Dunklen Engel fest im Griff hatten. Er hatte darauf gewartet, dass sie Shepherd hier heraufbrachten, damit der Spaß beginnen konnte.

Jetzt lag DiStefano gekrümmt am Boden, leblos, das Hemd purpurrot von Blut. Unfassbar.

Wo war Shepherd? Wie war er seinen Wächtern entkommen? Wie hatte ein Mann allein ein derartiges Chaos angerichtet?

Das wird er büßen, schwor sich Crispin, und rasende Wut pulsierte in seinem Schädel.

Er hastete zurück zur Tür, den Gehstock heftig auf den Boden stoßend, alle Gesichtsmuskeln angespannt.

«DiStefano ist tot! Und von Shepherd keine Spur!»

«Wie ist das möglich?» Odiambo Mofulatsi, der südafrikanische Diamanthändler, der in der Rangordnung des Zirkels an dritter Stelle stand, trat stirnrunzelnd auf den Balkon hinaus. «Wo ist Ortega? Und Ihr Vater? Warum sind sie nicht hier oben?»

Crispin ignorierte ihn. «Raoul, bringen Sie die Verborgene hier heraus. Es ist Zeit.»

Stacy drückte sich verängstigt in den Sessel, in den Raoul sie gestoßen hatte, und blickte mit einem Ausdruck von Furcht und Grauen in den Augen zu dem Dunklen Engel auf, der vor ihr stand. Als er sie am Handgelenk packte und sich seine starken Finger in ihr Fleisch gruben, stockte ihr der Atem, und eisiges Entsetzen krampfte ihr das Herz zusammen. Obwohl sie sich sträubte, zerrte er sie mühelos durch den Raum und hinaus auf den Balkon.

Mueller lehnte seinen Gehstock gegen den Fels, verlagerte sein Gewicht auf das gesunde Bein und nickte Raoul knapp zu. Dieser stieß das Mädchen zu ihm hin, und Crispin hob sie auf die Brüstung. Wimmernd versuchte sie, zurück auf den Balkon zu gelangen, doch seine sehnigen Arme hielten sie fest.

«Halt still, sonst lasse ich los.» Sein heißer Atem streifte ihr Ohr.

Crispin grinste über den erstickten Aufschrei des Mädchens, über das schiere Entsetzen in ihren Augen. Ein Hochgefühl der Macht durchströmte ihn.

«Worauf warten Sie?», fragte Raoul. Seine Augen bohrten sich in Muellers. «Sie ist das Einzige, was dem Aufstieg noch im Weg steht. *Tun Sie es!*»

Crispin beachtete ihn nicht. Er dachte nicht daran, ein Ende zu machen, ehe er von Shepherd bekommen hatte, was er wollte. Den Achat. Und die überwältigende Befriedigung, David Shepherd mit ansehen zu lassen, wie *dieses* Mädchen in den Abgrund stürzte.

Die Menge unten erstarrte bei Stacys Anblick.

«Die letzte Verborgene!», rief jemand.

«Die Schlange selbst hat sie!», ertönte eine andere aufgeregte Stimme.

Die Schlange. Sein Name lief durch die Menge, eine Huldigung, ein Gebet. Crispins Gesicht strahlte. *Sie wussten also doch, was er geleistet hatte.* Ein Hochgefühl grenzenlosen Selbstvertrauens erfüllte ihn.

Mofulatsi trat an die Brüstung und rief zu der Menge hinab: «Zurück ins Auditorium – alle! Sofort! Macht euch bereit, wie es euch gesagt wurde. Unser Aufstieg steht unmittelbar bevor.»

Katharine Wanamaker und ein paar andere befolgten eilig seine Anweisung, die meisten jedoch zögerten, gebannt von dem Szenario auf dem Balkon.

«Sofort!», wiederholte der hochgewachsene Afrikaner mit gebieterischer Geste.

Crispin gab Raoul über die Schulter den knappen Befehl: «Suchen Sie Shepherd und bringen Sie ihn her. Schnell!»

«Wir brauchen Shepherd nicht mehr», bellte Mofulatsi. «Raoul, ich will, dass Sie Alberto Ortega und Erik Mueller ausfindig machen. Sie müssen hier zugegen sein, wenn wir Gottes elende Welt vernichten.»

Weißglühender Zorn durchströmte Crispin Mueller, als Raoul hinauseilte, um Mofulatsis Anweisung zu befolgen. Das Verlangen, das Mädchen vom Balkon zu stoßen – zum Beweis dafür, dass er niemandes Erlaubnis brauchte, um das Werk zu vollenden –, war überwältigend. Schließlich hatte er dafür härter gearbeitet als irgendjemand sonst.

Stattdessen machte er seiner Wut Luft, indem er schrie,

dass es von den Wänden der Arche widerhallte, dass es durch die Höhlen und Gänge echote.

«David Shepherd! Zeige dich! Ein Leben hängt am seidenen Faden. Ein kostbares Leben! Die letzte eurer Verborgenen. Komm her und rette sie, wenn du es wagst!»

Schier außer sich ließ er den Blick durch den Empfangsbereich schweifen, doch von David Shepherd keine Spur. Nur die übrigen Gnoseos, die jetzt gehorsam ins Auditorium zurückkehrten.

«Hast du Angst, Shepherd? Bist du zu feige, sie zu retten? Na los doch, komm rauf und hol sie dir!»

Sein Zorn steigerte sich mit jeder Sekunde, die verstrich, ohne dass sich der Feigling blicken ließ. Er bleckte die Zähne, von Hass verzehrt, und für einen Augenblick lockerte er seinen Griff um die Taille des Mädchens. Sofort rutschte Stacy auf der Balkonbrüstung nach hinten und versuchte wieder auf den Balkon zu springen. Ihr Schrei hallte noch nach, als er sie bereits wieder fest im Griff hatte.

«Ich fordere dich heraus, Shepherd. Wage es!»

Schweiß lief David übers Gesicht, rann aus seinen Achselhöhlen. Seine Finger waren zerschunden, die Handballen blutig aufgeschürft an dem scharfen Fels. Sein Atem ging flach und keuchend, während er sich zentimeterweise an der Rückseite des gottverdammten Felsturmes hinaufarbeitete, auf den Balkon zu.

Er hatte weder Steigeisen noch ein Seil, nichts, was ihm an der zerklüfteten, beinahe senkrechten Säule Halt bot. Er konnte sich nur auf seine Finger verlassen, auf seine Knie, seine Zehen, die nach kleinsten Vorsprüngen tasteten. In Schlangenlinien zog er sich höher und höher, klammerte sich an jede Unebenheit im Fels, die er finden konnte.

Im Geiste hörte er wieder Hutchs Anleitung von damals. *Einen Fuß nach dem anderen. Nicht nach unten sehen. Den Blick immer auf den Gipfel gerichtet.* Er verdrängte die Frage, was aus Yael geworden war. Und aus Dillon. Waren sie noch am Leben?

Er durfte sich jetzt nicht von solchen Gedanken ablenken lassen, sondern musste sich ganz aufs Klettern konzentrieren. Crispin rief nach ihm. Brüllte wie rasend. David blendete die Worte aus, blinzelte, als ihm Schweiß in die Augen lief.

Der Berg ist wie eine Frau, hatte Hutch bei seiner ersten fortgeschrittenen Kletterpartie zu ihm gesagt, als er alt genug war, mit der Metapher etwas anfangen zu können. Schmiege dich an sie. Werde eins mit ihr.

Sein Körper verschmolz mit der Wand. Seine Hände tasteten nach der nächsten Spalte im Fels. Er war Stein. Er war eins mit dem Turm.

Ein Schrei zerriss die Luft. Stacys Schrei – von dicht über ihm. Unwillkürlich lockerte sich sein Griff, er fasste ins Leere, und sein Fuß verlor den Halt.

KAPITEL SECHZIG

Crispin horchte auf: Aus dem Kontrollraum ertönte die Stimme seines Vaters. *Das wurde verdammt nochmal Zeit.* Aber die Wut des Sohnes verflog, als er gleich darauf eine Frauenstimme hörte, die mit israelischem Akzent sprach.

«Wo sind wir hier? Was soll das?»

Sie klang verzweifelt. Verängstigt. Crispin lächelte.

«Sieh mal, wen ich beim Herumspionieren auf der Treppe ertappt habe!», rief sein Vater und zerrte Yael HarPaz auf den Balkon hinaus.

«Sehr gut.» Crispins Lächeln wurde breiter, und er wandte sich wieder an das schreckensstarre Mädchen, das nach wie vor auf der Kante der Brüstung balancierte. «Dann kann dein Held nicht mehr weit sein.»

«Es ist an der Zeit, die Sache zu Ende zu bringen», sagte Mofulatsi ungeduldig zu Crispin. «Was in dieser elenden Welt hindert Ortega, endlich herzukommen?» Er warf einen Blick auf die Uhr. Dann sah er mit einem Ruck auf, weil Raoul auf den Balkon gestürmt kam.

«Ortega ist tot! Domino ebenfalls!» Seine verschiedenfarbigen Augen ruhten auf Stacy Lachmans kreideweißem Gesicht. «Es gibt keinen Grund, noch länger zu warten. Töten Sie sie.»

Mofulatsi trat vor. Seine Haltung drückte Autorität und Entschlossenheit aus. «Ich bin jetzt der Ranghöchste. Schlange, bringen Sie sie zu mir. Mir steht die Ehre zu, die Letzte zu töten.»

«Nein!», fauchte Crispin und suchte mit dem Blick die

Halle ab. «Ich entscheide, wann ein Ende gemacht wird. *Shepherd!* Wo steckst du, Shepherd?»

«Näher, als du denkst.» David zog sich mit letzter Kraft über die Brüstung hoch auf den hinteren Teil des Balkons. Die Gnoseos und Yael fuhren erschrocken herum.

David ignorierte sie. Seine Aufmerksamkeit galt einzig und allein Crispin.

«Ich dachte, du wolltest einen Tausch machen.»

KAPITEL EINUNDSECHZIG

David streckte seine zerschundene, blutige Hand aus. Der Achat lag schimmernd in der Handfläche, fast so blank wie die Gier in Crispins Augen. «Komm und hol ihn dir – wenn du es wagst», forderte David ihn leise heraus.

Er hielt den Atem an, wagte nicht, in Stacys verängstigtes Gesicht zu sehen, ihr leises Schluchzen in sein Bewusstsein dringen zu lassen. Er blickte Mueller fest in die Augen; von diesem Moment hing alles ab.

«Bring sie zu mir», sagte David, «dann kannst du den Achat haben.»

«Den Achat bekomme ich sowieso.» Mueller grinste ihn höhnisch an. «Und zwar nachdem du mit angesehen hast, wie sie in die Tiefe stürzt.»

«Ich dachte mir schon, dass du nicht Manns genug bist, ihn dir von mir zu holen.» David warf den Achat in die Luft und fing ihn wieder auf. «Schon als Junge warst du nichts als ein feiger Kerl, der auf Kleineren rumgehackt hat. Und jetzt? Sieh dich doch an! Versteckst dich hinter einem Kind. Wer ist hier der Feigling, Mueller?»

«Schluss mit dem Unfug», platzte Mofulatsi heraus. «Schlange, *bringen Sie mir dieses Mädchen!* Raoul, töten Sie die beiden!»

Davids Blick huschte zu dem Mann mit dem olivenfarbenen Teint, der jetzt mit einem Ruck seine Pistole hob. *Seine Augen!* Schock durchfuhr ihn, dann Wut. *Eins ist blau, das andere braun. Er war es.*

Er stand Auge in Auge mit der Bestie, die Hutch umgebracht hatte. Die Stacy gekidnappt hatte. Die im Begriff war, Yael und ihm eine Kugel in den Kopf zu jagen.

David hatte nichts zu verlieren. Alle Augen waren auf ihn gerichtet. «Bist du sicher, dass du ihn nicht zurückhaben willst?»

Sein Herz hämmerte gegen seine geprellten Rippen. Er ging vorsichtig einen Schritt auf Crispin zu, dann einen weiteren und hielt den Achat knapp außerhalb von dessen Reichweite.

«Ich will meine verlorenen Jahre zurück!», schrie Crispin. «Du bist weitergegangen in das Licht, aber ich wurde in die Dunkelheit zurückgezogen. Dir wurden die Namen *geschenkt*, für die ich Tag und Nacht arbeiten musste!»

«Armer Crispin.» David verzog spöttisch den Mund. «Du willst also den Achat, Mueller? Hier!»

Damit warf er den Stein in hohem Bogen von sich. Crispin schnappte nach Luft. Im selben Moment krachte ein Schuss. In dem Sekundenbruchteil, während Muellers entgeisterter Blick dem Achat folgte, der über die Brüstung flog, sprang David mit einem Satz zu Stacy und fasste sie mit einem Arm um die Taille. Er riss sie an sich, doch Crispin hielt sie noch immer mit eisernem Griff.

«David!» Stacy klammerte sich an seine Schultern.

Jeden Muskel bis zum Äußersten gespannt, versuchte er verzweifelt, sie über die Brüstung auf den sicheren Balkon zu zerren. Plötzlich sah er, wie Erik Mueller den Gehstock seines Sohnes ergriff, der an der Felswand lehnte. David wappnete sich gegen den Schlag.

Doch zu seiner grenzenlosen Verblüffung ließ Mueller den Stock stattdessen auf die Schultern seines Sohnes niedersausen. Crispin schrie vor Schmerz und Überraschung auf, seine Knie gaben nach, und sein Griff um Stacy lockerte sich.

David nutzte die Gelegenheit, befreite sie mit einem Ruck und zog sie zu sich auf den Balkon.

Mit Stacy im Arm fuhr er herum, gerade als sich Mofulatsi auf Yael stürzte und versuchte, ihr die Pistole zu entwinden, bevor sie einen zweiten Schuss abgeben konnte. Sie hatte Raoul niedergestreckt, der sich stöhnend, mit schmerzverzerrtem Gesicht und blutüberströmtem Oberschenkel am Boden wand.

Bevor Davids Gehirn das Chaos, das ihn umgab, verarbeiten konnte, wurden ihm die Beine weggerissen. Er fiel auf die Knie, und Stacy stürzte mit ihm zu Boden. Mit einem schrillen Schrei wälzte sie sich zur Seite, da Crispin sich auf David stürzte und begann, ihn mit den Fäusten zu traktieren.

Stacy war wie gelähmt, Tränen liefen ihr über die Wangen, und ihr Gesicht war eine Maske des Entsetzens. Doch als sie sah, wie Crispin seine Faust in Davids Gesicht rammte, riss sie sich aus ihrer Erstarrung und wirbelte ihm entgegen wie ein Tornado. Sie schlug ihre Zähne in seinen Arm, krallte die Hände in sein langes Haar und zerrte mit aller Kraft daran, riss es büschelweise aus, bis er sie mit einem Ruck abschüttelte, der sie zu Boden schleuderte.

David stieß die Faust in Crispins Magengrube und nutzte die Benommenheit seines Gegners, um die Rollen umzukehren. Er drückte jetzt Crispin zu Boden, und seine Hände schlossen sich wie ein Schraubstock um den Hals des Gnoseos.

Yael trat nach Mofulatsi, schrammte mit dem Absatz ihrer Sandale heftig über sein Schienbein. Dann stieß sie das Knie fest nach oben, in seinen Unterleib.

Der große Mann krümmte sich mit einem gequälten Schrei zusammen, und endlich lockerte sich sein Griff um die Waffe. Noch ehe er Gelegenheit hatte, sich zu erholen, riss Yael die Pistole mit einem Ruck an sich. Im selben Moment sprang Erik Mueller auf Mofulatsi zu und ließ den Gehstock mit Wucht auf seinen Schädel niederkrachen.

«Verräter!», krächzte Crispin. Er rang nach Luft, zerrte vergebens an Davids Händen, um sie von seinem Hals zu lösen. «Verdammt … Vater … hilf mir!»

Erik schlug noch einmal mit dem Stock auf Mofulatsi ein, ohne auch nur den Kopf nach Crispin umzuwenden.

Yael keuchte heftig. Ihr Handgelenk war aufgeschürft und brannte vom harten Griff des Gnoseos. Aber sie hatte die Waffe. Den metallischen Geschmack ihres eigenen Blutes im Mund, wirbelte sie zu Raoul herum. Er lag noch immer am Boden, in einer sich rasch ausbreitenden purpurroten Lache, und atmete schwer.

Sie unterdrückte ihre Übelkeit, machte auf dem Absatz kehrt und lief hinein zu dem gläsernen Schaukasten.

Zwei Edelsteine mit eingravierten hebräischen Schriftzeichen lagen schimmernd darin: der Amethyst und der Smaragd. *Gad* und *Sebulon.*

Mit zusammengebissenen Zähnen schmetterte sie den Pistolenlauf gegen das Glas. Es hielt. Fluchend versuchte sie es erneut, schlug mit aller Kraft zu. Aber die Scheibe bekam nicht einmal einen Sprung. Yael schloss die Augen, stellte sich vor, wie das Glas zu Bruch ging, und schlug ein drittes Mal mit der Pistole zu. Die Scheibe barst wie durch eine Explosion, ein Kristallregen aus Splittern stob nach allen Seiten.

Triumphierend griff sie nach den Steinen. Dabei schnitt sie sich an der scharfen Bruchkante der Glasscheibe, doch sie ignorierte den Schmerz und schloss die Hand fest um den Amethyst und den Smaragd.

Bildete sie es sich ein, oder leuchteten die Steine tatsächlich?

Jetzt war keine Zeit, sie näher zu betrachten. Sie schob sie in ihren schweißdurchtränkten BH, und ein Schauder überlief sie bis zu den Zehen.

In dem Moment stieß Erik Mueller Stacy in den Kontrollraum, fort von dem Gemetzel auf dem Balkon.

«Yael!», schrie David ihr heiser zu. «Bring Stacy hier raus, bevor noch mehr Dunkle Engel kommen!»

«Nein! Ich gehe nicht ohne dich», protestierte Stacy, die am ganzen Körper zitterte.

Erik zerrte sie zu der Tür, die zur Treppe hinausführte. «Du musst fliehen, Kind – die ganze Welt hängt von dir ab!»

«Nein!» Sie riss sich von ihm los und wollte wieder auf den Balkon hinauslaufen, aber Erik packte sie am Arm.

«Begreifst du denn nicht? Hier unten ist es zu gefährlich für dich – es gibt noch viele andere, die dich umbringen wollen. Wir müssen dich hier rausbringen!»

«Lassen Sie sie los.» Yael richtete die Pistole auf seine Brust. «Sofort.»

Stacy blinzelte sie gequält an. «Tun Sie ihm nichts. Er hat mich aus dieser schrecklichen Zelle rausgelassen. Er hat mir einen geheimen Ausgang gezeigt!»

Yael biss sich auf die Unterlippe. Sie war hin und her gerissen, ihr Kopf schwirrte, Schmerz pulsierte durch jede Faser ihres Körpers. Sie versuchte zu begreifen, was Stacy da sagte, dachte über das nach, was sie selbst erlebt hatte.

Mueller hatte sie draußen auf der Treppe ertappt, als sie versuchte, in den Kontrollraum einzubrechen. Er hatte sie überzeugt, dass er helfen wolle, Stacy zu retten, dass er seine Gesinnung geändert habe. Sein ganzes Leben lang sei er blind gewesen, habe nichts hinterfragt, habe eine falsche Sicht von der Welt und von Gott gehabt. Jetzt aber hatte er erkannt: Es gab *doch* Gutes in der Welt. Er hatte ihr erzählt, er habe es in einer Frau namens Elizabeth gefunden. Einer Frau, die er liebte. Und seine Sekte hatte es ihm unabsichtlich bewiesen: Ihr systematisches Morden an den Lamedwowniks hatte das Gute aus der Welt getilgt und nichts als Zerstörung entfesselt.

Yael war skeptisch gewesen, aber Erik Mueller hatte behauptet, dass er nicht länger das Ziel der Gnoseos verfolge, das Ende der Welt herbeizuführen. Er hatte einen anderen Plan: Sie würden gemeinsam in den Kontrollraum gehen, Yael würde so tun, als sei sie seine Geisel, würde ihre Pistole jedoch behalten. Dann hatte er seinen eigenen Sohn niedergeschlagen, anschließend einen weiteren Gnoseos, offenbar einen der Obersten. Jetzt war er entschlossen, Stacy zu retten, während David seinen Sohn zu Tode würgte.

«Bring sie hier raus, Yael!», drängte David. «Stace, es ist in Ordnung. Ich komme gleich nach.»

Yael war mit einem Sprung bei dem Mädchen. «Komm, Stacy. Du hörst ja, er kommt nach.»

Sie fasste Stacy am Arm und zog sie durch die Tür hinaus auf den Treppenabsatz. Erik sah zu, wie sie die ersten Stufen erklommen. In seinem Inneren herrschte Aufruhr. Er wollte ihnen folgen, fragte sich, ob er durch sein Handeln gerade seine Elizabeth gerettet hatte. Dann wandte er sich um, zögerte.

Sollte er jetzt nicht seinen Sohn retten?

Ehe er einen Entschluss fassen konnte, stolperte Raoul vom Balkon herein. Sein gebräuntes Gesicht war kreidebleich, der Körper von der Taille abwärts blutüberströmt.

«Verräter!», brüllte der Dunkle Engel. Er hob seine Pistole und schoss Erik mitten in die Stirn. Erik Mueller brach augenblicklich zusammen.

Taumelnd schleppte sich Raoul wieder hinaus auf den

Balkon, ohne den sengenden Schmerz zu beachten, der bei jedem Schritt durch seinen Oberschenkel fuhr. Er war benommen. Dem Tode nahe. Er hatte zu viel Blut verloren.

David Shepherd würgte noch immer die Schlange. Shepherd würde das Ende nicht einmal kommen sehen. Mit einem boshaften Grinsen zielte Raoul genau auf Shepherds Kopf. Er würde seinen letzten Mord genießen. Mehr als irgendeinen zuvor, seit er seinen eigenen Großvater getötet hatte.

Im Vorgefühl des Triumphes drückte er den Abzug – und hörte nichts als ein Klacken.

David fuhr herum und nahm aus dem Augenwinkel etwas Dunkles, Verschwommenes wahr. Er duckte sich gerade noch rechtzeitig, als auch schon der Griff einer Pistole an seinem Ohr vorbeisauste. Im nächsten Moment stürzten sich achtzig Kilo blutüberströmter Bosheit auf ihn. David wälzte sich zur Seite, stöhnte auf, als der Griff der Pistole ihn am Rückgrat traf.

Der Gehstock. Irgendwie bekam David ihn zu fassen, während er sich unbeholfen aufrappelte. Es erstaunte ihn selbst, dass er noch stehen konnte. Seine Lunge brannte bei jedem Atemzug, seine gebrochenen Rippen schmerzten wie Feuer, doch er stellte sich dem Angriff des Gnoseos.

Mit einer letzten gigantischen Kraftanstrengung sprang Raoul ihn an. David rammte die Spitze von Crispins Gehstock in den verwundeten Schenkel des Dunklen Engels. Ein gequälter Schrei drang aus seiner Kehle, er zuckte zurück und schlug mit dem Kopf gegen die zerklüftete Felswand.

David atmete zittrig ein, angewidert von dem Blutbad. Wenigstens würde dieser Mann nie wieder jemanden umbringen.

Und Crispin …

David wandte sich um, und seine Augen wurden schmal. Crispin hatte sich kriechend bis zur vorderen Balkonbrüstung geschleppt und sich daran hochgezogen. Jetzt beugte er sich über die Kante und brüllte hinab in die Halle:

«Kommt raus, ihr Narren! Die Verborgene flieht! Über die –»

David stürzte sich auf ihn, doch er hatte die Kraft in Crispins Oberkörper unterschätzt. Mit einer Hand entriss Mueller ihm den Stock, wobei er David aus dem Gleichgewicht brachte und ihn beinahe über die Brüstung gestürzt hätte. Mit gebleckten Zähnen stieß Crispin noch einmal nach David, sodass dessen Oberkörper über die Kante kippte.

Doch er richtete sich mit einem Ruck wieder auf, und plötzlich überlief ihn ein seltsames Prickeln – dasselbe Gefühl, das er immer gehabt hatte, wenn er die Edelsteine berührte. Ein Adrenalinstoß durchfuhr ihn wie ein elektrischer Schlag.

«Du wolltest den Achat, Mueller? Warum holst du ihn dir dann nicht?» Er boxte Crispin in den Bauch, dann packte er ihn am Gürtel und wuchtete ihn über die Brüstung.

Ehe Mueller auch nur schreien konnte, schlug er auf dem Boden auf.

David machte kehrt, stürmte die Treppe hinunter und sprintete zum Empfangsbereich. *Er musste den Achat finden.*

Sein Blick glitt über den gestürzten Ouroboros, die Toten …

Und dann blieb ihm schier das Herz stehen.

Dillon.

David lief auf ihn zu, kniete neben ihm nieder und tastete nach seinem Puls, obwohl ihm klar war, dass es vergeblich seine würde. Dillon war bereits kalt.

Trauer überwältigte ihn. Und Scham. Wie hatte er nur seinem treuesten Freund misstrauen können? Und wie konnte er ihn jetzt hier liegenlassen?

In diesem Augenblick hörte er, wie die gewaltigen Türflügel des Auditoriums geöffnet wurden. Fast zweitausend Gnoseos, die ungeduldig auf ihre Erlösung warteten.

Er musste den Achat finden.

Hastig rappelte er sich wieder auf, als sein Blick plötzlich auf den Ring des Bischofs fiel. Den Ring, für den Dillon sein Leben riskiert hatte.

David bückte sich rasch, um den Ring vom Finger seines Freundes zu ziehen. Und dann sah er auch den Achat. Er lag nur einen Fingerbreit neben Dillons Arm, schimmerte im schwachen Licht. Als David ihn aufhob, kam es ihm vor, als leuchteten die beiden Steine vom Brustschild des Hohepriesters in seiner Handfläche mit jeder Sekunde strahlender.

Er fragte sich erst gar nicht, wie es sein konnte, dass der Achat so dicht neben dem Rubin gelandet war. Er war jenseits davon, sich irgendwelche Fragen zu stellen – bis auf die, wie er hier lebend rauskommen sollte.

Die ersten Gnoseos strömten aus dem Auditorium. Die Steine fest in seiner blutigen Faust, sprintete David auf die Treppe zu.

Und dann rannte er, rannte die Stufen hinauf, rannte um sein Leben.

Er hörte einen Schrei. Fußgetrappel. Sie verfolgten ihn.

Wie viel Vorsprung hatten Yael und Stacy? Das Atmen fiel ihm mit jedem Schritt schwerer. Er würde es nicht schaffen. Die Stufen verschwammen vor seinen Augen, er zog eine purpurrote Blutspur hinter sich her. Seine Beine waren fast taub vor Schwäche.

Aber er konnte jetzt nicht aufgeben.

Zitternd schleppte er sich weiter, glitt mehr als einmal auf den von Kondenswasser glitschigen Stufen aus. Dann erreichte er den Absatz. Er kletterte höher hinauf, hörte über sich Schritte und weibliche Stimmen. *Yael und Stacy.*

Wütende Schreie und das Gepolter der Verfolger trieben ihn an.

Als er endlich in das Lagerhaus stolperte, konnte er sich kaum noch auf den Beinen halten.

Taumelnd machte er ein paar Schritte vorwärts, als er plötzlich Avi Raz vor sich sah. Der Israeli stützte ihn und führte ihn durch die Halle, in der jetzt noch mehr Kisten aufgestapelt standen als zuvor. Überall liefen bewaffnete Männer mit dunkler Kleidung und Funkgeräten herum.

«Danke … für die … Verstärkung», keuchte David.

Avi war schweißgebadet. «Sie sind gerade noch rechtzeitig raufgekommen.»

Um sie herum waren weitere Männer damit beschäftigt, Kabel und Sprengsätze zu positionieren. Sie arbeiteten schnell und zielstrebig. Andere brachten indessen die Frauen, die entkommen waren, zu den Krankenwagen, die draußen warteten.

Dann atmete David endlich wieder frische Luft ein. Stolpernd folgte er Avi zu der Rampe hinter dem Gebäude, wo Stacy und Yael im Laderaum eines Lieferwagens warteten.

Sie waren bereits Meilen vom Lagerhaus an der Angel Passage Nummer 8 entfernt, als eine Explosion die geheimen Katakomben tief unter der Londoner City erbeben ließ, die unterirdischen Gänge und Höhlen zum Einsturz brachte. Meilen entfernt von den Tunnels, wo die Gnoseos wimmelten wie Wespen im Nest, angestachelt von der Aussicht auf Sieg. Die Wucht der Sprengung tilgte sie vom Angesicht der Erde.

Mit einer einzigen Detonation, die London wie ein Erdbeben erschütterte, fand die Sekte, die seit Jahrhunderten darauf hingearbeitet hatte, Gottes Schöpfung zu stürzen, ihr Ende – in einem unterirdischen Inferno aus Rauch, Trümmern und Asche. Der Tower of London stand dagegen fest wie seit Jahrhunderten, und das Porzellan im Buckingham Palace klirrte nur leise in den königlichen Regalen.

KAPITEL ZWEIUNDSECHZIG

Warschau, 1455 Kilometer entfernt

Während unter London die Erde bebte, erklomm der dreizehnjährige Stanislaw Nowicki die Stufen zur *Bima* in seiner kleinen Synagoge. Bevor er zum ersten Mal seinen *Tallit* überzog, sprach er die besondere *Bracha* zum Anlegen des Gebetsschals und atmete tief durch. Dann zeigte der Rabbi auf die Zeile in der Tora, wo Stanislaw seine Bar-Mizwa-Lesung beginnen sollte.

Und als er mit klarer, jugendlicher Stimme die alten hebräischen Worte erklingen ließ, beruhigten sich die Wasser der Themse wieder.

Kopenhagen, 663 Kilometer entfernt

Lise Kolinka beugte sich über ihren Geburtstagskuchen, die Lippen gespitzt, das Gesicht in den Schein der dreizehn Kerzen getaucht. Als sie die Augen schloss und an ihren Geburtstagswunsch dachte, fielen aus dem Himmel über Arizona die ersten Regentropfen. Während sie die Kerzen ausblies, brach im amerikanischen Südwesten ein Wolkenbruch los, der die verheerenden Waldbrände löschte, die Berge reinwusch, der versengten Erde neues Leben spendete.

Chicago, 6856 Kilometer entfernt

Keisha Jones arbeitete jeden Samstag mit ihrer Tante Doris in der Sozialküche von Stony Island in der South Side von Chicago, wo sie half, Dosen mit gespendeten Lebensmitteln zu sortieren. Heute klimperte die Dreizehnjährige auf dem Weg dorthin mit dem Kleingeld, das sie auf der Straße gefunden hatte. Als sie es Mrs Wallace übergab und erfuhr, dass es genug war, um eine Familie für eine ganze Woche mit Eiern und Brot zu versorgen, überlief sie ein freudiger Schauder. Sie beschloss, nächste Woche auch die Hälfte von ihrem Babysitting-Geld zu spenden.

Und vor der Küste Japans, tief unter dem Meer, legte sich der beginnende Tsunami wieder, und das Wasser über dem Grund des Ozeans wurde still, als hätte man einen brodelnden Topf von der Flamme genommen.

Shanghai, 11375 Kilometer entfernt

Chen Ho saß neben seinem geliebten Großvater und las ihm geduldig aus der Tageszeitung vor. Er musste öfter etwas wiederholen, denn sein Großvater war nicht nur blind, sondern auch schwerhörig, doch das kümmerte Chen nicht. Seine Hausaufgaben konnten warten – der Vater seiner Mutter hatte nicht mehr viele Freuden im Leben, außer darüber auf dem Laufenden zu bleiben, was in der Welt geschah, und abends ein Glas Bier zu trinken.

Als Chen umblätterte, sah er, dass der alte Mann eingeschlafen war. Lächelnd faltete er die Zeitung zusammen und merkte sich die Stelle, an der er später weiterlesen musste.

Zur selben Zeit erschollen in der Türkei Jubelrufe, weil Rettungsarbeiter ein Dutzend Kinder entdeckten, die wundersamerweise unter den Trümmern eines Schulgebäudes überlebt hatten.

In Matotaka, Sierra Leone – in Luvena, Russland – in Tokaj, Ungarn – und in achtundzwanzig weiteren Städten und Dörfern rund um die Welt erreichte eine neue Generation von Lamedwowniks das Alter der spirituellen Reife, einer nach dem anderen. Reinen Herzens, die Seelen erfüllt von Güte und Mitgefühl, und keiner von ihnen wusste – oder würde je erfahren –, welche überwältigende Macht in ihrer bloßen Existenz lag.

KAPITEL DREIUNDSECHZIG

Einen Monat später in Israel
Kinneret (See Genezareth)

Die Uferpromenade von Tiberias bot ein prächtiges Bild: Palmen, die im Wind schwankten, üppige Auslagen von Lebensmittelläden und Imbissen, Touristen, die vorüberschlenderten. David sah sich suchend nach Yael um. Er entdeckte sie in der Menge, am entgegengesetzten Ende der *Tayyelet,* und stutzte beim Anblick ihrer zitronengelben Caprihose und des T-Shirts aus schwarzer Seide. Er sah sie immer noch in grünem Seidenjackett und schwarzem Rock vor sich, so, wie sie am Tag ihrer ersten Begegnung in Rabbi ben Moshes Büro gekommen war und ihn aufgefordert hatte, ihr den Achat zu geben.

Der Stein befand sich jetzt wieder in Jerusalem, zusammen mit dem Bernstein und den beiden Steinen vom Brustschild des Hohepriesters, die im Besitz der Gnoseos gewesen waren.

David hielt sein Notizbuch in der Hand. Heute trat der rote Lederband seine letzte Reise an.

Während er sich einen Weg durch die Menge zu Yael bahnte, zogen die Ereignisse des vergangenen Monats noch einmal wie im Zeitraffer an ihm vorbei. Er hatte eine Woche mit Stacy in Santa Monica verbracht, bei Meredith und ihrem Mann. Als Gast in Len Lachmans Haus hatte er sich nicht so unbehaglich gefühlt, wie er erwartet hätte. Stacy hatte ihn in ihrer Nähe haben wollen, also war er bei ihr geblieben.

Er war noch immer von Georgetown beurlaubt. Der Schmerz über den Verlust von Dillon, Hutch und Eva war noch frisch.

Auch seine Prellungen und Rippenbrüche schmerzten nach wie vor. Aber diese Verletzungen würden mit der Zeit heilen. Er hoffte nur, Stacys Erinnerungen könnten verblassen wie die blauen Flecken.

Das Seltsame war: Sie hatte nicht viel darüber erfahren wollen, wie es dazu gekommen war, dass sie all das durchmachen musste. David hatte ihr sagen wollen, er werde ihr später alles erklären, wenn sie älter war. Doch es war gar nicht nötig gewesen, sie zu vertrösten. Instinktiv hatte Stacy nur wenige Fragen gestellt. Es schien ihr ganz recht zu sein, das Erlebte hinter sich zu lassen. Lamedwowniks, sagte sich David, wussten nichts davon, wer sie in Wirklichkeit waren.

Meredith war mit ihr zu einem Psychiater gegangen, der jedoch nach ein paar Sitzungen verkündet hatte, Stacy sei trotz aller durchlebten Schrecken nicht traumatisiert. David beschloss also zu warten, bis sie von sich aus mehr erfahren wollte.

Er wich einer Familie aus, die auf einen Falafelstand zueilte. Dann sah er wieder Yael entgegen. Unter ihrem dunkelkupferfarbenen Haar baumelten silberne Ohrringe. Auf die kurze Entfernung erkannte er bereits ihr Lächeln. Die bunten Glasperlen an ihrer Halskette. Die geschmeidigen Bewegungen ihrer Hüften.

Als sie einander fast gegenüberstanden, verlangsamte sie ihren Schritt. Sie blieb vor ihm stehen, reckte sich auf die Zehenspitzen und streifte für einen Sekundenbruchteil federleicht seine Lippen mit den ihren.

«Ich habe ein Fischerboot gemietet. Wir haben es für den ganzen Nachmittag.»

«Sollen wir ein Picknick mitnehmen?»

Sie lächelte.

Eine Stunde später hatten sie die lärmende Geschäftigkeit am Ufer weit hinter sich gelassen, waren allein in dem blaugestrichenen Holzboot, das Kurs auf tiefere Gewässer hielt. Der See lag ruhig da, funkelte in der Sonne wie ein Juwel unter der Stadt Tiberias, die – wie Zefat – zu den vier heiligen Städten Israels zählte.

Die Israelis nannten diesen See den Kinneret, für die Christen war es der See Genezareth, wo Jesus seine Jünger unter den Fischern ausgewählt hatte, die dort arbeiteten.

David wartete, bis um sie herum weit und breit nichts als Himmel und Wasser waren, die Menschen am Ufer nur noch ferne, verschwommene Gestalten.

Dann ließ er die Ruder sinken. Schweigend sah Yael zu, wie er sein Notizbuch von der Sitzbank nahm und über die Bordwand fallen ließ. Es trieb eine Minute lang im kühlen Wasser, während die Seiten aufweichten und sich die Tinte löste. Dann verschwand der rote Lederband langsam unter der spiegelnd glatten Oberfläche, sank zum Grund des Sees und nahm seine heiligen Geheimnisse mit sich in die Tiefe.

Yael warf einen Blick auf den Beutel mit Proviant, der neben ihr lag, dann stand sie vorsichtig auf, um sich neben David zu setzen.

«Bevor wir picknicken, möchte ich dich gern etwas fragen.»

«Nur zu.»

«Ich habe eine Einladung aus Georgetown erhalten, dort im nächsten Semester als Gastdozentin zu lehren. Du hast nicht zufällig etwas damit zu tun?»

David bemühte sich, ein Pokerface aufzusetzen, doch als ihm der Geruch ihres Parfüms in die Nase stieg, fiel es ihm schwer, ein Lächeln zu unterdrücken.

«Was wäre, wenn? Würdest du dich dazu entschließen?»

Sie schürzte die Lippen und streckte ihre langen Beine aus, als wollte sie den lachsfarbenen Nagellack an ihren Zehen in den offenen Sandalen betrachten.

«Ich denke, das käme darauf an. Wie steht es denn mit dem gesellschaftlichen Leben in der Fakultät?»

«Tja, das Labor-Day-Barbecue hast du schon verpasst. Aber zur Neujahrsparty brät Dekan Myer immer verflixt guten Truthahn. Und ich habe noch keine Begleitung.»

«Gebratener Truthahn ...» Langsam wandte sie sich zu ihm um. «Das klingt nach dem besten Angebot des heutigen Tages.»

Sie legte die Arme um seinen Hals und hob den Kopf, sodass ihr das Haar aus dem Gesicht fiel. «Ich habe allerdings gewisse Bedenken, was den Winter bei euch an der Ostküste angeht.»

«Keine Sorge. Ich denke, wir werden eine Möglichkeit finden, dich warm zu halten.» David lächelte, und dann küsste er sie. Er verlor sich in der Weichheit ihrer Lippen, dem leichten Schaukeln des Bootes auf dem Wasser und der friedvollen Gewissheit, dass die geheimen Namen der Lamedwowniks wieder verborgen waren.